實用法文文法

編　著：白麗虹　裴榮慶

導　讀：楊慧娟

本社專門出版歐洲語言、文學、政治、法律、歷史、建築⋯⋯叢書，今公開徵稿，歡迎您投稿。

前　言

　　法語是世界上最美的語言之一，同時也是最難學的語言之一。其嚴密精確的時態、複雜規範的語式、浩似大海的語法內容常使初學者望而生畏，不知從何處下手。《實用法文文法》正是為了給法語學習者提供一把打開「法語大門的鑰匙」而編寫的。

　　本書分「語法」和「練習」兩大部分。語法部分就法語口語、筆語中常見的語法現象作深入淺出的說明和講解。例句力求緊貼生活，簡易通俗。為便於讀者理解，我們對許多例句作了中譯。各章語法後邊均配有針對性的大量練習，包括問答、填空、選擇、變換等，通過多種形式的練習，幫助讀者循序漸進地掌握法語語言規律。

　　本書可供具有初級或中級法語程度的人員使用。凡已完成語音階段學習者，可使用此書習得基礎法語語法；已有 160 小時以上學習者，藉助此書，可有指導地提高法語表達能力及應用水平。

　　本書的寫作大綱最初由志一出版社精心策劃，裘榮慶先生與白麗虹女士對內容作了修訂並增補了練習。師大法語中心法語教師楊慧娟協助修訂全書。限於編者水平，難免出現謬誤與不足，敬請廣大讀者不吝指正。

編　者

導　讀

　　你對法文有興趣嗎？學習語文不只要兼顧到聽、說、讀、寫四項基本能力，平時更應該多聽、多說、多讀、多寫，才能增進語文的能力。

　　這是一本專為廣大法語初學者所設計的文法書，為了引導學生入門，本書由白麗虹、裘榮慶兩位教授花了相當多的時間精心策劃，有系統的整理介紹，將點點滴滴法文文法細則綜合成比較完整的概念，簡明扼要地把法文文法的系統呈現出來，以符合生活體驗增加對法文的親切感，進而從中得到學習法文的樂趣。

　　本書內容共涵蓋名詞、冠詞、形容詞、代名詞、動詞等九章。編者根據數年教學經驗，取材著重知識性、實用性及生活化，各章內容深入淺出，敘述與解說簡明扼要，廣泛應用例句，附上翻譯、圖解於書中，幫助讀者融會貫通，有利於初學者習得完整之文法概念。

　　當然，要學好文法，除了了解熟記規則外，習題的演練更是不可少的。本書每章節皆附有練習題及答案，讀者於作習題時反覆思考文法概念，即可達到複習強化、事半功倍的效果。

　　希望這本書可以帶領讀者們快快樂樂、清清楚楚地學好法文文法。

師大法語中心教師　　楊慧娟

謹誌於西元　2003.05.19

策劃者的話

七年前，研究所同學亞克出版了《法文文法講義》，該書精湛詳析的內容，在當時的確深受法文學習者的好評，更在法文界引起極大的迴響。

身為編輯，我不得不承認，《法文文法講義》雖是針對法文系的學生編寫的，但當時限於篇幅的考量，只得割捨書中法文字句的中文語譯和語法練習題。

有感於這兩、三年來，讀者一再要求增加《法文文法講義》一書「法文字句的中文語譯」及「大量的語法練習題」，但亞克已移民加拿大，未能應讀者的要求對該書做適度的增補工作。我社基於資源共享的理念，只好將此構思告知「亦師亦友」的裘榮慶、白麗虹與楊慧娟老師，很榮幸地獲得他們的首肯，願傾全力相助，重新另行出版一本「教學性」與「實用性」兼顧的語法書，書名取為《實用法文文法》。我社謹在此表示最大的謝意。

《實用法文文法》內容如有謬誤之處，我身為策劃者應負最大的責任。

讀者回函

　　親愛的讀者，感謝您購買了本社印行的圖書，茲因加強對讀者的服務，請您詳填本回函各欄，影印後寄回志一出版社，即可不定期收到本社最新的出版資訊，並享受本社提供的各種優待。如果你發現書中有任何錯誤，請毫不吝嗇地告訴我們，本社將於再版時予以更正。

姓名：＿＿＿＿＿＿＿＿＿＿

住址：＿＿＿＿＿＿＿＿＿＿＿＿＿＿＿＿＿＿＿

e-mail：＿＿＿＿＿＿＿＿＿＿＿＿＿＿＿＿＿＿＿

你購買的書：＿＿＿＿＿＿＿＿＿＿＿＿＿＿＿＿

從何書店購得本書：＿＿＿＿＿＿＿＿＿＿＿＿

推薦朋友(e-mail)：＿＿＿＿＿＿＿＿＿＿＿＿＿
　　　　　　　　＿＿＿＿＿＿＿＿＿＿＿＿＿＿

對本書的建議或批評：＿＿＿＿＿＿＿＿＿＿＿
＿＿＿＿＿＿＿＿＿＿＿＿＿＿＿＿＿＿＿＿＿＿
＿＿＿＿＿＿＿＿＿＿＿＿＿＿＿＿＿＿＿＿＿＿

目　　錄

第一章
名　詞(Le nom)

　　法文有九種詞類，通常稱之為九品詞：名詞、冠詞、形容詞、代名詞、動詞、副詞、介系詞、連接詞和感嘆詞。其中，名詞、冠詞、形容詞、代名詞、動詞，稱為可變詞類(les mots variables)，有陰、陽性和單、複數變化；副詞、介系詞、連接詞和感嘆詞，沒有陰、陽性和單、複數變化，稱為不可變詞類(les mots invariables)。

1.1 名詞的定義：

　　用以稱呼、表示人、動物、事物或某種概念(包括時間、處所、方位、思想、感情、行為、準則等)的詞，稱為名詞。如：

amour	(愛，愛情)	lune	(月亮)
femme	(女人)	fleuve	(江，河)
forêt	(森林)	fleur	(花)
France	(法國)	frontière	(邊疆)
gauche	(左)	homme	(人，男人)
idéal	(理想)	liberté	(自由)
Marie	(瑪麗)	matinée	(上午)
montagne	(山)	printemps	(春天)
soir	(晚上)	Taïpei	(臺北)
tigre	(虎)	chien	(狗)
soleil	(太陽)	étoile	(星星)

1.2 名詞的類別：

　　法文名詞有兩種，即普通名詞(le nom commun)和專有名詞(le nom propre)。

1.2.1 普通名詞：凡是適用於同一種類所有的人、動物或事物的名詞稱為普通名詞。普通名詞的第一個字母應小寫。

普通名詞包括：

1)具體名詞(le nom concret)：指通過視覺、聽覺或觸覺可感知的名
詞。例：

la chaleur	(熱)	le pigeon	(鴿子)
le rouge	(紅色)	un coq	(一隻公雞)
un livre	(一本書)	une chanson	(一首歌)
une voiture	(一輛汽車)	des maisons	(幾間房子)

2)抽象名詞(le nom abstrait)：指品質、概念、感情、思想、現象等
名詞。例：

l'amitié	(友誼)	la charité	(仁慈)
la démocratie	(民主)	la force	(力量)
la justice	(正義)	la paix	(和平)
la tendresse	(溫柔)	la vérité	(真理)

※某些具體名詞可以用來表達抽象意義。例：
N'oublie pas de porter la clé en sortant.
(出門時你別忘了帶鑰匙。)　　　　(具體名詞)
Voilà la clé du problème.
(這就是問題的關鍵。)　　　　　(抽象名詞)

反過來說，抽象名詞在某種場合也可做具體名詞使用。
例1：
Ce garçon a du cœur à l'ouvrage.
(這小夥子幹起活來滿腔熱情。)　(抽象名詞)
A la vue de cette terrible scène, son cœur se mit à battre
violemment.
(見到這可怕的場面，她的心猛烈地跳動起來。)(具體名詞)
例2：
La pêche est ouverte.
(捕魚季節到了。)　　　　　　　(抽象名詞)
Il a rapporté une belle pêche.
(他捕魚滿載而歸。)　　　　　　(具體名詞)

3)個體名詞(le nom individuel)：表示人或物的個體。例：

l'homme	(男人)	la femme	(女人)
la porte	(門)	la fenêtre	(窗戶)
un crayon	(一枝鉛筆)	un stylo	(一支鋼筆)
une fille	(一位姑娘)	une table	(一張桌子)

4)集體名詞(le nom collectif)：集體名詞用單數形式，指由同一種類的個體所形成的一組或一群人或物。例：

la main d'œuvre	(勞動力)	la masse	(群眾)
la population	(人口)	le peuple	(人民)
la foule	(人群)		

5)可數名詞(le nom nombrable，或稱 le nom comptable)：可數名詞屬於具體名詞範疇，可以有複數形式。例：

un étudiant français	(一個法國大學生)
→ des étudiants français	(一些法國大學生)
C'est un journal.	(這是一份報。)
→ Ce sont des journaux.	(這是幾份報紙。)

6)不可數名詞(le nom non nombrable，或稱 le nom non comptable)：不可數名詞有的屬於抽象名詞範疇，例：intention, bonté, courage, appétit…；有的則屬於具體名詞(通常是物質名詞)，例：feu, eau, riz, café, farine…。不可數名詞沒有複數形式，但在不同語義中它可轉為可數名詞，在此情況下，它的詞義發生了變化，便有了複數形式。例：

boire de l'eau	(喝水)	(不可數名詞)
aller aux eaux	(去洗溫泉)	(可數名詞)
prendre du café	(喝咖啡)	(不可數名詞)
Je veux deux cafés.	(我要兩杯咖啡。)	(可數名詞)

7)簡單名詞(le nom simple)：簡單名詞由一個單詞構成。例：

l'arbre	(樹)	le chat	(貓)

un couteau　　(一把刀子)　　un poisson　　(魚)
une voiture　　(一輛汽車)　　une chaise　　(一把椅子)
une robe　　　(一件連衣裙)

8)複合名詞(le nom composé)：複合名詞由兩個或兩個以上的單詞構成。例：

l'arc-en-ciel (m.)　(彩虹)　　　le bonhomme　　(好好先生)
la brosse à dents　(牙刷)　　　la brosse à habits　(衣刷)
la pomme de terre　(馬鈴薯)　　le grand-père　　(祖父)
Madame　　　　(女士)　　　le rendez-vous　　(約會)
la salle à manger　(飯廳)　　　le timbre-poste　　(郵票)
le wagon-lit　　(臥車)

9)數量名詞(le nom numérique)：在數字形容詞詞根加後綴-aine，構成相對應的數量名詞，通常爲陰性。例：

dix　　　(十)　　　→　dizaine　　　(十來個)
quinze　　(十五)　　→　quinzaine　　(十五來個)
trente　　(三十)　　→　trentaine　　(三十來個)
cinquante　(五十)　　→　cinquantaine　(五十來個)
cent　　　(百)　　　→　centaine　　(百來個)

　　※數量名詞由介系詞 de 引導其補語，在大多數情況下表示「大約多少個」的意思，而數字形容詞則表示確切數量概念，其後直接跟名詞。

試比較：
dix films　　　　　　　(十部電影)
une dizaine de films　　　(十來部電影)
cinquante étudiants　　　(五十個大學生)
une cinquantaine d'étudiants　(大約五十來個大學生)
Il a soixante ans.　　　　(他六十歲。)
Cette personne âgée est à la soixantaine. (這位老人六十歲左右。)

數量名詞 douzaine 和 quinzaine 還可以表示「一打」和「兩週」的意思。如：

une douzaine de mouchoirs　　（一打手帕）

une quinzaine de jours　　（兩個星期或兩週、半個月左右）

注意：與 mille 相對應的數量名詞是 millier：

des milliers de personnes　　（成千上萬的人）

des dizaines de milliers d'étudiants　　（數萬大學生）

des centaines de milliers d'ouvriers　　（數十萬工人）

※million（百萬）和 milliard（十億）則無相對應的數字形容詞：

deux millions d'habitants　　（兩百萬居民）

cinq milliards de kilowatts　　（五十億千瓦）

1.2.2 專有名詞(le nom propre)：用以表明某一人、某一動物、某一事物或某一概念所擁有的特殊專有的名稱，稱為專有名詞。專有名詞的第一個字母要大寫。專有名詞涉及範圍極廣，可用來專指姓名、某個民族、國家、省份、城市、河流、山脈、官方機構、重大行政組織、街道名、節目名、作品、交通工具等。例：

Paul	（保羅）	Marie	（瑪麗）
la France	（法國）	.la Chine	（中國）
Paris	（巴黎）	Taiwan	（台灣）
la Seine	（塞納河）	les Alpes	（阿爾卑斯山）
le fleuve Jaune	（黃河）	le Louvre	（羅浮宮）
la Toussaint	（萬聖節）	La Marseillaise	（馬賽曲）
"Le Rouge et le Noir"（《紅與黑》）		la fête de Noël	（聖誕節）
la Comédie-Française		（法蘭西喜劇院）	
l'Organisation Non Gouvernementale		（非政府組織）	
les Champs-Elysées		（香榭麗舍大道）	
la province du Jiangsu		（江蘇省）	
une Peugeot		（一輛標緻牌轎車）	

　　※指某一國或某一地方的居民共用的名詞，也屬專有名詞，第一個字母也要大寫。例：

un Anglais	(一個英國男人)	une Anglaise	(一個英國女人)
un Parisien	(一個巴黎男人)	une Parisienne	(一個巴黎女人)
un Taiwanais	(一個台灣男人)	une Taiwanaise	(一個台灣女人)
un Allemand	(一個德國男人)	une Allemande	(一個德國女人)

　　而指某國語言，不用大寫。如：

l'allemand	(德文)	l'anglais	(英文)
le chinois	(中文)	le français	(法文)

　　又，有的專有名詞已轉化為普通名詞，試比較：

專有名詞		普通名詞	
Dieu	(上帝)	dieu	(神)
Harpagon	(阿巴貢)	un harpagon	(一個吝嗇人)
la Champagne	(香檳省)	du champagne	(香檳酒)

1.3 名詞的陰陽性(le genre des noms)：

　　在法文裡，名詞有兩種性別：一種是陽性(le masculin)，另一種是陰性(le féminin)。一般說來，用以指明男子的名詞和前面可擺冠詞 le 或 un 的名詞為陽性名詞；用以指明女子的名詞和前面可擺冠詞 la 或 une 的名詞為陰性名詞。如：

陽性名詞		陰性名詞	
le frère	(兄弟)	la sœur	(姊妹)
le père	(父親)	la mère	(母親)
le chien	(狗)	la chienne	(母狗)
le bronze	(青銅)	la poupée	(洋娃娃)
le dimanche	(星期天)	la pensée	(思想)
le printemps	(春天)	la femme	(女人)
un cheval	(一匹馬)	une table	(一張桌子)
un livre	(一本書)	une chaise	(一把椅子)
le Soleil	(太陽)	la Lune	(月亮)

1.3.1 名詞的陰性(le féminin des noms)

一般規則：

字母 e 通常被視為陰性的符號，一般情況下，陽性單數名詞後加 e，即構成陰性名詞。如：

l'ami	(男朋友)	→	l'amie	(女朋友)
l'employé	(男職員)	→	l'employée	(女職員)
l'étudiant	(男大學生)	→	l'étudiante	(女大學生)
le client	(男客人)	→	la cliente	(女客人)
le cousin	(堂兄弟)	→	la cousine	(堂姊妹)
le Français	(法國男人)	→	la Française	(法國女人)
le marchand	(男商人)	→	la marchande	(女商人)
le saint	(男聖人)	→	la sainte	(女聖人)
le voisin	(男鄰居)	→	la voisine	(女鄰居)

以 e 結尾的陽性名詞，其陰性形式不變。如：

l'artiste	(男藝術家)	→	l'artiste	(女藝術家)
l'élève	(男學生)	→	l'élève	(女學生)
le camarade	(男同伴)	→	la camarade	(女同伴)
le capitaine	(男上尉)	→	la capitaine	(女上尉)
le concierge	(男看門人)	→	la concierge	(女看門人)
le styliste	(男時裝設計師)	→	la styliste	(女時裝設計師)
le libraire	(男書商)	→	la libraire	(女書商)
le ministre	(男部長)	→	la ministre	(女部長)

但，約有 30 個名詞例外，如：

l'âne	(公驢)	→	l'ânesse	(母驢)
l'hôte	(男主人)	→	l'hôtesse	(女主人)
le comte	(伯爵)	→	la comtesse	(伯爵夫人)
le maître	(男主人)	→	la maîtresse	(女主人)
le poète	(男詩人)	→	la poétesse	(女詩人)
le prince	(王子)	→	la princesse	(公主)
le tigre	(公老虎)	→	la tigresse	(母老虎)

特別規則：

以 **er** 結尾的陽性名詞，陰性時，將 er 改為 **ère**。如：

l'écolier	(男小學生)	→	l'écolière	(女小學生)
l'étranger	(男外國人)	→	l'étrangère	(女外國人)
l'ouvrier	(男工人)	→	l'ouvrière	(女工人)
le berger	(男牧羊人)	→	la bergère	(女牧羊人)
le boucher	(肉店男老闆)	→	la bouchère	(肉店女老闆)
le boulanger	(男麵包商)	→	la boulangère	(女麵包商)

以 **el, en, on** 結尾的陽性名詞，陰性時，el, en, on 改為 **elle, enne, onne**，也就是說，必須先重複最後一個子音，再加 **e**。如：

Gabriel	(加布里埃爾)	→	Gabrielle	(加布里埃爾)
le colonel	(上校)	→	la colonelle	(上校夫人)
le Parisien	(男巴黎人)	→	la Parisienne	(女巴黎人)
le citoyen	(男市民)	→	la citoyenne	(女市民)
le comédien	(男喜劇演員)	→	la comédienne	(女喜劇演員)
le musicien	(男音樂家)	→	la musicienne	(女音樂家)
le patron	(男老闆)	→	la patronne	(女老闆)
le baron	(男爵)	→	la baronne	(男爵夫人)
le lion	(雄獅子)	→	la lionne	(雌獅子)
l'espion	(男間諜)	→	l'espionne	(女間諜)

但，有例外，如：

le Lapon	→ la Lapone (或 Laponne)	(拉普蘭人)
le Letton	→ la Lettone (或 Lettonne)	(拉脫維亞人)
le Nippon	→ la Nippone (或 Nipponne)	(日本人)

※又 chat, paysan, rouan 及 Jean，陰性時，必須先重複最後一個子音，再加 e。如：

le chat	(公貓)	→	la chatte	(母貓)
le paysan	(農夫)	→	la paysanne	(農婦)
le rouan	(公雜色馬)	→	la rouanne	(母雜色馬)
Jean	(瓊)	→	Jeanne	(瓊娜)

以 f 結尾的陽性名詞，陰性時，將 f 改為 ve。如：

le captif	(男俘虜)	→	la captive	(女俘虜)
le fugitif	(男逃亡者)	→	la fugitive	(女逃亡者)
le Juif	(男猶太人)	→	la Juive	(女猶太人)
le serf	(男奴隸)	→	la serve	(女奴隸)
le veuf	(鰥夫)	→	la veuve	(寡婦)

以 x 結尾的陽性名詞，陰性時，必須將 x 改為 se。如：

l'époux	(丈夫)	→	l'épouse	(妻子)
l'ambitieux	(男野心家)	→	l'ambitieuse	(女野心家)
le peureux	(膽怯男人)	→	la peureuse	(膽怯女人)

但：le roux　　(紅髮男)　　→　la rousse　　(紅髮女)

以 eur 結尾的陽性名詞，陰性時，將 eur 改為 euse 或 rice，尤指以 teur 和 deur 結尾的名詞。如：

l'acheteur	(男購買者)	→ l'acheteuse	(女購買者)
l'acteur	(男演員)	→ l'actrice	(女演員)
l'ambassadeur	(大使)	→ l'ambassadrice	(大使夫人)
l'animateur	(男繪製員)	→ l'animatrice	(女繪製員)
l'instituteur	(男小學老師)	→ l'institutrice	(女小學老師)
le bienfaiteur	(男慈善家)	→ la bienfaitrice	(女慈善家)
le blanchisseur	(男洗衣工)	→ la blanchisseuse	(女洗衣工)
le coiffeur	(男理髮師)	→ la coiffeuse	(女理髮師)
le danseur	(男舞者)	→ la danseuse	(女舞者)
le demandeur	(男請求者)	→ la demandeuse	(女請求者)
le directeur	(男主任)	→ la directrice	(女主任)
le laveur	(男洗滌者)	→ la laveuse	(女洗滌者)
le lecteur	(男讀者)	→ la lectrice	(女讀者)
le masseur	(男按摩者)	→ la masseuse	(女按摩者)
le menteur	(男說謊者)	→ la menteuse	(女說謊者)
le pêcheur	(男漁民)	→ la pêcheuse	(女漁民)

le porteur	(男搬運工)	→ la porteuse	(女搬運工)
le travailleur	(男工人)	→ la travailleuse	(女工人)
le tricheur	(男作弊者)	→ la tricheuse	(女作弊者)
le vendeur	(男售貨員)	→ la vendeuse	(女售貨員)
le voyageur	(男旅客)	→ la voyageuse	(女旅客)

但，有幾個詞的變化，要注意。如：

le mineur	(男未成年者)	→ la mineure	(女未成年者)
le supérieur	(修道院男院長)	→ la supérieure	(修道院女院長)
le chasseur		→ la chasseresse	(獵人)
	或	→ la chasseuse	(獵人)
l'enchanteur	(男蠱惑者)	→ l'enchanteresse	(女蠱惑者)
le chanteur	(男歌手)	→ la chanteuse	(女歌手)
	或	→ la chantatrice	(女歌手)
le défendeur	(男被告)	→ la défenderesse	(女被告)
le demandeur	(男原告)	→ la demanderesse	(女原告)
le pécheur	(男瀆神者)	→ la pécheresse	(女瀆神者)
le vengeur	(男復仇者)	→ la vengeresse	(女復仇者)

某些名詞的陰、陽性，具有相同的詞根，但不同的詞尾。如：

le canard	(雄鴨)	→ la cane	(雌鴨)
le compagnon	(男伙伴)	→ la compagne	(女伴)
le fils	(兒子)	→ la fille	(女兒)
le héros	(男主角)	→ la héroïne	(女主角)
le serviteur	(傭人)	→ la servante	(女傭)

某些陰性名詞的詞形，和陽性名詞的詞形完全不同。如：

l'empereur	(皇帝)	→	l'impératrice	(皇后)
l'homme	(男人)	→	la femme	(女人)
l'oncle	(叔叔、姨父)	→	la tante	(嬸嬸、姨母)
le beau-fils	(女婿)	→	la belle-fille	(兒媳)(較常用)
le bélier	(公綿羊)	→	la brebis	(母綿羊)
le bœuf (或 le taureau)	(公牛)	→	la vache	(母牛)

le bouc	(公山羊)	→	la chèvre	(母山羊)	
le canard	(公鴨)	→	la cane	(母鴨)	
le cerf	(公鹿)	→	la biche	(母鹿)	
le cheval	(公馬)	→	la jument	(母馬)	
le coq	(公雞)	→	la poule	(母雞)	
le dindon	(公火雞)	→	la dinde	(母火雞)	
le fils	(兒子)	→	la fille	(女兒)	
le frère	(兄弟)	→	la sœur	(姊妹)	
le garçon	(男孩)	→	la fille	(女孩)	
le gendre	(女婿)	→	la bru	(兒媳)	
le grand-père	(祖父)	→	la grand-mère	(祖母)	
le mâle	(公)	→	la femelle	(母)	
le mari	(丈夫)	→	la femme	(太太)	
le neveu	(姪兒、外甥)	→	la nièce	(姪女、外甥女)	
le papa	(爸爸)	→	la maman	(媽媽)	
le père	(父親)	→	la mère	(母親)	
le roi	(國王)	→	la reine	(王后)	
le vieux	(老人)	→	la vieille	(老太婆)	
Monsieur	(先生)	→	Madame	(女士)	

又，enfant 的陰、陽性只有一種詞形，用以指小男孩或小女孩。如：

un enfant	→	une enfant	(小孩)
Paul est un enfant gentil.			(保羅是好孩子。)
Alice est une charmante enfant.			(愛麗絲是可愛的小孩。)

由於歷史原因，某些職業和職務名稱只適用於男性，故沒有陰性形式，如果要特別表明是女性的……，則加 femme 表示。如：

un amateur	(業餘愛好者)
un architecte	(建築師)
un auteur (une femme auteur)	(作家)
un chef	(首領)
un chirurgien (une femme chirurgien)	(外科醫生)

un compositeur	(作曲家)
un conseiller	(議員)
un écrivain (une femme écrivain)	(作家)
un imposteur	(騙子)
un ingénieur (une femme ingénieur)	(工程師)
un juge	(法官)
un littérateur	(文學家)
un magistrat	(行政官員)
un médecin (une femme médecin)	(醫生)
un peintre	(畫家)
un philosophe	(哲學家)
un préfet	(省長)
un sculpteur	(雕刻家)
un successeur	(繼承人)
un témoin	(證人)
un professeur (une femme professeur)	(教師) (但目前年輕人亦

常用 une professeur）

或直接以「男性職業」名稱稱呼。如：
Elle est médecin.
Elle est professeur.

而某些職業名詞，如：avocat (律師), docteur (醫生)…等，本身有相應的陰性形式，使用時可以用相應的陰性形式，也可用陽性名詞加 femme 的形式。如：
un avocat → une avocate 或 une femme avocat
un docteur → une doctoresse 或 une femme docteur

大多數的動物名詞，只說明「……種」，不論是陰性或陽性，都只有一種詞形，但為了指出它的性別到底是雄性或雌性時，則於動物名詞後加 mâle 或 femelle 藉以區別。如：

l'éléphant mâle	(公象)	l'éléphant femelle	(母象)
la souris mâle	(公鼠)	la souris femelle	(母鼠)

la grenouille mâle (雄蛙)		la grenouille femelle (雌蛙)	
la girafe mâle	(公長頸鹿)	la girafe femelle	(母長頸鹿)
le zèbre mâle	(公斑馬)	le zèbre femelle	(母斑馬)

但，要注意的是，儘管動物名詞後面加了表示雄性的 mâle 或雌性的 femelle，動物名詞本身的陰、陽性並未因此而改變，也就是說，動物名詞前面的冠詞不作陰、陽性的變化。

1.3.2 同時具有陰、陽兩性的名詞(le nom à double genre)

有些詞同時具有陰、陽兩種性別，但因性別的不同而意義也有所改變。如：

le critique	(評論家)	la critique	(評論)
le faux	(謬誤)	la faux	(大鐮刀)
le mémoire	(論文)	la mémoire	(記憶)
le mode	(方式)	la mode	(時尚)
le moule	(模型)	la moule	(貝)(淡菜)
le physique	(外貌)	la physique	(物理)
le poste	(職位)	la poste	(郵局)
le relâche	(鬆弛)	la relâche	(停泊)
le somme	(睡眠)	la somme	(總數)
le tour	(輪流)	la tour	(鐵塔)
le vague	(不明確)	la vague	(波濤)
le vapeur	(汽船)	la vapeur	(蒸氣)
le vase	(花瓶)	la vase	(淤泥)
un aide	(男助手)	une aide	(協助)
un livre	(書)	une livre	(半公斤)
un manche	(柄)	une manche	(袖子)
un voile	(紗)	une voile	(船帆)

1.3.3 名詞 gens 與形容詞配合時的性別：

1)當形容詞的陰、陽性具有不同的詞形，如果直接擺在 gens 前面時，gens 為陰性；但如果不是直接擺在 gens 的前面時，則 gens 為陽性。如：

　　Les vielles gens sont ordinairement des gens sérieux.
　　(老人通常是些嚴肅的人。)
　　(句中，因陽性形容詞 vieux 的陰性詞是 vieille，且直接擺在名詞 gens 前面，故 gens 為陰性，形容詞 vieux 要改為 vieille。)
　　Toutes les vieilles gens du village sont morts.
　　(村子裏的老太太全故去。)
　　tous les gens du village
　　(村子裡所有的人)

2)當形容詞的陰、陽性具有相同的詞形，且直接擺在 gens 的前面，則 gens 為陽性。如：
　　Quels braves gens !　　　　(多老實的人們！)
　　tous les pauvres gens　　　(所有的窮人)
　　ces bons jeunes gens　　　(這些好青年)

3)當形容詞、代名詞或分詞擺在 gens 後面時，形容詞、代名詞或分詞一律用陽性複數。如：
　　Les bonnes gens seront bien récompensés ! (好人總有好報！)
　　Les méchantes gens que j'ai rencontrés　 (我遇見過的那些壞人)

4)習慣用語 gens de 後面接名詞，藉以表明一種職業，像 gens d'affaires, gens de lettres, gens de mer, gens d'Eglise, gens de maison...被視為集合名詞，為陽性。如：
　　tous les gens d'affaires　　(所有的商人)

　　※陰性名詞 chose 和 personne，如做不定代名詞使用，則為陽性：
例：
　　une chose importante　　　　(一件重要的事)
　　quelque chose d'intéressant　(有趣之事)
　　une personne animée　　　　(一位活躍人物)
　　Personne n'est sorti.　　　　(沒有一個人出去。)

1.3.4 專有名詞的陰、陽性

1)國名和地名的陰、陽性：

　　以 e 結尾的國家、地區、省份和城市的專有名詞，一般都被視為陰性；其他則通常被視為陽性。如：

陰　　性		陽　　性	
la Belgique	(比利時)	le Japon	(日本)
la Turquie	(土耳其)	le Canada	(加拿大)
la Bretagne	(布列塔尼)	l'Afghanistan	(阿富汗)
la France	(法國)	le Languedoc	(朗格多克)
la Flandres	(弗朗德勒)	le Pérou	(貝魯)
la Normandie	(諾曼底)	le Danemark	(丹麥)
la Russie	(俄羅斯)	Paris	(巴黎)
Rome	(羅馬)	le Congo	(剛果)
l'Italie	(義大利)	le Maroc	(摩洛哥)
la Chine	(中國)	New York	(紐約)
la Suisse	(瑞士)		
Toulouse	(圖蘆茲)		

例外：

le Grand Rome	(大羅馬城區)
le Mozambique	(莫三比克海峽)
le Cambodge	(柬埔寨)
le Mexique	(墨西哥)
le (ou la) Nigéria	(尼日利亞)
Marseille (m.)	(馬賽)
Taïpei est beau.	(台北是美麗的。)

　　(句中，形容詞 beau 做主詞 Taïpei 的屬詞，故 beau 是陽性形容詞。)

　　Taïpei est une belle ville.　(台北是一座美麗的城市。)

　　(句中，陰性名詞 ville 做主詞 Taïpei 的屬詞；形容詞 belle 用以修飾 ville，故 belle 是陰性形容詞。)

又，在單數陰性的國家名詞，及以母音為開頭的單數形陽性的國家名詞前，用介系詞 en，並去掉冠詞；在其餘的國家名詞前，用合併定冠詞 au 或 aux。例：

Je vais en France. （我去法國。）

（句中，France 為單數陰性國家名詞。）

J'ai l'intention d'aller en Iran. （我想去伊朗。）

（句中，Iran 為以母音 I 開頭的單數陽性國家名詞。）

aller à Hong Kong （去香港）

aller à Taiwan （去台灣）

aller à Cuba （去古巴）

aller à Singapour （去新加坡）

aller au Brésil （去巴西）

aller au Japon （去日本）

aller aux Etats-Unis （去美國）

aller aux Philippines （去菲律賓）

aller aux Antilles （去安的列斯群島）

※法國舊省區專有名詞前都使用 en，不管該名詞是陰性還是陽性。例：

en Normandie （在諾曼底地區）

en Bretagne （在布列塔尼地區）

en Picardie （在庇卡底地區）

en Limousin （在利穆贊地區）

2)山、江、河的名稱的陰陽性沒有規則可循。如：

le Jura	（汝拉山）	la Seine	（塞納河）
le Caucase	（高加索山脈）	les Alpes	（阿爾卑斯山脈）
le Nil	（尼羅河）	le Rhône	（隆河）
le Volga	（伏爾加河）		

1.4 複數名詞的形成(la formation du pluriel dans les noms)

在法文裡，名詞有單數(le singulier)和複數(le pluriel)之分。單數名詞用以表明單一的人或物；複數名詞用以表明多數的人或物。如：

un crayon	→ des crayons	(鉛筆)
un enfant	→ des enfants	(小孩)
un oiseau	→ des oiseaux	(鳥)
un poisson	→ des poissons	(魚)
une poupée	→ des poupées	(洋娃娃)
une table	→ des tables	(桌子)
une voiture	→ des voitures	(車子)

1.4.1 複數名詞構成的一般情況

通常，在單數名詞後面加 s 即成複數名詞。(所加的 s 除連音外，在任何情況下，均不發音。)如：

le laboureur	→ les laboureurs	(農夫)
un ballon	→ des ballons	(球)
un livre	→ des livres	(書)
une horloge	→ des horloges	(鐘錶)
les garçons et les filles		(男孩們和女孩們)
les livres et les cahiers		(那些書和筆記本)

以 s, x 或 z 結尾的單數名詞，複數時不變。如：

la croix	→ les croix	(十字架)
la noix	→ les noix	(胡桃)
le bras	→ les bras	(手臂)
le mois	→ les mois	(月份)
le nez	→ les nez	(鼻子)
le rubis	→ les rubis	(紅寶石)
un bois	→ des bois	(木)
un gaz	→ des gaz	(氣體)
un pays	→ des pays	(國家)
une voix	→ des voix	(聲音)

以 au 或 eu 結尾的單數名詞，複數時加 x。如：

l'enjeu	→ les enjeux	(賭注)
l'étau	→ les étaux	(老虎鉗)

l'oiseau	→ les oiseaux	(鳥)
le bateau	→ les bateaux	(船)
le chapeau	→ les chapeaux	(帽子)
le château	→ les châteaux	(城堡)
le cheveu	→ les cheveux	(頭髮)
le dieu	→ les dieux	(神)
le feu	→ les feux	(火)
le joyau	→ les joyaux	(珠寶)
le neveu	→ les neveux	(姪兒)
le vœu	→ les vœux	(祈望)
un jeu	→ des jeux	(遊戲)
un noyau	→ des noyaux	(果核)
un tableau	→ des tableaux	(黑板)
un tuyau	→ des tuyaux	(管子)

但，有幾個名詞例外。如：

le bleu	→ les bleus	(藍色)
le landau	→ les landaus	(娃娃車)
le pneu	→ les pneus	(輪胎)
un sarrau	→ des sarraus (sarraux)	(工作服)

以 ou 結尾的單數名詞，複數時加 s。如：

le cou	→ les cous	(頸)
le sou	→ les sous	(法國的舊幣)
un clou	→ des clous	(釘子)
un trou	→ des trous	(洞)
un verrou	→ des verrous	(門栓)

但有七個名詞例外，它們複數時，是加 x。如：

un bijou	→ des bijoux	(珠寶)
un caillou	→ des cailloux	(小石子)
un chou	→ des choux	(包心菜)
un genou	→ des genoux	(膝蓋)

un hibou	→ des hiboux	(貓頭鷹)
un joujou	→ des joujoux	(玩具)
un pou	→ des poux	(蝨子)

以 al 結尾的名詞，複數時，將 al 改為 aux。如：

l'animal	→ les animaux	(動物)
l'hôpital	→ les hôpitaux	(醫院)
l'idéal	→ les idéaux	(理想)
le canal	→ les canaux	(水渠)
le cheval	→ les chevaux	(馬)
le général	→ les généraux	(將領)
le mal	→ les maux	(疼痛)
un caporal	→ des caporaux	(下士)
un journal	→ des journaux	(日記)
un signal	→ des signaux	(信號)

但，有幾個名詞例外，複數時是加 s。如：

un bal	→ des bals	(舞會)
un cal	→ des cals	(老繭)
un carnaval	→ des carnavals	(狂歡節)
un cérémonial	→ des cérémonials	(禮節)
un chacal	→ des chacals	(宴席，盛會)
un choral	→ des chorals	(讚美歌)
un festival	→ des festivals	(聯歡節)
un récital	→ des récitals	(獨奏音樂會)
un régal	→ des régals	(豺)

又，étal(市場的攤子)有兩個複數形 étals 和 étaux，但 étaux 同時也是 étau(老虎鉗)的複數，故，常以 étals 作其複數形。

※另，有幾個名詞幾乎不被用於複數形，複數時，也是加 s。如：

l'aval	→ les avals	(商)(擔保)
le bancal	→ les bancals	(彎腿的人)

le narval	→	les narvals	(獨角魚)
le nopal	→	les nopals	(仙人掌)
le pal	→	les pals	(尖木椿)
le santal	→	les santals	(檀香)
le serval	→	les servals	(藪貓)

以 ail 結尾的名詞，複數時也是加 s。如：

le gouvernail	→	les gouvernails	(舵)
le portail	→	les portails	(正門)
un chandail	→	des chandails	(套頭毛衣)
un détail	→	des détails	(細節)
un éventail	→	des éventails	(折扇)
un rail	→	des rails	(軌道)

但，有九個名詞例外，複數時，將 ail 改為 aux。如：

un bail	→	des baux	(租契)
un corail	→	des coraux	(珊瑚)
un émail	→	des émaux	(琺瑯)
un fermail	→	des fermaux	(扣環)
un soupirail	→	des soupiraux	(通風口)
un travail	→	des travaux	(工作、工程)
un vantail	→	des vantaux	(門扇)
un ventail	→	des ventaux	(氣孔)(頭盔上)
un vitrail	→	des vitraux	(彩繪大玻璃窗)

另，le bétail(家畜總類)只有單數形，是一個集體單數名詞；les bestiaux(許多家畜)只有複數形，並非是 le bétail 的複數。而 le bercail (家、故土)沒有複數形。

※但，有些名詞只有複數形式，請看以下名詞：

les agrès (n.m.)	(體操器械、道具)
les alentours (n. m.)	(附近)
les annales (n.f.)	(編年史)

les archives (n.f.) 　　（卷宗）
les armoiries (n.f.) 　　（紋章）
les arrhes (n.f.) 　　（定金）
les bestiaux (n.m.) 　　（家畜）
les ciseaux (à deux lames) （剪刀）
les directives (n. f.) 　　（指示）
les doléances (n. f.) 　　（陳情書）
les entrailles (n.f.) 　　（內臟）
les fiançailles (n.f.) 　　（訂婚儀式）
les frais (n.m.) 　　（費用）
les funérailles (n.f.) 　　（葬禮）
les mœurs (n.f.) 　　（習俗、風俗）
les munitions (n.f.) 　　（彈藥）
les obsèques (n.f.) 　　（喪禮）
les pincettes (n.f.) 　　（火鉗）
les pleurs (n.m.) 　　（淚水）
les vivres (n.m.) 　　（食糧）

1.4.2 有些名詞卻只有單數形式，尤其是抽象名詞或作名詞用的形容詞及前面加冠詞作名詞用的原形動詞，只能用單數形表示。如：

l'enfance	（童年）	l'innocence	（天真）
l'orgueil	（驕傲）	la direction	（管理）
la bonté	（仁慈）	le manger	（食物）
la haine	（恨）	la jeunesse	（青春）
la justice	（正義）	la paresse	（懶惰）
la soif	（渴）	la vieillesse	（老年）
le beau	（美）	le boire	（飲）
le dormir	（睡眠）	le vrai	（真實）

　　※在單數的 œuf (蛋)和 bœuf (牛)，字尾的 f 要發音，但複數的 œufs 和 bœufs，字尾的 f 不發音。

1.4.3 有些名詞單、複數所表示的含義全然不同。如：

La grandeur d'un Etat est basée en grande partie sur le développement des sciences et des technologies.

（一個國家的強大在很大程度上基於科技的發展。）

Il écrit son livre pour les grandeurs de sa patrie.

（他為祖國的榮譽而書寫。）

Les Assises de la Seine l'ont condamné à une peine de 10 ans.

（塞納省刑事法庭把他判了十年監禁。）

Ce mur a une assise solide.

（這堵牆的牆基很堅實。）

La lunette sert à observer les astres et les lunettes servent à corriger la vue.

（望遠鏡用來觀察天體，而眼鏡用以矯正視力。）

la vacance	（空缺）	→	les vacances	（假期）
le mémoire	（學校論文）	→	les mémoires	（回憶錄）
l'eau	（水）	→	les eaux	（河川）
un ciseau	（鑿子）	→	les ciseaux	（剪刀）

1.4.4 具有兩種複數形的名詞

1)ail

(1)aulx：作「大蒜」解，讀 / o / 音。

(2)ails：作「蒜之學名」解。

2)aïeul

(1)aïeux：作「祖先」解。

(2)aïeuls：作「祖父、外祖父」解。

3)ciel

(1)cieux：作「宇宙、天國」解。

(2)ciels：作「頂飾、頂板、藍天、氣候」解。如：

　　des ciels de lit　　　　（床頂華蓋）

　　des ciels de carrière　　（石礦的頂板）

　　des ciels de tableaux　（畫中藍天）

4)œil

(1)yeux：作「眼睛」解。如：

les yeux de la soupe　　　　（油珠）

les yeux du pain　　　　　　（麵包氣孔）

les yeux du fromage　　　　 （乾酪孔眼）

J'ai mal aux yeux.　　　　　 （我眼睛痛。）

Tailler un pêcher à deux, à trois yeux.

（修剪桃樹使每枝留兩、三個芽眼。）

(2)œils：用在

des œils-de-bœuf　　　　　（眼洞窗）

des œils-de-chat　　　　　　（貓眼石）

des œils-de-perdrix　　　　　（醫）(雞眼)

des œils-de-pie　　　　　　　（海)(帆眼)

des œils-de-serpent　　　　　（蟾蜍石）

1.4.5 專有名詞的複數(le pluriel des noms propres)

1)用以指明相同姓氏的兩個人或全家人時，專有名詞雖用複數形表示，但不可加 s。如：

Nous avons invité les Dupont à dîner.

（我們邀請了杜邦全家吃晚飯。）

Les deux Corneille sont nés à Rouen.

（兩個高乃依均出生在魯昂。）

Les Bossuet, les Racine, les La Fontaine vivaient sous Louis XIV.

（波舒埃家族、拉辛家族和拉封丹家族都生活在路易 14 時代。）

但，下列情況，要求複數專有名詞用複數形式：

2)專有名詞指一國人民或地方居民的名詞。例：

les Français　　　　（法國人）　　les Parisiens　　　（巴黎人）

les Chinois　　　　 （中國人）　　les Allemands　　　（德國人）

les Anglais　　　　 （英國人）　　les Canadiens　　　（加拿大人）

3)專有名詞作普通名詞用，藉以指「像……這樣的人」時，複數時可加 s。例：

Les Corneilles, les Racines et les Molières sont rares.

（像高乃依、拉辛和莫里哀這樣的作家如今是鳳毛麟角了。）

但，有幾個姓氏前有 le 或 la，如：La Fontaine, La Bruyère，不可用複數形表示。如：

Les poètes comme la Fontaine sont rares.

(像拉封丹這樣的詩人現在已屈指可數了。)

4)用以指明是「有名望的王室或家族」時，專有名詞可加 s。如：

les Césars　　　(凱撒家族)

les Bourbons　　(波旁王室)

les Condés　　　(孔代家族)

5)以作者的姓氏為藝術作品的名稱時，可加 s，也可不加 s。如：

Ce musée possède des Titiens, des Rembrandts.

(這座博物館藏有蒂伊安和林布蘭的油畫。)

Je possède deux Renoirs (ou：Renoir).

(句中，deux Renoir(s)等於 deux tableaux de Renoir)

(我有兩幅雷諾瓦的油畫。)

6)用以指明書籍或雜誌的名稱時，不加 s。如：

J'ai acheté deux Larousse, trois Robert.

(我買了兩本拉羅斯詞典、三本羅貝爾詞典。)

7)用以指明是民族、國家、地區的專有名詞，複數時，可加 s。但如果專有名詞指的是城市名，則不加 s。如：

les Pyrénées

(比利牛斯山脈)

L'isthme de Panama joint les deux Amériques.

(巴拿馬地峽把兩個美洲連接起來了。)

Les deux Congos sont situés l'un comme l'autre au centre de l'Afrique.

(兩個剛果都位於非洲中部。)

但城市名不變，如：

Les U.S.A. comptent trois Moscou.
(美國有三個以莫斯科來命名的城市。)

1.5 複合名詞(le nom composé)

　　由兩個或兩個以上的單詞所構成的名詞,通常藉連接符號" - "連接在一起,稱為複合名詞(但,沒有連接符號,也可組成複合名詞)。構成複合名詞的有名詞、形容詞、動詞、介系詞和副詞。其中,只有名詞和形容詞有複數形,動詞、介系詞和副詞沒有複數形。如:

un avant-coureur	→	des avant-coureurs	(先驅)
un chou-fleur	→	des choux-fleurs	(花菜)
un coffre-fort	→	des coffres-forts	(保險箱)
un grand-père	→	des grands-pères	(祖父、外祖父)
un loup-cervier	→	des loups-cerviers	(猞猁)
un rouge-gorge	→	des rouges-gorges	(紅喉雀)
un sourd-muet	→	des sourds-muets	(聾啞人)
un wagon-restaurant	→	des wagons-restaurants	(餐車)
une avant-garde	→	des avant-gardes	(前衛)
un couvre-lit	→	des couvre-lits	(床單)
un ouvre-boîtes	→	des ouvre-boîtes	(開罐刀)
un passe-partout	→	des passe-partout	(萬能鑰匙)
un porte-avions	→	des porte-avions	(航空艦)

　　※當複合名詞是由兩個單詞組成,那麼起補語作用的名詞或副詞在複數形式中,不變化。如:

un arc-en-ciel	→	des arcs-en-ciel	(彩虹)
un chef-d'œuvre	→	des chefs-d'œuvre	(代表作)
un chemin de fer	→	des chemins de fer	(鐵路)
un haut-parleur	→	des haut-parleurs	(高音喇叭揚聲器)
(haut 作副詞)			
un timbre-poste	→	des timbres-poste	(郵票)
(= pour la poste)			
une pomme de terre	→	des pommes de terre	(馬鈴薯)

　※沒有連接符號，但相連成一個簡單字的複合名詞，它的複數形的規則和一般的普通名詞一樣，在字尾加 s 或 x。如：

un gendarme	→ des gendarmes	(憲兵)(們)
un parapluie	→ des parapluies	(雨傘)
un passeport	→ des passeports	(護照)
un portefeuille	→ des portefeuilles	(皮夾子)
un portemanteau	→ des portemanteaux	(衣帽架)
un pourboire	→ des pourboires	(小費)

但，有例外，如：

le bonhomme	→ les bonshommes	(老好人)(們)
le gentilhomme	→ les gentilshommes	(紳士)(們)
Monsieur	→ Messieurs	(先生)(們)
Madame	→ Mesdames	(夫人)(們)、女士(們)
Mademoiselle	→ Mesdemoiselles	(小姐)(們)

沒有單、複數變化的複合名詞(主要指動詞和名詞構成的複合名詞)，如：

un essuie-mains (pour essuyer les mains)	→ des essuie-mains	(擦手巾)
un chauffe-pieds (pour chauffer les pieds)	→ des chauffe-pieds	(腳爐)
un réveille-matin (horloge réveillant le matin)	→ des réveille-matin	(鬧鐘)
un serre-tête (pour serrer la tête)	→ des serre-tête	(束髮帶)
un couvre-pieds (pour couvrir les pieds)	→ des couvre-pieds	(蓋腳被)
un abat-jour	→ des abat-jour	(燈罩)
un avant-propos	→ des avant-propos	(序言)
un cache-sexe	→ des cache-sexe	(三角褲)
un chasse-neige	→ des chasse-neige	(掃雪車)
un gratte-ciel	→ des gratte-ciel	(摩天樓)

un passe-thé	→	des passe-thé	(濾茶器)
un porte-bonheur	→	des porte-bonheur	(吉祥物)
un porte-clés	→	des porte-clés	(鑰匙環)
un porte-monnaie	→	des porte-monnaie	(小錢包)
un porte-parole	→	des porte-parole	(發言人)
un porte-voix	→	des porte-voix	(喇叭筒)

※但，如果名詞可能有複數時，則往往有變化。例：

un cure-dent → des cure-dents(牙籤)(pour curer les dents)
une garde-robe → des garde-robes(衣櫥)(pour garder les robes)
un chauffe-bain → des chauffe-bains (浴水加熱器)

1.6 名詞的功用(la fonction du nom)

在句子裡，名詞可作：

1)主詞(le sujet)，如：

Le président a répondu lui-même à cette lettre.
(總統親自回覆此信。)
Pour la fête des Mères, les enfants feront eux-mêmes un gâteau.
(過母親節，孩子們自己動手做蛋糕。)
Les résultats du concours seront affichés demain.
(明天將張貼競賽結果。)

2)主詞的屬詞(l'attribut du sujet)，如：

Ce qu'elle raconte est une histoire intéressante.
(她講述的是一個有趣的故事。)
Le tigre est un animal féroce.
(老虎是猛獸。)
Il est devenu professeur de français il y a 30 ans.
(他三十年前成爲法語教師。)

※作屬詞用的名詞其陰、陽性或單、複數可以和主詞的陰、陽性
或單、複數相配合，也可以不配合。如：

Madame Curie était un excellent professeur.

(居禮夫人是一位傑出的教授。)
Les Chinois sont un peuple intelligent, travailleur et brave.
(中國人是一個勤勞、智慧、勇敢的民族。)

3)受詞的屬詞(l'attribut de l'objet),如:

On a choisi Paul comme meilleur camarade.
(我們選保羅當傑出同學。)
(句中,meilleur camarade 作受詞 Paul 的屬詞)
Je te considère comme mon frère.
(我把你看作自己的兄弟一樣。)

4) 另一名詞的補語(le complément d'un autre nom),如:

le train pour Taïpei　　　　(開往臺北的火車)
le professeur de français　　(法語老師)

但,le professeur français(法國老師)中的 français 為形容詞。

5)形容詞的補語(le complément d'adjectif),如:

Nous sommes contents de nos succès.
(我們對所取得的成績感到高興。)
Elle n'est pas satisfaite de ses études.
(她對學業不滿意。)
un train plein de voyageurs
(擠滿乘客的火車)

6)副詞的補語(le complément d'adverbe),如:

J'ai agi conformément au plan prévu.　　(我照先前的計劃行動。)
conformément à la loi　　　　　　　　(依照法律)

7)同位語(l'apposition),如:

Tokyo, capitale du Japon　(東京為日本的首都)

注:同位語與被說明的詞用逗號隔開。

la ville de Paris　　　　　　(巴黎市)

8)頓呼語(l'apostrophe)

　在演講或談話中，突然轉換話題或改變語氣，以引起對方的注意，我們稱之為頓呼語。如：

Regardez bien, ma sœur…　　　(看清楚點，我的姐妹…)

Madame, le dîner est prêt.　　(夫人，晚餐已備好。)

9)動詞的受詞補語(le complément d'objet du verbe)，如：

Je pense à ma petite amie.　　(我想著我的女朋友。)

(句中，ma petite amie 作動詞 penser à 的間接受詞補語)

Il parle souvent de ses aventures.(他常談起他的冒險。)

(句中，ses aventures 作動詞 parler de 的間接受詞補語)

Je l'appelle Lili.　　　　　　(我叫她麗麗。)

(句中，「l'」作動詞 appeler 的直接受詞補語)

10)動詞的狀況補語(le complément circonstanciel du verbe)，如：

Elle travaille jour et nuit.

(她日以繼夜地工作。)

Il se promène les mains dans les poches.

(他把手插在口袋裏散步。)

Nous souhaitons que ce livre verra le jour fin février.

(我們希望此書二月底問世。)

11)被動式動詞的行為者補語(le complément d'agent du verbe passif)，如：

Il est reproché par son maître.

(他受到老師的指責。)

Ce jeune est respecté de ses camarades.

(這位年輕人受到同學的尊敬。)

Elle est aimée de ses parents.

(她得到父母的愛。)

1.7 名詞的補語(le complément du nom)

　　補足名詞的意義的單詞，稱為名詞的補語。名詞補語，通常，靠合併定冠詞或介系詞 à, de, en, par, pour, sans...等和名詞聯繫在一起。如：

le nid du merle	(鶇的巢)

　　（陽性名詞 merle 是名詞 nid 的補語）

la maison de mon père	(我父親的房子)

　　（陽性名詞 mon père 是名詞 maison 的補語）

l'odeur de la rose	(玫瑰的味道)

　　（陰性名詞 rose 是名詞 odeur 的補語）

une vase de chine	(瓷花瓶)
le bouton de la porte	(門鈕)
le bouton du manteau	(大衣的鈕扣)
le bouton de la rose	(玫瑰花苞)
un marchand de légumes	(蔬菜商)
les rayons de la lune	(月光)
une table de bois(= une table en bois)	(木桌)
un fruit à noyau	(核果)
une tasse à café	(一個咖啡杯)
une tasse de café	(一杯咖啡)
une machine à écrire	(打字機)
un appartement à louer	(待租的公寓)
un moulin à eau	(水車)
une étoffe à carreaux	(方格子圖案的布)
le train pour Lyon	(開往里昂的火車)

　　在介系詞 à, de, en...等後面的名詞，到底該用單數或複數，是很難確定的；但是假使介系詞後面的名詞只用以表明「一件物品」的概念(或表明性質、狀態等)時，則該名詞用單數形。如：

un marchand de poisson	(魚商)
un sac de blé	(一袋小麥)
des fruits à noyau	(核果)
du tabac en poudre	(煙草粉)

如果介系詞後面的名詞用以表明「幾個物品」的具體概念時，則該名詞必須用複數形。如：

un sac de bonbons 　　　　(一袋子的糖果)
un bonnet à rubans 　　　　(有帶子的便帽)
un marchand de harengs 　　(鯡魚商)

但也有人這樣用：
un paquet de plume (或 de plumes) (一堆羽毛)

可作名詞補語用的，有名詞、代名詞、動詞和副詞。如：
le temps de cerises 　　　　(櫻桃季節)
(句中，名詞 cerises 作 temps 的補語用。)
les jeunes d'aujourd'hui 　(現今的年輕人)
(句中，副詞 aujourd'hui 作 jeunes 的補語用。)
Le désir de plaire nous rend aimables.
(討人喜歡的欲望使我們變得可愛。)
(句中，原形動詞 plaire 作 désir 的補語用。)
Le chien est le seul animal dont la fidélité soit à l'épreuve.
(狗是唯一經得起考驗其忠誠度的動物。)
(句中，關係代名詞 dont 代替 animal，作 fidélité 的補語用。)

1.8 名詞的同位語(l'apposition du nom)

所謂同位語，即位於名詞旁邊，具有明確表達或加強該名詞的意義的一個字；同位語也可作名詞的補語用。如：
Le roi Henri 　　　(亨利王)
(句中，Henri 是 roi 的同位語)
Capitaine renard 　(狐狸隊長)
(句中，renard 是 capitaine 的同位語)
Le fer, métal précieux, est tiré de la terre.
(鐵乃源自地底的貴重金屬。)
(句中，métal 是 fer 的同位語)

※名詞有時可借用為形容詞，如：

Elle aime porter une robe couleur de sang.

(她喜愛穿一條血紅的裙子。)

(句中，couleur 作沒有陰、陽性變化的形容詞。)

Voilà des rubans couleur chair.

(這有幾條肉色帶子。)

(句中，couleur 作沒有單、複數變化的形容詞。)

EXERCICES

I. Analysez les traits lexicaux des noms suivants:

1) Chine / la classe   2) la lune / une découverte
3) un groupe / une fille   4) une robe / un wagon-lit
5) un cochon / du porc   6) un chat / une chatte
7) une valise / un sac   8) un étudiant / une étudiante
9) la patience / un stylo   10) une femme / un garçon

II. Mettez "un" ou "une":

1.____ livre   2.____ tasse   3.____ boutique
4.____ sac   5.____ casquette 6.____ chapeau
7.____ mur   8.____ piscine   9.____ parapluie
10.____ cigarette 11.____ magasin   12.____ porte
13.____ stylo   14.____ radio   15.____ revue
16.____ médecin

III. Donnez le féminin des mots suivants:

1. un vendeur   2. un caissier
3. un client   4. un cousin
5. un marchand   6. un professeur
7. un étranger   8. un Américain
9. un patron   10. un fou
11. un laitier   12. un malchanceux
13. un voisin   14. un acteur
15. un spectateur   16. un instituteur
17. un serveur   18. un travailleur
19. un ouvrier   20. un nouveau
21. un pêcheur   22. un chasseur
23. un lecteur   24. un pharmacien
25. un berger   26. un Chinois
27. un Parisien   28. un boulanger

29. un Congolais   30. un Suisse

IV. Mettez au pluriel les noms suivants:

1. un canal   2. un cheval
3. un jeu   4. un feu
5. un fils   6. un nez
7. un phénix   8. un principal
9. un journalier   10. un Occidental
11. un épingle   12. un hôpital
13. un cheveu   14. un neveu
15. un match   16. un bal
17. un sandwich   18. un journal
19. un tableau   20. un chou
21. un œil   22. un bureau
23. un chapeau   24. un travail
25. un œuf   26. un beau-frère
27. un grand-père   28. un wagon-lit
29. une salle à manger   30. une salle de séjour
31. une carte postale   32. Monsieur
33. Madame   34. Mademoiselle
35. une demi-douzaine   36. un haut-parleur
37. un va-et-vient   38. une demi-heure
39. un cure-dent   40. un bonhomme
41. un hors-d'œuvre   42. un après-midi
43. un pique-nique   44. un aller-retour
45. un timbre-poste   46. un week-end
47. un libre-service   48. une femme médecin
49. un porte-plume   50. un porte-avions

V. Trouvez les noms des habitants correspondant à leurs pays :

1. la France   2. l'Angleterre
3. la Belgique   4. la Suisse
5. l'Italie   6. l'Espagne

7. l'Allemagne   8. la Chine

VI. Est-ce "à" ou "en" devant les noms propres de pays, de provinces et de villes?

Ex: le Canada   →   au Canada

1. le Japon   →
2. la Suisse   →
3. les Etats-Unis   →
4. l'Afghanistan   →
5. le Mexique   →
6. la Pologne   →
7. l'Italie   →
8. l'Irlande   →
9. le Maroc   →
10. le Brésil   →
11. la France   →
12. l'Iran   →
13. la Turquie   →
14. la Grèce   →
15. l'Argentine   →
16. l'Égypte   →
17. la Syrie   →
18. l'Autriche   →
19. l'Allemagne   →
20. la Corée   →
21. la Norvège   →
22. la Belgique   →
23. l'Algérie   →
24. la Bolivie   →
25. la Normandie   →
26. la Bretagne   →
27. la Picardie   →
28. le Limousin   →

VII. Parmi les trois pays, soulignez celui qui est masculin :

Ex: <u>Mali</u> ,   Australie,   Argentine
a) Brésil,   Hollande,   Bulgarie
b) Inde,   Pérou,   Roumanie
c) Iran ,   Tunisie,   Somalie
d) Chili ,   Islande,   Jordanie
e) Portugal,   Chine,   Irlande
f) Colombie,   Indonésie,   Japon
g) Arabie Saoudite, Equateur,   Hongrie
h) Libye,   Turquie,   Danemark

VIII. 用連字符 "-"，介系詞 "à", "de"或不用任何連接成分，將左右邊相應單字結合成複合名詞：

1) avant   affaires
2) fer   estimer
3) sous   sieur
4) brosse   guerre
5) mon   hier
6) après   perle
7) nouveau   demoiselle
8) bateau   violence
9) pomme   repasser
10) non   dents
11) chapeau   né
12) chemin   terre
13) ma   voile
14) gris   melon
15) homme   faire
16) savoir   fer

IX. Traduisez en français:
1.一打雞蛋

2.十幾位同學
3.二十多個問題
4.三十多部電影
5.四十幾本書
6.五十多歲
7.六十幾位同事
8.一百多天
9.一千多夜
10.成千上萬的人
11.十幾萬工人
12.二百萬居民

第二章

冠　詞(L'article)

2.1 冠詞的定義

　　冠詞是一種限定詞(le déterminant)，擺在名詞前面，屬於輔助詞，不能獨立使用，只用來限定名詞，它用以指出該名詞的陰、陽性或單、複數以及它是確指的還是泛指的。如：

le livre	(書)	le cheval	(馬)
la télévision	(電視)	la porte	(門)
un verre	(杯子)	un ballon	(皮球)
une lettre	(信)	une maison	(房子)
des chiens	(狗)	des moutons	(綿羊)

冠詞包括：定冠詞、不定冠詞和部份冠詞。

2.2 冠詞的詞形：

冠詞種類	單　　數		複　　數
	陽　性	陰　性	
定冠詞	le (l')	la (l')	les
不定冠詞	un	une	des
部分冠詞	du (de l')	de la (de l')	des

　　省略母音的冠詞(l'article élidé)：在以母音字母 a, e, i, o, u 或啞音 h 為開頭的名詞前，用省略母音的定冠詞「l'」代替 le, la；用省略母音的部分冠詞「de l'」代替 du, de la。如：

l'âme	(靈魂)	(陰性)	l'an	(年)	(陽性)
l'année	(年)	(陰性)	l'arbre	(樹)	(陽性)

l'encre	(墨水)	(陰性)	l'histoire(歷史)		(陰性)
l'île	(島嶼)	(陰性)	l'oiseau	(鳥)	(陽性)
l'or	(金子)	(陽性)	l'outil	(工具)	(陽性)
l'homme	(人)	(陽性)	l'hôtel	(旅店)	(陽性)
l'uniforme	(制服)	(陽性)	l'institut	(學院)	(陽性)

※但，以噓音 h 為開頭的名詞前，不能用「l'」。如：

le héros　　(英雄)　　　la hauteur　(高度)
la hache　　(斧頭)　　　le haricot　(四季豆)…等。

另，在 huit, huitième, onze, onzième 等基數形容詞和序數形容詞前，不能使用省略母音的定冠詞。如：

le onze novembre　　　　(十一月十一日)
le huit décembre　　　　(十二月八日)
le onzième siècle　　　　(十一世紀)
la huitième semaine　　　(第八週)

2.3 冠詞的位置(la place de l'article)
1)冠詞置於名詞前。如：

un sac	(一個包包)	une gomme	(一塊橡皮擦)
des revues	(一些雜誌)	le monde	(世界)
la Lune	(月亮)	les étoiles	(星星)
du pain	(麵包)	de l'eau	(水)

2)冠詞可以同形容詞一起修飾名詞。如 ：

un petit garçon	(一個小男孩)
une jolie robe	(一件漂亮的裙子)
le beau jardin	(那個漂亮的花園)
le bon restaurant	(那家好餐館)
la belle peinture	(那幅美麗的畫)
les grandes entreprises	(大型企業)

3)冠詞置於稱呼語中頭銜前。如：

Madame la directrice	(經理女士)
Monsieur le préfet	(省長先生)
Monsieur le rédacteur en chef	(主編先生)
Monsieur le conseiller	(議員先生)
Monsieur le ministre	(部長先生)
Monsieur le président	(校長先生)

注意：冠詞只用於限定名詞。名詞前有了冠詞，就不要所有格形容詞(mon, ton, son, ma, ta, sa...)、指示形容詞(ce, cet, cette, ces)、疑問形容詞(quel, quelle, quels, quelles)及感歎形容詞(quel, quelle, quels, quelles)等其他限定詞了。但是，冠詞可以同數字形容詞及某些不定形容詞一起修飾名詞。如：

les premiers jours	(起初的日子)
(premiers 為序數形容詞)	
les deux Guerres mondiales	(兩次世界大戰)
(deux 為基數形容詞)	
un certain journaliste	(某一位新聞記者)
(certain 為不定形容詞)	
une autre lampe	(另一盞燈)
(autre 為不定形容詞)	

2.4 定冠詞(l'article défini)

定冠詞有 **le (l'), la (l'), les**，擺在意義明確的、已經被指明的或大家都熟悉的名詞前。如：

le chien du garçon	(那個男孩的狗)
la montre du professeur	(那位老師的手錶)
l'adresse de l'hôpital	(那間醫院的地址)
la maison de ma mère	(我母親的房子)
la voiture de la mairie	(市政府的車子)

le，擺在陽性單數名詞前。如：

le jardin	(花園)	le toit	(屋頂)

le ciel	(天空)	le fromage	(乳酪)
le courage	(勇氣)	le lion	(獅子)
le chat	(貓)	le manteau	(大衣)
le serpent	(蛇)	l'homme	(人)
le chapeau	(帽子)		

la，擺在陰性單數名詞前。如：

la femme	(女人)	la cuisine	(廚房)
la clé	(鑰匙)	la tête	(頭)
la Terre	(地球)	la Lune	(月亮)
la voiture	(車子)	la maison	(房子)
l'usine	(工廠)	l'université	(大學)

les，擺在陽性複數或陰性複數名詞前。如：

les crayons	(鉛筆)	les plantes	(植物)
les arbres	(樹)	les enfants	(孩子們)
les tables	(桌子)	les rues	(街道)
les livres	(書)		

2.4.1 定冠詞的用法：

1)用在已被確定的人或物前面。如：

la femme de Monsieur Roche
(Roche 先生的太太)
La maison blanche est à moi.
(那間白色的房子是我的。)
Les membres de la délégation ont dîné avec le maire de Paris.
(代表團成員與巴黎市長共進晚餐。)

2)用來表示前面曾提起過的事物或人。例：

Un jour, plusieurs voyageurs arrivèrent à un village situé au pied d'une montagne. Le village n'était pas grand, mais il avait des vues magnifiques. Les voyageurs étaient logés dans une auberge.

（一天，幾個遊客到達坐落在一個山腳下的村子。村子挺小的，但風景卻很壯觀，遊客們在一家小旅館安頓下來。）

3)用以表明唯一的，或眾所皆知的人或物。如：

Connaissez-vous le Président de France?
（你認識法國總統嗎？）
Le soleil éclaire la terre.
（陽光照耀著大地。）

4)用以表明同種類的人或物的總稱。如：

Le cheval est un animal domestique.（馬是一種家畜。）
L'homme est mortel.　　　　　　　（人是會死的。）
L'oiseau vole.　　　　　　　　　　（鳥飛。）
Je préfère le chien au chat.　　　　（我喜歡狗甚於貓。）
J'aime le théâtre.　　　　　　　　（我喜歡戲劇。）
J'aime le vent, la mer et le soleil.　（我喜愛風、大海和陽光。）
Les femmes sont bavardes.　　　　（女人都是長舌的。）

5)用在抽象名詞、學科或藝術等名詞前面。如：

la liberté	(自由)	la justice	(正義)
la politesse	(禮節)	la chance	(運氣)
le bonheur	(幸福)	la médecine	(醫學)
la linguistique	(語言學)	la biochimie	(生物化學)
la musique	(音樂)	la peinture	(繪畫)

6)定冠詞可將動詞、形容詞及沒有陰、陽性和單、複數變化的詞改變成名詞。如：

le boire	(喝的)	le manger	(吃的)
le déjeuner	(午餐)	le dîner	(晚餐)
le passant	(行人)	le rire	(笑)
l'utile	(實用)	l'agréable	(討人喜歡的東西)
le sourire	(微笑)	le rôti	(烤肉)
le souper	(宵夜)	les si	(假使)

les pourquoi　　　(原因)　　　le boire et le manger (飲食)
le pour et le contre(贊成和反對)

7)用在地理的專有名詞前，如：國家、山、河、海、洋、島嶼、洲……等。(但，在人名和絕大多數的城市的專有名詞前不可加定冠詞，如：Lyon, Paris, Taïpei, Alice, Paul...)。如：

la France	(法國)	la Russie	(俄羅斯)
les Alpes	(阿爾卑斯山)	le Rhin	(萊茵河)
la Seine	(塞納河)	la Méditerranée	(地中海)
le Pacifique	(太平洋)	l'Islande	(冰島)
l'Europe	(歐洲)	la Provence	(普羅旺斯)

　　但，在某些國家名詞前不加冠詞。如：Cuba (古巴), Israël (以色列), Madagascar (馬達加斯加), Chypre (塞普路斯), Haïti (海地), Andorre (安道爾), Monaco (摩納哥), Oman (阿曼)...等。

8)用以表明一個民族或一種語言。如：

les Français	(法國人)	les Grecs	(希臘人)
les Chinois	(中國人)	le français	(法文)
le chinois	(中文)	l'allemand	(德文)
l'anglais	(英文)	le japonais	(日文)

9)用以表明季節、日期和節日(但在月份的名詞前，不加冠詞)。如：

le printemps	(春季)	l'été	(夏季)
l'automne	(秋季)	l'hiver	(冬季)
le 1er janvier	(一月一日)	la Toussaint	(天主教諸聖瞻禮節)
le lundi 15 mars	(三月十五日那個星期一)		

　　但，Noël (聖誕節), Pâques (復活節)兩個節日前不加定冠詞。

　　※在時間的名詞前加定冠詞，用以表明全部，作不定形容詞chaque 用。如：
Je vais au marché le mardi. (= tous les mardis)

(我每星期二上市場。)

Il vient le lundi. (= tous les lundis)

(他每週一來。)

Je travaille aussi le samedi. (= tous les samedis)

(我每個星期六也上班。)

10)在形容詞最高級中,定冠詞隨主詞的陰、陽性和單、複數變化;在副詞的最高級中,定冠詞 le 沒有陰、陽性和單、複數變化。例:

Elle est la meilleure de la classe.

(她是班上最好的學生。)

Elle court le plus vite de toutes les filles.

(女孩中,數她跑得最快。)

De toutes ces marchandises, celle-là coûte le moins cher.

(在這些商品中,這一件最便宜。)

11)用在顏色形容詞前(即顏色形容詞作名詞用)。如:

le blanc	(白色)	le bleu	(藍色)
le jaune	(黃色)	le noir	(黑色)
le rouge	(紅色)	le vert	(綠色)

－Quelle est ta couleur préférée?　（－你最喜歡哪一種顏色？）

－Je préfère le vert.　（－我最喜歡綠色。）

12)用以表明某人的頭銜或職稱。如:

le premier ministre　(總理)

le général Dupont　(杜邦將軍)

le professeur Dubois　(杜佈瓦老師)

la reine Victoria 1re　(維多利亞女王)

Monsieur le directeur　(經理先生)

Monsieur l'agent　(警察先生)

13)用以表明重量、長度、時速,表示分配,相當於 chaque 的用法。如:

vingt euros le kilo　(每公斤 20 歐元)

dix euros le mètre	(每公尺 10 歐元)
cinq euros le litre	(每升 5 歐元)
dix kilomètres à l'heure	(每小時 10 公里)

14)放在姓氏前表明家族、家人或作品。如：

les Martin	(馬丁家族)
les Boileau	(布瓦落家族)
chez les Chen	(陳氏家中)
J'aime lire les Hugo.	(我喜歡讀雨果的作品。)

2.4.2 定冠詞的特殊用法：

　　當「身體的一部分」和「擁有人」彼此間的關係讓人一看就明白時，定冠詞擺在表明身體的一部分的名詞前，用以取代所有格形容詞。如：

J'ai souvent mal à la tête.	(我常頭痛。)
(不可說 à ma tête)	
Il a perdu la mémoire.	(他失去了記憶。)
Elle écrit de la main droite.	(她用右手寫字。)
Il m'a pris le bras.	(他挽住我的手臂。)
Ce garçon a les cheveux noirs.	(這男孩一頭黑髮。)
Cette vieille femme marche le dos courbé.	(那位老婦人曲背而行。)
Il s'est coupé le doigt.	(他割了手指頭。)
Lave-toi les pieds!	(洗你的腳吧！)
Je vais me laver les mains.	(我要去洗手。)

2.5 合併定冠詞(les articles définis contractés)

　　定冠詞 le, les 和介系詞 à, de 組成的 au, aux, du, des，我們稱之為合併定冠詞。如：

Nous allons au marché.　(句中，au marché 等於 à le marché)
(我們上市場。)

le café au lait
(牛奶咖啡)

Je parle aux enfants.　　(句中，aux enfants 等於 à les enfants)
(我和孩子們說話。)
Les enfants aiment jouer aux jeux vidéo.
(小孩子們喜歡打電動遊戲。)
Il vient du magasin.　　(句中，du magasin 等於 de le magasin)
(他從商店來。)
Il joue du piano.
(他彈鋼琴。)
le sentier des champs　　(句中，des champs 等於 de les champs)
(田間小路)

2.5.1 合併定冠詞的用法：
合併定冠詞用以指出明確的人或物。
1)擺在以子音或噓音 h 為開頭的單數陽性名詞前。如：
Quelle est la couleur du cheval de Pierre?
(皮耶的那隻馬是什麼顏色的？)
Je pense au cheval de Pierre.
(我想到皮耶的那隻馬。)
Je sais où se trouve la maison du héros de ce film.
(我知道這部電影男主角的家在哪裡。)

2)擺在複數名詞前。如：
Quelle est la couleur des cheveux de Pierre?
(皮耶的頭髮是什麼顏色的？)
Je pense aux problèmes de Pierre.
(我想到皮耶的那些問題。)

2.6 不定冠詞(l'article indéfini)
不定冠詞有 un, une, des，擺在意義不明確的人或物的名詞前。
如：
Voici un cheval.　　　　(這是隻馬。)
La rose est une fleur.　　(玫瑰是一種花。)
J'ai un ordinateur.　　　(我有一台電腦。)

Il a un cybercopain.　　　　　(他有一個網友。)

un，擺在陽性單數名詞前。如：
un pingouin （一隻企鵝）　un avion　　　（一架飛機）
un autobus　（一輛公車）　un camion　　（一輛卡車）

une，擺在陰性單數名詞前。如：
une fleur　　（一朵花）　　une voiture　（一輛汽車）
une maison　（一所房子）　une chemise （一件男襯衣）

des，擺在陽性複數或陰性複數名詞前。如：
des lis　　　（一些百合花）　des roses　　　　（一些玫瑰）
des romans　（幾本小說）　des dictionnaires （幾本詞典）

　　注意：des，用以表明是「介系詞 de+定冠詞 les」，是合併定冠詞。des，用以表明是 un 或 une 的複數時，是不定冠詞。如：
J'ai corrigé les devoirs des élèves.　（我批改了學生的作業。）
(句中，des 作 de＋les，為合併定冠詞。)
Il a la patience des pêcheurs.　　　（他有釣客的耐心。）
(句中，des 作 de＋les，為合併定冠詞。)
J'ai acheté des roses.　　　　　　（我買了一些玫瑰。）
(句中，des 作 une 的複數，為不定冠詞。)
Voici des chevaux.　　　　　　　（這裡有幾隻馬。）
(該句等於 Voici quelques chevaux.)

2.6.1 不定冠詞的用法：
1)用來表示初次提及的人或事物。如：
Je connais un professeur de français.
(我認識一位教法文的老師。)
Nous aurons une conférence cet après-midi.
(今天下午，我們有一個討論會。)
J'ai acheté des livres.
(我買了一些書。)

2)用來表示任何不限定的事物。如：

Donnez-moi une cassette, s'il vous plaît!

(請您給我一捲錄音帶。)

(句中，une cassette 指任何一捲錄音帶。)

On nous a offert des fleurs.

(有人送給我們一些鮮花。)

(句中，des fleurs 指隨便什麼花。)

3)用來表示總體概念中的部分事物。如：

Le ping-pong est un sport.　　　　　　(乒乓是一種體育活動。)

Les chevaux sont des animaux utiles.　(馬是有益的動物。)

4)某些表示自然現象的名詞，如果其後面有品質形容詞修飾，該名詞前要用不定冠詞。如：

Ils sont partis par un temps froid.　(他們出發的那天，天氣很冷。)

Il fait un temps splendide.　　　　 (天氣格外晴朗。)

5)複數名詞前面有形容詞時，將 des 改成 de；再若形容詞以母音或啞音 h 開頭，則 de 又改成 d'。如：

J'ai acheté <u>des</u> roses blanches.　(我買了一些白玫瑰。)

J'ai acheté <u>de</u> jolies roses.　　 (我買了一些美麗的玫瑰。)

(在口語上也有人用 des jolies roses，用法沒錯，但使用上較不漂亮。)

Ce sont <u>d'</u>horribles mensonges.　(這是可怕的謊言。)

　※試著比較定冠詞與不定冠詞的用法：

une odeur de rose　　　　　(一種玫瑰的味道)

l'odeur de la rose　　　　　(那朵玫瑰的味道)

une lettre d'amour　　　　　(一封情書)

la lettre d'amour de mon patron (一封我的老闆的情書)

J'ai acheté une voiture.　　 (我買了一輛車子。)

Est-ce que tu as garé la voiture?(你把那輛車子停好了嗎？)

2.7 部分冠詞(l'article partitif)

部分冠詞 du, de la,和 des 擺在用以表明整體的一部分中不可數的或無法確定數量的名詞前。如：

J'ai mangé du beurre, de la crème et des fruits.

(我吃了奶油、乳製品和水果。)

Voulez-vous du poulet, de l'omelette ou de la confiture?

(您要雞肉、炒蛋還是果醬呢？)

As-tu de la peine?

(你是否有困難？)

J'ai du mal à comprendre ce qu'il fait.

(我很難理解他的所作所為。)

Il a l'habitude de prendre de la viande tous les jours .

(他習慣每天吃肉。)

2.7.1 部分冠詞的用法：

1)用在表示物質概念的不可數名詞前，表示不確定其數量，大部分用於食譜或食物上。如：

Je prends du café et vous buvez du vin.

(我喝(點)咖啡，您喝(點)酒。)

Elle préfère prendre du thé et du lait avec du sucre.

(她更加喜歡喝加糖的茶和牛奶。)

Il ne faut pas verser de l'huile sur le feu.

(別火上澆油。)

注意：同樣表示物質概念的不可數名詞，可以用部分冠詞，也可以用定冠詞，但意思完全不同。例：

Elle aime le poisson.　　　　　　(le poisson，表示總體概念)

(她什麼魚都喜歡。)

Elle prend du poisson au déjeuner.　(du poisson，表示泛指概念)

(午餐時她都吃點魚。)

2)用在表示抽象概念的不可數名詞前。如：

    Du courage, la victoire sera à toi.　　　(加油，勝利將屬於你。)

    Ce jeune homme a toujours de l'audace. (這年輕人一向大膽。)

    Il a de la force. (=Il est fort.)　　　　　(他很強。)

    注意：同樣一個表示抽象概念的不可數名詞，可以用部分冠詞，也可以用定冠詞，但意思完全不同。例：

    Il montre toujours de la patience pour convaincre son ami.

    (de la patience，表示部分概念：表現得有耐心。)

    (他總是很有耐心地說服朋友。)

    La patience vient à bout de tout.

    (la patience，表示總體概念)

    (恆心成萬事。)

3)用在動詞 faire 後，表示科學藝術、體育運動、天氣狀況等不可數名詞前，說明做什麼事、學什麼東西或什麼樣的天氣。如：

    Elle fait du français à l'Université Tamkang.

    (她在淡江大學學法文。)

    Ils font du sport tous les matins.

    (他們每天早上運動。)

    Il fait du vent.

    (今天有風。)

4)用在藝術家或文學作家的名詞前，表示他們作品的一部分。如：

    J'ai lu du Zola.　　　(我讀過幾本左拉的書。)

    Lisez du Sartre.　　　(讀點兒沙特的作品。)

5)表示藝術家或文學作家的風格特徵。如：

    On trouve du Sartre dans ses œuvres.

    (在他的作品中，讀者可以看到沙特的風格。)

    Il y a du Balzac dans le roman de ce jeune écrivain.

    (這位年輕作家寫的小說表現出巴爾扎克的特點。)

注意：當部分冠詞擺在前面帶有形容詞的名詞前時，用 de 代替 du, de la, de l' 和 des。如：

J'ai mangé de bon beurre, de bonne crème et de bons fruits.

(我吃了些好奶油、好乳製品和好水果。)

但，也有人贊成這樣用：du (或 de) bon pain, de (或 de la) bonne viande, de (或 des) bons fruits。然而，當形容詞與名詞聯繫在一起，構成複合名詞時，必須用 du, de la 或 des，不可用 de。如：

Hier, j'ai mangé des petits pois.　　(昨天，我吃了些碗豆。)

des jeunes gens et des jeunes filles　(青年和少女)

2.8 冠詞的重複(la répétition de l'article)

1)句子裡有一系列的名詞，且它們之間的地位是並列的，如果第一個名詞前帶有冠詞，則其餘的名詞也都必須加上冠詞。如：

Le courage, la patience et la prudence sont nécessaires dans les difficultés et les traverses de la vie.

(生活中遇到困難或處於逆境時，需要勇氣、耐心和謹慎。)

Les femmes, les garçons, les vieillards sont en danger.

(婦女、孩子和老人們均處於危險中。)

Tu prends du café ou du thé?

(你喝咖啡或茶？)

2)當兩個或兩個以上以連接詞 et 連接的形容詞，修飾僅用一個名詞表示相同的人或物時，第二個形容詞前面不可重複使用冠詞。如：

Tout le monde aime la grande et belle ville de Paris.

(人人都喜愛美麗的大巴黎。)

Le simple et bon La Fontaine est le premier des fabulistes français.

(純樸老實的拉封丹是法國首屈一指的寓言作家。)

3)如果兩個名詞是同一事物，第二個名詞只是對第一個名詞加以說明，那麼在第二個名詞前不可重複使用冠詞。如：

J'ai le plaisir de vous présenter le collègue et ami de mon mari.

(我很高興地向您介紹我丈夫的同事兼朋友。)

4)如果兩個名詞在人們思想上構成一個密不可分的整體，第二個名詞前可省去冠詞。如：

Dites-moi les jours et heures où je pourrai vous rendre visite.
(告訴我何日何時可以去拜訪您。)

Quand vous voyagez dans un pays étranger, vous devez respecter les us et coutumes de ce pays.
(當您在國外旅遊時，應尊重所在國的風俗習慣。)

5)但，假使兩個或兩個以上以連接詞 et 連接的不同的、特別是對立的形容詞，修飾同一個名詞，卻表示不同的、尤其是對立的人或物時，則形容詞前均必須使用冠詞。如：

La haute et la basse Bourgogne donnent de bons vins.
(上勃艮第和下勃艮第均出產好酒。)

Il y a un bon et un mauvais goût.
(有好的式樣，也有差的式樣。)

2.9 冠詞的省略
1)在表示國籍、職業或身份的屬詞前，可省略冠詞。如：

Elle est journaliste.　　　(她是記者。)（只表明職業身份）
Elle est protestante.　　　(她是新教徒。)
Il est bouddhiste.　　　(他是佛教徒。)
M.Dupont est Français.　　(杜邦先生是法國人。)
Il est devenu directeur de l'école où il travaille depuis 20 ans.
(他做了自己服務了 20 年學校的校長。)

試比較：
Elle est le journaliste du Monde.　　(她是世界報的記者。)
(證明身份、服務地點，仍然保留冠詞。)
Elle est un journaliste expérimenté. (她是一名經驗豐富的記者。)
(journaliste 有形容語修飾，仍保留冠詞。)

2)在同位語前，可省略冠詞。如：

Paris, capitale de la France. 　(巴黎爲法國的首都。)
J'habite place Vendôme. 　(我住在旺都廣場那。)

3)在不可分開使用的習慣用語的名詞前，可省略冠詞。如：

Ecole des Ponts et Chaussées 　(橋樑與道路工程學校)
Ecole des Arts et Métiers 　(工藝美術學校)

4)在提及相似的人或事前，可省略冠詞。如：

les officiers et sous-officiers 　(軍官及士官)
les père et mère 　(父母)
journal paraissant les lundi, jeudi et samedi
(每星期一、四、六出版的報紙)

5)當兩個名詞以連接詞 ou 相連接，且第二個名詞是第一個名詞的同義字或用以解釋第一個名詞時，在第二個名詞前，可省略冠詞。如：

le Bosphore ou détroit de Constantinople
(博斯普魯斯或君士坦丁堡海峽)
l'acide sulfurique ou vitriol
(硫酸或硫酸鹽（舊稱）)

6)在某些介系詞(如：en, à, par, avec, sans...)後面，可省略冠詞（尤在陰性的或以母音開始的國家名詞前，如有介系詞，必須省略冠詞）（見第一章）。如：

en France	(在法國)	en Iran	(在伊朗)
en été	(在夏天)	en hiver	(在冬天)
en train	(乘火車)	en avion	(乘飛機)
en ville	(在城裏)	en or	(金/完美的)
un voyage à pied	(徒步旅行)	face à face	(面對面)
mot à mot	(逐字地)	trois fois par jour	(每天三次)

voyager par mer, par air, par terre (海上、空中、陸上旅行)

avec plaisir	(愉快地)	avec peine	(艱難地)
avec soin	(細心地)	avec succès	(成功地)

但是，在某些固定短語中，en 後的名詞前仍有冠詞。如：

en la matière　　　(在這方面)

en un clin d'oeil　(轉瞬間)

en l'absence de　　(在……缺席時)

在介系詞 sans 後面，因 sans 含有否定的意義，可省略冠詞。如：

sans peine　　　　　　　　(無困難)

un livre sans illustrations　　(一本沒有插圖的書)

Elle veut un café sans sucre.　(她要一杯不加糖的咖啡(黑咖啡)。)

Il est sans travail actuellement. (他目前沒有工作。)

La situation est sans espoir.　(毫無希望。)

但，Il est parti sans un mot de remerciement.

(他連一聲謝都沒有說，便走了。)

(句中，因 un 作「un seul」解，故不可省略不定冠詞 un。)

7) 在說明名詞的內容、性質、材料、用途、形狀、特徵等的補語前，不可加冠詞。如：

une tasse à café　　　　(一個咖啡杯)

une table de bois　　　　(一張木桌)

un vase de chine　　　　(一個瓷製花瓶)

une carte de visite　　　(一張名片)

une salle de classe　　　(一間教室)

des pommes de terre　　(一些馬鈴薯)

un ami d'enfance　　　　(一位兒時玩伴)

une salle de cinéma　　　(一間電影院)

un couteau à pain　　　　(一把麵包刀)

une brosse à dents　　　(一隻牙刷)

un meuble à tiroirs　　　(一件帶抽屜的傢俱)

但當介系詞 à 作「avec」解時，必須加定冠詞。如：

de la peinture à l'huile　　(油畫)

du café au lait	(咖啡牛奶)
un pain au chocolat	(一個巧克力麵包)
une glace à la vanille	(香草冰淇淋)
une tarte au citron	(一個檸檬派)
une tarte aux pommes	(一個蘋果派)

8)名詞是某些動詞片語的組成部分時，可省略冠詞。如：

avoir faim	(餓)
avoir envie	(想)
avoir soif	(渴)
avoir besoin	(需要)
avoir chaud	(熱)
avoir froid	(冷)
avoir mal	(疼痛)
avoir peur	(怕)
avoir raison	(有理)
avoir sommeil	(感到睏倦、有睡意)
avoir tort	(錯了)
faire attention	(小心)
faire cadeau	(送禮)
faire face	(面對)
faire fortune	(發財)
faire obstacle	(阻撓)
faire part	(通知、告訴)
faire partie	(屬於)
faire peur	(使……害怕)
faire place	(讓位於……、被……取代)
faire plaisir	(討……的歡喜)
demander aide	(求助)
demander conseil	(求教)
demander pardon	(請求原諒)
demander secours	(求救)
donner congé	(准假)

donner ordre　　　(下命令)
donner naissance　(生育)
mettre fin　　　　(結束)
perdre courage　　(失去勇氣)
perdre confiance　(失去信心)
perdre connaissance (失去知覺)
perdre patience　　(失去耐心)
prendre congé　　　(告假、告辭)
prendre garde　　　(小心)
prendre soin　　　(照顧、關心)
tenir compagnie　　(陪伴)
tenir compte　　　(重視)
tenir parole　　　(遵守諾言)
rendre service　　(幫助)
rendre visite　　　(拜訪)

9)在路名、地名和報紙、廣告及書籍的標題、篇名前，可省略冠詞。如：

《Maison à vendre》　　　　(房屋出售)
《Cours de français》　　　(法文課)
《Automobiles et chauffeur》　(汽車和司機)
《Vol de nuit 》　　　　　(夜航)
Livre de grammaire　　　　(文法書)
Cahier d'exercices　　　　(練習本)
Elle habite 36, rue de Victor Hugo.
(她住在維克多雨果大街三十六號。)

10)在一系列的作列舉的名詞前，為避免句子的累贅，可省略名詞前所有的冠詞。如：

Le Louvre présente de nombreuses œuvres artistiques: peintures, dessins et sculptures, etc.

(羅浮宮展示許多藝術作品，如：圖畫、素描及雕塑等等。)

Rivières, vallées, lacs et cascades, voilà le Jura.

(河流、山谷、湖泊及瀑布，這就是汝拉山脈。)

11)名詞前有限定詞或基數詞，可省略冠詞。如：

Cette jeune fille a fait ses études à l'Université de Tamkang.
(這個女孩曾就讀於淡江大學。)
Certains étudiants ont chacun deux cassettes.
(有些大學生每人有兩卷錄音帶。)

12)名詞作呼語，可省略冠詞。如：

Le train va partir, enfants! Dépêchez-vous d'y monter!
(火車要開了，孩子們，趕快上車吧！)

13)名詞表示命令、請求、問候等，可省略冠詞。例：

Merci!　　　(謝謝！)
Pardon!　　　(對不起！)
Salut!　　　(你好！)
Attention!　　(注意！)

14)名詞補語前可省略冠詞。如：

le problème de pollution　　　(污染問題)
le commerçant de tissus　　　(布料商)
les conditions de vie　　　(生活條件)

15)在意義明確的、完整的城市或人的專有名詞前，可省略冠詞。如：

Paris　　(巴黎)　　　Taïpei　　(台北)
Tainan　(台南)　　　Jean　　　(瓊)
Paul　　(保羅)　　　Pierre　　(皮耶)
François est à Paris.　　　　　(弗朗索瓦在巴黎。)
Je vais passer mes vacances à Nice. (我將去尼斯度假。)

　　但，專有名詞帶有修飾語時，要加冠詞。如：
le général de Gaulle　(戴高樂將軍)
le grand Paris　　　(大巴黎地區)

注：有的國家、島嶼名詞前不用冠詞。如：

Monaco　　　（摩納哥）

Andorre　　　（安道爾）

Madagascar（馬達加斯加島）

16) 在「數量詞 ＋ 介系詞 de」後面的名詞前，省略其不定冠詞或部分冠詞。如：

un kilo de tomates	（一公斤番茄）
une heure de travail	（一小時的工作）
une goutte d'eau	（一滴水）
un morceau de pain	（一塊麵包）
une bouteille de vin	（一瓶酒）
un bouquet de fleurs	（一束花）
une tranche de jambon	（一片火腿）
un mètre de tissu	（一米布）
une tasse de café	（一杯咖啡）

J'ai passé beaucoup de temps à rédiger ce livre.

（我花了很多時間寫此書。）

Elle a peu de chance.	（她運氣不好。）
J'ai tant de livres à lire.	（我有那麼多的書要讀。）
beaucoup de vin	（許多酒）
beaucoup de gens	（許多人）
peu de livres	（不多的書）
peu de sucre	（不多的糖）
trop de travail	（太多的工作）
trop de choses	（太多的事情/東西）
assez d'argent	（足夠的錢）
autant de tomates	（一樣多的番茄）
moins d'argent	（較少的錢）

但，數量名詞 la plupart de 後面及 la majorité de, la minorité de...
等後面的名詞前必須加定冠詞。如：

La plupart des étudiants se préparent à la rencontre des sports.
(大部分的學生準備體育競賽。)
La plupart du temps, il travaille dans son bureau.
(他大部分時間都在辦公室裏工作。)

17)以介系詞 de 組成的形容詞補語或分詞補語，可省略部分冠詞和不定冠詞。如：

La table est couverte de livres.　　　(那張桌上堆滿了書。)
Le ciel est couvert de nuages.　　　(天空布滿了烏雲。)
La terre est couverte de neige.　　　(地上覆蓋著白雪。)
La bouteille est pleine de vin.　　　(瓶子裝滿了酒。)
Il y a plein de monde dans le train. (火車上擠滿了人。)
La salle est ornée de tapis, de meubles et de statues.
(大廳飾以地毯、家具和雕像。)

18)以介系詞 de 組成的動詞或動詞片語的間接受詞名詞前，可省略不定冠詞或部分冠詞。如：

changer de vêtement　　　　　　(換衣服)
se tromper de chemin　　　　　　(走錯路)
Mon manteau me sert de couverture.(我把大衣當毯子使用。)
On a besoin de médicaments pour soigner ces malades.
(我們需要藥物治療這些病人。)

但，在介系詞 de 後面，單數形的不定冠詞不可省略。如：
J'ai besoin d'un chaier.　　(我需要一本筆記本。)
J'ai envie d'un bon repas. (我想要美味的一餐。)

19)以介系詞 de 引起的原因補語，可省略不定冠詞或部分冠詞。如：

Des sinistrés de KOSOVO mourraient de faim et de fatigue.
(科索沃的一些災民死於飢餓和疲憊。)
Faute de temps, je n'ai pas dîné.
(由於時間不夠，我沒有吃晚餐。)
Le manque de sommeil l'a fatigué.

(睡眠不足使他疲倦。)

Ils pleurent de joie en écoutant cette bonne nouvelle.

(聽到這個好消息，他們喜極而泣。)

20)在絕對否定式的動詞後面，de 代替 un, une, du, de l', de la 或 des，但不可取代定冠詞。如：

J'ai un livre. (我有一本書。)

改為否定時：Je n'ai pas de livre. (我沒有書。)

Je prends du pain. (我吃麵包。)

改為否定時：Je ne prends pas de pain. (我不吃麵包。)

Je bois de l'eau. (我喝水。)

改為否定時：Je ne bois pas d'eau. (我不喝水。)

Je mange des petits pois, de la crème et des fruits. (我吃豌豆、奶油和水果。)

改為否定時：Je ne mange pas de petits pois, pas de crème, pas de fruits. (我不吃豌豆、奶油和水果。)

Il a de l'argent.(他有錢。)

改為否定時：Il n'a pas d'argent.(他沒有錢。)

J'ai des livres de japonais.(我有日文書。)

改為否定時：Je n'ai pas de livre de japonais.(我沒有日文書。)

但，Je prends le pain.(我拿那麵包。)

改為否定時：Je ne prends pas le pain. (我不拿那麵包。)

例外：

(1)為表明兩個對立的名詞，雖是否定句型，也不可用 de 取代不定冠詞或部分冠詞。如：

N'achetez pas de la farine, achetez donc du sucre.

(別買麵粉，買些糖吧！)

Je n'ai pas un crayon, mais un stylo.

(我沒有一隻鉛筆，只有一隻鋼筆。)

Il n'a pas une Toyota, mais une Citroën.

(他沒有 Toyota 的汽車，但有一輛 Citroën 汽車。)

(2)當 un 作「un seul」解時，雖是否定句，也不可用 de 取代 un。
如：

> Il était fatigué; il n'a pas dit un mot.
> (他當時很累，沒有開口說任何一個字。)

(3)在動詞 être 後面，雖是否定句型，也不可用 de 取代 un 或 une。
如：

> Ce n'est pas un acteur.
> (這人不是演員。)
> Quand j'étais jeune, je n'étais pas un bon garçon.
> (我年輕時，並不是個好男孩。)
> Ce n'est pas du café, c'est du vin.
> (這不是咖啡，這是酒。)
> Ce ne sont pas des cahiers, ce sont des livres.
> (這些不是筆記本，而是書。)

EXERCICES

I. Remplacez les trous par un article défini ou indéfini:

1) Il y a _____ photos dans notre classe.

2) Il y a _____ grande maison sur cette diapositive.

3) Je demande mon chemin à _____ monsieur.

4) Il va à _____ bibliothèque.

5) Elle patine avec _____ étudiants de votre classe.

6) Ce n'est pas notre classe, c'est _____ classe de Nathalie.

7) Pascal regarde _____ photos, ce sont _____ photos de son amie.

8) Voici _____ buffet. Devant _____ buffet, vous voyez _____ chaises et _____ Français. Sur _____ chaises, il y a peu de monde. _____ buffet a plusieurs portes. _____ portes ouvrent et ferment automatiquement quand _____ gens entrent et sortent.

9) Les Duval habitent _____ appartement de 4 pièces, au 3e étage d'un immeuble sans ascenseur, dans _____ rue tranquille de _____ rive gauche. Ils mènent _____ vie calme, et restent généralement chez eux. Ce sont _____ petits bourgeois des Français moyens.

【?】 Il est parti en vacances avec une fille, c'est <u>la</u> fille de M.Duc.

Il est parti en vacances avec une fille, c'est <u>une</u> fille de M.Duc.

Dans les 2 phrases ci-dessus, Pourquoi l'article est-il différent? Est-ce dans le même sens?

II. Dans les énoncés suivants, pourquoi "le, la", pourquoi "un, une"? Donnez des contextes ou des explications:

1. "Je veux acheter la moto."

2. "Je veux acheter une moto."

3. "Voulez-vous voir le film?"

4. "Voulez-vous voir un film?"

5. "Ils vont visiter l'appartement."

6. "Ils vont visiter un appartement."

7. "Tu achètes la chaine hi-fi?"

8.　"Tu achètes une chaine hi-fi?"

9.　"Elle vient de sortir de la classe."

10.　"Elle vient de sortir d'une classe."

III. Complétez:

1.　Demain 20 octobre, _____ soleil se lèvera à 6h 20 et se couchera à 17h 45.

2.　_____ Lune tourne autour de _____ Terre.

3.　Demain je visiterai _____ Tour Eiffel.

4.　Je fais mes études à _____ Sorbonne.

5.　Où est Paul? — Il est à _____ mairie.

IV. Complétez:

A. Mettez des articles convenables:

　　A _____ "fête des fous" du 6 janvier 1482, à Paris, devant Notre-Dame, chaque visage qui paraît dans la lucarne fait ouvrir _____ bouches jusqu'aux gorges, provoque _____ nouvelle vague de joie. Tout à coup, _____ visage plus extraordinaire encore que _____ précédents remplit la lucarne: _____ nez a quatre faces, _____ bouche est en fer à cheval, une dent en sort, _____ œil droit est _____ horrible bouton, _____ menton est en pied de chèvre, un mélange de ruse, d'étonnement, de haine et de tristesse couvre tout cela.

B.Mettez des articles convenables et justifiez vos choix :

1. Elle a _____ petit nez.

2. Il a _____ joli nez.

3. Quasimodo a _____ visage extraordinaire.

4. La Esméralda a _____ visage superbe.

5. La jupe découvre par moment _____ jambe fine.

6. Il a _____ yeux bouleversants!

7. Cette fille a _____ cheveux magnifiques!

8. Cet homme a _____ cheveux rares et déjà gris.

9. C'est _____ figure d'homme sévère.

10.Cette figure a _____ paupières retournées, rouges, sanglantes.

11.Marie a _____ yeux rouges.

12.Ce garçon a _____ front bombé (凸起的前額).

13.Tu as _____ sourcils (眉毛) en broussaille (亂蓬蓬的).

14.J'ai _____ lèvres gercées (裂開的), je ne peux plus parler!

15.Ne parle pas _____ bouche pleine!

16.Il a _____ oreilles décollées. Ça lui donne l'air un peu stupide(愚蠢的).

17.Tu as _____ nez droit.

18.Elle a _____ visage long.

19.Marie a _____ yeux en amande.

20.Francine a _____ yeux bleus.

V. Complétez:

1. J'ai un indicateur _____ rues de Paris, avec ça, je peux faire un petit voyage à Paris.

2. Il est étudiant _____ Institut _____ Langues étrangères de Beijing, il étudie le français.

3.Je suis _____ Hebei, elle est _____ Shanxi.

4.Je cherche un professeur _____ département d'histoire.

5.C'est un spécialiste _____ analyse _____ mode de vie _____ Français et _____ changement social.

6.Gérard a mal _____ dents, il va chez le dentiste.

7. _____ rez-de-chaussée, se trouve un magasin d'alimentation.

8.Je ne mets pas ma lettre _____ boîte _____ lettres, mais _____ employé _____ poste, puisque c'est une lettre recommandée.

9.On prend le métro pour arriver _____ Palais _____ Louvre.

10.Où se trouve la Place _____ Concorde?

VI. Choisissez la bonne réponse:

1)En France, les diplômes sont <u>A</u> passeports privilégiés (享有特權的) pour la vie professionnelle. Mais la famille, les médias (廣播電視等宣傳工具) et la formation permanente sont <u>B</u> concurrents (競手

者) <u>C</u> école. Malgré (儘管) l'accroissement <u>D</u> durée <u>E</u> études, la 《formation par le milieu (社會環境)》 reste irremplaçable.

A. les, des   B. des, les   C. à l', de l'

D. du, de la   E. aux, des

2) En France, les diplômes jouent un rôle évident (明顯的), même s'il est discutable: celui <u>A</u> sélection. Il est intéressant d'examiner si leur contenu constitue une préparation véritable <u>B</u> carrières auxquelles ils permettent d'accéder. Apprend-on <u>C</u> école ce dont on a besoin dans la vie?

A.de la, à la   B.aux, des   C. de l', à l'.

VII.

1. Une étudiante française raconte sa vie en Chine avec ses amis.

—Tu as <u>de la</u> chance, voyons! Faire _____ études en Chine, un pays lointain, est un rêve pour des Français!

—Oui, comme étudiante française, j'ai _____ chance. Je fais _____ chinois à l'Université de Nanjing. Les professeurs chinois ont _____ patience, ils sont souriants et sympathiques. Je fais vite _____ progrès depuis mon arrivée. Après la classe, j'écoute _____ Beethoven, _____ Mozart et, après le dîner, je vais faire _____ promenade avec mes amis chinois autour des bâtiments d'enseignement ou dans les jardins. Je vis heureuse en Chine, puisque nous, les étrangers, sommes bien accueillis.

2. Pourriez-vous trouver de l'explication? Essayez si vous voulez. Puis, traduisez en chinois.

     a. J'ai <u>du</u> travail dans la matinée.

     b. Il a <u>du</u> mal à s'habituer à la vie de ce pays, il a envie de partir.

     c. Qui a <u>du</u> feu? Je veux fumer.

     d. Est-ce qu'il fait <u>de l'</u>auto-stop pour aller à la ville voisine?

     e. Ça, c'est <u>du</u> chinois.

     f. Allez! j'attends <u>de l'</u>explication!

     g. Le professeur commence à jouer <u>de la</u> guitare.

     h. Je sais faire <u>de la</u> musique.

i. Les spectateurs écoutent de la musique.

j. Vous posez ça là…, merci… il me faut du calme pour travailler.

VIII. Peut-on employer les articles partitifs avec tous les noms et dans tous les cas?

Regardez ces trois groupes et offrez une explication acceptable:

1.(Dans un restaurant)

— Vous avez choisi, mesdames?

— Oui, nous voudrions du pain, deux assiettes de viande froide avec de la mayonnaise, de la salade, de l'eau.

2.(Dans un café)

— Bonjour, monsieur. Que voulez-vous? du café noir, du café au lait, du coca ou du jus d'orange?

— Du jus d'orange pressé.

3.(A la maison)

— Jean, nous devons acheter de quoi manger pour la semaine au supermarché. Viens avec moi.

— Quelle est la liste?

— Tiens.

— (Jean la lit): 2 baguettes, 2 pains de seigle, 3 camenberts, 1 beurre Bridel, 4 salades, 12 yaourts, 12 flans Miam, 3 poulets, 2 langues de boeuf, 5 pots de lait, 4 bouteilles de coca, 1 filet de pommes de terre.

IX. Mettez les articles convenables:

1. Une étudiante française fait ses études en Chine. Tous les matins, elle fait d'abord _____ gymnastique, puis elle fait sa toilette. Son petit déjeuner commence généralement à 7 h et demie. Elle boit _____ lait de soja, elle mange _____ pâte en torsade frite, parfois elle prend _____ bouillon de riz avec _____ pain à la vapeur et _____ légumes salés. A 8 h moins dix elle quitte la chambre pour suivre _____ cours.

2. Une étudiante chinoise fait ses études en France. Chaque matin, elle se lève à 7 h et demie, elle prend _____ douche, se brosse _____ dents et se peigne devant la glace. Sa toilette finie, elle prend _____ petit déjeuner: elle prend _____ lait ou _____ café _____ lait sucré, _____ pain noir avec _____ beurre et _____ confiture de fraises, et enfin, _____ yaourt _____ fruits. Elle écoute _____ nouvelles et _____ prévisions météo pendant _____ repas. _____ cours commencent généralement en France à 8 h et demie, elle part de la chambre à 8 h, puisqu'elle est obligée de prendre le bus.

【?】Pourquoi toujours "de" et "à" sans article dans les 2 phrases suivantes:

Nous avons trois pièces avec une salle de bains…

La salle de bains est occupée.

M. Dubois a acheté un moulin à café.

Le moulin à café de M. Dubois est hors d'usage.

X. Complétez les phrases et dites les sens des phrases en chinois:

1. Un nouveau chef _____ bureau viendra demain.

Le chef _____ bureau est sorti il y a 10 minutes.

2. Son flair _____ chien de chasse est admirable.

Le flair _____ chien de chasse doit être excellent.

3. J'ai un pneu _____ vélo qui a crevé. Hélas !

Les pneus _____ vélo ont été trop gonflés! Ça risque de crever!

XI. Dites en français le plus vite possible:

A. Il m'a acheté un flacon de parfum à la parfumerie.

Mon garçon Pierre devrait m'acheter une paire de lunettes.

1. 一包糖塊	2. 一網袋柑桔	3. 一盒首飾
一瓶香檳酒	一盤湯	一罐牛奶
一瓶果醬	一碗湯	一塊麵包
一杯咖啡	一碗巧克力	一桶水
一簍水果	一板巧克力	
一副手套	一盒餃子	

B. Donnez-moi <u>un coup de main</u>, s'il vous plaît.

1. On entend _____ fracas _____ carreaux.

2. Mme Lepic leur fait prendre _____ bain _____ pieds.

3. Dès que je serai arrivé, je vous donnerai _____ coup _____ fil.

4. — _____ coup _____ chance, dit mon père modestement, ne mérite peut-être pas un si grand honneur.   (Pagnol)

5. Mademoiselle Dubois nous dicte un cours _____ histoire.

6. Un bureau _____ accueil est un lieu où l'on sert les gens.

7. Pour aller au bureau _____ tabac, s'il vous plaît?

XII. Cas multiples avec "de" et "à": essayez de les comprendre vous-meme:

A.

1.C'est un homme <u>d</u>'humour, il a toujours des mots <u>d</u>'esprit.

2.Elle lui met une serviette autour du cou et montre une adresse, une patience <u>de</u> maman.

3.Mlle Dupont nous donne un cours <u>de</u> géographie.

4.Les cours <u>de</u> philosophie me fatiguent.

5.Je travaille dans un Service <u>de</u> renseignements touristiques.

6.Veux-tu me prendre après le travail au bureau <u>d</u>'accueil ?

7.Il cherche partout son couteau <u>de</u> poche.

8.Une lampe <u>de</u> poche, ça me sert.

9.Les jeunes travaillent pendant les vacances pour avoir un peu <u>d</u>'argent <u>de</u> poche.

10.Dans cette ville, on voit des maisons <u>de</u> campagne.

11.Nous gardons toujours une amitié <u>d</u>'enfance entre nous deux.

12.Il a fait une grande découverte dans le domaine scientifique. C'est un garçon <u>de</u> mérite.

13.Il y a plusieurs équipes <u>de</u> secours dans la ville.

14.Les hommes <u>de</u> lettres, <u>de</u> science ou <u>d</u>'Etat sont des hommes <u>de</u> génie.

15.Nous n'avons pas besoin de femmes <u>de</u> ménage dans l'appartement.

16.Voulez-vous une femme <u>de</u> journée, Madame Richaud?

17.Nous nous retrouvons dans la salle <u>de</u> réunion à 2 heures de l'après-midi, ça va?

18.Si tu montes en haut, n'oublie pas de porter une ceinture <u>de</u> sécurité.

19.Il est méchant, il m'a donné des coups <u>de</u> pied.

20.Quand nous nous rencontrons dans la rue, nous nous donnons toujours un signe <u>de</u> tête comme salutation mutuelle.

21.Quelques coups <u>de</u> marteau, ça suffit!

22.Le chemin <u>de</u> fer sert bien les voyageurs.

23.Veux-tu t'acheter une voiture neuve ou une voiture <u>d</u>'occasion?

24.On n'a que des pupitres <u>de</u> bois dans notre école.

25.Sur la table <u>de</u> marbre, on a déjà mis des fleurs.

26.Aujourd'hui, je ne mange pas de pommes <u>de</u> terre, mais des pommes <u>d</u>'amour!

27.On ramasse des pommes <u>de</u> pin au-dessous des pins.

28.Au mois <u>d</u>'août, il fait encore chaud en Chine.

29.Il commence à pleuvoir vers le mois <u>de</u> mai.

30.La ville <u>de</u> Paris compte plus de 2 millions <u>d</u>'habitants sans compter sa banlieue.

31.Elle achète une boîte <u>de</u> couleurs pour peindre.

32.Je voudrais un verre <u>d</u>'eau.

33.Le niveau <u>de</u> vie du peuple chinois est de plus en plus élevé.

B.

1.Elle a usé beaucoup de brosses <u>à</u> dents depuis dix ans.

2.Mon oncle élève une vingtaine de vaches <u>à</u> lait pour élever le niveau de vie de sa famille.

3.Catherine, donne-moi une tasse <u>à</u> thé, ça me sert.

4.Sylvie prend les tournevis dans la boîte <u>à</u> outils.

5.Il y a plein de vêtements dans sa malle <u>à</u> costume.

6.Une table <u>à</u> tiroire, c'est pratique.

7.La ménagère dépose sa boîte <u>à</u> lait à la crémerie.

8.Nous sommes montés sur le bateau <u>à</u> vapeur.

9.Veux-tu un pull <u>à</u> manches courtes ou <u>à</u> manches longues?

10.Le moteur <u>à</u> réaction est en panne. Que faire?

11.J'enverrai à ma fille une boîte <u>à</u> musique.

第三章
形容詞(L'adjectif)

3.1 形容詞的定義
用以修飾名詞或確定名詞的性質和狀態的詞類，稱為形容詞。

如：

Voilà notre beau jardin.	(這是我們漂亮的花園。)
Cette entreprise est très grande.	(這個企業很大。)
Mon voisin est têtu.	(我的鄰居固執。)
Lisez le premier paragraphe du texte.	(請讀課文第一段。)

形容詞分為：

一　品質形容詞 (les adjectifs qualificatifs)
二　所有格形容詞 (les adjectifs possessifs)
三　疑問形容詞 (les adjectifs interrogatifs)
四　指示形容詞 (les adjectifs démonstratifs)
五　數字形容詞 (les adjectifs numéraux)
六　不定形容詞 (les adjectifs indéfinis)
七　感歎形容詞 (les adjectifs exclamatifs)

在法語語法中，第一類屬於真正形容詞的範疇，可以有比較關係；第二類至第七類則屬於限定詞(les déterminatifs)範疇，除不能有比較關係外，還不能離開名詞而獨立使用，作爲輔助詞類，它們在起限定名詞作用的同時還表達某種關係，如所有(擁有)、疑問、指示、數量和不定等。本書談「形容詞」時，一般指品質形容詞，如談其他類形容詞時，則分別予以表明。

3.2 品質形容詞(les adjectifs qualificatifs)

用以補充說明人、動物或事物名詞的詞,以讓人瞭解該名詞的品質。品質形容詞必須與它所修飾的名詞的陰、陽性和單、複數配合。如:

l'élève studieux　　　　(用功的學生)
(品質形容詞 studieux 是 élève 的修飾語)
un animal féroce　　　　(兇猛的野獸)
(品質形容詞 féroce 是 animal 的修飾語)
un vin rouge　　　　(紅酒)
(品質形容詞 rouge 是 vin 的修飾語)
une bonne nouvelle　　(一則好消息)
(品質形容詞 bonne 是 nouvelle 的修飾語)
une petite île　　　　(小島)
(品質形容詞 petite 是 île 的修飾語)

3.3 陰性形容詞的形成(la formation du féminin dans les adjectifs)
1)陽性形容詞要變為陰性形容詞,一般規則是在陽性形容詞後加一啞音 e。如:

un homme poli　　　　(有禮貌的男人)
une femme poli**e**　　　(有禮貌的女人)
un océan glacial　　　(冰洋)
une mer glacial**e**　　(冰海)
un prix brut　　　　(毛價)
une matière brut**e**　　(原料)
un train direct　　　(直達火車)
une liaison direct**e**　　(直接關係)

但,以啞音 e 結尾的陽性形容詞,陰性時,字形不變。如:

honnête　　→　honnête　　(誠實的)
sobre　　→　sobre　　(樸實的)
habile　　→　habile　　(靈巧的)
mince　　→　mince　　(細的)
jaune　　→　jaune　　(黃色的)

facile	→ facile	（簡單的）
tranquille	→ tranquille	（安靜的）
jeune	→ jeune	（年輕的）
propre	→ propre	（乾淨的）
un général habile		（能幹的將軍）
une manœuvre habile		（巧妙的使用）
un enfant triste		（憂鬱的小孩）
une fillette triste		（憂鬱的小女孩）
un livre utile		（有益的書）
une chose utile		（有用的事物）
un livre rouge		（紅色的書）
une maison rouge		（紅色的房子）

注意：用 grand 構成複合名詞，形容詞 grand 的陰性不加 e。

例：

grand-chose （重要事情）	grand-maman	（兒語)(奶奶、姥姥）
grand-mère （祖母、外祖母）	grand-messe	（大彌撒）
grand-peine （吃力地）	grand-rue	（主要道路）
grand-tante （姨(姑)婆）	grand-voile	（主帆）

2)以 f 結尾的陽性形容詞，陰性時，必須將 f 改為 ve。如：

actif	→ active	（積極的）
neuf	→ neuve	（新的）
passif	→ passive	（被動的）
positif	→ positive	（肯定的）
vif	→ vive	（靈活的）
但，bref	→ brève	（短暫的）

3)以 x 結尾的陽性形容詞，陰性時，必須將 x 改為 se。如：

affreux	→ affreuse	（可怕的）
heureux	→ heureuse	（幸福的）
honteux	→ honteuse	（可恥的）
jaloux	→ jalouse	（嫉妒的）

malheureux　→　malheureuse (不幸的)
nerveux　　→　nerveuse　　(神經質的)
paresseux　→　paresseuse　(懶惰的)
peureux　　→　peureuse　　(膽小的)

但，有幾個陽性形容詞例外，如：doux(柔和的), faux(錯的), roux(紅棕色的), vieux(老的), préfix(預定的)等，陰性時，改爲：douce, fausse, rousse, vieille, préfixe。

4)以 er 結尾的陽性形容詞，變陰性時，必須將 er 改為 ère。如：

entier　　→　entière　　　(全部的)
étranger →　étrangère　　(外國的、陌生的)
fier　　　→　fière　　　　(驕傲的)
léger　　→　légère　　　(輕的)
premier →　première　　(第一的)

5)以 gu 結尾的形容詞，陰性時，必須於字尾加帶有分音符號" ¨ "的 e。如：

aigu　　→　aiguë　　　(尖的)
ambigu →　ambiguë　　(模稜兩可的)
contigu →　contiguë　　(鄰接的)
exigu　→　exiguë　　　(狹小的)

6)以 el, eil, en, et, ien, on, an 結尾的陽性形容詞，陰性時，必須先重複詞尾的子音後，再加 e。如：

cruel　　　　→　cruelle　　　　(殘忍的)
éternel　　　→　éternelle　　　(永久的)
exceptionnel →　exceptionnelle (例外的)
intellectuel →　intellectuelle　(知識的)
naturel　　　→　naturelle　　　(自然的)
pareil　　　→　pareille　　　　(相似的)
solennel　　→　solennelle　　　(盛大的)
traditionnel →　traditionnelle　(傳統的)

vermeil	→ vermeille	(朱紅的)
ancien	→ ancienne	(老的)
européen	→ européenne	(歐洲的)
cadet	→ cadette	(年幼的)
coquet	→ coquette	(愛打扮的)
muet	→ muette	(啞的)
net	→ nette	(清楚的)
bon	→ bonne	(好的)
breton	→ bretonne	(布列塔尼人)
mignon	→ mignonne	(可愛的)

可以歸入這一類的，還有：

beau (bel)	→ belle	(美的)
fou (fol)	→ folle	(瘋的)
gentil	→ gentille	(體貼的)
jumeau	→ jumelle	(成對的)
mou (mol)	→ molle	(軟的)
nouveau (nouvel)	→ nouvelle	(新的)
nul	→ nulle	(無能的)
vieux (vieil)	→ vieille	(老的)

但，有幾個以-et 結尾的陽性形容詞變陰性時，把-et 改爲-ète。

如：

complet	→ complète	(滿的、完全的)
concret	→ concrète	(具體的)
désuet	→ désuète	(過時的)
discret	→ discrète	(謹慎的)
indiscret	→ indiscrète	(冒昧的)
inquiet	→ inquiète	(擔心的)
replet	→ replète	(肥胖的)
secret	→ secrète	(神秘的)

7)以 **s, ot, an, ain, in, un** 結尾的陽性形容詞，變陰性時，不須重複最後一個子音，直接加 **e** 即可。如：

ras	→ rase	(平坦的)
idiot	→ idiote	(笨的)
catalan	→ catalane	(卡塔盧尼亞的)
américain	→ américaine	(美國的)
prochain	→ prochaine	(下一個的)
vain	→ vaine	(徒勞的)
enfantin	→ enfantine	(孩子的)
fin	→ fine	(細的)
voisin	→ voisine	(鄰近的)
brun	→ brune	(棕色的)

但，有六個以 ot 結尾的陽性形容詞，須重複詞尾的子音後，再加 e。如：

bellot	→ bellotte	(嬌小可愛的)
boulot	→ boulotte	(短胖的)
maigriot	→ maigriotte	(過瘦的)
pâlot	→ pâlotte	(臉色蒼白的)
sot	→ sotte	(笨的)
vieillot	→ vieillotte	(古老的)

有個別以 an 結尾的形容詞變陰性時，也須重複詞尾的子音後，再加 e。如：

paysan → paysanne (農民的)

個別以 in 結尾的陽性形容詞變陰性時，把 in 改為 igne。如：
bénin → bénigne (寬容的)
malin → maligne (狡猾的)

有些以 s 結尾的陽性形容詞變陰性時，須重複詞尾的子音，再加 e。如：

bas → basse (低的)

épais	→	épaisse	(厚的)
exprès	→	expresse	(特派的)
gras	→	grasse	(油的)
gros	→	grosse	(胖的)
las	→	lasse	(累的)
但：frais	→	fraîche	(新鮮的)

8)由現在分詞所構成（將 ant 改為 eur）的形容詞，變陰性時，將 eur 改為 euse。如：

boudeur	→	boudeuse	(賭氣的)
flatteur	→	flatteuse	(奉承的)
joueur	→	joueuse	(愛玩的)
moqueur	→	moqueuse	(嘲笑的)
parleur	→	parleuse	(説話的)
trompeur	→	trompeuse	(騙人的)
voleur	→	voleuse	(愛偷東西的)
voyageur	→	voyageuse	(喜愛旅行的)

9)並非由現在分詞所構成，以 teur 結尾的形容詞變陰性時，通常是將 teur 改為 trice。如：

accusateur	→	accusatrice	(控告的)
conservateur	→	conservatrice	(保守的)
destructeur	→	destructrice	(破壞的)
dominateur	→	dominatrice	(統治的)
interrogateur	→	interrogatrice	(詢問的)
observateur	→	observatrice	(善於觀察的)
protecteur	→	protectrice	(保護的)

例外：

flatteur	→	flatteuse	(獻媚的)
menteur	→	menteuse	(撒謊的)

10)11 個以 **eur** 結尾的形容詞，出自拉丁語比較級，因此，是按照一般的規則變為陰性。如：

antérieur	→ antérieure	(以前的)
citérieur	→ citérieure	(內側的)
extérieur	→ extérieure	(外面的)
inférieur	→ inférieure	(下面的)
intérieur	→ intérieure	(內部的)
majeur	→ majeure	(較大的)
meilleur	→ meilleure	(更好的)
mineur	→ mineure	(較小的)
postérieur	→ postérieure	(後面的)
supérieur	→ supérieure	(上面的)
ultérieur	→ ultérieure	(以後的)

而，enchanteur, pécheur, vengeur 變爲陰性時，必須將 eur 改爲 eresse。如：

enchanteur	→ enchanteresse	(迷人的)
pécheur	→ pécheresse	(罪人的)
vengeur	→ vengeresse	(報仇的)

名詞 auteur, amateur, littérateur, professeur 有時可作形容詞用，但，只能作陽性使用，故沒有陰性的變化。如：

une femme auteur (女作家)
une femme professeur(或 un professeur femme) (女教師)

11)形容詞 **contumax**〔刑事〕(缺席的), **rosat**(玫瑰的), **capot**(全輸的), **fat**(自命不凡的), **grognon**(脾氣不好的)，及可以作為形容詞用的 **témoin**(證人)，變為陰性時，字形不變。如：

une lampe témoin (指示燈)
une petite fille grognon (脾氣差的小女孩)
une pommade rosat (玫瑰油膏)

又，favori, coi , tiers 的陰性字為 favorite(特別受喜愛的), coite(安靜的), tierce(第三)；形容詞 aquilin(鷹嘴狀的)只能作陽性使用，故沒有陰性。

12)以 c 結尾的陽性形容詞變陰性時，有的把 c 改為 que，有的改成 che。如：

ammoniac	→ ammoniaque	(氨的)
caduc	→ caduque	(過時的)
public	→ publique	(公共的)
turc	→ turque	(土耳其的)
blanc	→ blanche	(白的)
franc	→ franche	(坦率的)
sec	→ sèche	(乾的)

但，grec (希臘的)的陰性是 grecque。

13)以 g 結尾的陽性形容詞變陰性時，把 g 改為 gue。如：

long	→ longue	(長的)
oblong	→ oblongue	(長方形的)

形容詞若有兩種陽性形式時，必須將第二種陽性形容詞擺在以母音或啞音 h 為開頭的陽性單數名詞前，如：形容詞 beau, nouveau, fou , mou, vieux 若擺在以母音或啞音 h 開頭的陽性單數名詞前，為了語音的協調，也就是說，為了避免母音重複，必須改用其第二種陽性詞形 bel, nouvel, fol, mol, vieil。如：

un beau tableau	(漂亮的圖畫)
un beau chapeau	(漂亮的帽子)
un bel enfant	(漂亮的孩子)
un bel homme	(好看的男人)
un nouveau mode	(新樣式)
un nouvel habit	(新服裝)
un nouvel appartement	(新公寓)
un nouvel ordre	(新指示)

le nouvel An	(新年)
un fol espoir	(瘋狂的希望)
un fol amour	(瘋狂的愛)
un amant fou	(失控的情人)
un mol édredon	(軟被)
un vieux vélo	(舊自行車)
un vieil homme	(老人)
un vieil ami	(老朋友)

14)綜上表述，將品質形容詞陰性構成的一般規則列表如下：

masculin	féminin	詞　義
bleu	bleue	藍　的
facile	facile	簡單的
pareil	pareille	相同的
naturel	naturelle	自然的
ancien	ancienne	舊　的
bon	bonne	好　的
heureux	heureuse	幸福的
entier	entière	全部的
voleur	voleuse	愛偷東西的
supérieur	supérieure	上面的
actif	active	積極的
sec	sèche	乾　的
long	longue	長　的
public	publique	公共的
aigu	aiguë	尖　的

3.4 形容詞複數的形成(la formation du pluriel dans les adjectifs)

一般規則：在單數形容詞後面加 s 即成複數形容詞。如：

un enfant intelligent	→	des enfants intelligents	(聰明的小孩)
le train rapide	→	les trains rapides	(快速火車)

un livre bleu　　　　　→　des livres bleus　　　　(藍色的書)

1)以 s, z 或 x 結尾的單數形容詞，複數時，詞形不變。如：

un vin exquis　　　→　des vins exquis　　　(好酒)
un mur bas　　　　→　des murs bas　　　　(矮牆)
un cheveu gris　　→　des cheveux gris　　(灰髮)
un homme roux　　→　des hommes roux　　(棕紅髮色的男人)
un fruit délicieux　→　des fruits délicieux　(可口的水果)
　le gaz parfait　　→　les gaz perdus　　　(廢氣)

2)以 al 結尾的形容詞，複數時，大多將 al 改為 aux。如：

un échange international→des échanges internationaux(國際交流)
un homme loyal　　　→　des hommes loyaux　　(正直的人)
un phénomène normal　→　des phénomènes normaux　(正常現象)
un problème national　→　des problèmes nationaux　(國事問題)
un signe amical　　　→　des signes amicaux　　(友善的樣子)

　某些以 al 結尾的形容詞，用於陽性複數時，以前是加 s，如今該用法已漸漸統一將 al 改爲 aux。如：

des concerts instrumentaux(演奏會)
des fruits automnaux　(秋季水果)
des signes zodiacaux　(黃道現象)
des troubles mentaux　(精神不寧)

　但，形容詞 banal(平庸的), bancal(腿彎曲的), fatal(致命的), final(最後的), glacial(冰的), natal(故鄉的), naval(海軍的), tonal(音調的)，複數時，加 s 即可。
　另有幾個以 al 結尾的形容詞，幾乎不用於陽性複數形式，它們的複數可將 al 改爲 als 或 aux。如：

austral　→　australs　(或 austraux)　　(南方的)
boréal　→　boréals　(或 boréaux)　　(北方的)
idéal　→　idéals　(或 idéaux)　　(理想的)
jovial　→　jovials　(或 joviaux)　　(愉快的)

matinal → matinals (或 matinaux) （早的）
pascal → pascals （或 pascaux） （復活節的）

3)以 ou 結尾的形容詞，複數時加 s。如：
des prix fous （奇昂的價錢）
des chapeaux mous （呢帽）

4)所有結尾發/eu /音的形容詞，單數時，詞尾都有一個 x，如欲改為複數時，詞形不變。如：
heureux → heureux （幸福的）
honteux → honteux （可恥的）

但，bleu(藍的), feu(已故的)和 hébreu(希伯來人的)例外，bleu 和 feu，複數時，加 s；hébreu 複數時，加 x。如：
des yeux bleus （藍眼睛）
les feus époux （已故的夫婦）
des livres hébreux （希伯來文書）

5)以 eau 結尾的形容詞 beau, jumeau, nouveau，複數時，加 x。如：
le beau bateau → les beaux bateaux （漂亮的船）
un frère jumeau → des frères jumeaux （雙胞兄弟）
un film nouveau → des films nouveaux （新發行的影片）

6)綜上表述，將品質形容詞複數構成的一般規則列表如下：

masculin		féminin		詞 義
singulier	pluriel	singulier	pluriel	
petit	petits	petite	petites	小 的
gris	gris	grise	grises	灰 的
joyeux	joyeux	joyeuse	joyeuses	愉快的
beau (bel)	beaux	belle	belles	漂亮的
principal	principaux	principale	principales	主要的
fou (fol)	fous	folle	folles	瘋 的

3.5 品質形容詞的功用(fonctions de l'adjectif qualificatif)
1)品質形容詞直接擺在名詞前面或名詞後面時,作為該名詞的修飾語(épithète),即定語。如:

l'air frais	(新鮮的空氣)
la jeune génération	(年輕的一代)
la vaste mer	(浩瀚的大海)
le beau spectacle	(精彩的演出)
le champ fertile	(肥沃的田地)
le chien fidèle	(忠實的狗)

　　形容詞作泛指代名詞的定語時,應放在泛指代名詞後面,形容詞用陽性單數,且前面要加介系詞 de。如:

quelque chose d'important	(某件重要的事)
rien d'intéressant	(毫無趣味)
quelqu'un de sérieux	(嚴謹認真的人)

2)當品質形容詞以動詞 être, sembler, devenir, paraître, avoir l'air, passer pour 和作主詞用的名詞或代名詞相連接時,則該品質形容詞作主詞的屬詞用。如:

Son frère est devenu tout rouge, il semble ivre.
(他兄弟的臉很紅,好像喝醉了。)
(句中,rouge 作主詞 Son frère 的屬詞,;ivre 作主詞 il 的屬詞)
Te voilà heureux.
(你現在可高興了。)
(句中,含有 Voilà que tu es heureux.之意)
Il a l'air très content.
(他好像很高興。)

3)有時,品質形容詞也能作直接受詞補語的屬詞。如:

On croit ce jeune compétent.
(人們認為這個年輕人能力很強。)

（句中, compétent 作 ce jeune 的屬詞，而 ce jeune 是動詞 croit 的直接受詞補語）

On le trouve intelligent.

（人們認爲他聰明。）

（句中，intelligent 作直接受詞補語 le 的屬詞）

Vous trouverez ce film intéressant.

（您會覺得這部電影挺有意思的。）

（句中，intéressant 作直接受詞補語 ce film 的屬詞）

4)作間接結構的屬詞。有些動詞在引導屬詞時要用介系詞作媒介，屬詞與主詞、屬詞與直接受詞補語的關係是間接的。如：

Il l'a traitée de sotte.

（他把她說成了傻瓜。）

Elle passe pour menteuse.

（她被認爲好說謊話。）

Je considère ces problèmes comme dignes du plus grand respect.

(J.Romains)

（我認爲這些問題理應受到最大的重視。）

以上三例中，形容詞均作屬詞。第一例 sotte 是直接受詞的屬詞，第二例中 menteuse 是主詞 elle 的屬詞，第三例中 dignes 是直接受詞 ces problèmes 的屬詞，這三個屬詞和相關的主詞、直接受詞之間分別夾著介系詞 de, pour 和 comme。

5)品質形容詞有時也可作名詞的同位語，且用以強調該名詞，這時，形容詞與名詞之間用“，”分開。如：

Résolue, Fanny a fait face aux difficultés.

（法妮下定決心，應對一切困難。）

（句中，Résolue 作 Fanny 的同位語）

Légère et court vêtue, elle allait à grands pas.　　　(La Fontaine)

（她身穿輕薄短裝，大步走著。）

（句中，légère 和 vêtue 作 elle 的同位語）

Les barques passaient, muettes, sur l'eau.

（小船在水面上悄無聲響地經過。）

（句中，muettes 是 barques 的同位語）

6)有些形容詞還可作名詞或副詞用

(1)作名詞用：陽性單數形容詞前加定冠詞 **le**，可作名詞用。如：

Le violet est à la mode cette année. （今年流行紫色。）

L'important, c'est d'être présent. （重要的是出席。）

J'aime le moderne. （我喜歡新事物。）

(2)作副詞用：某些陽性單數形容詞可作副詞用。如：

chanter faux	（唱錯）	couper fin	（切得細小）
crier fort	（高聲喊叫）	marcher droit	（筆直地走路）
parler haut	（大聲講話）	penser juste	（正確思考）
peser lourd	（稱起來重）	s'habiller jeune	（年輕地打扮）
sentir bon	（好聞）	travailler dur	（勤奮地工作）
voir clair	（清楚地看見）		

Cette voiture coûte cher. （這車子價錢貴。）

（句中，cher 是副詞，修飾動詞 coûte）

Cette voiture est chère. （這車子很貴。）

（句中，chère 是形容詞，作主詞 Cette voiture 的屬詞）

3.6 形容詞與名詞的配合(l'accord de l'adjectif avec le nom)

形容詞必須與它所修飾的名詞和代名詞的陰、陽性和單、複數一致。如：

un grand fleuve （大河）

（形容詞 grand 是陽性單數，因它修飾的 fleuve 是陽性單數名詞。）

des chambres spacieuses （幾間寬敞的卧室）

（形容詞 spacieuses 是陰性複數，因為它所修飾的 chambres 是陰性複數名詞）

Ce voyage l'a rendue contente. (這次旅遊使她興高采烈。）

（形容詞 contente 修飾作直接受詞用的代名詞 l' (她)，因此用陰性單數表示。）

同樣：

l'écolier gai　　　　　　　(愉快的小學生)
la langue latine　　　　　　(拉丁語)
la littérature anglaise　　　　(英國文學)
un enfant sourd et muet　　　(聾啞兒童)
un garçon nu　　　　　　　(一絲不掛的男孩)
un mouchoir carré　　　　　(方巾)

形容詞與數個名詞的配合(l'accord de l'adjectif avec plusieurs noms)

1) 形容詞所修飾的名詞若全是陽性名詞，則該形容詞必須是陽性複數的形容詞。如：

L'âne et le mulet sont têtus.　　(驢和騾都是頑固的動物。)
Le thé et le café sont chauds.　　(茶和咖啡都是熱的。)
un manteau et un chapeau noirs(黑色的大衣和帽子)
un père et un garçon contents　(快樂的父子)

2) 形容詞所修飾的名詞若全是陰性名詞，則該形容詞必須是陰性複數的形容詞。如：

L'alouette et la poule sont matinales.(雲雀和母雞均是早起的。)
la porte et la fenêtre ouvertes　　(敞開的門窗)
une robe et une chemise blanches　(白色的佯裝和襯衫)
une mère et une fille contentes　　(快樂的母女)

3) 形容詞所修飾的名詞，若有的是陽性名詞，有的是陰性名詞，則該形容詞必須是陽性複數的形容詞(但，通常是將陽性名詞擺在作定語的形容詞旁邊)。如：

La biche et le cerf sont légers.　　(母鹿和雄鹿都是輕快的。)
une chemise et un manteau blancs　(白色的襯衫和大衣)
une mère et un garçon contents　　(快樂的母子)
Son fils et sa fille sont charmants.　(他的兒女都很可愛。)

4)當形容詞用以修飾幾個以 comme, ainsi que 相連接的名詞時,假使連接詞具有比較之意,形容詞必須與第一個名詞在陰陽性和單複數上相配合。如:

L'aigle a le bec, ainsi que les serres, puissant et acéré.

(鷹的嘴如同其爪既強壯又鋒利。)

Marie, comme sa mère, est jolie.

(瑪麗像她媽媽一樣,是美麗的。)

但,假使連接詞具有 et 之意時,形容詞必須同時與所修飾的名詞在陰陽性和單複數上相配合。如:

Il a la main ainsi que l'avant-bras tout noirs de poussière.

(他的手和前臂烏黑烏黑的,滿是灰塵。)

Le français ainsi que l'italien sont très beaux.

(法語和義大利語都很美麗。)

5)當形容詞用以修飾幾個同義的名詞時,形容詞必須與最後一個名詞在陰陽性和單複數上相配合。如:

Il entra dans une colère, une fureur terrible.

(他怒氣沖沖,讓人感到害怕,走了進來。)

6)當形容詞用以修飾兩個以 ou 相連的名詞時,習慣上,形容詞與最後一個名詞在陰陽性和單複數上相配合。如:

Il faudrait, pour réussir dans cette entreprise, un talent ou une habilité rare.

(要使這件事情獲得成功,得有一種罕見的才能或少有的靈巧。)

Il cherche un roman ou une bande dessinée intéressante.

(他在找一本有趣的小說或漫畫。)

假使形容詞很明顯地只用以修飾最後一個名詞時,形容詞必須與最後一個名詞作配合。如:

une statue de marbre ou de bronze doré

(一具漢白玉雕像或一具金黃色的青銅像)

又，假使形容詞用以同時修飾前後以 ou 相連的兩個名詞時，爲了清楚表明意思，也可以與該兩個名詞作性、數上的配合。如：

On demande un homme ou une femme âgés.

(需要一個上了年紀的男的或一個女的。)

3.7 複合形容詞(les adjectifs composés)

1)複合形容詞，若由兩個形容詞組成，用以修飾名詞，則這兩個形容詞都必須與它們所修飾的名詞在陰、陽性和單、複數上相配合。如：

 des filles sourdes-muettes   (聾啞女孩)

 des pommes aigres-douces   (酸中帶甜的蘋果)

 des enfants premiers-nés   (頭胎孩子)

2)複合形容詞由兩個形容詞組成，假使第一個形容詞作副詞用，修飾第二個形容詞時，只有第二個形容詞有單、複數及陰、陽性的變化。如：

 des enfants nouveau-nés (新生兒)

 也就是說，等於 des enfants nouvellement nés。

 同樣地，也可以這樣寫：

 des enfants mort-nés (生下已死的小孩)

 des portes grand ouvertes (敞開的門)

但，形容詞 frais 例外，雖然它與另一個過去分詞組成複合形容詞，具有「tout nouvellement」之意，但仍作形容詞用，故有陰、陽性和單、複數的變化。如：

 une fleur fraîche cueillie   (新採的花)

 une maison toute fraîche bâtie (剛建好的房子)

 des roses fraîches cueillies   (新採的玫瑰)

3)複合形容詞如果作名詞用，前面又加有冠詞，則兩個形容詞均必須作陰、陽性和單、複數的變化。如：

 le dernier-né   (末胎)

 la dernière-née   (最小的女兒)

le premier-né	(頭胎)
des premiers-nés	(頭胎)
les nouveaux mariés	(新婚夫婦)
les nouveaux venus	(新來者)
des aveugles-nés	(出生已瞎的人)
des sourds-muets	(既聾又啞者)

4)複合形容詞作顏色的形容詞用,則沒有陰、陽性和單、複數的變化。如:

des cheveux brun foncé	(深褐色的頭髮)
des étoffes bleu clair	(淡藍色布料)
des robes gris clair	(淡灰色洋裝)
des yeux bleu clair	(淡藍色的眼睛)
les forêts gris bleu	(藍灰色的森林)
une porte bleu-vert	(藍綠色的門)
une jupe vert pomme	(蘋果綠的裙子)

5)由「副詞與形容詞」或「介系詞與形容詞」所組成的複合形容詞, 只有形容詞有陰、陽性和單、複數的變化。如:

des fils bien-aimés	(受寵的兒子)

(bien 是副詞,故沒有陰、陽性和單、複數的變化。)

des personnages haut placés	(一些地位顯要人物)
les avant-derniers événements	(倒數第二件事)

(avant 是介系詞,故沒有陰、陽性和單、複數的變化。)

l'avant-dernière page	(倒數第二頁)

3.8 某些形容詞與名詞間的性、數配合
1)形容詞 nu 和 demi 的用法:

nu 和 demi,擺在名詞前面,用連接符號和名詞相連接,沒有陰、陽性和單、複數的變化;若擺在名詞後,就必須與名詞的陰、陽性和單、複數相配合。但,demi 沒有複數形式,只能用單數表示。如:

Il a marché, nu-pieds, pendant une demi-journée.

(他光腳走了半天。)

avoir les pieds nus	(光腳)
être nu-pieds	(光腳)
avoir la tête nue	(頭不戴帽子)
être nu-tête	(頭不戴帽子)
les jambes nues	(光腿)
être nu-jambes	(光腿)
une demi-place　→　un billet demi-tarif	(半票)
une heure et demie	(一個半小時)
une demi-heure	(半小時)
deux heures et demie	(2 小時 30 分)
deux jours et demi	(兩天半)
trois litres et demi	(3.5 升)
un demi-litre	(半升)
une douzaine et demie	(一打半)
une demi-douzaine	(半打)

另，demi(一半、半個)，作名詞用，有單、複數的變化。如：
Deux demis font un entier. (兩個半個等於一整個。)

當提及「時刻」時，demi 變爲陰性名詞 demie。如：
Le beffroi sonne les heures et les demies.
(鐘塔逢整點和半點打鳴。)
Cette pendule sonne les demies.
(這個擺鐘逢半點打鳴。)
(句中，demies 是陰性複數名詞)

2)形容詞 feu 的用法

形容詞 feu 作 défunt (已故的)解，直接擺在名詞前面，有陰、陽性和單、複數的變化。如：

ma feue tante	(我已故不久的姑姑)
mes feus parents	(我已故不久的雙親)
la feue reine	(那已故的皇后)

　　除上述情況外，feu 用在冠詞或所有格形容詞前面時沒有陰、陽性和單、複數的變化。如：

feu ma tante	(我剛去世的姑姑)
feu sa mère	(他剛去世的母親)
feu la reine	(那已故的皇后)

3)ci-joint, ci-inclus (此附，內附的) 的用法：

(1) 當它們擺在句子的開頭時，沒有陰、陽性或單、複數的變化。如：

ci-joint votre reçu	(附上您的收據)
ci-joint trois lettres	(附上三封信)
ci-inclus la copie	(內附影本)

(2) 在句子裡，跟隨在 **ci-joint** 和 **ci-inclus** 後面的名詞是一個前面沒有冠詞，也沒有所有格形容詞的名詞時，**ci-joint** 和 **ci-inclus** 沒有陰、陽性和單、複數的變化。如：

Vous trouverez ci-joint quittance.	(附上收據，請查閱。)
Vous avez ci-inclus copie du contrat.	(內附合同的影本。)

(3) 除上述的情況外，**ci-joint** 和 **ci-inclus** 都必須有陰、陽性和單、複數的變化。如：

les pièces ci-jointes	(附上全部證件)
Vous avez ci-incluse la copie de la lettre.	(內附信的影本)
les trois lettres ci-jointes	(附上的三封信)
une copie ci-incluse	(內附一份影本)

4)形容詞 franc 的用法：

franc 可放於名詞之前或名詞之後。如：

Le colis est envoyé franc de port.

(這包裹已用免付郵資方式郵寄。即：收件人不用再付郵資。)

J'ai acheté des parfums détaxés dans une boutique franche.

(我在一間免稅商店買了一些減稅香水。)

根據 1901 年 2 月 26 日 法國政府頒佈的法令，用於 franc de port 的 franc, ci-inclus, ci-joint 和過去分詞 excepté, passé 等，它們的用法無論在任何情況下，可自行決定不再加以限制。如：

envoyer franc de port (或 franche de port) une lettre
(免付郵資方式寄信)
Ci-joint (或 ci-jointes) les pièces demandées.
(附上要求的證件。)
Je vous envoie ci-joint (或 ci-jointe) la copie de la pièce.
(我給您附寄了證件影本。)

但，franc de port 如果作副詞短語用，則不可有陰、陽性或單、複數的變化。如：

Je vous envoie les lettres franc de port.
(我用免付郵資的方式給您寄去全部信件。)

5)形容詞 grand 的用法：

形容詞 **grand** 在某些陰性名詞前，沒有陰性的變化，並且以連接符號和名詞連接在一起。如：

grand-chose	(重要的事)	pas grand-chose	(不重要的事)
grand-peine	(很艱難的)	grand-mère	(祖母)
grand-tante	(姑婆)	grand-maman	(奶奶)
grand-pitié	(極憐憫)	grand-messe	(大彌撒)
grand-garde	(前哨)	grand-peur	(很害怕)

在這樣情況下，即使該陰性名詞是複數形，grand 依然沒有複數變化。如：

des grand-mères	(祖母)
des grand-messes	(大彌撒)
des grand-tantes	(姑婆)

但，也有人常這樣寫：des grands-mères, des grands-messes 或 des grands-tantes。

6)semi, mi 的用法：

semi, mi 只放在名詞或其它形容詞前，性、數不變。如：

des semi-voyelles	(半母音)
une semi-colonie	(半殖民地)
des semi-directs	(半直達快車)
s'arrêter à mi-chemin	(半路上停下來)
la mi-janvier	(一月中旬)
les yeux mi-clos	(半閉的眼睛)

7)形容詞 possible 的用法：

形容詞 possible 前面擺有 le plus, le moins, le mieux, le meilleur 或 le pire，形成副詞片語，則沒有單、複數的變化。如：

On cherche à accueillir le plus d'hommes possible.

(盡量多接待些人。)

Pour arriver à l'heure, vous devez faire le moins possible de détours (或 le moins de détours possible(s)).

(為準時到達，您應該盡可能少走彎路。)

除上述的情況外，possible 有單、複數的變化。如：

Pour sauver les sinistrés, prenez tous les moyens possibles.

(採取一切可行辦法以營救遇難人員。)

On lui a fait tous les avantages possibles.

(人們給他以盡可能的方便。)

8)plein 的用法：

plein 作形容詞用時，是可變字；作介系詞用時，是不變字。如：

Ne parle pas la bouche pleine.	(吃東西時別說話。)
(pleine 作形容詞用)	
Il fait plein soleil.	(陽光普照。)
C'est la pleine lune.	(滿月。)
Il y a du grain plein le grenier.	(糧倉裏堆滿了穀子。)
(plein 作介系詞用)	
Il a de l'argent plein les poches.	(他很有錢。)

9)excepté, passé, supposé, non compris, attendu, vu, approuvé 的用法：

excepté(除外), passé(過去的), supposé(假設), non compris(不包括在內), attendu(預料的), vu(看到的), approuvé(同意)，擺在名詞前面，是介系詞，沒有陰、陽性和單、複數的變化；若擺在名詞後面，是形容詞，有陰、陽性和單、複數的變化。如：

excepté les vieillards　　　(除老人外)
les vieillards exceptés　　(老人除外)
Passé neuf heures, excepté les vieillards, tout le monde travaille.
(過了九點，除老人外，大家都幹活。)
neuf heures passées　　(九點過後)
supposé ces motifs　　　(假定有這些原因。)
ces motifs supposés　　　(假定的原因)
non compris la maison　　(不包括房子。)
la maison non comprise　(房子不包括在內)

但，y compris(包括在內)，擺在名詞前面，是介系詞，沒有陰、陽性和單、複數的變化；放在名詞後面當形容詞用，可與名詞、也可不與名詞，作陰、陽性或單、複數的變化。如：

y compris la maison　　　(包括房子)
la maison y comprise　　(房子包括在內)
y compris les boissons　　(包括飲料)
les boissons y compris　　(飲料包括在內)
les boissons y comprises　(飲料包括在內)

形容詞與 avoir l'air 的配合：

當 avoir l'air 的主詞是指事物時，形容詞需要與主詞的單複數及陰陽性配合；但當它的主詞是人時，形容詞的單、複數及陰、陽性可以與 air 或主詞相配合。如：

Ces pommes ont l'air fraîches. (這些蘋果似乎很新鮮。)
Cette tarte a l'air délicieuse.　(這塊奶油水果餡餅好像挺可口。)
Cet arbre a l'air très vieux.　　(這棵樹看上去很古老。)
Ces outils ont l'air bien neufs. (這些工具似乎很新。)

Elle a l'air sérieux (或 sérieuse).(她看上去很嚴肅。)

(句中，主詞 Elle 是第三人稱單數陰性的代名詞，故形容詞與
air 或 Elle 配合均可。)

Elle a l'air heureux (或 heureuse).

(她看上去挺高興的。)

Marie a l'air fatigué (或 fatiguée) aujourd'hui.

(今天瑪麗似乎很累。)

3.9 品質形容詞的等級(Degrés des adjectifs qualificatifs)

品質形容詞以原級(positif)、比較級(comparatif)和最高級
(superlatif)表明一種比較的概念，藉以指出品質較高或較低，最高
或最低的等級。 如：

Ce vin est bon, mais l'autre est meilleur.

(這種酒好喝，但另一種更好。)

(句中，bon 屬於原級形容詞，meilleur 是比較級形容詞)

Il est riche, mais non pas richissime.

(他雖然富，但並非巨富。)

(句中，riche 是原級形容詞，richissime 是最高級形容詞)

請見下表：
1.一般形式(cas généraux)

positif		large
comparatif 比較級	d'égalité 相同	aussi large 一樣大
	de supériorité 較高於	plus large 較大
	d'infériorité 較低於	moins large 較不大
superlatif 最高級	de supériorité 最高	le plus large 最大 la plus large les plus larges
	d'infériorité 最低	le moins large 最不大 la moins large les moins larges

2. 特殊形式(cas particuliers)

positif	comparatif	superlatif
bon,ne 好	meilleur,e 較好	le meilleur 最好的 la meilleure les meilleurs les meilleures
mauvais,e 壞	pire 較壞 或 plus mauvais,e	le pire 最壞的 la pire les pires 或 le plus mauvais la plus mauvaise les plus mauvais les plus mauvaises
petit,e 小	moindre 較小 或 plus petit,e	le plus petit 最小的 la plus petite les plus petits les plus petites 或 le moindre la moindre les moindres

1)原級：品質形容詞的原級只是表達品質，並沒有任何相互比較的意味。如：

Ce vin est léger.　　　(這種葡萄酒度數低。)
La rose est belle.　　　(玫瑰花很美。)
Ma voiture est noire.　(我的轎車是黑色的。)
Marie est douce.　　　(瑪麗文靜。)

2)比較級：品質形容詞的比較級是以相互比較的方式，標示品質的等級；比較級，可分為同等的比較級(le comparatif d'égalité)、優等

的比較級 (le comparatif de supériorité) 和劣等的比較級 (le comparatif d'infériorité) 三種。比較對象由 que 引導，可以是名詞、代名詞或其他詞類（如為人稱代名詞，則用重讀人稱代名詞）。

同等的比較級，以 aussi… que 表示：

François est aussi grand que Paul.

（弗朗索瓦跟保爾一樣高。）

Je suis aussi heureux que toi.

（我跟你一樣幸福。）

Il paraît aussi jeune que son frère cadet.

（他看上去和他的弟弟一樣年輕。）

Elle est aussi intelligente que moi.

（她和我一樣聰明。）

同等的比較級以 aussi… que 表示，在否定句裡，也可以用 si… que，但 si… que 不能用在肯定句。如：

Li n'est pas si gentil que Zhang.

Li n'est pas aussi gentil que Zhang.

（李並非跟張一樣和藹可親。）

優等的比較級，以 plus… que 表示：

Paul est plus espiègle que Luc.	（保爾比呂克淘氣。）
Je suis plus objectif que toi.	（我看問題比你客觀。）
La France est plus grande que la Suisse.	（法國比瑞士大。）
Le porc est plus gras que le poulet.	（豬肉比雞肉肥。）

劣等的比較級，以 moins… que 表示：

Luc est moins grand que François.

（呂克的個頭不如弗朗索瓦高。）

Il fait moins chaud à Kun Ming qu'à Chengdu.

（昆明（的氣候）不如成都熱。）

Il est moins bavard qu'avant.

（他不如過去健談。）

Je suis moins courageuse qu'elle.

(我不如她勇敢。)

另，形容詞 mauvais 和 petit 各有兩種比較級，視所要強調的事情來決定其用法。如：

petit → 1)plus petit，用來指具體東西的大小。

Mon lit est plus petit que le tiens. (我的床比你的小。)

Ma cuisine est plus petite que la tienne. (我的廚房比你的小。)

→ 2)moindre，用來指性質的大小。

Le nombre est un peu moindre. (人數有點少。)

形容詞 bon (bonne)的比較級為 meilleur (meilleure)，但，不可說：plus bon；bon 的最高級為 le meilleur (la meilleure)。如：

Le croissant est meilleur que la baguette.

(牛角麵包比棍子麵包好吃。)

C'est le meilleur film que j'ai vu.

(這是我看過最好的電影。)

3)最高級：品質形容詞的最高級用以表示達到或處於最高層次的品質；最高級可分為絕對最高級(le superlatif absolu)和相對最高級(le superlatif relatif)兩種。

絕對最高級：

(1)在形容詞字尾加 issime。如：

illustrissime (最有声望的)

(2)在形容詞字根前加 extra, ultra, super, archi, sur。如：

ultra-rapide (超速的)

superfin (極精細的)

archifaux (最謬誤的)

une ville surpeuplée (人口極密的城市)

(3)或以副詞 très, fort, bien, extra, extrêmement, tout à fait 表示 如：

très sage (非常乖)

fort riche (蠻富有)

bien beau　　　　　　(好漂亮)

un été extrêmement pluvieux　(一個雨水極多的夏季)

相對最高級：

以在優等的或劣等的比較級形容詞前加定冠詞 le, la, les 或所有格形容詞，後面用介系詞 de。如：

François est le plus intelligent de ses élèves.

(在他的學生中，數弗朗索瓦最聰明。)

Paris est la plus belle ville du monde.

(巴黎是世界上最美麗的城市。)

Paul est le moins paresseux de mes élèves.

(在我的學生中，最勤奮的是保爾。)

如果最高級形容詞放在名詞後面，名詞前用定冠詞。如：

Taiwan est l'île la plus belle du monde.

(臺灣是世界上最美麗的島嶼。)

不能有比較關係的形容詞：

(1) 關係形容詞，如：**technique, chimique, physique, biologique, agricole...** 等。

(2) 表示最高性質或狀態的形容詞，如：**achevé, énorme, éternel, extrême, suprême, minimum, maximum...** 等。

(3) 有些形容詞本身就有比較的意思，因此前面不能用 **plus, moins, aussi**，後面不能用 **que**，要用 **à**。這些形容詞有：**antérieur, postérieur, préférable, supérieur, inférieur...** 等。例：

Les conditions de ta vie sont supérieures aux miennes.

(你的生活條件比我好。)

Il lui est inférieur.

(他不如她。)

3.10 品質形容詞的補語(Complément de l'adjectif qualificatif)

凡是用以補充、說明形容詞的意義的詞或習慣用語，我們稱之為該形容詞的補語，而補語與形容詞之間以介系詞 à, de 等相連接。如：

un homme utile à sa patrie
(patrie 作形容詞 utile 的補語)
un homme utile au pays
(一個有益於祖國的人)

但，有時候形容詞的補語並不跟隨在形容詞的後面。如：
A la patrie soyons toujours fidèles.
(= Soyons toujours fidèles à la patrie.)
(讓我們永遠忠於祖國。)

當兩個形容詞後面所接的是相同的介系詞時，該兩個形容詞可有共同的補語。如：
Cet enfant est utile et cher à sa famille.
(因爲可以這樣說：Cet enfant est utile à sa famille et cher à sa famille.)
(這個孩子有益於他的家庭，在家中被視若珍寶。)

如果，兩個形容詞後面所接的是不同介系詞時，則必須各自接適合的補語。如：
Cet enfant est utile à sa famille et il en est chéri.
(因爲不可以這樣說：Cet enfant est utile et chéri de sa famille. 形容詞 utile 後面所接的介系詞是 à；而 chéri 後面所接的介系詞是 de)
(這孩子有益於家庭，他因此備受寵愛。)

形容詞的補語：

(1) 名詞可作形容詞的補語。如：

Il est digne de ses aïeux. (他無愧於祖先。)
Il y a plein de clients dans le magasin. (商店裏擠滿了顧客。)
Elle est fidèle au poste. (她忠於職守。)

(2)代名詞可作形容詞的補語。如：

Il est digne d'eux.

(他對得起他們。)

Il est bien aimable à vous d'être venu me voir.

(您來看我真是太好了。)

Claire est bien amicale avec nous.

(克雷爾對我們十分友好。)

C'est trop compliqué pour moi!

(對我來說，這太複雜了。)

Cette situation est favorable à tout le monde.

(這種局勢對大家有利。)

(3)原形動詞可作形容詞的補語。如：

Il est digne de vaincre.　　　　(他配稱勝者。)

C'est un livre facile à lire.　　　(這是一本易讀的書。)

Elle est empressée à partir.　　(她準備好動身。)

Elle est très émue d'entendre cette nouvelle.

(聽到這個消息她很激動。)

3.11 形容詞的位置(la place des adjectifs)

　　大部分的形容詞擺在名詞後面，但有些形容詞一定要擺在名詞前面，有些則沒有固定的位置。

1)必須擺在名詞後面的形容詞，有：

(1)表明顏色的形容詞，如：

un chapeau rouge　　　　(紅色帽子)

un ciel bleu　　　　　　(藍色的天空)

un pantalon beige　　　 (米色長褲)

un sac jaune　　　　　　(黃包)

une robe noire　　　　　(黑色洋裝)

une voiture rouge　　　 (紅色車子)

des briques rouges　　　(紅磚)

但，在詩歌裏，顏色形容詞可以擺在名詞前面。

(2)表明國籍的形容詞，如：

un écrivain chinois	(中國作家)
un élève français	(法國學生)
une fille étrangère	(外國女孩)
une région française	(法國行政區)
des montres suisses	(瑞士手錶)

(3)表明形狀的形容詞，如：

un visage ovale	(橢圓形臉)
une chaise carrée	(方椅)
une lime triangulaire	(三角銼)
une place carrée	(方形廣場)
une table ronde	(圓桌)

(4)表明宗教的形容詞，如：

la morale chrétienne	(基督教教義)
la religion musulmane	(回教)
un enfant catholique	(信天主教的小孩)
un moine bouddhiste	(和尚)
un pays catholique	(天主教國家)
une église orthodoxe	(東正教教會)

(5)作形容詞用的過去分詞，如：

un chien blessé	(受傷的狗)
un nez écrasé	(塌鼻子)
un verre cassé	(破碎的杯子)
une femme fatiguée	(疲倦的女人)

(6)後面跟有補語的形容詞，如：

Ce travail est facile à faire.	(這項工作容易做。)
Je suis heureux de vous revoir.	(再見到您令我高興。)

un livre difficile à comprendre　　(難懂的書)

une promenade agréable à faire　　(愜意的散步)

　(不可以這樣說：une agréable promenade à faire，但可以這樣說：
une promenade agréable　或　une agréable promenade)

(7) 表明一種藝術作品的形容詞，如：

　　le style gothique　　　　　(哥特風格)

　　les danses folkloriques　　　(民間舞蹈)

　　un texte poétique　　　　　(詩文)

　　une chanson populaire　　　(通俗歌曲)

(8) 表明一種政黨或政府部門的形容詞，如：

　　le parti socialiste　　　　　(社會黨)

　　les autorités administratives　(行政當局)

　　une circulaire ministérielle　(公文)

(9) 表明政治、經濟、社會、科學、技術等的形容詞，如：

　　des produits industriels　　(工業產品)

　　des termes techniques　　　(技術術語)

　　le régime capitaliste　　　　(資本主義制度)

　　une expérience scientifique　(科技經驗)

(10) 形容詞的音節比名詞長時，如：

　　un coup violent　　　　　　(猛烈一擊)

　　(不可以說：un violent coup)

　　un coup de poing violent　　(重拳)

　　(或 un violent coup de poing)

　　un conte extraordinaire　　(離奇的故事)

　　un cas exceptionnel　　　　(一個例外的情況)

2)最常用的形容詞通常擺在名詞前面，有：beau, bon, jeune, vieux, petit, grand, gros, mauvais, joli, double, demi, long, autre, prochain, dernier, nouveau, haut, vilain, meilleur, premier…，如：

un beau voyage	(美好的旅程)
un bel enfant	(可愛漂亮的小孩)
de belles montagnes	(美麗的山)
une jeune fille	(少女)
un vieux paysan	(老農民)
un vieil homme	(老頭)
un petit cheval	(小馬)
une grande ville	(大城市)
un grand garçon	(大男孩)
une grosse pierre	(大石頭)
un mauvais livre	(壞書)
une jolie maison	(美麗的房子)
une jolie chanson	(優美的歌曲)
un double nœud	(雙結)
une boîte à double fond	(雙底盒)
une demi-heure	(半小時)
la prochaine fois	(下次)
la dernière fois	(最後一次)
la dernière mode	(最流行的)
un nouveau chapeau	(新帽子)
une haute tour	(高塔)
une vilaine action	(卑鄙的行為)

3)有的形容詞可擺在名詞前面或後面，但表示一種讚美或感嘆語氣的形容詞，如：**délicieux, magnifique, splendide, horrible, superbe…** 擺在名詞前，可作加強語氣用。如：

un mets délicieux	(美味菜肴)
le parfum délicieux	(芳香)
une journée agréable	(令人愉快的一天)
une agréable journée	(美好的一天)
un magnifique paysage	(壯麗的景色)
de magnifiques succès	(輝煌的成就)
un accident terrible	(嚴重事故)

un terrible accident	(可怕的事故)
le paysage splendide	(壯麗景色)
un soleil splendide	(燦爛的陽光)
une victoire splendide	(輝煌勝利)
un spectacle horrible	(可怕的場面)
un temps horrible	(壞天氣)
un cheval superbe	(駿馬)
une superbe architecture	(富麗堂皇的建築)

3.12 因擺的位置不同而意義也不同的形容詞

通常放在名詞後的形容詞為本意，放在名詞前的形容詞則為轉意。如：

un ancien hôtel	(以前是一間旅館)
une maison ancienne	(舊房子)
l'ancien ministre	(前部長)
un livre ancien	(古書)
l'ancien élève de l'école	(校友)
un meuble ancien	(古老的傢俱)
l'ancien capitaine	(前任長官)
la coutume ancienne	(古老的習俗)
une basse flatterie	(卑劣的奉承)
un siège bas	(矮凳子)
un bon homme	(老實人)
un homme bon	(好人)
un homme brave	(勇敢的人)
un brave homme	(正直坦率的人)
un certain courage	(幾分勇氣)
une preuve certaine	(證據確鑿)
un certain temps	(一段時間)
la victoire certaine	(肯定的勝利)
un tissu cher	(昂貴的料子)
mon cher ami	(親密的朋友)
un livre cher	(一本價錢昂貴的書)

ma chère amie	(親愛的朋友)
le dernier soupire	(最後一口氣)
mercredi dernier	(上星期三)
la dernière fois	(最後一次)
l'année dernière	(去年)
une fausse nouvelle	(假消息)
une réponse fausse	(錯誤的回答)
un faux témoignage	(偽證)
une femme fausse	(做作的女人)
un faux nom	(假名)
un jugement faux	(錯誤的判斷)
un grand homme	(偉人)
un homme grand	(高個子)
une franche bévue	(真正的失算)
une zone franche	(免稅區)
une franche canaille	(十足的壞蛋)
un homme franc	(率直的人)
huit jours francs	(整整八天)
un fameux écrivain	(一個傑出的作家)
un écrivain fameux	(出名的作家)
un méchant écrivain	(平庸的作家)
un vin méchant	(烈酒)
un chien méchant	(兇惡的狗)
un homme méchant	(壞人)
les pousses nouvelles	(新芽)
une invention nouvelle	(新發明)
un nouveau chapeau	(一頂新帽子)
une famille pauvre	(貧窮的家庭)
mon pauvre ami	(我可憐的朋友)
la terre pauvre	(貧瘠的土地)
un pauvre sourire	(一絲苦笑)
un pays triste	(淒涼的地方)
un triste pays	(苦難的國家)

la boisson froide　　　　　(冷飲)
une froide cruauté　　　　 (冷酷)
une chemise propre　　　　(乾淨的襯衫)
sa propre chemise　　　　 (他自己的襯衫)

3.13 品質形容詞 tout 的用法：

1)tout 後面跟有冠詞、所有格形容詞或指示形容詞，有陰、陽性的變化，但只能用單數形式表示。如：

　　tout le jour(=le jour entier) (一整天)
　　tout le monde　　　　　(所有的人，大家)
　　tout le temps　　　　　(總是)
　　toute la ville　　　　　(全城的人)
　　toute cette nuit　　　　(整整這一夜)

2)tout 擺在書名前，只能用單數陽性表示。如：

　　lire tout la Bible　　　 (閱讀整部《聖經》)
　　lire tout le Capital　　 (閱讀整部《資本論》)

3)tout 用於某些片語中，其後的名詞前不可加冠詞，有陰、陽性的變化，但只能用單數形式表示。如：

　　à toute allure　　　　　　　　　(全速、儘快)
　　à toute vitesse　　　　　　　　 (全速)
　　de tout cœur　　　　　　　　　(全心全意)
　　de toute beauté　　　　　　　　(極美)
　　donner toute satisfaction à quelqu'un (使某人十分滿意)
　　en toute franchise　　　　　　　(非常坦率地講)
　　en toute simplicité　　　　　　 (不拘禮節)
　　en toute liberté　　　　　　　　(完全自由的)

4)用於 **pour tout** 作「**comme, en fait de**」解，後面所跟的名詞，不可加冠詞，有陰、陽性的變化，但只能用單數形式表示。如：

　　Pour tout bagage, il n'emportait qu'un parapluie.
　　(關於行李方面(說到行李)，他只帶走一把傘。)

Pour toute réponse, le petit garçon m'a souri.
(這個小男孩對著我微笑以示回答。)
Je n'ai mangé qu'un pain pour tout repas.
(我只吃個麵包當作一餐。)

5)在作家及城市的名字前，只能用陽性、單數表示。如：

lire tout Racine	(閱讀哈辛的全部作品)
lire tout Camus	(閱讀卡繆的全部作品)
tout Paris	(全巴黎的人，整個巴黎)

De ma fenêtre, je vois tout Paris.
(從我的窗戶，可以看到整個巴黎。)

6)表示限制，用作單數或複數。如：

C'est tout l'effet que ça te fait?
(這一切對你產生的影響就這些嗎？)
Voilà toutes les informations que j'ai pu recueillir.
(句中，toutes les informations 意謂 les seules informations)
(這就是我能收集到的全部信息。)

3.14 顏色形容詞(les adjectifs de couleur)

顏色形容詞分為單一顏色形容詞和混合顏色形容詞。

1)用以表明單一顏色的品質形容詞和其它的形容詞一樣，必須與它所修飾的名詞在陰、陽性和單、複數上相配合。如：

des cheveux bruns	(棕褐色頭髮)
des rubans roses	(玫瑰色的飾帶)
une cravate bleue	(一條藍色的領帶)
une jupe verte	(一條綠色的裙子)

2)當單一顏色形容詞被另一個形容詞所修飾，以表明一種混合顏色時，這兩個形容詞都沒有陰、陽性和單、複數的變化(第一個形容詞作名詞用，被第二個形容詞所修飾)。如：

des cheveux châtain clair　　(淡栗色的頭髮)
(= des cheveux d'un châtain clair)

des yeux bleu foncé　　　　　(深藍色的眼睛)
(= des yeux d'un bleu foncé)
un tissu bleu marine　　　　　(海藍色的布)
(=un tissu d'un bleu marine)
des robes bleu noir　　　　　(暗藍色的連衫裙)
des robes bleu clair　　　　　(淡藍色的連衫裙)
une jupe vert clair　　　　　(淡綠色的裙子)
des chandails bleu foncé　　　(深藍色的毛綫衣)

3)某些名詞，像 amarante(紫紅), aurore(晨曦), café(咖啡), carmin(艷紅), cerise(櫻桃紅), chocolat(巧克力), garance(鮮紅), jonquille(淡黃), marron(栗子), noisette(灰褐), orange(橙色), olive(橄欖綠), pomme(蘋果), paille(淺黃), ponceau(深紅), serin(鵝黃), thé(茶褐色)...作形容詞用，代表一種顏色，沒有陰、陽性和單、複數的變化。如：

des rubans paille　　　　　(草色飾帶)
(即：couleur de la paille)
des écharpes marron　　　　(栗色圍巾)
des murs crème　　　　　　(奶色牆壁)

相反地，cramoisi(紫紅), écarlate(朱紅), mauve(淡紫), fauve(黃褐), pourpre(紫紅), mordoré(褐帶金色)和 rose(粉紅)，因爲本身既是名詞，也是形容詞，故可以有陰、陽性和單、複數的變化。如：

des chapeaux roses　　　　(玫瑰紅帽子)
de la soie mordorée　　　　(金褐色絲綢)

4)用名詞 couleur 表示顏色，沒有性、數上的變化。如：
Les manifestants levaient haut les drapeaux couleur de sang.
(示威者們高舉血紅的旗幟。)
Elle porte un pull-over couleur beige.
(她身著一件米色羊毛套衫。)

3.15 所有格形容詞(les adjectifs possessifs)

　　所有格形容詞用以指出提到的人、動物或東西的擁有人。它必須跟有關名詞搭配使用,通過表達所有(擁有)的關係來限定名詞。所有格形容詞除了必須與它所指出的名詞在陰、陽性和單、複數上相配合外,也必須與擁有人的人稱和單、複數相配合。如:

mon livre	(我的書)
ma mère	(我的母親)
mes cahiers	(我的練習本)
ton crayon	(你的鉛筆)
ta petite amie	(你的女朋友)
tes cousins	(你的表兄)
sa maison	(他的房子)
son manuel	(他的教科書)
ses parents	(他的父母)
notre désir	(我們的願望)
nos idées	(我們的想法)
votre téléviseur	(你們的電視機)
vos légumes	(你們的蔬菜)
leur école	(他們的學校)
leurs travaux	(他們的工程)
Il aime son père.	(他喜歡他的父親。)
Il aime sa mère.	(他喜歡他的母親。)
Elle lit sa revue.	(她看她的期刊。)
Elles lisent leurs journaux.	(她們看她們的報紙。)

3.15.1 所有格形容詞的詞形:

	唯一擁有人			許多擁有人	
	單一物品		許多物品	單一物品	許多物品
	陽 性	陰 性	陽、陰性	陽、陰性	陽、陰性
第一人稱	mon	ma	mes	notre	nos
第二人稱	ton	ta	tes	votre	vos
第三人稱	son	sa	ses	leur	leurs

　　為了發音及語音的理由，在以母音及啞音 h 為開頭的陰性字前，用 mon, ton, son，不可以用 ma, ta, sa；而 ma, ta, sa 只能用於以子音或噓音 h 為開頭的陰性字前。如：

mon amitié	(我的友誼)
mon école	(我的學校)
ton épée	(你的劍)
ton histoire	(你的故事)
son automobile	(他的汽車)
son héroïne	(他的女主角)
mon horrible aventure	(我那可怕的遭遇)
ma hache	(我的斧頭)
sa harpe	(他的豎琴)
J'ai invité mon amie à dîner.	(我邀請了我的女朋友吃晚飯。)
J'ai rencontré mon ancienne amie.	(我遇見了我從前的女朋友。)
Il a ses lunettes sur son nez.	(他戴著眼鏡。)

3.15.2 所有格形容詞的用法
所有格形容詞的一般用法：
1)表明所有(擁有)的關係，如：

Il a vendu sa voiture.	(他把自己的小車賣掉了。)
Chacun a son point de vue.	(每個人都有自己的見解。)
Les enfants s'amusent devant leur maison.	(孩子們在房前玩耍。)

2)表示動作的主體，如：

Sa gentillesse m'a profondément touché.
(他的熱情使我好感動。)
Son frère cadet plein de vigueur lui plaît.
(她喜歡她那生龍活虎的弟弟。)
Son aide m'a beaucoup encouragé.
(她的幫助給了我很大鼓舞。)

3)表示動作的客體，如：

Elles se sont tues à notre approche.

(當我們走進時，她們不作聲了。)

On a applaudi très fort à leur arrivée.

(他們到達時，人們熱烈鼓掌歡迎。)

J'ai été ému à sa rencontre.

(碰見他我很激動。)

4)用以表明一種習慣或重複的動作，如：

A quelle heure prends-tu ton petit déjeuner?　(你幾點用早餐？)

Elle est à sa toilette.　　　　　　　　　(她正在梳妝打扮。)

Il travaille à son économie.　　　　　　(他還在學他的經濟。)

5)用在片語裏，如：

à son habitude	(按照他的習慣)
de tout son cœur	(竭盡全力地)
faire sa toilette	(梳洗)
faire ses comptes	(記賬)
pour ma part	(至於我)
trouver son compte	(得到好處)

所有格形容詞的配合還應注意以下幾種情況：

(1)如果擁有者為複數，而所有物每人只有一件，所有格形容詞用單數，但也可以用複數。如：

Fermez votre manuel, sortez votre cahier, nous allons faire la dictée.

(請合上你們的教科書，拿出你們的本子，我們來做聽寫。)

Les élèves ont leur cahier d'exercices ouvert sur leur pupitre.

(學生們(各自)的課桌上放著他們(各自)打開的練習本子。)

Après la classe, les écoliers rentrent à leur maison.

(課後，學生們回(自己的)家。)

(2)如果擁有者為泛指代名詞 on，所有格形容詞應根據所有物的性、數分別使用 son, sa, ses；如果 on 實際上代表 nous 或 vous，所有格形容詞應按所有物的數分別使用 notre, votre, nos, vos。例：

On a le droit de prendre sa parole. (人們有權發言。)

或　On a le droit de prendre nos paroles. (我們有權發言。)

(3)假如擁有者是泛指代名詞 chacun，所有格形容詞應按所有物的性、數分別使用 son, sa, ses；如果 chacun 不作主語，而作同位語，所有格形容詞的人稱應隨主語而定。如：

Chacun boit son café.　　　　　(各喝各的咖啡。)

Chacun a son travail.　　　　　(各有各的工作。)

Nous avons chacun nos habitudes. (我們各自有自己的習慣。)

Les directeurs ont chacun leur secrétaire.

(經理們各人有一個秘書。)

(4)如果擁有者是有補語的集體名詞，所有格形容詞的人稱應視不同情況分別和集體名詞或和其補語一致。如：

La plupart des diplômés ont trouvé leur travail.

(大部分畢業生找到了自己的工作。)

La foule des manifestants redouble ses clameurs.

(示威的人群叫嚷得更厲害了。)

所有格形容詞的特殊用法：

　　當句子的含意已明確指出「所有權」的關係時，在表明身體或衣服的各部分的名詞前，用定冠詞代替所有格形容詞。如：

J'ai mal à la tête.　　　　　　(我的頭很痛。)

(不可以說：J'ai mal à ma tête.)

Donnez-moi la main.　　　　　(把您的手給我。)

(不可以說：Donnez-moi votre main.)

Il m'a pris le bras.　　　　　　(他攥住我的胳膊。)

(不可以說：Il m'a pris mon bras.)

Elle a fermé les yeux.　　　　　(她閉上眼睛。)

(不可以說：Elle a fermé ses yeux.)

又，我們說：
Prendre quelqu'un par la manche　(抓住某個人的衣袖)

但，為了避免混淆不清，或提及一件習慣的事，或名詞後面有形容詞修飾語時，用所有格形容詞代替冠詞。如：
Donnez-moi votre bras. (dit le médecin)
(把您的手臂伸給我。)
Il releva sa tête blonde.
(他又擡起滿是金髮的腦袋。)

3.16 疑問形容詞(les adjectifs interrogatifs)

疑問形容詞屬限定詞範疇，即通過疑問表示的形容詞限定它後面的名詞。疑問形容詞必須與該名詞的陰、陽性和單、複數相配合。

3.16.1 疑問形容詞的詞形

	單　　數	複　　數
陽　性	quel	quels
陰　性	quelle	quelles

疑問形容詞只有一個 **quel**，但必須與它所修飾的名詞在陰、陽性和單、複數上相配合，故有陰、陽性和單、複數的變化。
(1)在陽性、單數名詞前，用 quel。如：
Quel texte lisez-vous?　　(您讀哪篇課文？)
A quel étage habite-t-il?　(他住在哪層樓？)
Quel est votre nom?　　　(您叫什麼名字？)

(2)在陽性、複數名詞前，用 quels。如：
Quels livres avez-vous achetés?　　(你們買了什麼書？)
Quels films aimez-vous?　　　　　(你們喜歡什麼電影？)
Quelles sont les qualités des jeunes?　(年輕人的品質是什麼？)

(3)在陰性、單數名詞前，用 quelle。如：

　　Quelle est la mode?　　　　　　　（時尚是什麼？）

　　Quelle est votre nationalité?　　　（您是哪國人？）

　　En quelle année êtes-vous?　　　　（你們上幾年級？）

(4)在陰性、複數名詞前，用 quelles。如：

　　Quelles boissons prenez-vous?　　　（你們要喝什麼飲料？）

　　Quelles sont vos glaces préférées?　（你們更喜歡哪種冰淇淋？）

3.16.2 疑問形容詞的用法：

1)疑問形容詞 quel + 名詞，如：

　　可用以詢問時間：

　　－Quelle heure est-il?　－Huit heures.

　　（－現在幾點了？－現在 8 點。）

　　可用以詢問物品：

　　－Quelle voiture avez-vous choisie?　　－Renault.

　　（－您選了哪輛轎車？－雷諾牌的。）

　　Quels devoirs faites-vous?　　　　（您做什麼作業？）

　　Quelles leçons apprenez-vous?　　（您學哪幾課？）

　　Quels livres Marie préfère-t-elle?　（瑪麗更喜歡讀什麼書？）

　　可用以詢問年齡：

　　－Quel âge as-tu?　－Dix ans.

　　（－你多大年齡？－10 歲。）

2)疑問形容詞作屬詞 + 動詞 être，如：

　　Quelles sont les revues que vous avez lues?

　　（你們讀了哪些雜誌？）

　　Quels sont les avantages d'habiter en ville?

　　（住在城裏的好處是什麼？）

　　Quel est votre prénom français?

　　（您的法文名字是什麼？）

3.17 指示形容詞(les adjectifs démonstratifs)

　　指示形容詞屬限定詞範疇，用以指出所提及的人、動物或東西，它必須與被指的名詞緊密相連，並和其在性、數上一致。

3.17.1 指示形容詞的詞形及用法：

指示形容詞		複合指示形容詞	
陽　性	陰　性	陽　性	陰　性
單　數 ce, cet	cette	ce...-ci, cet...-ci ce...-là, cet...-là	cette...-ci cette...-là
複　數　　　ces		ces...-ci, ces...-là	

　　ce 接單數、陽性名詞，如：ce lis (這朵百合), ce tableau(這幅畫), ce matin (今早), ce garçon (這男孩), ce pays (這國家)...。

　　cette 接單數、陰性名詞，如：cette rose(這朵玫瑰), cette image(這圖片), cette maison (這房子), cette fleur(這朵花), cette femme (這女人), cette année (今年)...。

　　ces 接複數、陽性或複數、陰性名詞，如：ces lis (這些百合), ces roses (這些玫瑰), ces jeunes filles (這些年輕女孩們), ces fruits (這些水果), ces paniers (這些籃子)...。

　　※但，在以母音或啞音 h 為開頭的陽性、單數名詞前，用 cet 代替 ce。如：

cet arbre	(這棵樹)
cet institut	(這所學院)
cet homme	(這男人)

　　在以噓音 h 為開頭的陽性單數名詞前，用 ce，不可用 cet。如：

ce héros	(這位英雄)
ce haut-parleur	(這喇叭)

※千萬不可將指示形容詞 ces 和所有格形容詞 ses 搞混。如：

Ces fruits sont mûrs.　　　(這些水果熟了。)

Il aime ses enfants.　　　(他愛他的孩子。)

3.17.2 複合指示形容詞 ce...-ci, ce...-là 的用法：

　　指示形容詞常接地方副詞 ci 或 là 作加強語氣用；ci 和 là 擺在名詞後面，並且前面加有一連接符號 (ci 指較近的人或物品，là 指較遠的人或物品)。如：

ce blouson-ci	(這件夾克衫)	ce dictionnaire-ci	(這本字典)
cet homme-là	(那男人)	cette maison-là	(那房子)
cette ville-là	(那座城市)	ces jours-ci	(這些日子)
ces gens-là	(那些人)		

Je ne veux pas cette chemise-ci, je voudrais cette chemise-là.

(我不要這件襯衫，我想要那件襯衫。)

　　又，...ci 和...là 用於同一句子裡，藉以區分兩個不同的名詞。如：

Qu'est-ce que vous préférez? Ces photos-ci en noir et blanc ou ces photos-là en couleur?

　　(您較喜歡的是什麼？是這些黑白照片，還是那些彩色照片？)

3.18 數字形容詞(les adjectifs numéraux)

　　用以計算數目、數量及用以表明順序的形容詞，我們稱之為數字形容詞。數字形容詞有兩種：

1)基數形容詞(les adjectifs numéraux cardinaux)，用以計算數目、數量。如：

un garçon	(一個男孩)	une fille	(一個女孩)
deux amis	(二個朋友)	trois soldats	(三個士兵)
six chanteurs	(六位歌手)	dix crayons	(十支鉛筆)

※不可將不定冠詞 un 和基數形容詞 un 搞混。如：

Je partis un jour.　　　　　(句中，un 是不定冠詞)

(有一天，我出發了。)

Cette maison coûte un million de francs.(句中，un 是基數形容詞)

(這幢房子價值一百萬法郎。)

基數形容詞的詞形：

zéro	0	un	1
deux	2	trois	3
quatre	4	cinq	5
six	6	sept	7
huit	8	neuf	9
dix	10	onze	11
douze	12	treize	13
quatorze	14	quinze	15
seize	16	dix-sept	17
dix-huit	18	dix-neuf	19
vingt	20	vingt et un	21
vingt-deux	22	vingt-trois	23
trente	30	trente et un	31
trente-deux	32	quarante	40
quarante et un	41	quarante-deux	42
cinquante	50	cinquante et un	51
cinquante-deux	52	soixante	60
soixante et un	61	soixante-deux	62
soixante-dix	70	soixante et onze	71
soixante-douze	72	quatre-vingts	80
quatre-vingt-un	81	quatre-vingt-deux	82
quatre-vingt-dix	90	quatre-vingt-onze	91
quatre-vingt-douze	92	cent	100
cent un	101	cent deux	102
cent dix	110	cent vingt	120
deux cents	200	deux cent un	201
deux cent deux	202	mille	1000
mille un	1001	mille deux	1002
deux mille	2000	dix mille	10000
vingt mille	20000	cent mille	100000

un million	1000000
deux millions	2000000
dix millions	10000000
cent millions	100000000
neuf mille neuf cent quatre-vingt-dix-neuf	9999

Il y a plus de vingt millions d'habitants à Taiwan.
(臺灣有兩千多萬居民。)

2)序數形容詞(les adjectifs numéraux ordinaux)，用以表明順序。
序數形容詞的詞形：

premier, première	第一
deuxième	第二
(或：second, seconde)	
troisième	第三
quatrième	第四
cinquième	第五
sixième	第六
septième	第七
huitième	第八
neuvième	第九
dixième	第十
onzième	第十一
douzième	第十二
vingtième	第二十
vingt et unième	第二十一
vingt-deuxième	第二十二
trentième	第三十

除 premier 外，基數形容詞加 ième 即成序數形容詞，但要注意
的是，只有 premier 和 second 有陰性的變化，其他序數形容詞的陽
性或陰性字形不作任何變化。變成複數時，在詞尾加 s。如：

un	→	premier, première
deux	→	deuxième (或 second, seconde)

trois   →   troisième

la première page	(第一頁)
le deuxième autocar	(第二輛旅行大客車)
la troisième rue	(第三條街)
la quatrième fois	(第四次)
le cinquième chapitre	(第五章)
les trois premiers chapitres	(前三章)
les quatre premières places	(前四個座位)

又，序數形容詞可作名詞使用。

Nous voyageons en première. (en seconde)

(句中，序數形容詞 première, seconde 作名詞使用)

(我們坐頭等車(二等車)旅遊。)

但，有幾個字，由基數形容詞變爲序數形容詞，變化較特殊，值得注意。如：

cinq→cinquième

quatre→quatrième

(基數形容詞如以 e 結尾，都先去掉 e，再加 ième)

neuf→neuvième

(將 f 改爲 v 後，再加 ième)

序數形容詞 unième 不能單獨使用，只用於複合序數形容詞。而 second 不能在複合序數形容詞中使用。如：

la trente et unième chaise	(第 31 把椅子)
la cent unième ouvrière	(第 101 名女工)
le trente-deuxième élève	(第 32 名學生)

3.18.1 基數形容詞的用法：

1)形容詞的作用，作定語或屬詞。如：

Trois étudiants sont absents.	(3 個大學生缺席。)
Nous sommes trois dans la famille.	(我們家有 3 口人。)

2)名詞的作用,作主詞或直接受詞。如:

Deux et trois égalent cinq.　　(2 加 3 等於 5。)
Dix moins quatre font six.　　(10 減 4 等於 6。)

3)作時間狀語,用於指鐘點、日期、年、月。如:

Venez à l'école à sept heures.　　(請於 7 點來學校。)
Je suis né le 2 (deux) mai.　　(我生於 5 月 2 日。)
Aujourd'hui c'est le douze mars.　　(今天是 3 月 12 日。)
Nous sommes en 2003.　　(今年是 2003 年。)

但 ,le 1er janvier (février, mars…)例外,一定要用序數形容詞表示。

4)作地點狀語,用於指門牌號碼。如:

Il demeure au 3 de la rue des Victoires.
(他住勝利大街 3 號。)
Notre bureau se trouve au 117 rue Machang.
(我們的辦公室坐落在馬場道 117 號。)

5)作名詞補語或屬詞。如:

La moitié de douze est six.　　(12 的一半是 6。)
Combien est la moitié de cent ?　　(100 的一半是多少?)

6)作同位語,用於指書的第幾頁或第幾章。如:

Ouvrez le livre à la page 18 (dix-huit).
(請把書本打開到第 18 頁。)

用於指示君王、教宗的世系。如:

Henri IV (quatre) fut un bon roi.
(亨利第四(或四世)是個好國王。)
Louis XI (onze)
(路易十一)
但,François 1er 例外,一定要用序數形容詞表示。

用於指世紀，也必須用序數形容詞表示。如：

le dix-huitième siècle (十八世紀)

事實上，Louis XI (onze), Henri IV (quatre), le douze mars ...的形容詞 onze, quatre, douze... 從字面上看來，是屬於基數形容詞，但它們卻起著真正的序數形容詞的作用，因 onze 作 onzième (Louis onzième) 用，quatre 作 quatrième (Henri quatrième) 用，douze 作 douzième (douzième jour de mars) 用。

vingt, cent 和 mille 的用法：

(1)在 vingt 或 cent 前，若有數字形容詞，則必須加 s。如：

quatre-vingts soldats　　　　　　(80 名士兵)

trois cents hommes　　　　　　　(300 個人)

un vieillard de quatre-vingts ans　(一位 80 歲的老人)

但，後面若再跟有另一個數字形容詞，也就是說，在 vingt 或 cent 的前後都有數字形容詞，則 vingt 和 cent 都不可加 s。如：

quatre-vingt-deux salles de classe　(82 間教室)

quatre cent huit jours　　　　　(408 天)

deux cent onze livres　　　　　(211 本書)

(2)vingt 或 cent 被當作「vingtième」或「centième」使用時，不可加 s。如：

page quatre-vingt (作「quatre-vingtième」用)

(第 80 頁)

l'an neuf cent (作「neuf centième」用)

(第 900 年)(或公元 900 年)

(3)mille，數字形容詞，沒有單、複數的變化。如：

mille euros　　　　　　(一千歐元)

deux mille personnes　(兩千個人)

le numéro deux mille　(2000 號)

Le Mont Blanc a environ quatre mille huit cents mètres de hauteur.

(勃朗峰高約 4800 米。)

(4)mille，若用以指明是一種道路的測量時，作普通名詞用，有單、複數的變化。如：

　　Nous avons parcouru cinq milles marins. (我們行駛了五海浬。)

　　100 milles anglais　　　　　　　　(100 英里)

(5)mille 在表示紀元時，有兩種情況：

a)可用 mil 取代 mille 以指明公元幾年。如：

　　Colomb　découvrit　l'Amérique　en　mil　quatre　cent quatre-vingt-douze.

　　(哥倫布於公元 1492 年發現了美洲。)

　　l'an mil neuf cent soixante-douze

　　(公元 1972 年)

b)表示紀元整數或用以表明基督誕生之前的日期(即基督紀元)，mille 的形式不變。例：

　　Quand l'an deux mille arrive…　　(當公元二千年到來之時...)

　　L'an deux mille huit avant J.-C.　(紀元前 2008 年)

　　又，million, billion 和 milliard 是名詞，有複數形。如：

　　deux millons de garçons　　(二百萬男孩子)

　　trois milliards de francs　　(30 億法郎)

　　dix millions d'hommes　　(一千萬人)

　　millier 作「environ mille」(約千...)解，是名詞，有複數形。如：

　　un millier d'hommes　　　(約一千人)

　　des milliers de manifestants(約幾千示威者)

　　從 1100 到 2000 之間的數目，可以有兩種讀法。如：

　　1300 可以讀成 mille trois cents 或 treize cents

　　1992 可以讀成 mille neuf cent quatre-vingt-douze 或 dix-neuf cent quatre-vingt-douze

在數字形容詞 8、10、12、15、20、30、40、50、60 的字尾後面加-aine, 即成一種表明「約略的、大概的」數字,作名詞用,有複數形。如:

huit	→huitaine	→une huitaine de jours	(大約 8 天左右)
dix	→dizaine	→une dizaine de jours	(大約 10 天)
douze	→douzaine	→une douzaine de crayons	(大約 12 支鉛筆)
quinze	→quinzaine	→une quinzaine de fleurs	(大約 15 朵花)
vingt	→vingtaine	→une vingtaine de livres	(大約 20 本書)
trente	→trentaine	→une trentaine de minutes	(大約 30 分鐘)
quarante	→quarantaine	→une quarantaine de stylos	(大約 40 支筆)
cinquante	→cinquantaine	→une cinquantaine d'étudiants	(大約 50 位學生)
soixante	→soixantaine	→une soixantaine de chiens	(大約 60 隻狗)
cent	→centaine	→une centaine de soldats	(大約 100 名士兵)

3.18.2 序數形容詞的用法:

1)起形容詞作用,作句中的定語,它一般放在名詞前、冠詞後。如:

Les Martin habitent au quatrième étage.

(馬丁一家住在五樓。)

但跟 tome (卷), livre (冊、本), chapitre (章), acte (幕)等名詞配合時,可以放在名詞前或後。例:

Le chapitre premier (Le premier chapitre) n'est pas intéressant du tout. (第一章一點趣味也沒有。)

2)作名詞使用。例:

Il est parmi les premiers dans la classe.

(他是班中的佼佼者。)

Nos amis étrangers sont montés au septième.

(我們的外國朋友上了八樓。)

3.18.3 數字形容詞，又可分為倍數形容詞(les adjectifs multiplicatifs)和分數形容詞(les adjectifs fractionnaires)。

倍數形容詞有：

simple	(單一的)	double	(兩倍的)
triple	(三倍的)	quadruple	(四倍的)
quintuple	(五倍的)	sextuple	(六倍的)
septuple	(七倍的)	octuple	(八倍的)
nonuple	(九倍的)	décuple	(十倍的)
centuple	(百倍的)		

分數形容詞(或分數詞)有四種表達形式：

(1)法語有三個專門表示分數的形容詞，它們是:

demi　二分之一（的）

tiers　三分之一（的）

quart　四分之一（的）

與它們相關的三分之二（的）、四分之三（的）分別採用：

deux tiers　三分之二（的）

trois quarts　四分之三（的）

(2)除上述的三個分數形容詞外，其餘的分數形容詞的分子用基數形容詞，分母用序數形容詞表示。如：

un cinquième　五分之一（的）

un dixième　十分之一（的）

trois cinquièmes　五分之三（的）

(3)如分母的數目很大，可用介系詞 sur 加基數形容詞來表示分數關係。如：

56/188　cinquante-six sur cent quatre-vingt-huit

9/160　neuf sur cent soixante

(4)百分比符號%，法語用 pour cent 來表示。例：

Le rendement des céréales a diminué de 10% (dix pour cent) cette année à cause des calamités naturelles.

(由於各種自然災害，今年的糧食產量下降了百分之十。)

小數點(décimal)：法語用逗號(virgule)來表示小數點。例：

0,5	zéro virgule cinq
3,38	trois virgule trente-huit

La population de Shanghai a atteint 13,8 (treize virgule huit) millions d'habitants.

(上海人口已達到了一千三百八十萬。)

3.19 不定形容詞(les adjectifs indéfinis)

不定形容詞用以指出含意模糊、籠統的名詞。

3.19.1 不定形容詞有：

aucun, autre, certain, maint, chaque, nul, divers, plusieurs, pas un, différents, quelconque, quelque, tel, tout, même…，如：

aucun enfant	(沒有任何一个小孩)
chaque dimanche	(每週日)
tous les chevaux	(所有的馬)
un autre bar	(另一間酒吧)
plusieurs sportifs	(好幾個運動員)
nul oiseau	(沒有一隻鳥)
certains arbres	(某些樹)
quelques nuages	(一些雲)
Chaque élève a son numéro.	(每個學生都有各自的學號。)
Chaque touriste a son passeport.	(每個旅遊者都有各自的護照。)
Il n'y a aucune raison de s'inquiéter.	(沒有任何可以擔憂的理由。)

某些表示「數量」的副詞，如：assez(足夠), beaucoup(很多), bien(好), combien(多少), peu(少), pas mal(不少), tant(那麼多), trop(太多)… 後面接介系詞 de 或 des 和名詞補語時，這些數量副詞也可被視爲不定形容詞。如：

beaucoup de pays	(很多國家)
combien d'habitants	(多少居民)

assez de travail　　　(相當多的工作)

同樣地，習慣用語 nombre de (許多), quantité de (許多), la plupart de (大部分)…也可被視爲不定形容詞。 如：

Nombre de gens ne connaissent pas leurs véritables intérêts.

(許多人不知道他們的真正利益。)

La plupart des jeunes préfèrent voyager.

(大部分年輕人比較喜歡旅遊。)

注意：其中 **aucun, nul, pas un, certain, plusieurs, tout, autre, même, tel** 既可作不定形容詞，也可作泛指代名詞，**tout, même, quelque** 還可作副詞。

3.19.2 不定形容詞的用法

不定形容詞 aucun(-e)的用法：

(1)和 ne 一起使用，在省文句中，在介系詞 sans 或連詞 sans que 後面，表示否定。如：

Aucune difficulté ne peut séparer les deux amis l'un de l'autre.

(任何困難都不能使兩個朋友分開。)

Sans aucun doute, il a bien passé son examen.

(毫無疑問，他已順利地通過了考試。)

Nous travaillons sans qu'aucun enfant vienne nous déranger.

(我們工作時，沒有一個孩子來打擾我們。)

(2)在表示比較、懷疑或假定的句中，不與 ne 連用，表示肯定，相等於不定形容詞 quelque。如：

Je doute qu'aucun intérêt l'a poussé à faire cela.

(我不相信有某種利益驅使他乾這件事。)

Elle travaille beaucoup plus qu'aucun collègue.

(她做的工作比任何一位同事都多。)

不定形容詞 certain 的用法：

(1)certain 作「quelques-uns parmi d'autres」解時，為不定形容詞；當
certain 為單數時，前面得加上不定冠詞。如：

    un certain âge   (上了年紀)
    certains rapports (某幾份報告)

(2)certain 作「sûr, assuré」的同義字解，為品質形容詞。如：

    Je suis certain qu'il viendra.   (我保證他會來的。)
    Il est certain que nous réussirons. (我們必將成功。)
    Il a fait des progrès certains.   (他確實進步了。)

不定形容詞 tout 的用法：

(1)tout 作 chaque「任何的、每一個」解，用單數形，有陰陽性的變
化；後面所跟的名詞前，不可加冠詞，表示沒有例外的意思。如：

    tout Chinois   (任何一個中國人)
    tout Français   (每一個法國人)
    à tout âge   (在任何年齡)
    Tout travail mérite salaire. (任何一項工作都應得到報酬。)
    Tout pays est beau.   (每個地方都很美。)
    (= Chaque pays est beau.)
    Je répondrai à toute autre question.
    (我將回答其他任何一個問題。)

(2)tout 作「所有的、一切的」解，用複數形，有陰陽性的變化；後
面所跟的名詞前，可加定冠詞、所有格形容詞或指示形容詞。如：

    Toutes les filles sont là.   (所有的女孩全到了。)
    tous nos camarades   (我們所有的同學)
    tous les membres de l'O.N.U. (聯合國各會員國)

a)後面所跟的名詞前，不加冠詞，用複數形。如：

    toutes sortes de livres   (形形色色的書)
    triompher de toutes sortes de difficultés.   (戰勝各種困難)
    Dans les supermarchés, on peut trouver toutes sortes d'aliments.

（在超級市場裏有各種食品。）

b)後面所跟的數字形容詞前，可加也可不加冠詞，用複數形；但，數字形容詞是五以上，一般還要用冠詞。如：

tous les deux　　　（兩個一起）

tous deux　　　　（兩個都）

François et Paul sont venus tous les deux.

（弗朗索瓦和保爾，他倆都來了。）

tous les cinq　　　（五個一起）

tous les huit　　　（八個一起）

(3)tout 作「每隔……」解，後面跟定冠詞，用複數形。如：

tous les trois jours

（每隔三天）

－Tous les combien est-ce qu'il y a un bus?

－Toutes les dix minutes.

（－每隔多長時間來一輛公共汽車？）

（－每隔十分鐘。）

不定形容詞 chaque 的用法：

　　chaque，作不定形容詞用，沒有複數形，它所修飾的名詞必須永遠跟在它後面。如：

Chaque jour, il va voir sa mère.

（他每天都去看他的母親。）

Chaque année, il retourne dans son pays.

（每年他都回家鄉。）

Chaque pays a ses usages.

（每個國家都有它的習俗。）

Chaque garçon, chaque fille avait fière allure.

（姑娘、小夥子們個個都步伐豪邁。）

（在重複的 chaque 後，動詞依然用單數形）

不定形容詞 **quelconque, quelconques** 的用法：

quelconque(s) 擺在名詞後面，做「任何一個」、「任何一些」解，名詞前用不定冠詞。如：

Racontez-nous une histoire quelconque.

(請您隨便給我們講一個故事。)

Regardez un point quelconque!

(請看任何一點！)

Envoyez-moi des ouvriers quelconques!

(請您隨便派幾個工人給我！)

不定形容詞 **quelque** 的用法：

quelque 表示不確定的概念，作「一點」、「某一個」、「某些」、「少許」、「少量」解。如：

Nous avons rencontré quelque difficulté. (我們遇到了一點困難。)

(1)擺在名詞前，有單、複數的變化。如：

Choisissons quelques amis.　　　　　　(讓我們挑選幾個朋友。)

J'ai quelques connaissances en France.(我在法國有幾個熟人。)

(2)擺在形容詞前，而該形容詞後面跟有名詞時，有單、複數的變化。如：

quelques vrais amis　　　　　(幾位真朋友)

Voilà quelques jolis jardins.　(那有幾個漂亮的花園。)

不定形容詞 **même** 的用法：

(1)擺在名詞前，作「相同的、同樣的」解，有陰、陽性和單、複數的變化。如：

Il fait la même température qu'hier.

(今天的氣溫和昨天一樣。)

Vous commettez toujours les mêmes erreurs.

(您總是犯同樣的錯誤。)

Nous avons les mêmes idées.

(我們有同樣的想法。)

L'étourdi commet cent fois les mêmes fautes.

(這個冒失鬼常犯同樣的錯誤。)

Nous avons les mêmes goûts, la même passion pour le sport.

(我們的趣味相同，都迷戀體育。)

(2)擺在它所強調的名詞或代名詞後，作「自己、本身」解，但 même 擺在人稱代名詞後時，必須加連接符號"-"。如：

moi-même	toi-même
lui-même	elle-même
nous-mêmes	vous-même
vous-mêmes	eux-mêmes
elles-mêmes	soi-même

Les Romains n'ont vaincu les Gaulois que par les Gaulois mêmes.

(羅馬人是通過高盧人(本身)才戰勝高盧人的。)

J'ai fait ce travail moi-même.

(我自己做這工作。)

Ils sont venus eux-mêmes me rendre visite.

(他們親自來拜訪我。)

même 後不加 s 的複合代名詞 nous-même, vous-même，往往用以修飾單一的人。(注：nous-même 可以用於論文及一些文章中，作者個人在講出某些觀點時，以 nous-même 為人稱，表明其謙虛的態度。)

又，soi-même 只能用於第三人稱。

Personne n'est ennemi de soi-même.

(沒有一個人會跟自己過不去。)

Il faut faire cela soi-même.

(得自己做這個。)

不定形容詞 différents, différentes 和 divers (-es)的用法：

différent(-e)和 divers(-e)原來都是品質形容詞，若作不定形容詞時，只有複數詞形，放在名詞前，作「各種各樣的」、「種種，好些，許多」解(且在它們前面不放冠詞)。如：

Elle a refusé mon invitation pour différentes raisons.
(她以各種理由拒絕了我的邀請。)
Cette grande surface nous montre divers articles.
(這家超市向我們展示了五花八門的商品。)

3.20 感嘆形容詞(les adjectifs exclamatifs)

用於表示感嘆語氣的形容詞，稱為感嘆形容詞。感嘆形容詞
quel(s), quelle (s)有性、數變化，必須與被修飾名詞的性、數相配合。
如：

Quel bonheur!	(多麼幸福！)
Quelle chance!	(多麼走運！)
Quel beau livre!	(多美的書！)
Quels beaux paysages!	(多美的風景！)
Quelles belles photos!	(多麼漂亮的照片！)

(1)感嘆形容詞能擺在被限定的名詞前，對人或事物的性質或狀況表
示讚賞、厭惡或憤怒。如：

Quel travail vous faites!　(你們做的是何等偉大的工作啊！)
Quel temps !　　　　　　(多麼壞的天氣！)

(2)感嘆形容詞後可以加一個品質形容詞，更加明確感嘆的含義。如：

Quelle belle voiture il a !　(他的小車真漂亮！)
Quelle belle peinture!　　(多麼漂亮的畫啊！)

(3)感嘆形容詞在句中也可作主詞的屬詞，放在句首。如：

Quels sont les crimes des fauteurs de guerre!
(戰爭販子的罪行多麼令人髮指！)

(4)感嘆形容詞也可用在間接引語中。如：

Tu vois quelle belle photo il a!
(你看他有多麼漂亮的照片！)
Vous voyez quelle belle vie elle mène!
(你看她的生活多美啊！)

EXERCICES

I. Accordez les adjectifs (將下列形容詞作性數配合):

1) Sa fille est (paresseux) _____.
2) Il est mon (vieux) _____ ami, mais il n'est pas (vieille) _____.
3) Les Dupont habitent dans une (grand) _____ maison.
4) Elles sont (content) _____ de leur professeur.
5) La concierge est très (gentil) _____ avec les locataires. Son mari travaille dans un (beau) _____ hôpital.
6) Marie est très (heureux) _____ de connaître Paul.
7) Nous rencontrons les (même) _____ problèmes.
8) Les pièces sont (petit) _____ dans cet appartement.
9) Ce sont des plans (temporaire) _____.
10) Les montagnes deviennent (vert) _____ au printemps.
11) Il y a beaucoup de (beau) _____ églises dans cette région.
12) Cette (vieux) _____ femme est (sourd) _____ , elle est très (pauvre) _____.
13) Pour passer les (grand) _____ vacances, (tout) _____ la famille va à la mer.
14) Hier, j'ai rencontré mes (ancien) _____ amis dans un (nouveau) _____ hôtel de notre ville.
15) La table est (gris)_____.
16) Ce sont des pommes (aigre-doux)_____.
17) La porte est (bleu-vert)_____.
18) J'ai acheté des robes (gris-clair)_____.
19) Ce sont des enfants (sourd-muet)_____.
20) Un client et une cliente sont (satisfait)_____.

II. Complétez convenablement avec des adjectifs interrogatifs ou exclamatifs: quel, quelle, quels, quelles.

1) _____ est votre nom, Mademoiselle?
2) _____ est cet animal? C'est un zèbre.

3) _____ belle maison!

4) Victor Hugo, Maupassant, Stend'hal, Balzac, _____ auteur aimes-tu?

5) _____beau temps!

6) _____est la hauteur de la Tour Eiffel? Elle mesure 320 mètres.

7) _____sont les pays où l'on parle français?

8) J'ai oublié _____ jour où elle m'avait téléphoné.

9) _____ heure est-il?

10) _____ a été la cause de son retard?

11) _____ beau temps!

12) _____ chance!

13) _____ bonne nouvelle!

14) _____ tâche sur son pantalon!

15) _____ prix! On ne peut rien acheter!

16) _____ idée de faire ça!

17) _____ voiture tu viens d'avoir?

18) _____ aventure avez-vous eue?

19) _____ plaisir de te revoir!

20) Dans _____ compagnie travaillez-vous?

21) A _____ heure sortez-vous du travail?

22) _____ est votre adresse?

23) _____ belles photos?

III. Complétez les réponses avec un adjectif démonstratif:

1) Quel appartement voulez-vous louer?

   Nous voudrions louer _____ appartement.

2) Quels journaux voulez-vous lire?

   Je voudrais lire _____journaux.

3) Où travaille-t-il maintenant?

   Il travaille dans _____ agence.

4) Que lisent-elles maintenant?

   Elles lisent _____ romans.

5) Prenez-vous un gâteau ?

Oui, je prends _____ gâteau.

6) Aimez-vous ces chemises?

Oui, j'aime surtout _____ deux chemises.

IV. Complétez avec des adjectifs démonstratifs:

1) Prenez _____ valise!

2) Je veux _____ fleur.

3) _____ leçon est difficile.

4) _____ école est grande.

5) _____ infirmière travaille dans _____ hôpital.

6) _____ ingénieur ne travaille pas dans _____ usine.

7) Ne prenez pas _____ manteau.

8) Vous pouvez écouter _____ enregistrement.

V. Formez des phrases d'après l'exemple:

Ex: nous / une revue   C'est notre revue.

1) eux / des voitures

2) elle / une jupe

3) eux / une école

4) vous / une maison

5) toi / un ami

6) moi / des stylos

7) elles / des fleurs

8) lui / une cassette

9) nous / des professeurs

10) vous / des tickets

VI. Complétez les réponses avec des adjectifs possessifs:

1) Est-ce que vous faites vos devoirs maintenant?

Oui, je fais _____ devoirs maintenant.

2) Aimes-tu les romans de Balzac?

Oui, j'aime _____ romans.

3) Est-ce que l'enfant de M.Dupont est gentil ?

Oui, _____ enfant est très gentil.

4) Est-ce que ce sont les amis de Paul?

Non, ce ne sont pas _____ amis.

5) Est-ce que ce sont les revues des étudiants ?

Non, ce ne sont pas _____ revues.

6) Est-ce que vous rendez visite souvent aux parents de Marie?

Oui, je rends souvent visite à _____ parents.

VII. 正確使用不定形容詞，譯出下列各句：

1 ）某些人會抱怨您的。

2 ）我不願有哪個不速之客來打擾我。

3 ）沒有一個困難能使他退卻。

4 ）他一個朋友也沒有。

5 ）我們沒得到任何消息。

6 ）您見過他幾次？一次也沒見過。

7 ）此人無足輕重。

8 ）請隨便給我派幾個女招待員來。

9 ）請隨便給我唸一段巴爾扎克的書。

10)某幾份報告將在大會上宣讀。

11)此事具有一定的重要性。

12)各國有各自的習俗。

13)我們的大學有好幾個系。

14)不管他給我們擺出哪些理由，他都說服不了我們。

15)大學生們來自各個地區。

16)應該尋找另一個辦法以解決這個問題。

17)我們這兒沒有這樣的習俗。

18)在這個展覽會上，可以找到各種各樣的食品。

19)如此言論，不可原諒。

20)如此(大的)水災實屬罕見。

21)沒做出任何一個決定。

22)他毫不費勁地通過了考試。

23)我只吃魚，我不要其他任何東西。

24)她每次來，都給我們帶幾件禮品。

25)整整下了一夜雪，大地一片雪白。

第四章
代名詞(Le pronom)

4.1 代名詞的定義

用以取代名詞、動詞、形容詞、片語、詞組、分句或一個句子。

如：

不可以說：

Martine paraît tellement jeune que Martine fait jeune fille.

→而是：

Martine paraît tellement jeune qu'elle fait jeune fille.

(馬蒂娜看上去那麼年輕像是少女。)

(句中，elle 是陰性、單數代名詞，因代替的名詞 Martine 是陰性、單數專有名詞。)

Ma voiture est bleue, la sienne est rouge.

(我的汽車是藍色的，他的汽車是紅色的。)

(句中，la sienne 是所有格代名詞，表示 sa voiture。)

Ce vin est fort, celui-là est plus léger.

(這葡萄酒度數高，那葡萄酒度數低些。)

(句中，celui-là 用以取代陽性名詞 ce vin-là。)

－Est-il bien travailleur? －Oui, il l'est.

(－他很勤奮嗎？－是的，他很勤奮。)

(句中，「l'」代替形容詞 travailleur。)

L'union fait la force, retenez bien cela.

(團結就是力量，請您牢記此句話。)

(句中，指示代名詞 cela 代替整個句子：L'union fait la force.)

注意：有些代名詞可獨立使用，並不代替別的詞或句子。

例：Tout est dit, mais rien n'est fait.

(只說不做。)(或：該說的都說了，可什麼也沒做。)

(句中，不定代名詞 tout 和 rien 均為獨立使用。)

Je vous remercie de votre bonne intention.

(我謝謝您的好意。)

(句中，第一和第二人稱代名詞 je, vous 均完全獨立，沒有與之相應的對象詞，此情況在講話中屢見不鮮。)

代名詞有七種：

一　人稱代名詞 (les pronoms personnels)
二　副代名詞　(les pronoms adverbiaux)
三　所有格代名詞(les pronoms possessifs)
四　指示代名詞 (les pronoms démonstratifs)
五　關係代名詞 (les pronoms relatifs)
六　疑問代名詞 (les pronoms interrogatifs)
七　不定代名詞 (les pronoms indéfinis)

4.2 人稱代名詞(les pronoms personnels)

人稱代名詞(包括主詞人稱代名詞、直接受詞人稱代名詞和間接受詞人稱代名詞以及反身人稱代名詞)有非重讀詞形和重讀詞形。

4.2.1 人稱代名詞的詞形：

	非 重 讀 詞 形				重讀詞形
	主詞	直接受詞	間接受詞	反身代名詞	
我	je (j')	me (m')	me (m')	me (m')	moi
你	tu	te(t')	te(t')	te (t')	toi
他(它) 她(它)	il elle	le (l') la (l')	lui	se (s')	lui (soi) elle
我們	nous	nous	nous	nous	nous
你們(您)	vous	vous	vous	vous	vous
他們(它們) 她們(它們)	ils elles	les	leur	se (s')	eux elles

注一：只有部分第三人稱代名詞具有不同的陰、陽性形式。
注二：j', m', t', l', l', s'為 je, me, te, le, la, se 的省音形式，用於以母音字母或啞音 h 開頭的單詞前。

　　非重讀人稱代名詞不能單獨使用，必須跟有關動詞緊密相連。例：

　　Je vais la voir.(我去看她。)

　　(Je 為非重讀主詞人稱代名詞，不能離開動詞 aller，而 la 則為非重讀直接受詞人稱代名詞，必須放在跟它相關的及物動詞 voir 前面。)

　　重讀人稱代名詞可獨立使用，且可放在有關介系詞後面。例：

Qui est de service aujourd'hui？　　(今天誰值班？)
Moi, c'est moi.　　　　　　　　　(我，是我。)
Elle ne veut pas travailler pour toi.　(她不願爲你做事。)

4.2.2 非重讀人稱代名詞(les pronoms personnels atones)
1)主詞人稱代名詞

　　非重讀主詞人稱代名詞是作主詞的最常用的詞形：je, tu, il, elle, nous, vous, ils, elles。只有第三人稱有陰、陽性詞形，一般放在動詞前。如：

Je téléphone.　　　(我在打電話。)
Tu es sorti.　　　　(你出門了。)
Il chantera.　　　　(他將會唱歌。)
Elle plaisante.　　　(她開玩笑。)
Nous arrivons.　　　(我們到了。)
Vous devinez.　　　(你們猜一猜。)
Ils se reposent.　　　(他們在休息。)
Elles dansent.　　　(她們在跳舞。)

2)非重讀直接受詞人稱代名詞

人稱代名詞可作直接受詞用，如：me, te, le, la, nous, vous, les 為直接受詞人稱代名詞非重讀詞形，代替直接受詞，放在有關動詞前。如：

Le maître nous instruit.　　(師傅教我們。)

(nous 為及物動詞 instruire 的直接受詞的非重讀人稱代名詞)

Elle m'aide.　　　　　　　(她幫助我。)

(me 為及物動詞 aider 的直接受詞的非重讀人稱代名詞)

le, la, les (若擺在名詞前，作冠詞用)和動詞連用，則為直接受詞代名詞，可用以代表「人」或「事物」，取代前面帶有定冠詞、所有格形容詞或指示形容詞的名詞。如：

－Est-ce que tu as vu Monsieur Dupont?

－Oui, je l'ai vu hier.

(－你見過杜邦先生嗎？)

(－見過，我昨天見過他。)

(l'作直接受詞代名詞，代替 Monsieur Dupont)

－Est-ce que l'on peut visiter la Tour Eiffel?

－Oui, on peut la visiter.

(－我們可否參觀艾菲爾鐵塔？)

(－可以，你們可以參觀艾菲爾鐵塔。)

(la 為及物動詞 visiter 的直接受詞的非重讀人稱代名詞，代替 la Tour Eiffel)

－Avez-vous reçu le livre que je vous ai envoyé?

－Oui, je l'ai reçu hier.

(－我寄給您的那本書，您收到了嗎？)

(－收到了，我昨天收到了那本書。)

(「l'」是及物動詞 recevoir 的直接受詞的非重讀人稱代名詞，代替 le livre)

同樣：

Nous aimons la salle de séjour.　　→　Nous l'aimons.

(我們喜歡這間起居室。)

Nous aimons cette salle de séjour.　→　Nous l'aimons.

(我們喜歡這間起居室。)

Nous aimons notre salle de séjour.　→　Nous l'aimons.
(我們喜歡我們的起居室。)

　　非重讀直接受詞人稱代名詞 le, la, les 作屬詞時，必須與它所替代的詞的陰、陽性和單、複數相配合。如：
　　—Monsieur, êtes-vous le directeur?　—Oui, je le suis.
　　(一先生，您是主管嗎？一我是。)
　　—Madame, êtes-vous la malade？　—Oui, je la suis.
　　(一太太，您是那病人嗎？一我是。)
　　—Mes amis, êtes-vous les étudiants?　—Oui, nous les sommes.
　　(一朋友們，你們是那些學生嗎？一我們是。)
　　(句中，directeur, malade 和 étudiants 各是一個帶有冠詞的名詞)

3)非重讀間接受詞人稱代名詞

　　人稱代名詞可作間接受詞用，如：me, te, lui, nous, vous, leur 為間接受詞人稱代名詞非重讀詞形，用以代替「人」，代替由介系詞 à 引出的間接受詞，但介系詞不保留。如：
　　Ma petite amie m'a téléphoné hier soir.
　　(我的女友昨晚給我打了電話。)
　　(該句原是：Ma petite amie a téléphoné à moi hier soir.)
又：Ce livre te plaît.　　　　　(你喜愛這本書。)
　　(te 為間接及物動詞 plaire 的間接受詞的非重讀人稱代名詞)
　　(該句原是：Ce livre plaît à toi.)
　　Cette robe lui va bien.　　(這件洋裝很適合她。)
　　(lui 為間接受詞的非重讀人稱代名詞)
　　(該句原是：Cette robe va bien à elle.)

　　但是，在某些動詞或動詞片語，如：être à quelqu'un, penser à quelqu'un, songer à quelqu'un, rêver à quelqu'un, faire attention à quelqu'un, tenir à quelqu'un 及跟有介系詞 à 的反身動詞，如：s'intéresser à, s'attacher à, se joindre à, s'adresser à, ...等後面，保留介系詞 à，後面再接重讀人稱代名詞 moi, toi, lui, elle, nous, vous, eux, elles 作間接受詞。如：

Ce livre est à moi.　　　　　　(這本書是我的。)
Cette maison est à lui.　　　　　(這所房子是他的。)
Je pense à Mademoiselle Trouillet. (= Je pense à elle.)
(我想念茱麗葉小姐。)(等於：我想念她。)
Sophie se joint à moi pour vous envoyer tous nos vœux.
(索菲和我一同向你們問好。)

試著比較：

　　Je parle à François.　　　→　Je lui parle.
　　(我跟弗朗索瓦說話。　　→　我跟他說話。)
　　Je pense à François.　　　→　Je pense à lui.
　　(我想弗朗索瓦。　　　　→　我想他。)
　　Je m'adresse à François.　→　Je m'adresse à lui.
　　(我向弗朗索瓦請教。　　→　我向他請教。)

4)反身人稱代名詞(les pronoms personnels réfléchis)

　　當主詞所做的動作再傳給自己時，作補語用的代名詞和主詞必須是相同的人稱，此種人稱代名詞稱爲反身人稱代名詞。如：
Je me lave.(我洗澡。)
(句中，代名詞 me 代替主詞 Je 自己)

　　反身代名詞詞形爲：me, te, se, nous, vous, se。如：
Pierre se lave.　　　　　　　　(皮埃爾洗澡。)
(句中，代名詞 se 代替主詞 Pierre 自己，是反身代名詞非重讀詞形)
Pierre ne se lave pas les mains.　(皮埃爾不洗手。)
Ne te couche pas maintenant!　　(你別現在睡覺！)
Quand se repose-t-il?　　　　　(他何時休息？)

　　不論作直接受詞或間接受詞用的反身代名詞，它的位置通常擺在動詞前面。但在肯定式的命令句中，反身代名詞擺在動詞後面。me 改爲 moi，te 改爲 toi。如：
Lave-toi.　　　　　(你去洗澡。)

(句中，toi 作直接受詞，是反身代名詞重讀詞形)
Lave-toi les mains.　　(去洗你的手。)
(句中，toi 作間接受詞，是反身代名詞重讀詞形)

反身人稱代名詞在句中可以作受詞。
(1)作動詞的直接受詞，如：

Ils s'aiment l'un l'autre.　　　　　(他倆相親相愛。)
(se 是反身代名詞非重讀詞形，作直接受詞。)
Il s'habille vite.　　　　　　　(他穿衣快。)
Elles se sont rencontrées dans la rue.　(她們在大街上相遇。)
Ils se regardent en chiens de faïence.　(他們怒目相視。)

(2)作動詞的間接受詞，如：

Nous nous écrivons.　　　　　　(我們相互通信。)
(nous 是反身代名詞非重讀詞形，作間接受詞。)
Elles se sont téléphoné.　　　　　(她們互通了電話。)
Elle s'est nui.　　　　　　　(她害了自己。)

5)中性人稱代名詞(les pronoms personnels neutres)
(1)il

il 可作中性代名詞屬於主詞人稱代名詞範疇，只有陽性單數詞
形，作無人稱動詞的主詞或形式主詞，或用於習慣用語裡，但不可
用來替代人或事物的名詞。 如：

Il est tôt.　　　　(還早。)
Il neige.　　　　　(下雪。)
Il va pleuvoir.　　　(要下雨了。)
Il est une heure.　　(一點鐘。)
Il est midi.　　　　(中午。)
Il y a du brouillard.　(有霧。)
Il fait du soleil.　　(天氣晴朗。)
Il est tard.　　　　(很晚了。)
Il nous arrive un accident.　　(我們發生一小事故。)
(句中，il 是形式主詞，真正的主詞是 un accident。)

Il est possible qu'elle soit arrivée à Taipei.(有可能她已到臺北了。)

(句中，il 是形式主詞，附屬從句才是真正的主詞。)

Il viendra beaucoup de gens.　　(會有很多人來。)

(句中，il 是形式主詞，真正的主詞是 beaucoup de gens。)

(2)le

　　le 可作中性代名詞(pronom neutre "le")，形同非重讀直接受詞人稱代名詞的第三人稱陽性、單數，但它作直接受詞時，常常替代一個不定式動詞或一個句子所包含的意思。如：

Tu partiras demain, si tu le peux (=si tu peux partir demain).

(如果你能夠，明天就動身吧。)

(中性代名詞 le 替代不定式動詞 partir)

Ils sont tous arrivés, je le sais (= je sais qu'ils sont tous arrivés).

(我知道他們都到了。)

(中性代名詞 le 替代從句：qu'ils sont tous arrivés)

　　中性代名詞 le 作屬詞時，代替不帶冠詞的名詞、形容詞或分詞。如：

—Es-tu étudiant?　—Oui, je le suis. (= —Oui, je suis étudiant).

(—你是學生嗎？—是的。)

Vous êtes attentifs en cours, nous le sommes aussi (= nous sommes attentifs aussi).

(你們上課很專心，我們也是。)

Il est libéré, son frère le sera après (= son frère sera libéré après).

(他被釋放了，他的哥哥隨後也即將被釋放。)

4.2.3 重讀人稱代名詞(les pronoms personnels toniques)
1)作主詞

　　重讀人稱代名詞在動詞省略時，可作主詞。例：

—Qui a frappé à la porte?　—Nous.

(—誰敲門？—我們。)

—Qui a fait cela?　—Moi.

(—誰做的？—我。)

(用於回答，作一個省略動詞的句子的主詞。)

重讀人稱代名詞和動詞之間插上一個同位語或 **seul, même, non plus, aussi** 時，可作主詞，通常用於第三人稱。例：

Lui, professeur, expliquera ce texte.　(老師會解釋這文章。)

Lui non plus, il n'est pas heureux.　(他也不快樂。)

(= Lui non plus n'est pas heureux.)

Moi non plus, je ne suis pas heureux.　(我也不快樂。)

(此句不可改為：Moi non plus ne suis pas heureux.)

Eux aussi nous ont promis de venir.　(他們也答應我們會來。)

重讀人稱代名詞後接關係從句時，可作主詞。如：

Toi, qui connais bien Paris, me serviras de guide pendant mon voyage.

(你熟悉巴黎，給我當導遊。)

重讀人稱代名詞在不定式句或絕對分詞從句中可作主詞。如：

Eux entrés, tout le monde se tait.

(他們一進來，大家便默不作聲了。)

Moi, lui demander pardon!

(我給他道歉嗎!)

重讀人稱代名詞在比較句中單獨使用，可作主詞。如：

Ton frère est plus intelligent que toi. (你兄弟比你更聰明。)

2)作直接受詞

重讀人稱代名詞在單部句(**la proposition à terme unique**)或命令句中可作直接受詞用。如：

－Qui vois-tu?　－Lui.　(－你看見誰啦？－(看見)他。)

(lui 為 voir 的直接受詞的重讀人稱代名詞)

Regarde-moi.　(看著我。)

(moi 為第一人稱重讀代名詞，作直接受詞。)

3)作間接受詞

重讀人稱代名詞在單部句或命令句中，可作間接受詞用。如：

－A qui parlez-vous?　－A toi.

（－你們在對誰講話？－(對)你哪。）

(toi 為 parler 的間接受詞的重讀人稱代名詞，作間接受詞。)

Passez-moi du sucre.

（請遞給我一些糖。）

(moi 是 passer 的間接受詞的重讀人稱代名詞，作間接受詞。)

4)作狀況補語

重讀人稱代名詞和介系詞連用可作狀況補語。如：

Ses enfants sont autour d'elle.　　　（表地方的狀況補語）

（她兒孫繞膝。）

Nous arriverons avant lui.　　　　（表時間的狀況補語）

（我們將先於他到達。）

Paul est libre ce soir ; je vais sortir avec lui.（表陪同的狀況補語）

（保羅今晚有空，我將跟他一起外出。）

Elle a tricoté pour moi.　　　　（表目的的狀況補語）

（她為我編織毛衣。）

5)作同位語

(1)重讀人稱代名詞可擺在主詞旁邊，作同位語用，以強調主詞。如：

Moi, je suis là.

（我在這。）

Moi non plus, je ne sais pas.

（我嗎，我也不知道。）

Moi, je vais au marché, et toi, qu'est-ce que tu fais?

（我去市場，你呢？你要做什麼？）

Toi, tu ne peux pas venir.

（你不能來。）

Elle, elle n'est pas d'accord.

（她不同意。）

Toi et moi, nous allons coopérer à la création théâtrale.

(你和我，我們將合作進行劇本創作。)

Vous, qui êtes fort en français, vous pouvez nous aider.

(您的法語很棒，您能夠幫助我們。)

(2)重讀人稱代名詞作同位語用，可以強調受詞。如：

Il me voit, moi.

(他看我。)

Il nous a offert, à nous, un joli cadeau.

(他送給我們一件精美的禮品。)

Elle m'a invité, moi, au restaurant.

(她邀請我去餐館吃飯。)

On leur a envoyé, à elle et à lui, un nouveau dictionnaire français.

(有人寄給他們一本新的法國辭典。)

6)可用於比較級，如：

Elle s'habille toujours comme moi. (她老是穿得和我一樣。)

Je suis plus gros que toi. (我比你胖。)

Il est plus grand que moi. (他比我高。)

重讀人稱代名詞 soi 的用法

重讀人稱代名詞 soi 為第三人稱特殊反身詞形，提及「人」時，在不定代名詞，如：aucun, chacun, nul, on, personne, quiconque…，或原形動詞後面只能以代名詞 soi 作補語用，作「自己」解，（如用 lui, elle 或 eux，會讓人誤解為「別人」），不可擺在動詞前面，只能擺在介系詞或 que 的後面。

1)主詞是不定代名詞，如：

Aucun n'est prophète chez soi.

(本鄉人中無先知。)

On a tort de ne se soucier que de soi.

(事事只想著自己是不對的。)

Chacun travaille pour soi.

(人人都為自己工作。)

Personne n'est tout à fait content de soi.

(沒有人會對自己完全滿意。)（人心不足蛇吞象）

Il fait nuit, tout le monde est rentré chez soi.

(天黑了，大家各自回了家。)

2)用於無人稱結構，如：

Il faut se fier à soi.

(應為自己感到驕傲。)

Il n'est pas facile d'être exigeant envers soi-même.

(嚴格要求自己並不容易。)

3)作不定式動詞的受詞，而不定式動詞的主詞在句中並未表達。如：

Chacun pour soi, ne penser qu'à soi, est une maxime égoïste.

(人人為己，只想著自己，是一條自私的準則。)

4)作名詞補語，如：

l'amour de soi   (自愛)

la critique de soi   (自責)

5)用於熟語，如：

Cela va de soi.   (這是不言而喻的。)

4.3 副代名詞 en 和 y (les pronoms adverbiaux 'en' et 'y')

法語有兩個副代名詞：en 和 y。它們既是副詞，又是代名詞。

4.3.1 en 的代名詞作用：

1)en 作直接受詞

(1)en 代替部分冠詞「du, de la, de l' 或 des ＋名詞」，如：

Il y a du café, tu en prends?

(有咖啡，你喝（咖啡）嗎？)

－Y-a-t-il encore de la soupe? －Oui, il y en a.

(－還有湯嗎？－有，有（湯）。)

－Avez-vous des fruits? －Oui, j'en ai.

（—您有水果嗎？—有，我有一些（水果）。）

Elle a de la chance, mais toi, tu n'en as pas.

（她運氣好，可是你沒有。）

此外，副代名詞 en 代替直接受詞時，有時可保留名詞的定語，但這名詞必須是用冠詞 du, de la, des 引起的。如：

J'ai acheté des tableaux, et je vous en apporte de très beaux.

（我買了一些畫，給您帶來幾張最美的（畫）。）

(2)en 代替不定冠詞「un, une 或 des+名詞」，在肯定句及疑問句中，可以重複不定冠詞(除 des 外)，在否定句中，則不必重複。如：

—As-tu un stylo?　—Oui, j'en ai un.

（—你有一隻鋼筆嗎？—有，我有一隻。）

De beaux chiens comme ceux-ci, en avez-vous un?

（像這麼漂亮的狗，您可有一條？）

De belles roses, n'en voulez-vous pas une?

（這些美麗的玫瑰，您不想要一朵嗎？）

—As-tu des cahiers?　—Oui, j'en ai.

（—你有本子嗎？—有，我有（本子）。）

—Avez-vous des enfants?　—Non, je n'en ai pas.

（—您有孩子嗎？—不，我沒有孩子。）

(3)en 代替數字形容詞(deux, trois…)、數量副詞(包括 beaucoup, trop, assez, peu, plus, moins…)以及 plusieurs, aucun, autre...等後面的名詞。如：

—Combien d'enfants avez-vous?　—J'en ai trois.

（—您有幾個孩子？—我有三個孩子。）

—As-tu des romans de français?

（—你有法文小說嗎？）

—Oui, j'en ai quatre.

（—有，我有四本。）

—Oui, j'en ai plusieurs.

（—有，我有許多。）

　　－Non, je n'en ai aucun.

（－不，我沒有。）

　　－Non, je n'en ai pas un seul.

（－不，我一本也沒有。）

　　Aujourd'hui, nous avons fini un essai, demain, nous en ferons un autre.

（今天，我們完成了一項試驗，明天，我們將做另一項（試驗）。）

　　－Vous aimez les gâteaux?

　　－Oui, j'ai mangé beaucoup de gâteaux. (=Oui, j'en ai mangé beaucoup.)

（－您喜歡（吃）糕餅嗎？）

（－是的，我吃了很多糕餅。）

試著比較 en 或 le, la, les 的用法，例：

J'ai visité un musée.　　　　→ 　J'en ai visité un.

（我參觀了一個博物館。）

J'ai visité ce musée.　　　　→ 　Je l'ai visité.

（我參觀了這個博物館。）

J'ai visité des musées.　　　 → 　J'en ai visité.

（我參觀了幾個博物館。）

J'ai visité ces musées.　　　 → 　Je les ai visités.

（我參觀了這些博物館。）

J'ai fréquenté quelques magasins de cette ville.

　→ J'en ai fréquenté quelques-uns.

（我經常去這城市的幾家商店。）

J'ai fréquenté tous les magasins de cette ville.

　→ Je les ai tous fréquentés.

（我經常去這城市的所有的商店。）

Je n'ai fréquenté aucun magasin de cette ville.

　→ Je n'en ai fréquenté aucun.

（這城市的商店，我都不常去。）

2)en 作間接受詞

　　en 代替「de＋名詞」，作間接及物動詞或動詞短語的間接受詞。

如：

　　　　—Jacques parle-t-il de son voyage?

　　　　—Oui, il en parle.

　　　　(parler de qqch.)

　　　（—雅克談到他的旅行嗎？）

　　　　—As-tu besoin de ton walkman maintenant？

　　　　—Oui, j'en ai besoin.

　　　　(avoir besoin de qqch.)

　　　（—你現在需要你的隨身聽嗎？）

　　　　—Vous servez-vous souvent de cet ordinateur?

　　　　—Non, je ne m'en sers pas souvent.

　　　　(se servir de qqch.)

　　　（—您常使用這電腦嗎？）

　　　　—Vous rendez-vous compte de l'histoire？

　　　　—Oui, je m'en rends compte.

　　　　(se rendre compte de qqch.)

　　　（—您瞭解這故事嗎？）

　　　　—Les étudiants se sont-ils aperçu de leur erreur？

　　　　—Oui, ils s'en sont aperçu.

　　　　(s'apercevoir de qqch.)

　　　（—學生們認識到他們的錯誤了嗎？）

　　　　Il va pleuvoir. Je m'en doutais, il ne fait jamais beau dans ce pays.

　　　　(se douter de qqch.)

　　　（要下雨了。我已料到了，在這個地區天氣從來都不好。）

　　※ en 不可取代用於指「人」的名詞。如：

Je parle souvent de mes amis français.　　→Je parle souvent d'eux.

（我時常提起我的法國朋友。）

但，Il parle souvent de ses affaires.　　→Il en parle souvent.

（他時常談到他的事業。）

3)en 作名詞或不定代名詞的補語，如：

J'aime bien ce bonbon, je vais en prendre un paquet.

(un paquet de ce bonbon)

（我很喜愛這種糖，我要買一盒（這種糖）。）

Jacques aime bien ce livre, il en a lu la moitié.

(la moitié de ce livre)

（雅克很喜愛這本書，他已讀完了一半。）

J'aime beaucoup ce quartier et j'en connais tous les coins.

(tous les coins de ce quartier)

（我十分喜愛這個區，我熟悉它的每一個角落。）

Vous avez déjà écouté ces cassettes? Pouvez-vous m'en proposer quelques-unes?

(quelques-unes de ces cassettes)

（這些磁帶您聽過了嗎？能給我推薦幾捲嗎？）

4)en 作形容詞的補語，這個形容詞一般是主詞的屬詞。如：

C'est un bon disque, j'en suis content.

(être content de qqch.)

（這是一張好唱片，我對它挺滿意的。）

Jacques ne sait plus où mettre ses livres : sa chambre en est pleine.

(être plein de qqch.)

（雅克已不知道他的書放在哪裡，他的房間裡堆滿了(書)。）

5)en 起中性代名詞作用，代替一個不定式動詞或一個句子。如：

－Venez-vous au cinéma avec nous?

－Non, je n'en aurai pas le temps.

(en=de venir au cinéma)

（－跟我們一起去看電影嗎？－不，我沒時間去（看電影）。）

L'union fait la force, n'en doutez pas.

(en=de cela, de ce que l'union fait la force)

（團結就是力量，對此別懷疑。）

注意：在某些動詞後，如：promettre, proposer...等，不用 en 代替不定式動詞，而用中性代名詞 le。如：

—N'as-tu pas promis de rentrer le plus tôt possible？—Si, je l'ai promis.

（一你不是答應過儘早回來嗎？－是的，我答應過的。）

試比較 en 和 le 的區別：

(1) Tu lui as demandé de venir?　　（你叫他來嗎？）

　　→Je le lui ai demandé.　　（我叫他來了。）

(2) Tu as envie de partir ?　　（你想離開嗎？）

　　→ J'en ai envie.　　（我想離開。）

例(1)：demander 某事 à 某人，demander 和「某事」之間並無介系詞 de，故以 le 代替整件事情。

例(2)：avoir envie de 某事，以 de 加上某事，故用 en 取代之。

6)en 在一些熟語裡，如：

Il n'en revient pas.　　（他驚訝不已。）

Je n'en peux plus.　　（我精疲力盡。）

A qui en voulez-vous ?　　（您責怪誰呢？）

7)en 也可用以表明原因，如：

Il a rencontré des difficultés dans son travail, il n'en dort plus. (=à cause des difficultés)

（他在工作中遇到了困難，他因此無法入睡。）

※以 avoir 為助動詞的過去分詞，必須與作直接受詞的非重讀人稱代名詞在陰陽性和單複數上相配合，但副代名詞 en 例外。如：

Je les ai vus.　　（我見到他們了。）

Je n'en ai pas vu.　　（我什麼也沒看到。）

en 作為副詞

作地方補語，代替「de＋表示地方的名詞」。如：

—Arrivez-vous de Taïpei? —Oui, j'en arrive.

(arriver de)

(－你是從臺北來此的嗎？－是的。)

Tous les jours, j'arrive à l école à 9 h et j'en sors à 17 h.

(sortir de)

(我每天 9 點到學校，17 點離開學校。)

J'ai vu Mme Hu chez elle ce matin. Mais j'en viens.

(venir de)

(我今早去胡太太家看她，而從她家過來。)

※副代名詞 en 在下述兩種情況下，可替代所有格形容詞：

(1)作直接受詞的補語，如：

Je ne veux pas voir ce film, car je n'en aime pas la fin. (= je n'aime pas sa fin.)

(我不想看這部電影，因為我不喜歡它的結局。)

(2)作主詞的補語，但是，動詞必須是 être。如：

Je ne veux pas voir ce film, car la fin en est lamentable. (= sa fin est lamentable.)

(我不想看這部電影，因為它的結局太慘了。)

4.3.2 y 的代名詞作用

1)y 作間接及物動詞的間接受詞：

作後面接介系詞 à 的間接及物動詞的受詞。如：

－Jouez-vous aux cartes avec vos enfants?

－Oui, j'y joue avec eux de temps en temps.

(jouer à qqch.) (y = aux cartes)

(－您跟您的孩子玩牌嗎？)

(－玩，我有時和他們玩牌。)

Les vacances, je n'y ai pas encore pensé.

(penser à qqch.) (y = aux vacances)

(度假的事，我還沒想呢。)

又，－Pensez-vous à votre petite amie?

－Oui, je pense à elle.

因作為動詞 penser 的間接受詞指的是「人」，一般不可用 y 代替(即不可用 J'y pense.)，故要用 moi, toi, lui, elle, nous, vous, eux, elles 取代，放在介系詞 à 後面。

2)y 作形容詞的補語，如：

－Es-tu habitué au climat de chez nous?

－Oui, j'y suis habitué.

(être habitué à qqch.)(y=au climat)

(－你習慣我們這兒的氣候嗎？)

(－是的，我習慣（這兒的氣候）。)

Tu es défiant à sa parole, j'y suis aussi défiant.

(你不相信他的話，我也不相信(他的話)。)

3)y 起中性代名詞作用，代替一個不定式動詞或一個句子。如：

J'aurais dû t'apporter le dictionnaire, mais je n'y ai pas pensé.

(y=à t'apporter le dictionnaire)

(我本應該把詞典給你帶來，可惜我沒想起來。)

Vous devez rembourser le prêt bancaire à la fin de cette semaine, pensez-y.

(y=à ce que vous devez rembourser le prêt bancaire à la fin de cette semaine)

(本週末，您得償還銀行的貸款，請您想著這件事。)

4)y 在一些熟語裡，如：

Il y va de notre vie.　(這是我們生命攸關的事。)

J'y vois.　(我明白了。)

Vous y êtes ?　(你們明白了嗎？)

y 的副詞作用

作地方補語，代替「介系詞(除 de 以外)+表示地方的名詞」。如：

－Est-ce que les fruits sont sur la table ?

－Oui, ils y sont.　**(y=sur la table)**

(一水果都在桌子上嗎?)

(一是的。)

－Travailles-tu dans la bibliothèque?

－Oui, j'y travaille souvent.　　　**(y=dans la bibliothèque)**

(一你在圖書館念書嗎?)

(一是的,我時常在圖書館念書。)

－Vas-tu chez Mme Wang?

－Non, je n'y vais pas maintenant.　**(y=chez Mme Wang)**

(一你去王太太家嗎?)

(一不,我現在不去。)

4.4 人稱代名詞和副代名詞的位置(place des pronoms personnels et adverbiaux)

1)非重讀主詞人稱代名詞的位置

(1)非重讀主詞人稱代名詞如用於肯定句中,應放在變位動詞前,二者之間除否定詞 ne,非重讀受詞人稱代名詞及副代名詞 en, y 外,不能插入其它成分。如:

Il travaille comme ingénieur dans l'usine d'automobiles.

(他在汽車製造廠工作,任工程師。)

Elle, je ne l'ai pas vue depuis 2 jours.

(她嗎,我有兩天沒見到她了。)

Je lui en parlerai demain.

(明天,我跟他說說(此事)。)

(2)在疑問句和插入句中,非重讀主詞人稱代名詞放在變位動詞後,中間加連字符。如:

Parlez-vous français?

(您說法語嗎?)

"Avez-vous fixé le jour du départ?" demanda-t-il.

(「你們動身的日子定了嗎?」他問道。)

"J'ai appris, dit-elle, que tu avais acheté un appartement."

(「我得知你買了一套房間。」她說。)

(3)在疑問句的複合時態(à temps composés)中，非重讀主詞人稱代名詞擺在助動詞後面。如：

Avez-vous visité le Louvre?　　（您參觀盧浮宮了嗎？）
A-t-elle pris une décision?　　（她做出決定了嗎？）
Vous êtes-vous promenés?　　（你們散步了嗎？）

2)非重讀受詞人稱代名詞的位置
(1)一般情況，放在動詞的前面。如：

Je ne te trompe pas.
（我不騙你。）
Leur fille fait ses études en France; elle leur manque beaucoup.
（他們的女兒在法國學習，他們十分想念她。）
Vous écrivent-ils?
（他們寫信給您嗎？）

動詞如果是複合時態時，則放在助動詞的前面。如：
J'ai acheté des livres; je les ai tous lus pendant les vacances.
（我買了一些書，假期中我全都讀了。）
Cette grammaire est bien utile; l'avez-vous achetée?
（這本語法書很有用，你們買了嗎？）
Le professeur nous a recommandé quelques grammaires.
（老師向我們推薦一些語法書。）

(2)不定式動詞的受詞，放在不定式動詞的前面。如：
Je commence à vous comprendre.
（我開始理解你們了。）
Il est allé te chercher.
（他去找你了。）
J'ai écrit à Lucie pour lui souhaiter un bon anniversaire.
（我寫信給呂西祝她生日快樂。）

在 faire 後面的不定式動詞的受詞，放在 faire 的前面。
Ces livres, je les ferai lire.

(我會讓讀者讀這些書的。)

Voilà la bibliothèque, nous l'avons fait construire l'année dernière.

(這就是我們去年請人建的圖書館。)

(3)當動詞同時有兩個受詞人稱代名詞(包括 y, en)，其前後排列可以分兩種情況：

a.除肯定命令句外，受詞代名詞一般放在動詞前面，把 me, te, nous, vous 放在 le, la, les 的前面，le, la, les 放在 lui, leur 的前面，另外，受詞人稱代名詞應放在副代名詞 y 或 en 前，次序如下：

	1	2	3	4	5	6	
(ne)	me te se nous vous	le la les	lui leur	y	en	verbe	(pas)

注意：第 1、3 兩欄及 3、4 兩欄不能同時出現。如：

Il ne connaît pas les noms des joueurs. Il me les demande.

(他不清楚運動員的名字，向我問他們的名字。)

Tiens ! tu as un nouveau roman. Peux-tu me le prêter pour quelques jours? Je te le rendrai samedi, sans faute.

(嘿！你有一本新小說，能借給我看幾天嗎？我一定在星期六還你。)

Comme Chen voulait lire "Les Misérables", je le lui ai prêté.

(陳想讀《悲慘世界》，我便借給了他。)

Cette revue n'est pas intéressante. Ne la lui montre pas.

(這本雜誌沒趣味，別給他看。)

Il a les mains un peu sales. Il va se les laver.

(他的手有點髒，他去洗手。)

—Il me faut un sac de voyage. Pourriez-vous m'en apporter un?

—Oui, oui, d'accord; nous vous en apporterons un demain.

（—我需要一隻旅行包，您能給我帶一隻來嗎？）

（—好的，我們明天給您帶一隻來。）

—Est-ce que la pièce te plaît?

—Oui, je m'y intéresse beaucoup.

（—你喜愛那間房子嗎？）

（—是的，我對它很感興趣。）

Je l'y invite.

（我邀請他（她）去那兒。）

※ y 和 en 不可同時連用，除了 il y en a...外。 如：

J'ai mis des livres dans mon sac.

→J'y ai mis des livres. Ⓨ

→J'en ai mis dans mon sac.

（我把幾本書放入（我的）書包。）

※ 作直接受詞補語用的代名詞常和 voici 或 voilà 並用。如：

—Etes-vous prêts à partir?　—Oui, nous voilà!

（—你們準備好出發了嗎？—好了。）

—Où est le livre de Paul?　—Le voilà.

（—保羅的書在哪兒？—那裡。）

—Où est Monsieur Durand?　—Le voilà.

（—迪朗先生在哪兒？—那裡。）

b. 在肯定的命令句中，不論是作直接受詞或間接受詞用，重讀或非重讀人稱代名詞一律擺在動詞後面，並且用連接符號連接(這時 me, te 要改成 moi, toi)。如：

Regarde-moi.　　（不用 me）　（看著我。）

Lève-toi.　　　　（不用 te）　（起床吧。）

Aide-le (la).　　　　　　　　（幫助他(她)。）

Ecrivez-nous.　　　　　　　（給我們寫信。）

Regarde-les.　　　　　　　　（看他們。）

Appelez-moi.　　（不用 me）　（給我打電話。）

Donne-lui la clé. (給他這把鑰匙。)

Donne-nous ce journal. (給我們這份報紙。)

Reposez-vous. (休息吧。)

Passez-leur des romans. (遞給他們幾本小說。)

Votre chapeau, mettez-le sur le fauteuil.

(將您的帽子放於沙發上。)

※動詞 aller 和第一類動詞的第二人稱單數(tu)現在式,用於命令句時,字尾的 s 必須省略;但如果它們後面緊接的是副代名詞 en 或 y 時,爲了音調的和諧,則必須保留 s。如:

Va à l'école. → Vas-y! (去上學!)

Achète du sucre! → Achètes-en! (買些糖!)

Penses-y.

Parles-en.

肯定命令句中,當同時有兩個受詞人稱代名詞時,應把直接受詞代名詞放在間接受詞代名詞的前面,次序如下:

	1	2	3	4
verbe	-le -la -les	-moi -toi -lui -nous -vous -leur	-y	-en

如:

J'ai besoin de ce journal. Donnez-le-moi, s'il vous plaît.

(我需要這報紙,請將它拿給我。)

Je voudrais des timbres. Achète-m'en, s'il te plaît.

(我要一些郵票,請幫我買一些。)

注意：命令句中避免單數代名詞與 y 合用的現象，如：m'y, t'y, l'y 等。

※leur 擺在名詞前面，作所有格形容詞用；因此，在複數形的名詞前，leur 要加 s；但若用以作「à eux, à elles」解時，為間接受詞人稱代名詞，和動詞並用(直接擺在動詞的前面或後面)，但絕不可加 s。如：

Les renards sont fameux par leurs ruses.

(狐狸狡猾得出了名。)

(句中，leurs 是所有格形容詞)

— Est-ce que nous devons leur envoyer ces cassettes? — Oui, envoyez-les-leur!

(—Non! Ne les leur envoyez pas!)

(—我們應該把這些磁帶寄給他們嗎？—是的，請把磁帶寄給他們！)

(—不，別把磁帶寄給他們！)

(句中，leur 是間接受詞人稱代名詞)

c. 在否定的命令句中，不論是作直接受詞或間接受詞用，代名詞一律擺在 ne 和動詞之間，按(3)a.表所表次序。如：

Ne lui dis pas la vérité.	(別告訴他事情的真相。)
Ne leur donnez pas trop de travail.	(別給他們過多的工作。)
Ne me racontez pas de bêtise.	(別給我講述無聊的事。)
Ne me le rends pas.	(別還給我那東西。)
Ne m'en donne pas.	(別給我這些東西。)

d. 在疑問句中，作補語用的兩個代名詞的位置擺法不變，但作主詞的代名詞改擺在動詞後面，中間用連字符連接。如：

Me le donneras-tu?　　(你會給我那東西嗎？)

M'en donnes-tu?

Ne me le donneras-tu pas?

Ne m'en donneras-tu pas?

或：Est-ce que tu me le donneras?

Est-ce que tu m'en donneras?

Est-ce que tu ne me le donneras pas?

Est-ce que tu ne m'en donneras pas?

4.5 所有格代名詞(Les pronoms possessifs)

　　所有格代名詞用以代替所有格形容詞加前文提及的名詞，它可避免名詞的重複，同時可指明物主人稱，使用時通常在所有格代名詞前面放一個定冠詞。但要注意的是，定冠詞與所有格代名詞必須與替代的名詞作陰、陽性和單、複數的配合。如：

Prends ton sac et le sien.　　　(句中，le sien 代替 son sac。)

(拿上你的包和他的包。)

C'est mon manteau. →　　C'est le mien.

(這是我的大衣。)

4.5.1 所有格代名詞的詞形

		個人所擁有		眾人所擁有	
		單件物品	多件物品	單件物品	多件物品
第一人稱	陽性	le mien	les miens	le nôtre	les nôtres
	陰性	la mienne	les miennes	la nôtre	les nôtres
第二人稱	陽性	le tien	les tiens	le vôtre	les vôtres
	陰性	la tienne	les tiennes	la vôtre	les vôtres
第三人稱	陽性	le sien	les siens	le leur	les leurs
	陰性	la sienne	les siennes	la leur	les leurs

　　※不要搞混所有格形容詞 notre, votre 和所有格代名詞 le nôtre, le vôtre, la nôtre, la vôtre。

　　所有格代名詞 le nôtre, le vôtre, la nôtre, la vôtre 在 o 上有長音符號，並且替代所有格形容詞加名詞。如：

Chacun a ses peines, et nous avons les nôtres.

(每個人都有他的困難處，我們也有我們的困難。)

Chacun a son travail, et j'ai le mien.

（每個人都有自己的工作，我有我的工作。）

　　所有格形容詞 notre, votre 沒有長音符號，並且一定要擺在名詞的前面。如：

notre projet　　　（我們的方案）
votre pays　　　　（您(你們)的國家）
notre contrat　　　（我們的合同）
votre dîner　　　　（您(你們)的晚餐）

leur 的用法：

　　leur，所有格形容詞，必須與擺在它後面的名詞作單、複數的變化，因此，在複數名詞前 leur 要加 s。如：

leur maison　　　　（他們的房子）
leurs amis　　　　　（他們的朋友）
Les deux bébés ressemblent à leur mère.
（這兩個嬰兒長得像他們的母親。）

所有格代名詞 le leur, la leur, les leurs 的用法：

　　le leur, la leur, les leurs，所有格代名詞，用以表明多數人所擁有，且必須與擁有物的名詞在陰、陽性和單、複數上相配合。如：

Ce jardin est le leur.　　　　　　（這個公園是他們的。）
Cette horloge est la leur.　　　　　（這個鐘錶是他們的。）
Ces bandes dessinées sont les leurs. （這些連環畫是他們的。）

間接受詞人稱代名詞 leur 的用法：

　　leur，又可作間接受詞人稱代名詞使用，作「à eux, à elles」解。擺在動詞的前面或後面，作動詞的間接受詞，沒有陰、陽性和單、複數的變化。如：

Vous leur écrivez, donnez-leur mes amitiés.
（您給他們寫信，請代我向他們問好。）
Dites-leur de se taire.
（讓他們閉嘴！）
上述兩例中的 leur 均爲間接受詞人稱代名詞。

4.5.2 所有格代名詞的用法

1)作主詞，如：

Nous avons la même automobile que nos amis, mais la leur est noire, la nôtre est rouge.

（我們的汽車和我們朋友的汽車是一樣的，不過他們的汽車是黑色的，而我們的汽車是紅色的。）

（句中，la leur 代替 leur automobile，la nôtre 代替 notre automobile，分別作主詞。）

Mon bureau est là, où est le tien?

（我的辦公室在那，你的辦公室在哪？）

2)作屬詞，如：

Le projet adopté est le sien.

（被採納的方案是他的。）

（le sien 代替 son projet，作屬詞。）

Où est ton billet d'avion? Ça, c'est le mien.

（你的飛機票在哪？這張票是我的。）

3)作直接受詞和間接受詞，如：

J'aime ma famille comme tu aimes la tienne.

（我愛我家如同你愛你家一樣。）

Tu as déjà écrit à tes parents mais je n'ai pas encore écrit aux miens.

（你已給你父母寫了信，但我還沒給我的父母寫信。）

4)作狀況補語，如：

N'emportez pas tes clés avec les miennes.

（別把你的鑰匙和我的鑰匙一起帶走。）

Il y a le département de français dans notre université comme dans la leur.

（在我們大學和他們大學都有法語系。）

5)作名詞補語，如：

Il est opposé à l'avis de votre professeur et du mien.

(他不同意您老師和我老師的見解。)

Lyon est le pays natal de sa mère et de la mienne.

(里昂是她母親和我母親的家鄉。)

6)作形容詞補語，如：

Elle est contente de ton travail et du mien.

(她對你的工作和我的工作都表示滿意。)

Le patron est satisfait de mon rapport et du leur.

(老闆對我的彙報和他們的彙報都滿意。)

4.5.3 所有格代名詞的特殊用法
1)陽性複數，作「摯愛親朋」解。如：

As-tu déjà téléphoné aux tiens pour leur rassurer que tu es bien arrivé chez nous.

(你是否已打電話告訴你家人，你已平安抵達我們這兒了。)

Les miens iront à Paris ce week-end.

(我的家人本周末去巴黎。)

2)中性單數，指「才幹、能耐」等。如：

Si chacun y met du sien, le problème sera réglé.

(人人都出力，問題就解決了。)

3)在片語 faire des miennes (des tiennes, des siennes)，作「老毛病」、「老一套」解。如：

Il a encore fait des siennes.

(他又老調重彈了。)(或：他又犯老毛病了。)

4.6 指示代名詞(les pronoms démonstratifs)

指示代名詞用以取代名詞和指示形容詞。如：

Ce chien est doux, celui-là est méchant.

(句中，celui-là 取代 ce chien-là。)

(這條狗溫順，那條狗兇惡。)

Voici deux livres; celui-ci est le plus beau.

(句中，celui-ci 取代 ce livre-ci。)

(這兒有兩本書，這本書最漂亮。)

Quel est votre livre ? Celui-ci ou celui-là ?

(哪本是您的書，是這本還是那本？)

－Vous voulez cette chemise? －Non, je préfère celle-ci.

(－您要那件襯衫嗎？－不，我更喜歡這件。)

J'ai pris ma valise et celle de ma soeur.

(我拿了我的手提箱和我妹妹的手提箱。)

Celui qui trop embrasse, mal étreint.

(貪多嚼不爛。)

4.6.1 指示代名詞的詞形

指示代名詞有簡單詞形和複合詞形：

	單　　數		複　　數		
	陽　性	陰　性	陽　性	陰　性	中　性
簡單詞形	celui	celle	ceux	celles	ce
複合詞形	celui-ci celui-là	celle-ci celle-là	ceux-ci ceux-là	celles-ci celles-là	ceci cela(ça)
注意：celui-là 有開口音符號；cela 沒有開口音符號，且屬於中性，沒有陰、陽性和單、複數的變化。					

ci 和 là 的用法：

ceci, celui-ci 和 voici…等，用以指「在近處的」或「將提及的」、「可說出的」或「不可說出名稱的」人或事物。

cela, celui-là 和 voilà…等，用以指「在遠處的」或「剛剛才提及過的可說出的或不可說出名稱的」人或事物。如：

Cet enfant-ci est grand.　　→　　Celui-ci est grand.

(這孩子個頭高。)

Cet enfant-là est gros.　　→　　Celui-là est gros.

(那孩子胖。)

De ces deux livres, prenez celui-ci, laissez celui-là.

(這兩本書中，請您拿這一本，留下那一本。)

La rose et la tulipe sont deux fleurs charmantes : celle-ci est sans odeur et celle-là exhale un parfum délicieux.

(玫瑰和鬱金香是兩朵可愛的花，鬱金香不發氣味，而玫瑰則散發一種芳香。)

Retenez bien ceci: le travail est un trésor.

(牢牢記住(這個)：勞動是個寶。)

Deux témoins se sont présentés. Le juge a déjà interrogé celui-là, il va entendre celui-ci.

(兩個證人出了庭，法官已詢問了那個證人，他馬上要聽這個證人的證詞。)

Secourez votre voisin: n'oubliez pas cela.

(請援助您的近鄰：別忘了（那個）。)

4.6.2 指示代名詞的用法
1)簡單指示代名詞的用法：

簡單指示代名詞 celui, celle, ceux, celles 要與所代的名詞性、數一致。

(1)簡單指示代名詞後面常跟著介系詞 de 加補語或關係從句。如：

Voilà mon passeport et celui de mon frère.

(這是我的護照和我兄弟的護照。)

Les récoltes de cette année sont plus abondantes que celles des années précédentes.

(今年的收穫比前幾年的收穫更豐盛。)

Les livres de sociologie sont ceux que je préfère.

(這些社會學的書備受我的喜愛。)

(2)簡單指示代名詞後面也可接過去分詞、形容詞或 de 以外的介系詞。如：

Cette note est plus précise que celle reçue la veille.

(這個分數比前一天得到的分數更準確。)

La table en bois coûte plus cher que celle en fer.

(木桌比鉄桌更貴。)

Que pensez-vous de ces adeptes, ceux, ignorants des connaissances scientifiques ?

(您怎麼看待這些對科學知識一無所知的信徒？)

(3)簡單指示代名詞在起名詞作用時，可以不具體代替某個名詞，而是指一定範圍的人。如：

Celui qui veut participer au concours doit se présenter auprès de l'Ambassade de France.

(凡想參加競賽的人必須去法國使館報到。)

Ceux de Taipei ont applaudi les artistes français.

(臺北的人爲法國藝術家們鼓掌了。)

2)複合指示代名詞的用法

複合指示代名詞有陰、陽性和單、複數之分，可以獨立使用，後面無需限定成分。為避免重複，複合指示代名詞用以取代已經提及過的名詞。

(1)celui-ci 表示「較近的」、「後來出現的」人或物；celui-là 表示「較遠的」、「先出現的」人或物。如：

Quel est votre foulard ? Celui-ci ou celui-là ?

(=Ce foulard-ci ou ce foulard-là ?)

(哪條頭巾是您的？這條還是那條？)

Quelle est votre voiture ? Celle-ci ou celle-là ?

(=Cette voiture-ci ou cette voiture-là ?)

(哪輛車是您的？這輛還是那輛？)

Voici deux jouets, celui-ci est pour François, celui-là est pour Alice.

(這有兩個玩具，這個是給弗朗索瓦的，那個是給艾麗斯的。)

(2)celui-ci 可以單獨使用，指代「人」，有 ce dernier 之意。如：

J'ai croisé dans la rue Monsieur Rousseau. Celui-ci s'est précipité vers la poste.

(我在大街上與盧梭先生交錯而過。他急促向郵局走去。)

(3)celui-ci, celui-là 可以單獨使用，有 l'un, l'autre 之意。如：

Il y a du monde dans la grande salle. Ceux-ci lisent des journaux, ceux-là regardent la télévision.

（大廳裡有許多人。一些人讀報，另一些人看電視。）

(4)celui-là 可以用來表示諷刺，有蔑視之意。如：

On ne peut plus compter sur Nicolas, il ment trop, celui-là.
（再也不能依靠尼古拉了，這個人謊話太多。）
Sophie me fait toujours attendre, elle m'énerve, celle-là.
（索非總是讓我等待，她這個人使我惱火。）

3)中性指示代名詞的用法
ce 的用法：

ce 可以用來表示單數或複數，可以指「物」或「人」及「動物」。ce 的後面如果接以母音字母 a 或 e 開頭的單字，必須寫成 ç'(ça)或 c'(c'est)。

(1)ce 可以用作主詞，例：

－Qui est-ce?
－C'est Monsieur Quo.
（－這是誰？）
（－這是郭先生。）

Il crie bien fort. C'est inutile.　　　（他大聲喊叫。這無濟於事。）
Ce doit être lui.　　　　　　　　　（這該是他吧。）
Ce peut être monotone.　　　　　　（這可能是單調的。）

(2)ce 的後面可以接關係從句，例：

Ce dont je parle, c'est une aventure.
（我談的是一樁奇遇。）
Ce qui nous plaît, c'est la récompense de notre travail bien dur.
（使我們高興的是，我們艱巨的工作能有回報。）
Ce que le peuple voulait, c'est la paix.
（人民期盼的是和平。）

Ce qui me frappe à Paris, c'est partout le caca des chiens.

(在巴黎使我感到驚訝的是，到處可見的狗屎。)

Voilà ce que c'est.

(就是這麼回事。)

(3)在某些表達方式中，ce 含有 cela 之意。如：

Sur ce, elle se retira.

(於是，她退了出去。)

Les Etats-Unis attaqueront Irak bientôt, ce me semble.

(我覺得美國不久會攻打伊拉克的。)

Pour ce faire, elle a tout consacré.

(為了做這件事，她付出了一切。)

Ce disant, il est sorti de la maison.

(說著，他走出了家門。)

(4)ce 用於強調句 C'est... qui...(強調主詞), C'est... que...(強調受詞補語或狀況補語)中，如：

C'est lui qui a menti.

(是他說慌了。)

Ce sont les romans français qui me plaisent.

(使我感興趣的是法國小説。)

C'est le 16 février 2003 que je vous envoie la dernière copie.

(我是在 2003 年 2 月 16 日給您發去最後一稿的。)

ceci, cela 的用法：

ceci 意為「這個」，cela 意為「那個」，僅表一般概念，也可以指代具體名詞。如果二者同時使用時，ceci 指「近者」或「後面提及的」，cela 指「遠者」或「前面已提到的」。在單獨指代某事物時，一般用 cela。如：

Ceci est allemand, cela est italien. (這是德國的 那是意大利的。)

Je trouve cela extraordinaire. (我覺得這太壯觀了。)

注意：如果被替代的詞表示明確的概念，應該用人稱代名詞。

如：

J'ai perdu des clés, elles sont utiles.

(我丟掉了幾把鑰匙，它們很有用。)

Elle nous a raconté son voyage sur la côte d'azur, cela est inoubliable.

(她給我們講述了她的藍色海岸之遊，這真是難以忘懷。)

ça 的用法：

ça 是個常用字，特別是在口語中。往往指代不很明確，可在句中作主詞、受詞或狀況補語等。如：

－Comment ça va?

－Ça va bien, merci.

(－身體好嗎？)

(－很好，謝謝。)

Ça ne se dit pas en français.　　(法語中不這樣說。)

Comme ça, tu es tranquille.　　(像這樣妳就安心了。)

J'aime ça.　　(我喜歡這個。)

ça 和 cela 的區別：

ça 多用於口語，cela 多用於筆語。一般情況 ça 和 cela 可以互相取代。但是，在俗語表達中，還是要用 ça；用 cela 比較文雅。如：

Ça, c'est bon.　　　　　　　(這挺好的。)

Ça, c'est gentil.　　　　　　(這挺親切的。)

Ça marche, ce magnétophone? (這台磁帶錄音機好用嗎？)

Cela m'intéresse beaucoup.　(我對這很感興趣。)(此句較文雅。)

ça 和 ce 的區別：

(1)ça 一般用在聯繫動詞或半助動詞前。但是，如果有 devoir, pouvoir，ça 和 ce 都可以。如果動詞前有人稱代名詞，只能用 ça。如：

Ça va être réussi.　　　　　(這將是成功的。)

Ça vient d'être vérifié.　　(這剛剛核對完。)

Ce (Ça) ne peut pas être vert. (這不會是綠色的。)

Ça m'est utile. （這對我是有用的。）

(2)在其他動詞前面，要用 ça。假使句子的助動詞是 avoir 時，ça 和
ce 都可以。如果 avoir 爲主要動詞時，只能用 ça。如：

Ça marche bien, mon téléphone. （我的電話使用很好。）

Ça sort de la bouteille. （這從瓶子里流出來了。）

Ça (Ç')a été un dimanche. （那是一個星期天。）

Ça a eu un joli spectacle. （那有一場精彩的演出。）

se 和 ce 的區別：

千萬不要將反身人稱代名詞 se 與中性指示代名詞 ce 搞混。se，
能被另一個人稱代名詞如：**lui, elle, eux, elles, soi** 所取代，另外它還
可組成反身式動詞。如：

Le sage se contente de peu.

(=Le sage est content, lui-même, de peu.)

(聰明人不貪。)

Pour un âne enlevé, deux voleurs se battaient.

(se battaient 意即 battaient entre eux)

(兩個小偷爲奪取一頭驢而爭鬥。)

ce，指示代名詞，能被 ceci, cela 或名詞所取代(最常被 chose 所
取代)。如：

Diviser, c'est partager.(=Cela est partager.)

se，作爲反身代名詞，必須跟反身動詞結合使用；而 ce，作爲
中性指示代名詞，當它作主詞時，可單獨使用；其它情況則在其後
面必須跟有以關係代名詞引起的形容詞性從句。例：

Ce doit être le paysage le plus beau du pays.

(這該是本地區最美的景觀了。)

Tout ce qui brille n'est pas or.

(發光的不都是金子。)

Le Pingpong est ce que j'aime le plus.

(乒乓是我最喜愛的（運動）。)

La perfection est ce dont nous avons besoin.
(我們需要的是盡善盡美。)
Voulez-vous savoir le motif de ce que nous avons fait ?
(您想知道我們做的動機嗎？)
Retenez bien ce que vous apprenez.
(=Retenez bien les choses que vous apprenez.)
(好好記住你學的東西。)

※ce 也是指示形容詞，擺在名詞前面，並確定該名詞。如：
Ce blouson...　　(這件夾克衫……)
Ce cheval...　　　(這匹馬……)

4.7 關係代名詞(les pronoms relatifs)

關係代名詞用以引出關係子句，來限定名詞或代名詞，起形容詞作用。因此，這類關係子句又稱爲形容詞性子句，它所限定的被關係代名詞所替代的名詞或代名詞叫先行詞。關係子句一般要緊跟在先行詞後面。關係代名詞有簡單詞形和複合詞形，簡單詞形沒有性、數變化。

4.7.1 關係代名詞的詞形

簡單關係代名詞	複合關係代名詞			
單、複數	單　數		複　數	
陰、陽性	陽性	陰性	陽性	陰性
qui	lequel	laquelle	lesquels	lesquelles
que	duquel	de laquelle	desquels	desquelles
quoi	auquel	à laquelle	auxquels	auxquelles
dont				
où				

1. 簡單關係代名詞的用法
1)qui 的主要用法：

qui 可以代替「人」，也可以代替「物」。

(1)在關係從句中作主詞，其動詞要與先行詞的人稱、性和數一致。如：

Les filles qui ont chanté à la soirée d'hier sont les étudiantes de deuxième année.

(句中，qui 取代先行詞 les filles，作子句動詞 ont chanté 的主詞。)

(在昨天晚會上唱歌的女孩子是二年級的大學生。)

La pluie qui tombe est bienfaisante.

(句中，qui 代替 la pluie，作子句動詞 tombe 的主詞。)

(這場雨下得很有好處。)

(2)在關係從句中和介系詞一起使用，作間接受詞補語，或作方式狀況補語、施動狀況補語……等使用。如：

L'enfant à qui (或 de qui) je parle est orphelin.

(句中，à qui 或 de qui 作 parle 的間接受詞補語)

(我與之說話的那個孩子是孤兒。或：我談起的那個孩子是孤兒。)

Tu connais le garçon avec qui je joue.

(你認識跟我一起玩的那個男孩子。)

(avec qui 作 joue 的伴隨狀況補語)

Voilà le professeur par qui tu seras puni.

(這就是將要懲處你的老師。)

(par qui 作 sera puni 的施動狀況補語)

qui 的特殊用法：

qui 可代替 celui qui, ce qui 或 celui que。在此情況下，省去其先行詞，往往用於熟語和諺語中。如：

Qui va à la chasse perd sa place.　　(出外打獵，職位丟掉。)

(喻一旦離開自己的職位，職位就會被人佔去。)

(句中，qui 取代 celui qui。)

Qui vole un œuf vole un bœuf.　　(會偷蛋就會偷牛。)

(句中，qui 取代 celui qui。)

Qui mieux est.　　　　　　　(更好的是。)

（句中，qui 替代 ce qui。）

Choisis qui tu voudras !　　　　　（挑選你想挑的（人）!）

（句中，qui 替代 celui que。）

　　注意：在 C'est... que 的強調句型中，不使用 qui。例：

不可以說：C'est à lui à qui je parle.

應改爲：C'est à lui que je parle.

2)que 的用法：

　　que 可以指「人」，也可以指「物」。

(1)關係代名詞 que 在從句中，充當直接受詞，它的性、數由先行詞決定，複合時態中的過去分詞須同前面的直接受詞作性、數上的配合，在母音或啞音 h 之前須縮寫成「qu'」，如：

　Le livre que j'ai acheté est intéressant.

（我買的那本書挺有趣的。）

（句中，que 代替 le livre，作動詞 ai acheté 的直接受詞補語。）

La rue que nous avons traversée est bien propre.

（我們通過的那條大街十分乾淨。）

（句中，que 代替 la rue，作動詞 avons traversée 的直接受詞補語。）

Les photos qu'Anne a prises sont très jolies.

（Anne 照的照片很美。）

（句中，que 代替 les photos，作動詞 a prises 的直接受詞補語。）

(2)關係代名詞 que 作時間補語。如：

Je me souviens de l'hiver qu'il a fait si froid.

（我還記得那個非常寒冷的冬季。）

(3)關係代名詞 que 作屬詞用，如：

Bête que je suis !　　　　（我多笨啊！）

Imprudent que tu es.　　　（你真冒失。）

(4)關係代名詞 que 用在某些熟語中，相當於 ce qui。如：

Advienne que pourra.　　（不管怎麼樣。）

3)quoi 的用法：

quoi 是中性詞，代替表示事物的名詞。其先行詞一般為 rien, quelque chose, ce (cela)或整個分句，它前面一定有介系詞，主要用於書面語。

(1)作間接受詞補語，僅指「事物」。如：

Il n'est rien à quoi je ne m'intéresse.

（我對什麼（東西）都感興趣。）

Ce à quoi je pense le plus souvent, c'est mon travail de futur.

（最讓我掛慮的是我未來的工作。）

(2)在 c'est, voici, voilà 後面的 ce 一般可以省去，也就是說，這裡的 quoi 可以不用先行詞。如：

C'est à quoi je pense.　　　　　　（這就是我思考的（事）。）

Voilà de quoi je me souviens encore.　　（這就是我還記得的事。）

(3)作狀況補語，quoi 相當於「cela」，代替前面整個句子的內容。如：

Fais d'abord tes devoirs, après quoi tu peux aller au cinéma avec tes copins.

（先做你的作業，做完（作業）後，你可以和你的夥伴去看電影。）

Tu dois demander son aide, sans quoi tu ne réussiras pas.

（你得向他求助，沒他的幫助，你成功不了。）

(4)de quoi 後面跟有原形動詞。如：

Dans quelques pays africains, beaucoup de gens restent sans avoir de quoi manger ni de quoi se vêtir.

（在一些非洲國家裡，許多人得不到溫飽。）

Passez-moi de quoi écrire.

（請把書寫所必需的東西遞給我。）

Il n'y a pas de quoi être fier.

（沒有什麼值得驕傲的。）

4)dont 的用法：

關係代名詞 dont 等於「de」加先行詞，可以指「人」，也可以指「物」，只能作關係從句中名詞、形容詞、動詞或數量詞的補語。

(1)作名詞補語，這名詞在句中作主詞、受詞或屬詞。如：

J'ai visité une ville dont le souvenir me revient.

(我曾參觀過一座城市，如今還記憶猶新。)

(dont 作從句中主詞 le souvenir 的補語，等於 de cette ville)

L'écrivain dont nous lisons le livre vient de mourir.

(此書的作者剛去世，我們現在正讀他的書。)

(dont 等於 de cet écrivain，作從句中直接受詞 le livre 的補語)

La maison dont elle est locataire se trouve au bord de la mer.

(她租住的那間房子位於海邊。)

(dont 作從句中屬詞 locataire 的補語，等於 de cette maison)

(2)作形容詞補語。如：

C'est la région dont je suis originaire.

(這就是我出生的地區。)

L'écolier dont vous êtes content s'appelle Pierre.

(您感到滿意的小學生叫皮埃爾。)

Vous avez une grande maison dont vous êtes très fier.

(您有一所使您為之驕傲的房子。)

(上述三句中的 dont 分別作從句中形容詞 originaire, content 和 fier 的補語。)

(3)作動詞的間接受詞。如：

le chien dont vous êtes suivi

(跟著您的那條狗)

(dont 作從句中 suivi 的間接受詞)

l'ami dont je parle souvent

(我常談起的友人)

(dont 作從句中 parle 的間接受詞)

J'ai un bon dictionnaire dont je me sers souvent.

(我有一本好辭典，我常常使用它。)

(dont 作從句中動詞 me sers 的間接受詞補語)

(4)作從句中的數量補語。如：

J'ai emprunté trois romans dont deux sont français.

(我借了三本小說，其中兩本是法文的。)

(dont 作數字形容詞 deux 的補語)

Mon ami m'a montré ses photos dont beaucoup sont prises à l'étranger.

(我的朋友給我看了他的相片，其中許多是在國外拍攝的。)

另，dont 用以表明「人」的「出身於……」，d'où 用以表明物的「產自……」或離開某地。如：

La famille dont elle sort est honorable.

(sortir de…出身於……)

(她出身名門。)

Les mines d'où l'on extrait la houille sont profondes.

(這些產煤的煤礦很深。)

5)où 的用法：

où 在從句中表示地點(相當於 à 或 dans...+地點，有時也相等於 dans lequel)或時間。一般代替表示事物的名詞。如：

La ville où vous m'avez conduit est agréable.

(您帶我去的那個城市挺可愛。)

(où=dans cette ville)

C'était le mois où il a tant plu.

(那是多雨的一個月。)

(句中，où 作 il a tant plu 的時間狀況補語，等於 pendant ce mois)

注意：

在 c'est...que 的強調句型中，不可使用 où。如：

不可以說：C'est dans cette maison où je vais.

應改爲： C'est dans cette maison que je vais.

(句中，作狀況補語用的 dans cette maison 已足夠明確地指出關

係了。)

2. 複合關係代名詞 lequel 的用法：

複合關係代名詞前面一定有先行詞，它要隨先行詞作性、數變化，用以指「人」和「物」，以避免名詞的重複和混淆。

(1)作主詞

多見於書面語，以避免在兩個性、數不同的先行詞中出現誤解，可指「人」和「物」。如：

J'ai rencontré le fils de ta voisine, lequel avait travaillé comme docteur en Afrique.

(我遇見了你女鄰的兒子，他在非洲當過醫生。)

(用 lequel 就很清楚，先行詞是 le fils，而不是 ta voisine；如換成 laquelle，則指的是 ta voisine；如用關係代名詞 qui，則不知道指的是 le fils 或 ta voisine。)

Il y a une nouvelle édition de cet ouvrage, laquelle se vend fort bien.

(這本書的新版賣得很好。)

(用 laquelle 清楚地表明先行詞是 édition，而不是 ouvrage)

(2)作狀況補語

當關係代名詞需要一個介系詞（除 de 以外）配合，在從句中作狀語時，應用其複合形式。如：

Voilà un bon dictionnaire, avec lequel j'ai traduit un roman français.

(這是本好詞典，我用它譯了一本法語小説。)

(句中，lequel 作方式狀語)

J'aurai enfin un appartement, dans lequel je serai à l'aise.

(我終於要有一間公寓了，在那裏我會很舒服的。)

(句中，lequel 作地點狀語)

Voilà les raisons pour lesquelles je dois poursuivre mes études.

(這就是我應該繼續學業的理由。)

(句中，lesquelles 作目的狀語)

La fille avec laquelle (ou avec qui) j'ai voyagé est ma cousine.

(我和她去旅行的那女孩是我表妹。)

(句中，laquelle 作伴隨狀語。lequel 代替「人」時，可用 qui 取代，故 avec laquelle，可用 avec qui 取代。)

注意：

如果先行詞用介系詞 de 引出時，一般宜用關係代名詞 dont，但如果先行詞由一個帶 de 的介系詞短語引出，則需用複合關係代名詞的縮合形式 duquel, de laquelle…，也就是說，絕對不可以用 dont 代替。(詳見：志一出版社出版的《法語學習》第三輯＜淺談複合關係代名詞＞，許文英)

(3)作間接受詞，如：

L'homme auquel (ou à qui) j'ai parlé est notre nouveau professeur.

(我和他說話的那人是我們的新老師。)

C'est un problème délicat auquel je n'avais jamais réfléchi.

(這是一個我從未思考過的棘手問題。)

(4)在 parmi 後，不管先行詞指「物」還是指「人」，都用 lesquels 或 lesquelles，從句的動詞可省去。如：

Il a rencontré un groupe d'amis étrangers parmi lesquels cinq français.

(他遇見了一群外國朋友，內有五位法國人。)

J'ai eu un rendez-vous avec plusieurs élèves parmi lesquels deux garçons.

(我與好幾個學生見面，其中有兩個男生。)

(5)如果緊接於以介系詞引導的名詞，並作該名詞的補語時，一般使用帶 de 的複合形式。如：

L'hôtel d'amitié, dans la salle duquel a lieu souvent la réception se trouve sur la rue des Victoires.

(友誼賓館位於勝利路，在那家賓館的大廳內常舉行招待會。)

Tout le monde a participé à la soirée au cours de laquelle on a présenté des danses et des chansons, etc.

（大家都參加了晚會，會上演出了舞蹈和歌曲等。）

4.8 疑問代名詞(les pronoms interrogatifs)

對「人」或「物」提出詢問，就要用疑問代名詞。疑問代名詞在句中可作主詞、受詞、屬詞和補語等。它的簡單詞形無性、數變化；複合詞形 lequel, laquelle, lesquels, lesquelles 有性、數變化。dont 不能作疑問代名詞，要用 de qui, de quoi, duquel 等進行提問；où 是疑問副詞（或關係代名詞），不是疑問代名詞。

4.8.1 疑問代名詞的形式

簡單形式	qui	que, (quoi)	ce qui, ce que
複合形式		陽　性	陰　性
	單數形式	lequel	laquelle
		duquel	de laquelle
		auquel	à laquelle
	複數形式	lesquels	lesquelles
		desquels	desquelles
		auxquels	auxquelles

注：ce qui, ce que 在間接疑問句中出現。在直接疑問句中用 Qui est-ce qui？Qui est-ce que？Qu' est-ce qui？Qu'est-ce que？其後，主詞與動詞不必倒裝。

4.8.2 疑問代名詞的用法
1. 簡單疑問代名詞的用法
1)疑問代名詞 qui 的用法：

疑問代名詞 qui, qui est-ce qui, qui est-ce que 只能就「人」提問。qui 可以用在直接問句和間接問句；而 qui est-ce qui, qui est-ce que 用在直接問句，一般多在口語中用；qui est-ce qui 就主詞提問，語氣較強；qui est-ce que 就直接受詞提問，若加介系詞可有其他作用。
(1)作主詞，動詞一定是第三人稱單數。如：

Qui tombe? (或 Qui est-ce qui tombe?) (誰跌跤了？)
Qui vient? (或 Qui est-ce qui vient?)　(誰來了？)
Qui va au cinéma?　　　　　　　　(誰去看電影？)

(2)作直接受詞或間接受詞，如：

Qui cherches-tu? (或 Qui est-ce que tu cherches?)
(你找誰？)
(句中，qui 作直接受詞用)
A qui succèdes-tu? (或 A qui est-ce que tu succèdes?)
(你接任誰的職務？)
(句中，qui 作間接受詞用)
Qui est-ce que tu vas voir?
(你要去看誰？)
De qui parles-tu?
(你說的是誰？)

(3)作屬詞，動詞可以是複數。如：

Qui est ce jeune homme?　　　(這年輕人是誰？)
(句中，qui 作屬詞用)
Qui sont ces personnes?　　　(這些人是誰？)

(4)作狀況補語，如：

Avec qui allez-vous passer les vacances? (句中，qui 作伴隨狀語)
(您跟誰去度假？)
Pour qui est-ce que vous avez tant travaillé?(句中，qui 作目的狀語)
(你們為誰做這麼多的工作？)

(5)作名詞補語，如：

De qui est-ce que tu prends soin?　　　(你照顧誰呢？)
De qui est-ce que vous avez reçu les lettres?(你們收到了誰的信？)

(6)作形容詞補語，如：

De qui sommes-nous fiers?　　　(qui 作形容詞 fiers 的補語)

(我們為誰驕傲？)

Je ne sais de qui il est content.　　(qui 作形容詞 content 的補語)

(我不知道他對誰高興。)

2)疑問代名詞 que 的用法：

　　疑問代名詞 que, qu'est-ce qui, qu'est-ce que 問「事物」或「人」的情況。que 在疑問句中作直接受詞或屬詞等；qu'est-ce qui 作主詞，語氣較強 qu'est-ce que 作直接受詞或屬詞 這兩者一般多見於口語。在間接問句中，que 如果作主詞，應改為 ce qui, que 如果作直接受詞或屬詞時，必須要改為 ce que。

(1)作主詞，如：

　　Qu'est-ce qui l'empêche de progresser?

　　(什麼(事情)阻止他進步呢？)

　　Je demande ce qui s'est passé. (此句為間接問句，que 改為 ce qui)

　　(我問發生了什麼。)

　　※在某些非人稱句中作實質主詞。如：

　　Que se passe-t-il?　　(發生了什麼事？)

(2)作直接受詞，如:

　　Que dessinez-vous?　　　　　　(=Qu'est-ce que vous dessinez?)

　　(你們畫什麼呢？)

　　Qu'est-ce que tu choisiras?　　(=Que choisiras-tu?)

　　(你將選什麼呢？)

　　Je lui demande ce que les enfants veulent.

　　(我問她孩子們要什麼。)

　　(此句為間接問句，que 作直接受詞，故必須改為 ce que。)

(3)作屬詞，用以詢問「人」或「物」的情況。如:

　　Que deviens-tu?

　　(你現在怎麼樣？你現在在做什麼？)

　　Que deviendra la Chine dans 10 ans?

　　(十年後的中國會變得怎樣呢？)

(4)作價格狀況補語，如：

Que coûte cette voiture d'occasion?

(這輛舊車值多少錢？)

Je voudrais savoir ce que coûte cette voiture d'occasion.

(我很想知道這輛舊車值多少錢。)

3)疑問代名詞 quoi 的用法：

　　疑問代名詞 quoi 用以就「物」進行提問，是 que 的重讀形式，可以作主詞、直接受詞、間接受詞、狀況補語或形容詞補語。

(1)作主詞，如：

　　－Tu m'entends?

　　－Quoi?

　　(－你聽見我說話了嗎？)

　　(－什麼？)

(2)作直接受詞，如：

　　Quoi faire?　　　　　　(做什麼呢？)

　　Je demande quoi faire.　(我問做什麼呢。)

(3)作間接受詞，如：

　　A quoi penses-tu?　　　(你在想什麼？)

　　De quoi t'occupes-tu?　(你負責什麼？)

　　A quoi est-ce que ça sert? (這個做什麼用呢？)

(4)在介系詞後，作狀況補語。如：

　　En quoi puis-je vous être utile? (我在哪一方面可以為您效勞？)

　　Par quoi commençons-nous ?　(我們從哪開始？)

(5)作形容詞補語，如：

　　De quoi êtes-vous satisfait?　　　　(您對什麼滿意呢？)

　　A quoi Monsieur Guo est-il intéressé?(郭先生對什麼感興趣呢？)

(6)quoi 等於 qu'est-ce qu'il y a ，如：

Quoi de nouveau? (有什麼新聞？)

Quoi de neuf？ (有什麼新的？)

2. 複合疑問代名詞的用法

1)複合疑問代名詞的一般用法：

對已被指明的「人」或「事物」提出詢問，在兩個或兩個以上的「人」或「事物」之間作選擇，後面常有以介系詞 de 引出的補語。如：

Lequel de vous va à Taïpei?

(句中，lequel 作主詞)

(你們之中哪一位去臺北？)

De ces montres, laquelle choisissez-vous?

(laquelle 作直接受詞，取代 Quelle montre choisissez-vous?)

(在這些手錶中，您選哪一塊？)

Auquel de ces élèves donnez-vous le prix ?

(Auquel 作間接受詞)

(您給這些學生中的哪一位發獎？)

Par laquelle de ces deux rues doit-on passer?

(Par laquelle 作狀況補語)

(這兩條街，我們應該走哪條？)

2)複合疑問代名詞的特殊用法：

當選擇的不是「人」或「物」時，往往用不定式表示動作，此時複合疑問代名詞作中性疑問代名詞用。如：

Lequel vaut mieux, lire des journaux ou regarder la télé?

(讀報還是看電視，哪個選擇更好些？)

4.9 不定代名詞(les pronoms indéfinis)

不定代名詞(也稱泛指代名詞)以一種模糊、籠統、不明確的方式代表「人」或「事物」。

4.9.1 不定代名詞有：

陽　性	陰　性	中　性
personne	personne	rien
quelqu'un	quelqu'une	quelque chose
quelques-uns	quelques-unes	tout
nul	nulle	autre chose
pas un	pas une	personne
on		
l'un	l'une	
les uns	les unes	
l'autre	l'autre	
les autres	les autres	
quiconque	quiconque	
tel	telle	
d'autres	d'autres	
autrui		
même(s)	même(s)	
chacun	chacune	
tout	toute	
tous	toutes	
aucun	aucune	
certains	certaines	
plusieurs	plusieurs	

4.9.2 不定代名詞的種類：

從詞義分析，不定代名詞可被分爲六類。

(1)表示泛指：un, quelqu'un, quelque chose, certains, tel

(2)表示否定：personne, aucun, nul, pas un, rien

(3)表示整體和複數：tout, chacun, plusieurs

(4)表示異同和對立：l'un...l'autre, un autre, les autres, d'autres, autrui

(5)作泛指人稱代名詞：on

(6)起不定代名詞兼關係代名詞作用：quiconque
如：

    Il a apporté quelque chose. (表示泛指)

    (他帶來了某個東西。)

    Tous dorment. (表示整體)

    (tous 可替代 toutes les personnes 或 tous les animaux)

    (一切都沉睡了。)

    Aucun n'est venu. (表示否定)

    (一個人也沒來。)

    Les uns arrivent, les autres partent. (表示異同和對立)

    (一些人到達，另一些人出發。)

    On a parlé de vous. (表示泛指人稱代名詞)

    (我們（或人們）談論過您。)

    Quiconque voyage à Paris ne manque pas de visiter Notre-Dame de
Paris. (起不定代名詞兼關係代名詞作用)

    (凡是遊覽巴黎的人都會參觀巴黎聖母院。)

4.9.3 不定形容詞作不定代名詞用：

    某些不定形容詞可以作不定代名詞用。如：aucun, certain, nul,
plusieurs, tel, tout 擺在名詞前面是不定形容詞，如果用以取代名詞的
位置，則是作不定代名詞用。不定形容詞作不定代名詞用，可以有
陰、陽性和單、複數的變化。如：

    Nul homme n'est content de son sort. (無一人會滿意自己的命運。)

    (句中，nul 是不定形容詞，用以形容名詞 homme)

    Nul n'est content de son sort. (沒有一個人會滿意自己的命運。)

    (句中，nul 是不定代名詞，取代名詞 homme 的位置)

    Toute question a une réponse. (任何問題都有答案。)

    (Toute 為不定形容詞，用以形容名詞 question)

    Tout est beau au printemps. (春天，一切都是美好的。)

    (Tout 為不定代名詞)

    Tel père, tel fils. (有其父，必有其子。)

    (句中，兩個 tel 均為不定形容詞，分別形容 père 和 fils)

    Tel qui rit vendredi, dimanche pleurera. (好景不長。)

(Tel 為不定代名詞)

4.9.4 不定代名詞的用法

1)不定代名詞 on 的用法：

　　on 是第三人稱陽性、單數不定代名詞，只能作主詞用，表示「人（們）、大家、有人、我們‥‥‥」。(on 等於 nous, des gens...)

(1)泛指「人、這個人、那個人（這些人或那些人）」，不知 on 指的是誰，也可能知道誰，卻不想說出來。如：

　　Que fait-on dans la salle de lecture ?

　　(那些人在閱覽室裡做什麼？)

　　On m'a indiqué la rue qui conduit au centre ville.

　　(有人向我指明通往市中心的道路。)

(2)指一般人，用在格言和成語中。如：

　　On ne travaille bien qu'avec une bonne santé.

　　(句中，on 作 chacun, les hommes 解)

　　(一個人)有了好身體，才能好好工作。

　　A l'oeuvre, on connaît l'artisan.

　　(從作品可以認出工匠。)

(3)所指的人明確，但說話的人故意不點明。如:

　　On voudrait assister à cette soirée dansante et chantante.

　　(=Je voudrais assister à cette soirée dansante et chantante.)

　　(我想出席這次歌舞晚會。)

　　On s'inquiète de ce qu'on ne comprend pas.

　　(句中，on 作 nous, vous, les gens 解)

　　(=Nous nous inquiétons de ce que nous ne comprenons pas.)

　　(我們(或他們)為不懂的事深深擔憂。)

　　注意：當 on 代替的是陰性詞或複數詞時，形容詞或過去分詞等可與 on 或所代表的詞作陰、陽性和單、複數的配合。如：

　　Elle a vu sa mère, on était contentes toutes les deux.

　　(她見到了母親，兩個人都很高興。)

Pierre et moi, on est allé(s) au cinéma hier.

(昨天，我和皮耶去看電影。)

On était fatigué(s).

(我們很累。)

On est tous frères.

(大家都是兄弟。)

※爲了避免母音重複、語音的不和諧，on 在 et, où, si, que 後面常加「l'」，寫成「l'on」，尤其用在書面語中。如：

Parlez, et l'on vous répondra. (先說，而後我們(或他們)會答覆您。)

Il faut que l'on décide.　　　(我們必須做出決定。)

但是，on 後面跟有 le, la, les 時，不必使用 l'on。如：

Qu'il parle, et on l'écoutera.　　(讓他說吧，我們聽著。)

Si on le sait.　　　　　(如果有人知道的話。)

2)不定代名詞 personne 的用法：

(1)personne，單數不定代名詞，必須與 ne 連用，表示「沒有人、無人……」，爲 quelqu'un 的否定用法。要注意的是，personne 作「一個人、某些人」解時，爲陰性普通名詞。如：

Il n'y a personne dans la rue.　　(街上沒有一個人。)(作直接受詞)

Personne n'est venu.　　　(沒有人來過。)　　(作主詞)

Je ne vois personne.　　　(我一個人也看不見。)(作直接受詞)

(2)當形容詞或過去分詞修飾作爲中性代名詞的 personne 時，必須用介系詞 de 引導，而且該形容詞或過去分詞必定是陽性、單數。如：

Il n'y a personne de blessé.

(沒人受傷。)

On ne trouve personne de compétent.

(我們沒找到一個能力強的人。)

Personne d'autre n'est venu.

(沒有其他人來過。)

(3)單獨使用，表示否定的回答，這是口語中的用法。如：

　　—Qui vient?　—Personne.（—誰來？—沒人來。）

　　—Qui frappe?　—Personne.（—誰敲門？—沒人敲門。）

3)不定代名詞 tout, tous, toutes 的用法：

(1)不定代名詞 tout，為中性代名詞，作「一切，所有的事物」解，用單數形。如：

　　Tout va bien.

　　（一切都好。）

　　Ne prenez pas tout : laissez-moi quelque chose.

　　（別全拿走，給我留點兒。）

　　Tout est là.

　　（所有的東西全在這兒啦。）

(2)tous 為陽性複數不定代名詞，陰性複數形為 toutes，作「一切人、所有的人、所有的事物」解，可代替前面提過的名詞，也可單獨使用。複數形 tous 的 s 要發/s/音。如：

　　J'ai invité des amis à dîner, tous sont venus.

　　（我邀請了一些朋友吃晚飯，他們都來了。）

　　Tous viendront. (Tous 作主詞)

　　（所有的人都要來。）

　　Ils parlent tous anglais. (tous 作同位語)

　　（他們個個都說英語。）

　　注意：

　　a. 在複合時態中，作直接受詞的 tout 或同位語的 tous, toutes，必須放在助動詞後、過去分詞前。如：

　　J'ai tout compris.　　　　　　　　（tout 作直接受詞）

　　（我全懂了。）

　　Les élèves ont tous aimé les livres.　（tous 作同位語）

　　（學生們個個都好讀書。）

　　Elles ont toutes chanté.　　　　　　（toutes 作同位語）

　　（她們都唱歌了。）

b. 當 tout 作不定式的直接受詞時，應放在不定式動詞前。如：

Je peux tout vous expliquer. （我可以向您解釋一切。）

Je vais tout écrire. （我馬上全寫出來。）

4)不定代名詞 l'un l'autre 和 l'un et l'autre 的用法

(1)l'un l'autre 有陰、陽性和單、複數的變化，用以表明一種相互、異同和對立的概念，l'un (l'une)通常與 l'autre 配合使用，表示「一個，另一個」；其複數詞形表示「一些，另一些」。如：

J'ai deux amies, l'une est chinoise, l'autre est française.

（我有兩個女朋友，一個是中國人，另一個是法國人。）

Les uns vont au cinéma, les autres restent dans la classe.

（一些人去看電影，另一些人留在教室裡。）

(2)l'un... l'autre 用連詞 et, ou, mais, ni...ni 連接，作主詞時，要注意動詞的單、複數，如：

L'un et l'autre sont partis pour Taïpei. （兩人都出發去了臺北。）

L'un ou l'autre est parti pour Taïpei. （兩者之一出發去了臺北。）

Ni l'un ni l'autre ne sont partis pour Taïpei. (兩人都沒去臺北。）

（或 Ni l'un ni l'autre n'est parti pour Taïpei.)

當上述結構作同位語使用時，動詞用複數形。如：

Ils sont partis pour Taïpei l'un et l'autre.

Ils sont partis pour Taïpei l'un ou l'autre.

Ils ne sont partis pour Taïpei ni l'un ni l'autre.

(3)l'un et l'autre 若擺在名詞前面，則作形容詞用。如：

J'ai parcouru l'un et l'autre pays. （那兩個國家我都走遍了。）

(4)l'un... l'autre 用於表達相互意思，要按動詞要求，決定在它們之間是否用介系詞及用什麼介系詞。如：

a.當 l'autre 作直接受詞補語用時：

L'égoïsme et l'amitié s'excluent l'un l'autre.

（也就是說，L'un exclut l'autre. l'autre 作直接受詞補語用。）

（自私和友誼互不相容。）

同樣：
Aimons-nous les uns les autres.　　（讓我們大家彼此相愛。）
(Les uns aiment les autres. les autres 作直接受詞補語用。)
Ils se contredisent l'un l'autre.　　（他倆相互矛盾。）
(L'un contredit l'autre. l'autre 作直接受詞補語用。)

　　b.當 l'autre 作間接受詞補語或狀況補語用時，前面必須加一個相應的介系詞。如：
　　Ils se sont nui l'un à l'autre.　　　（l'autre 作間接受詞補語）
　　（他倆曾相互算計。）
　　Ils ont combattu l'un contre l'autre.(l'autre 作狀況補語)
　　（他倆相互打鬥。）
　　Elles se ressemblent l'une à l'autre.(l'autre 作間接受詞補語)
　　（她們倆人很相像。）
　　Les spectateurs sont entrés dans le théâtre les uns après les autres.
　　（觀眾先後進入劇院大廳裡。）　　（les autres 作狀況補語）

5)不定代名詞 quelque chose 的用法：
(1)quelque chose，單數中性不定代名詞，所指的物品或概念不明確，作「某物、某事」解。如：
　　J'ai quelque chose à vous dire.　　　（我有事得跟您說。）
　　Voulez-vous prendre quelque chose?　　（您想吃點東西嗎？）

(2)quelque chose 有時也可以作「重要事情」解。如：
　　—Je n'ai pas fini tout mon travail.　—C'est déjà quelque chose.
　　（—我沒有全部完成我的工作。—這已經不錯了。）

(3)形容詞或過去分詞修飾 quelque chose 時，應以 de 引導，且該形容詞或過去分詞必須用陽性單數。如：
　　J'ai appris quelque chose d'intéressant.
　　（我得知了某件有趣的事。）

Il y a quelque chose de nouveau dans le journal d'aujourd'hui.
(在今天的報上有新鮮事報導。)
Je cherche quelque chose de nouveau.
(我尋求新鮮事。)

(4)quelque chose 其否定為 ne... rien，如：
　　—Tu as trouvé quelque chose?
　　—Je n'ai rien trouvé.
　　(—你找到了東西嗎？)
　　(—什麼也沒找到。)
　　—Quelque chose t'intéresse?
　　—Rien ne m'intéresse.
　　(—有你覺得有趣的事嗎？)
　　(—沒什麼可引起我興趣的事。)

6)不定代名詞 quelqu'un 的用法：

(1)quelqu'un，單數不定代名詞，所指的人不明確，表示「某（一個）人，有人……」，其否定為 ne... personne。如：
　　Quelqu'un est venu.　　　　　(有人來了。)
　　Y a-t-il quelqu'un ici ?　　　　(這兒有人嗎？)
　　Quelqu'un t'attend en bas.　　(有人在下面等你。)
　　—Tu as vu quelqu'un ?
　　—Je n'ai vu personne.
　　(—你看到了誰？)
　　(—我沒看到任何人。)
　　—Quelqu'un l'aime?
　　—Personne l'aime.
　　(—有誰喜歡他嗎？)
　　(—沒有人喜歡他。)

(2)當後面是一個帶有介系詞的名詞，quelqu'un 可指「人」或「物」，並且可用複數形或陰性。如 ：
　　Demandez une aide à quelqu'une de ses amies !

(請您向她的一位女友求助。)

Prête-moi quelques-uns de tes livres !

(請把你的書借幾本給我。)

Quelques-uns de la classe ont réussi dans leurs examens.

(班裡的一些人考試順利通過。)

(3)作屬詞用，quelqu'un 作「重要人物」解，僅用陽性單數形式。如：

Il est quelqu' un !　　　　　(他可是個要人！)

Elles se croient quelqu'un.　(她們自以為了不起。)

(4)當 quelqu'un 後面跟有形容詞時，該形容詞前要加介系詞 de，且為陽性單數。如：

Je cherche quelqu'un de sérieux.

(我在找認真的人。)

Parmi ces livres, il y en a quelques-uns d'intéressant.

(這些書裡有幾本很有意思。)

C'est quelqu'un d'intéressant.

(這是個令人感興趣的人物。)

7)不定代名詞 même 的用法：

擺在冠詞 le, la, les 後，作「tout pareil, identique」(同樣的人，同樣的事物)解。如：

Ta veste est très jolie; j'ai la même en rouge.

(你的上衣很漂亮；我也有同樣漂亮的上衣，是紅色的。)

Quels beaux livres tu as! J'ai les mêmes.

(你的書真美！我也有同樣美的圖書。)

Elle reste toujours la même.

(她還是老樣子。)

8)不定代名詞 aucun, aucune 的用法：

(1)不定代名詞 aucun, aucune 和否定詞 ne 一併使用，作「沒有一個 (pas un)，沒有一個人(personne)」解，只能用於單數形，後面常接由介系詞 de 引導的補語，要與相關名詞作陰、陽性的配合。如：

Aucune de vos raisons ne me convainc.

(您的任何一個理由都説服不了我。)

Je ne connais aucun de ses amis.

(他的朋友，我一個也不認識。)

Aucun n'a été capable de répondre.

(沒有一個人能作出回答。)

(2)單獨使用，作「pas un seul」解，可用以表示一種否定式的回答。
如：

— Voici deux dessins, lequel préférez-vous ?

— Aucun.

(—這兒有兩張畫，您更中意哪一張？)

(—一張也不喜歡。)

— Avez-vous reçu des nouvelles de vos parents?

— Aucune.

(—您收到父母親的消息了嗎？)

(—沒有任何消息。)

(3)在否定的、懷疑的或比較句的 que 後，不和 ne 一起使用，作「任
何一個人或某個人」解。如：

Je ne crois pas qu'aucun de vous puisse répondre à cette question.

(我不相信你們之中有某個人能回答這個問題。)

Pensez-vous qu'aucun d'entre eux vienne?

(您認爲他們中有人來嗎？)

Il travaille plus qu'aucun de ses camarades de classe.

(他比任何一個同學都用功。)

9)不定代名詞 rien 的用法：

(1) rien，單數不定代名詞，與 ne 連用，表示否定，作「沒有什麽東
西，沒有什麽事情」解。如：

Je ne vois rien dans ce brouillard.(在這大霧中，我什麽也看不見。)

Il ne sait rien.　　　　　　　　(他一無所知。)

Rien ne bouge.　　　　　　　　(沒有什麽東西在動。)

　　　Je n'ai rien vu.　　　　　　　　(我什麼也沒見到。)
　　　Il ne connaît rien de nouveau.　　(他什麼新鮮事都不知道。)

　　注意：
　　a. rien 作受詞補語用時，必須擺在複合時態的助動詞與過去分詞之間。
　　b. rien 的後面跟有形容詞、副詞或分詞修飾時，要由介系詞 de 連接，且形容詞或分詞只能用陽性單數形表示。如：
　　Je n'ai rien de plus à dire.
　　(我沒什麼再要說的了。)
　　Je ne trouve rien d'intéressant dans ce roman.
　　(我覺得這本小說一點意思都沒有。)

(2)rien 可以單獨使用，用在省略句中，表示否定。例：
　　－Qu'est-ce qu'il y a?　－Rien.
　　(－怎麼了？－沒有什麼。)
　　－Qu'est-ce que tu as vu?　－Rien.
　　(－你看到什麼了？－什麼也沒看到。)

(3)rien 用在疑問句、否定句的從句中或與表懷疑的、否定的詞一同使用時，作「quelque chose」(什麼東西、什麼事物)解。如：
　　On ne croit pas qu'elle puisse rien avancer.
　　(人們不相信她能有什麼進展。)
　　Il est incapable de rien prononcer.
　　(他講不出什麼。)
　　Tu restes là sans rien manger.
　　(你呆在那兒什麼也別吃。)
　　Il est parti sans rien dire.
　　(他一聲不吭地走了。)

10)不定代名詞 certains, certaines 的用法：

　　certains, certaines 常用在書面語中，可以代替「人」或「物」，意為「某些人」、「某些事物」。

(1)用以代替前面提到的「人」或「物」。如：

Parmi les filles, certaines ont visité Paris.

(女生中，一些人遊覽過巴黎。)

Parmi les professeurs, certains sont maîtres de conférence.

(在教師中，一些人是副教授。)

Parmi ces romans, certains sont en français.

(在這些小說中，有一些是法文的。)

(2)用以代替後面的補語明確指出的「人」或「物」。如：

Certains de ses amis se sont installés au Canada.

(他的一些朋友已定居加拿大。)

Certaines d'entre nous se sont mariées.

(我們中的一些人已婚。)

Certains de ces lecteurs étrangers sont venus d'Europe.

(這些外籍兼課教師中的一部分人來自歐洲。)

(3)陽性複數 certains 可以單獨使用，用以代替非具體範圍的「人」。如：

Certains préfèrent vivre en ville.

(有些人比較喜歡在城市裡生活。)

Certains estiment que les chercheurs de médecine pourront trouver bientôt le vaccin préventif contre la pneumonie atypique.

(一些人認為醫學研究人員很快會找到預防非典型肺炎的疫苗。)

Certains sont contre la guerre en Iraq lancée par les Etats-Unis.

(一些人反對美國對伊拉克發動的戰爭。)

11)不定代名詞 quiconque 的用法：

quiconque 為陽性單數不定代名詞，用以代替「人」，意為「任何人」、「無論誰」，可作「n'importe qui」解。如：

Il est à la portée de quiconque de régler le problème.

(誰都有能力解決這個問題。)

Il a raconté son aventure à quiconque.

(他對誰都講他的奇遇。)

Elle considère quiconque comme professeur.
(她把任何人都看作老師。)

12)不定代名詞 tel, telle 的用法：

tel, telle 為書面詞語，一般用單數形式，意為「某某人」、「某一個」，可以作「quelqu'un」解。如：

(1) tel 只是代替人，用單數形式。如：

Tel est pris qui croyait prendre.
(諺語：害人者常害己。)
Tel qui rit vendredi, dimanche pleurera.
(諺語：好景不長。)
Ils ne sont pas faciles, tel préfère ceci et tel cela.
(他們不隨和，某人喜歡這個，某人喜歡那個。)
Concernant ce projet, tel a dit oui, tel a dit non, on n'est pas arrivé à un accord.
(關於這一項目，有人同意，有人反對，沒有達成協議。)

(2) un tel, une telle 可用以代替專有名詞，意為「某某」。如：

Monsieur un tel vous attend dans la salle de réception.
(某某先生在接待室等您。)
Pourriez-vous nous présenter madame une telle.
(請您給我們介紹某某夫人。)
Il aime mademoiselle une telle.
(他愛某某小姐。)

13)不定代名詞 nul 的用法：

nul 為書面詞語，限用於行政語言或警句格言中；一般只用陽性單數，與否定詞 ne 連用，在句中作主詞，意為「無一人」，作「personne」解。如：

Nul n'est censé ignorer la loi.
(任何人不得無視法律。)
A l'impossible, nul n'est tenu.
(諺語：不要強人所難。)

De ces professeurs, nul n'a accepté cette proposition.
(在這些教師中，無一人接受這個建議。)
Nul n'a le droit d'entrer.
(無人有權入內。)

14)不定代名詞 plusieurs 的用法：

plusieurs 僅有複數形式，陰、陽性形式相同，可以代替人或物，意爲「幾個」、「好幾個」。如：

Monsieur Qiu a rédigé de nombreuses monographies, dont plusieurs relatives à la communication interculturelle.
(裘先生撰寫了多篇學術論文，有好幾篇是關於跨文化交際的。)
Plusieurs d'entre nous se sont perfectionnés en français en France.
(我們中好幾個人在法國進修過法語。)
Elles se sont mises à ce projet à plusieurs.
(她們好幾個人一塊做這個項目。)

EXERCICES

I. Répondez aux questions suivantes avec deux pronoms personnels :

1. me   le
    te
    nous + la   en   y + verbe
    vous

  Exemple: —Paul, tu peux me prêter ton journal?

               —Oui, je te le prête tout de suite.

1)—Jacques, tu peux me donner ta cassette?

  —Oui, je _____ donne tout de suite.

2)—Jean, vous voulez bien nous dire l'adresse de votre oncle?

  —Oui, je veux bien _____ dire.

3)—Catherine, tu peux me montrer ton nouveau dictionnaire?

  —Non, je ne peux pas _____ montrer.

4)—Vos parents vous racontent souvent la vie de leur passé?

  —Non, ils ne _____ racontent pas souvent.

5)—Ta mère peut t'acheter ce beau vélo?

  —Oui, elle peut _____ acheter.

6)—Le père a-t-il prévenu son fils de la date d'arrivée?

  —Non, il ne _____ a pas prévenu.

7)—Ta fille va t'envoyer une lettre?

  —Oui, elle va _____ envoyer.

8)—Le professeur va vous expliquer cette leçon?

  —Non, il ne va pas _____ expliquer.

9)—Où est-ce que vous avez rejoint vos amis? Au Palais d'Été?

  —Oui, nous _____ avons rejoints.

10)—Voulez-vous me remettre vos devoirs?

  —D'accord, nous allons _____ remettre.

11)—Voulez-vous nous présenter votre nouveau professeur?

  —D'accord, nous _____ présentons tout de suite.

12)—Isabelle, peux-tu me donner une réponse?

   —Non, je ne peux pas _____ donner.

2. le

   la + lui   en   y + verbe

   les   leur

  Exemple: --Pouvez-vous donner ce cadeau à Paul?

          --Oui, je peux le lui donner.

          --Non, je ne peux pas le lui donner.

1)—Peux-tu demander à ton professeur une explication sur cette question?

   —Oui, je peux _____ demander.

2)—Pouvez-vous transmettre une lettre d'invitation à notre directeur?

   —Oui, je peux _____ transmettre.

3)—Je peux offrir ce téléviseur à ton frère?

   —Non, tu ne peux pas _____ offrir.

4)—Pouvez-vous envoyer cette lettre à mon cousin?

   —Oui, je peux _____ envoyer.

5)—Le professeur explique la 6e leçon à ses élèves?

   —Oui, il _____ explique.

6)—Tu racontes ton voyage à tes amis?

   —Non, je ne _____ raconte pas.

7)—Voulez-vous emprunter quelques cassettes à mon ami?

   —Non, je ne veux pas _____ emprunter.

8)—Je peux présenter mes amis à tes parents?

   —Oui, tu peux _____ présenter.

3. me (m')

  te(t')

  nous + en + verbe

  vous

  lui

  leur

  Exemple: —Paul, tu peux me passer du sucre?

          —Oui, je t'en passe tout de suite.

—Non, je ne peux pas t'en passer.

1)—Catherine, peux-tu nous acheter du porc?

　—Oui, je peux _____ acheter.

2)—Jean, voulez-vous nous chercher des places?

　—Oui, je _____ cherche.

3)—Ton ami peut nous trouver de beaux timbres?

　—Non, il ne peut pas _____ trouver.

4)—Ton père t'a acheté beaucoup de disques?

　—Oui, il _____ a acheté beaucoup.

5)—Avez-vous emprunté 5 romans français à vos amis?

　—Oui, je _____ ai emprunté 5.

6)—Peux-tu apporter du lait à mes parents?

　—Oui, je peux _____ apporter.

7)—Veux-tu offrir des fleurs à ta femme?

　—Oui, je veux bien _____ offrir.

8)—Vous avez prêté des balles de tennis aux étudiants?

　—Non, nous ne _____ avons pas prêté.

9)—Peut-il passer de l'eau à ces malades?

　—Non, il ne peut pas _____ passer.

10)—Voulez-vous nous parler de notre nouveau professeur français?

　—Oui, je veux bien _____ parler.

4. verbe (à l'impératif) +　le　　moi

　　　　　　　　　　　　　 la　 + nous (en, y)

　　　　　　　　　　　　　 les　 lui

　　　　　　　　　　　　　　　　leur

Exemple:—Jacques, je t'apporte les livres?

　　　　　　　—Oui, apporte-les-moi!

　　　　　　　—Non, ne me les apporte pas!

1)—Est-ce que je peux te montrer mes photos?

　—Oui, montre _____ !

2)—Wang, dois-je raconter l'histoire contemporaine de la Chine à ces amis français?

　—Oui, raconte _____ !

3)—Monsieur, puis-je vous donner mon adresse?
　—Oui, donnez _____ !
4)—Monsieur, devons-nous vous remettre nos cahiers?
　—Oui, remettez _____ !
5)—Est-ce que je peux présenter mes parents aux tiers?
　—Oui, présente _____ !
6)—Madame, je dois apporter cette valise à Catherine?
　—Non, ne _____ apportez pas!
7)—Monsieur, j'explique ces phrases aux étudiants?
　—Non, ne _____ expliquez pas!
8)—Papa et Maman, est-ce que je peux vous amener mes copins?
　—Oui, amène _____ !
9)— Monsieur le directeur, dois-je rendre ces documents à votre secrétaire?
　—Non, ne _____ rendez pas?
10)— Professeur, est-ce que je peux annoncer cette nouvelle aux étudiants?
　—Oui, annonce _____ !
11)—Je te parle de la France maintenant?
　—Non, ne _____ parle pas!
12)—Nous allons mettre ces portraits dans la grande salle?
　—Oui, mettez _____ !
13)—Voulez-vous du vin? Je vous en donne un peu?
　—Non, ne _____ donne pas!
14)—Je peux montrer des photos à notre directeur?
　—Oui, montre _____ !

II. Remplacez les mots soulignés par des pronoms possessifs:
1) Mes sœurs habitent la campagne, où habitent vos sœurs?
2) Son appartement comprend 5 pièces, notre appartement n'en a que 3.
3) Je t'ai raconté ma vie. A toi de me raconter ta vie.
4) Je m'occupe non seulement de mon travail, mais aussi de son travail.
5) Monsieur Wang a acheté une grande commode. Ma commode est plus

petite que sa commode.

6) Prêtez-moi votre crayon, parce que j'ai perdu mon crayon.

7) J'ai cassé mon miroir, elle a perdu son miroir.

8) J'ai remarqué pas mal de fautes dans sa dictée, mais il n'y en a pas beaucoup dans votre dictée.

9) Il a décidé de corriger sa mauvaise prononciation, j'ai décidé de corriger ma mauvaise prononciation.

10) Mon stylo ne marche pas, prête-moi ton stylo.

11) Elle pense à ses parents, nous pensons à nos parents.

12) Notre appartement donne sur le nord et leur appartement donne sur l'est.

III. Complétez les phrases suivantes par un pronom démonstratif:

1) _____ qui court le plus vite porte le maillot jaune.

2) Cette année, la récolte est meilleure que _____ de l'année dernière.

3) Les fenêtres de notre chambre donnent sur le sud, _____ de leur chambre donnent sur le nord.

4) _____ qui ne vont pas à la réunion écouteront la cassette demain.

5) Ma veste est rouge, _____ de Françoise est verte.

6) Oh! que de machines! Mais celles-ci sont plus modernes que _____ .

7) Est-ce que ce livre est _____ que vous voulez?

8) Elle a de beaux yeux, mais je préfère _____ de sa soeur.

9) Les textes les plus faciles sont _____ que nous avons appris au début de l'année.

10) Voici ma valise, voilà _____ de Pierre.

IV. Complétez les phrases suivantes par des pronoms convenables:

1) C'est une région _____ me plaît beaucoup.

2) Il nous présente son professeur avec _____ il apprend le français.

3) Elle nous parle de ses succès _____ elle est très fière.

4) La Tour Eiffel est la plus haute construction _____ on voit

l'ensemble de Paris.

5) Je vous raconterai le voyage _____ j'ai fait cet été.

6) J'achète chaque jour un journal _____ je lis des nouvelles intéressantes.

7) Le malade _____ le docteur a conseillé de se passer de fumer a mal à la gorge.

8) Nous avons visité l'usine d'automobiles _____ ton père est directeur.

9) Il a vu beaucoup de films français par _____ il connaît la vie française.

10) Le grand bâtiment, en face _____ il y a une banque est la bibliothèque municipale.

11) Nous apprenons le français _____ est une très belle langue.

12) Je vous ai déjà rendu le livre _____ vous m'avez prêté.

13) Le village _____ il a travaillé pendant 3 ans a beaucoup changé.

14) Le dictionnaire avec _____ j'ai traduit un roman français est très utile.

15) Dans cette classe, il y a 23 étudiants _____ 8 filles.

16) L'usine _____ nous avons visitée hier fabrique des montres.

17) La réunion _____ nous avons participé est très importante.

18) Prenez ce dictionnaire sans _____ vous auriez beaucoup de difficultés dans vos études.

19) J'ai acheté beaucoup de légumes ce matin, parmi _____ des choux.

20) Le professeur, sur les conseils _____ , nous avons fait un grand progrès, a beaucoup d'expériences.

21) J'aimerais vous présenter l'une de mes collègues avec _____ je travaille depuis bientôt 4 ans.

22) C'est le camarade Wang _____ j'ai connu en France.

23) Connaissez-vous les problèmes _____ vos amis s'intéressent?

24) La gare de Tianjin près de _____ il habite est un édifice moderne.

V. Dites si les mots soulignés sont des adjectifs (1), des pronoms possessifs (2) ou des pronoms personnels (3):

1) Leur professeur leur a expliqué leur leçon, le nôtre nous a corrigé nos
   a   b   c   d   e   f
devoirs.

2) Li et Yang ont bien répondu à l'examinateur, leur prononciation était
                                               a
bonne. L'examinateur leur a donné à tous les deux la note 5.
                   b

3) C'est bien le nôtre, disent les enfants, quand ils ont retrouvé le gong
              a
que leur groupe de théâtre avait perdu.
     b

4) Qu'est-ce que vos deux équipes ont fait à la coopérative? La nôtre a
                                                 a
fait la moisson, la leur a réparé les silos à choux.
          b

VI. Complétez les blancs par "tout, tous, toute, toutes" :

1) Ils vont _____ au cinéma.
2) _____ va bien.
3) Il a _____ compris.
4) _____ ensemble, nous sommes allés au supermarché.
5) _____ Chinois aime la paix.
6) _____ le monde va participer à la rencontre sportive.
7) Elles sont _____ contentes de passer les vacances.
8) Nous les avons _____ oubliés.
9) Elles parlent _____ français.
10) Pascal pense à _____ les camarades de l'école secondaire.
11) Sa maison est _____ près de l'institut.

12) _____ est bien qui finit bien.

13) C'est _____ pour aujourd'hui.

14) _____ les camarades de notre classe ne sont pas présents.

15) Les élèves sont _____ absents?

VII. Complétez les phrases avec les pronoms interrogatifs et relatifs :

1) Je ne sais pas _____ vous a appris cette nouvelle.

2) Mes camarades de classe veulent savoir _____ nous enseignera le français le semestre prochain.

3) A _____ sert cet appareil?

4) Dites-moi _____ vous avez fait.

5) Savez-vous _____ ce sont?

6) Racontez-nous _____ s'est passé dans la rue.

7) _____ préférez-vous? Celle-ci ou celle-là?

8) Avec _____ travaillez-vous?

9) De _____ parlez-vous? --De rien.

10)Dans _____ de ces maisons habitez-vous?

VIII. Remplacez les traits par les pronoms relatifs qui conviennent:

1) J'entends un homme _____ marche dans le couloir.

2) Sophie et Pierre, sans _____ nous ne pouvons pas commencer la partie.

3) Connaissez-vous pour _____ est donnée la soirée?

4) Je ne trouve plus la boîte _____ j'ai mis ma dent de lait.(乳牙)

5) Il me faut ces lunettes, sans _____ je ne peux pas lire.

6) Le chemin conduisait à une mare (水塘), _____ était assez profonde.

7) On me donne un article français _____ est très difficile.

8) La femme du notaire, _____ fêtait son anniversaire, a pris la plus grosse part du gâteau.

9) Ces gâteaux, _____ je crains l'odeur.

10) Ce journaliste ne rapporte jamais que des faits _____ on est sûr.

11) Quel est ce château _____ on voit les tours?

12) Le chien regarde avec hargne (惱怒) le cochon _____ il est jaloux.

13) Le rhumatisme (風濕病) _____ il souffre est très pénible.

14) L'animal se détourna de la viande, _____ il se méfiait.

15) La ville _____ je suis né est belle et propre.

16) La dame _____ nous avons vue est notre professeur.

17) Ce sont des choses à _____ vous ne prenez pas garde.

18) C'est le livre _____ j'ai acheté hier.

19) C'est le chemin par _____ je suis venu.

20) La réunion à _____ nous devions participer n'a pas pu avoir lieu.

IX. Remplacez les traits par les pronoms indéfinis:

1) _____ sonne, mais _____ n'ouvrit la porte.

2) Sept personnes étaient assises autour d'une table ovale (橢圓形的) recouverte d'un tapis vert, _____ portaient des lunettes; _____ n'en portaient pas; _____ fumaient la pipe; _____ ne fumaient pas. _____ paraissaient vieux; _____ semblaient jeunes.

3) _____ a ouvert la boîte.

4) _____ de ces enfants peut lire et écrire.

5) Il n'y a _____ dans la classe, parce que la classe est finie.

6) Dans cette ville étrangère; je ne connais _____ , _____ ne me connaît.

7) Notre professeur a deux filles, _____ travaille à Beijing, _____ fait ses études à l'Université de Sichuan.

8) Il m'a dit qu'il n'avait _____ compris.

9) _____ pour soi et Dieu pour _____ .

10) Ils entreront _____ à leur tour.

11) J'ai invité plusieurs amis, _____ sont venus.

12) Ce sera _____ pour aujourd'hui.

13) _____ répondront oui.

14) _____ est là.

第五章
動　詞（Le verbe）

5.1 動詞的定義(la définition des verbes)：用以表明動作、行為、變化或狀態的字。動詞有詞形變化，隨主詞的人稱的不同而變化。如：

Le bœuf traîne la charrue.　　　　（牛拉犁。）

（句中，動詞 traîne 表明「動作」。）

J'entends Paul chanter.　　　　　（我聽到保羅在唱歌。）

L'éléphant est intelligent.　　　　（大象聰明。）

（句中，動詞 est 表明「狀態」。）

L'eau paraît transparente.　　　　（水顯得透明。）

5.2 及物動詞（le verbe transitif）：後面可接受詞補語的動詞，我們稱之為及物動詞。如：

Je lis un livre.　　　　　（我看書。）

（句中，un livre 是及物動詞 lis 的受詞補語。）

Elle connaît ce garçon.　　（她認識這男孩。）

（句中，ce garçon 是及物動詞 connaît 的受詞補語。）

　　及物動詞又分為：直接及物動詞，和間接及物動詞。

1)直接及物動詞(le verbe transitif direct)，指接直接受詞補語的動詞。如：

Le soleil éclaire la terre.　　　　（陽光照耀大地。）

（句中，éclaire 是直接及物動詞。）

M. Dupont quitte Paris.　　　　（杜邦先生離開巴黎。）

J'aime la musique classique.　　　（我喜歡古典音樂。）

Elle a mis son manteau et ses gants. （她穿了大衣和戴了手套。）

　　但是，某些及物動詞可以用不定式作受詞補語，這時二者之間

可能有介系詞，但從語法角度看，不定式仍作直接受詞補語，並不因為前面有介系詞而改變性質。如：

Elle apprend à nager.

(她學游泳。)

(句中，動詞 apprend 是直接及物動詞，後接不定式時，要由介系詞 à 引導，不定式 nager 仍為直接受詞補語。)

Je vous propose de vous installer au Canada.

(我建議您定居加拿大。)

注：某些直接及物動詞可以獨立使用，不帶受詞補語。這種用法在口語中常見。如：

Le docteur reçoit sur rendez-vous.　(本醫生看病須經預約。)

 Je vois comme vous.　　　　　　　(我跟你的看法相同。)

2)間接及物動詞（le verbe transitif indirect），指接間接受詞補語的動詞。如：

Le chien obéit à son maître.　　　　(狗聽從其主人。)

(句中，obéit 是間接及物動詞。)

Elle pense à sa mère.　　　　　　(她想念母親。)

J'ai écrit à mon père.　　　　　　(我給父親寫信了。)

J'assiste à un beau spectacle.　　　(我看了場精彩的演出。)

注意：

a.某些直接及物動詞，可以有兩個受詞補語：直接受詞補語和間接受詞補語。如：

Je voulais offrir ce cadeau à mon professeur.

(我想把這個禮品贈送給我的老師。)

(句中，ce cadeau 是直接受詞補語；mon professeur 是間接受詞補語。)

J'ai demandé à mon ami de m'aider.

(我要我的朋友幫我。)

b.某些及物動詞（根據補語區分），有時作直接及物動詞，有時作間接及物動詞。如：

Il a manqué le train.	(他沒趕上火車。)
(直接及物動詞)	
Il manque de patience.	(他缺乏耐心。)
(間接及物動詞)	
croire quelqu'un	(信任某人)
croire à son innocence	(相信他的無辜)
pardonner une injure	(原諒別人的辱罵)
pardonner à ses ennemis	(原諒他的敵人)
aider son frère	(幫助他的兄弟)
aider à finir un travail	(有助於完成工作)
commander une manoeuvre	(指揮操作)
commander à ses passions	(控制自己的感情)
tenir sa plume	(握筆)
tenir à ses livres	(珍惜自己的書)

5.3 不及物動詞（le verbe intransitif）：後面不可接受詞補語的動詞，我們稱之為不及物動詞。但，不及物動詞可以有一個或兩個以上的狀況補語。如：

Le loir dort l'hiver, dans un trou.	(睡鼠在洞穴中冬眠。)

（句中，hiver 不是受詞補語，而是時間狀況補語；trou 是地方狀況補語。）

Il est venu hier soir.	(他昨天晚上來了。)
Le printemps arrive.	(春天到了。)
La fête approche.	(節日臨近了。)

注意：

a.某些補語前面雖有介系詞 à 或 de，但該補語不是作間接受詞補語用，而是作狀況補語。如：

Nous partons de Paris.	(我們從巴黎出發。)
Nous partons à neuf heures.	(我們九點出發。)
Nous partons à bicyclette.	(我們騎單車離開。)
Je vais à Paris.	(我去巴黎。)
Je viens de Paris.	(我來自巴黎。)
Elle sort de sa chambre.	(她走出房間。)

Venez à midi! （正午時來！）

b.某些動詞有時是及物動詞，有時作不及物動詞，但意義並不相同。如：

Il joue aux cartes. （他玩撲克牌。）

(aux cartes 是間接受詞補語。)

Il joue dans la cour. （他在院子裡玩。）

(dans la cour 是地方狀況補語。)

Je baisse le store. （我放下簾子。）

La rivière baisse. （河水下降。）

Le chien remue la queue. （狗搖晃尾巴。）

Il remue sans cesse. （他不停地動彈。）

Il a changé une roue. （他換了一個車輪。）

Le temps va changer. （天氣要變了。）

Je ferme la porte. （我關門。）

La porte ferme mal. （門關不緊。）

c. 有些動詞，如：être (是), devenir (變成、成爲), paraître (似乎、顯得), sembler (好像、看來), avoir l'air (好像、似乎), rester (保持、處於), demeurer (依然是、繼續是)...等可以表示「狀態」。用這些動詞可以連接主詞與屬詞，這些動詞也可被稱爲聯繫動詞 (les verbes copulatifs)。例：

Il est rédacteur en chef. （他是主編。）

Tu es intelligent. （你聰明。）

Cette grammaire est bien pratique. （這本文法書很實用。）

Il paraît malade. （他好像病了。）

Vous paraissez jeunes. （你們看上去年輕。）

Elle paraît compétente. （她顯得有能力。）

Ces pommes semblent mûres. （這些蘋果好像已經熟了。）

La journée me semble courte. （這一天我覺得很短。）

(sembler à qn. 意爲：在某人看來、使某人覺得)

Il me semble correct de prononcer ainsi.

(我覺得這樣表態是正確的。)

(Il semble à qn. 意爲：某人認爲、某人覺得。Il 爲無人稱主詞。)

Elle a l'air heureux (heureuse).　　（她看起來幸福。）

Ces cerises ont l'air fraîches.　　（這些櫻桃好像新鮮。）

　　（avoir l'air + a. 如果主詞為「人」，形容詞的性、數可以與 air 或者與主詞一致；如果主詞為「物」，形容詞的性、數應該與主詞一致。）

Il faut rester modeste et prudent.　（應該保持謙虛謹慎。）

Le chien reste fidèle à son maître.　（狗始終忠於主人。）

Elle reste silencieuse.　　　　　　（她保持沉默。）

Notre travail demeure bien lourd.　（我們的工作還很繁重。）

Elle demeure travailleuse.　　　　（她依然是勤奮。）

La situation demeure favorable.　（形勢還是有利的。）

5.4 反身式動詞(le verbe pronominal)：

　　帶有反身人稱代名詞的動詞，我們稱之為反身式動詞。反身式動詞，用在句中，其反身代名詞（ me, te, se, nous, vous, se ）的人稱和數，要和主詞一致。如：

Je me repose.　　　　　　　　（我休息。）

Il s'aperçoit de son erreur.　　（他發覺自己的錯誤。）

Cela ne se dit pas en français.　（法語中不這麼說。）

Ils se disent au revoir.　　　　（他們相互告別。）

　　反身代名詞可以作動詞的直接受詞補語或間接受詞補語用，這要根據不同情況而定。如：

Je me lave.　　　　　　（我洗澡。)(me 作直接受詞補語。）

Je me lave les mains.　（我洗手。)(me 作間接受詞補語。）

　　反身式動詞可根據其表達的不同意義分為：自反動詞、互反動詞、被動意義的反身式動詞和絕對意義的反身式動詞。

1)自反動詞(le verbe pronominal réfléchi)

　　用以表示一種主詞對自己所作的動作，其反身代名詞可以是直接受詞補語或間接受詞補語。如：

　　反身代名詞是直接受詞補語：

Il se couche.　　　　　　　　　　（他躺下。）

Alice se regarde dans le miroir.　　(艾麗絲照鏡子。)
Il se flatte.　　　　　　　　　　(他自誇。)
Je me réveille.　　　　　　　　　(我醒了。)
Tu te laves.　　　　　　　　　　(你洗澡。)
Elle se lève.　　　　　　　　　　(她起床。)

反身代名詞是間接受詞補語：
Il s'est blessé la main.　　　　　(他弄傷了手。)

2)互反動詞(le verbe pronominal réciproque)

用以表示一種相互的動作。主詞為複數名詞或代名詞(on 也可作主詞)，其反身代名詞可以是直接受詞補語或間接受詞補語。如：

反身代名詞是直接受詞補語：
Ils se sont battus.　　　　　　　(他們打架。)
(=L'un a battu l'autre.)
Ils se regardent.　　　　　　　　(他們互相瞧著。)
(=Ils se regardent l'un l'autre.)
Ils se rencontrent.　　　　　　　(他們相遇。)
Ils s'aiment.　　　　　　　　　(他們相愛。)

反身代名詞是間接受詞補語：
Nous nous écrivons souvent.　　(我們經常通信。)
Ils se téléphonent.　　　　　　　(他們互通電話。)

3)被動意義的反身式動詞(le verbe pronominal de sens passif)

一般只用於第三人稱單數或複數，含有被動的意義，其主詞一般是表示事物的名詞或代名詞。如：

Ces livres se vendent très bien.　　　(這些書銷得很好。)
(=Ces livres sont très bien vendus.)
Cet article se vend à la douzaine.　　(這種物品按打賣。)
Ce mot ne se dit plus.　　　　　　(這個詞不再說了。)
Cela se comprend.　　　　　　　　(這是可以理解的。)

4)絕對意義的反身式動詞(le verbe pronominal de sens absolu)

其反身代名詞 se 不是受詞補語，不起任何句法作用，只是區別

於普通動詞的一種標誌。如：

Il se moque de moi.　　　　　　　　　　（他嘲笑我。）

Elle s'occupe de ses enfants à la maison.（她在家裡照顧孩子。）

Je m'étonne de son explication.　　　　（我對他的解釋感到驚奇。）

Elle s'évanouit d'émotion.　　　　　　（她激動得昏過去了。）

　　這類動詞中有一部分是由普通動詞加反身代名詞構成的。如：

s'apercevoir (de)	(發覺)	s'attendre (à)	(預計、料想)
se douter (de)	(料想到)	se jouer (de)	(嘲笑、愚弄)
se mourir	(垂死)	se passer	(發生)
se promener	(散步)	se taire	(不作聲)
se tromper	(弄錯)	s'unir	(團結、聯合)

　　當某些及物動詞或不及物動詞，以反身式動詞的型態出現時，它的意義也改變了。如：

Je vais rendre des livres.

（我要去還書。）

Il s'est rendu à Taïpei.

（他到臺北去了。）

Par la fenêtre, j'aperçois un garçon qui joue dans la rue.

（從窗戶，我看到一個男孩在街上玩。）

Je m'aperçois de mon erreur.

（我發覺了我的錯誤。）

Les voitures ne cessent de passer dans la rue.

（汽車川流不息的在街上行駛。）

Je me passerai de manger.

（我就餓一頓。）

　　某些絕對意義的反身式動詞不是由普通動詞構成的，其反身代名詞是固有的。如：

s'abstenir	(克制、棄權)	s'agenouiller	(跪下)
s'écrier	(喊叫)	s'efforcer	(努力)
s'emparer	(奪取)	s'enfuir	(逃跑)

s'entraider	(互助)	s'envoler	(飛走)
s'évanouir	(昏迷)	se repentir	(後悔)
se suicider	(自殺)		

反身式動詞的過去分詞(le participe passé des verbes pronominaux)

注意，反身式動詞的複合時態以 être 作助動詞。

(1)在複合時態中，當反身代名詞作直接受詞補語用時，過去分詞的性、數要與反身代名詞配合。如：

Elles se sont lavées.　　　　　　　(她們洗澡。)
　(=Elles ont lavé qui?…elles, se 作直接受詞)
Elles se sont embrassées.　　　　　(她們互吻。)
Nous nous sommes rencontrés hier soir. (我們昨天晚上碰面了。)
Ils se sont couchés très tôt.　　　　(他們很早睡。)

(2)在複合時態中，當反身代名詞作間接受詞補語用時，過去分詞沒有陰、陽性和單、複數的變化。如：

Elles se sont lavé les mains.　　(她們洗手。)
(=Elles ont lavé les mains…A qui?…elles, se 作間接受詞補語用)
Elle s'est coupé le doigt.　　　(她切到手指。)
(=Elle a coupé le doigt à elle.)
Ils ne se sont pas parlé.　　　　(他們沒有互相交談。)
(句中，動詞 parlé 是間接及物動詞，se 作間接受詞補語用，因此，parlé 沒有陰、陽性和單、複數的變化。)
Paul et Pierre se sont écrit.　　(保羅和皮耶通信。)

(3)被動意義的反身式動詞，其過去分詞通常是與主詞的性、數配合。如：

Ces maisons se sont bien vendues.　　(這些房子賣得很好。)
(句中，主詞 maisons 是陰性複數名詞，故過去分詞 vendues 也必須是陰性複數。)
Les bâtiments se sont vite construits.　(那些建築物蓋得很快。)

(4)絕對意義的反身式動詞，其過去分詞一般要與主詞的性、數一致。
如：

La soirée s'est bien passée.　　　　（晚會順利結束。）
Elles se sont moquées de moi.　　　（她們嘲笑我。）
Il s'est occupé de ce travail.　　　　（他負責這項工作。）

注意：
間接及物動詞作反身式動詞用，它的過去分詞是沒有陰、陽性
和單、複數變化的。如：

Ils se sont nui. (=Ils ont nui à eux.)
（他們互相妨礙對方。）

假如反身式動詞的直接受詞補語擺在前面，則反身式動詞的過
去分詞必須與該直接受詞補語的陰、陽性和單、複數相配合。如：
Ses mains, qu'elle s'était soignées, étaient très nettes.
（她將自己的雙手保養得很乾淨。）

反身式動詞後面也可以接屬詞。如：
Il se croit malade.　（=Il croit qu'il est malade.）
（他認為自己病了。）
（句中，當作補語用的從句的主詞和主句的動詞的主詞是同一
人，且補語從句的動詞是後面帶有形容詞的 être，形容詞於是變成
主詞的屬詞。）

但，如果補語從句的主詞和主句的主詞不是同一個人時，必須
用人稱代名詞取代反身代名詞。如：
On le croit malade. (=On croit qu'il est malade.)
（人們認為他病了。）

5.5 非人稱動詞（le verbe impersonnel）
非人稱的動詞只能用於第三人稱單數，以代名詞 il 作主詞，但
il 並不代表任何人，被稱為中性代名詞或形式上的主詞。如：

Il pleut.　　　　　　（下雨。）

Il tonnait.　　　　　　(打雷。)
Il a neigé.　　　　　　(下雪。)
Il tombe de la grêle.　(下雹子。)

(句中，grêle 才是動詞 tombe 真正的主詞，中性人稱代名詞 il 是形式上的主詞，原句等於 La grêle tombe.)

Il me manque un livre.　　(=Un livre me manque.)
(我缺少一本書。)
Il se prépare un orage.　　(=Un orage se prépare.)
(一場暴風雨即將來臨。)

1)絕對非人稱動詞

指僅作非人稱動詞使用，而不能作為其他用途的動詞。如：
falloir（應當、需要），接動詞不定式或名詞或接以 que 連接的子句。

Il faut partir tout de suite.　(必須馬上出發。)
Il faut du monde.　　　　　　(需要人。)
Il me faut une cravate.　　　(我需要一個領帶。)
Que faut-il?　　　　　　　　　(需要什麼？)
Il faut que j'y aille.　　　　　(我得走了。)

2)相對非人稱動詞

(1)某些表示自然現象的動詞，主要用於非人稱形式，有時也可用於人稱形式，作引申意義。如：

Il bruine.　(下毛毛雨。)　　Il grêle.　　(下冰雹。)
Il vente.　(刮風。)　　　　 Il gèle.　　(結冰。)

當某些非人稱動詞作人稱動詞使用時，意義有所變化。如：
Les coups pleuvaient.　　(拳打腳踢像雨點般落下。)
Les canons tonnaient.　　(炮聲隆隆。)

(2)某些人稱動詞可以用作非人稱動詞。如：faire（il fait），avoir（il y a），être（il est）等。

Il fait...，表示天氣、溫度等自然現象。如：

Il fait beau. （天氣晴朗。）
Il fait doux. （氣溫溫和。）
Il fait bon. （天氣好。）
Il fait froid. （天氣冷。）
Il fait 10°c. （氣溫十度。）
Il fait jour. （天亮了。）
Il fait nuit. （天黑了。）
Il fait du soleil. （出太陽。）
Il fait du vent. （颱風。）
Il fait un mauvais temps. （天氣很差。）

Il y a...，表示「有……」，後接名詞或代名詞，表示「某地方有……」。如：

Il y a quelqu'un?　　　　　　　　　　（有人嗎？）
Il y a beaucoup de monde aujourd'hui.　（今天有許多人。）
Il y a des étudiants dans la classe.　　（教室裡有一些大學生。）

Il est...，表示時間；若用於書面語中，代替 il y a, c'est；若接形容詞，表示情感、判斷等。如：

Il est dix heures.
（現在是十點鐘。）
Il était un temple ici, un temple effrayant.
（從前這有一座廟，一座令人恐懼的廟。）
Il est nécessaire de travailler.
（=C'est nécessaire de travailler.）
（勞動是必須的。）
Il est utile que les élèves lisent à haute voix.
（學生大聲朗讀是有用的。）

5.6 助動詞（le verbe auxiliaire）和半助動詞（le verbe semi-auxiliaire）

助動詞：是起輔助作用的動詞。法語的助動詞 avoir 和 être 與動詞的過去分詞配合使用，表達不同的語氣和時態。

半助動詞 aller, venir, devoir, pouvoir 等與動詞不定式配合使用，

表達不同的時態或語氣。

助動詞的用法：
1)以助動詞 avoir 組成的複合時態：
　　所有的及物動詞和大部分不及物動詞的複合時態是以avoir作助動詞。

(1)助動詞 **avoir** 與所有的及物動詞的複合時態一起變化。如：

　　L'enfant a obéi à sa mère.

　　(那孩子聽他媽媽的話。)

　　Tu avais oublié tes gants.

　　(你忘了你的手套。)

　　J'ai retrouvé le livre que tu avais égaré.

　　(我找到了你以前遺失的書。)

(2)助動詞 **avoir** 與大部分不及物動詞的複合時態一起變化。如：

　　J'ai marché vite.　　(我走得快。)

　　Il avait couru.　　　(他跑了。)

　　Il a grandi.　　　　(他長大了。)

　　※avoir 本身也是動詞（單獨使用時，不再是助動詞，用以表明「擁有」）。如：

　　J'ai de la chance.　　　　(我運氣好。)

　　Tu as de beaux habits.　　(你有一些漂亮的衣服。)

　　Il a un chapeau neuf.　　(他有一頂新帽子。)

2)以助動詞 être 組成的複合時態：
(1)助動詞 **être** 用在某些表明「狀況改變」或「位置改變」的不及物動詞，如 aller, arriver, entrer, sortir, partir, passer, rester, revenir, tomber, venir, retourner, décéder, naître, mourir...的複合時態。如：

　　Je suis allé à Paris.　　　　(我去了巴黎。)

　　Il était sorti tôt.　　　　　(他出門早。)

　　Enfin nous sommes arrivés.　(我們終於抵達了。)

(2)助動詞 **être** 用於所有的反身式動詞的複合時態。如：

Je me suis égaré.　　　(我迷路了。)

Il s'est écorché.　　　(他擦傷了。)

Nous nous sommes promenés ce matin à six heures.

(今天早上六點時我們去散步。)

(3)助動詞 **être** 與及物動詞的過去分詞一起，構成動詞的被動語態。
如：

Les feuilles sont agitées par le vent. (樹葉隨風擺動。)

Je suis invité.　　　　　(我受邀請。)

Les fenêtres étaient fermées.　　(窗戶都關著。)

※être 本身也是動詞(單獨使用時，不再是助動詞，用以表明「存
在」；若後面帶有屬詞，則表明「狀態、情況」)。如：

Je suis malade.　　　(我病了。)

Le livre est à moi.　　(這本書是我的。)

注意：

某些動詞如：sortir, rentrer, passer, retourner, monter, descendre…
有時是作及物動詞用，有時可作不及物動詞用，因此它們的複合時
態的助動詞可以是 avoir 或 être，但動詞本身的意義卻改變了。簡單
地說，當它們作及物動詞用時，複合時態以 avoir 作助動詞；當它
們是不及物動詞時，複合時態以 être 作助動詞。如：

Il a monté la chaise au deuxième étage. (他把那把椅子搬上三樓。)

(句中，monté 作及物動詞用)

Je suis monté sur une échelle.　　　(我爬上梯子。)

(句中，monté 作不及物動詞用。)

Il a sorti une clé de sa poche.　　(他從口袋裡掏出一把鑰匙。)

(句中，sorti 作及物動詞用。)

Il est sorti très tôt ce matin.　　(他今天早上很早就出去了。)

(句中，sorti 作不及物動詞用。)

J'ai passé de bonnes vacances à la mer.

(我在海邊度過了美好的假期。)

（句中，passé 作及物動詞用。）

Je suis passé chez lui. （我去了他家。）

（句中，passé 作不及物動詞用。）

半助動詞的用法：

1)aller + infinitif

　　半助動詞 **aller** 的直陳語氣的現在時與動詞不定式構成最近未來時(**le futur proche**)，表現在時段的「即將」；其直陳語氣的未完成過去時與動詞不定式構成過去最近未來時(**le futur proche dans le passé**)，表過去時段的「即將」。如：

　　Il va partir demain.

　　（他明天動身。）

　　J'allais quitter la maison quand on a sonné.

　　（我就要出家門時，有人按門鈴。）

2)venir + de + infinitif

　　半助動詞 **venir** 的直陳語氣的現在時加介系詞 **de** 與動詞不定式構成最近過去時(**le passé récent**)，用以表示一件剛發生過的動作；其直陳語氣的未完成過去時與動詞不定式構成過去最近過去時(**le passé récent dans le passé**)，用以表明從過去的角度看不久前剛發生的動作。如：

　　Il vient de partir il y a une minute.

　　（他剛離開一分鐘。）

　　Il vient de rentrer.

　　(=Il est rentré il y a peu de temps.)

　　（他剛回來。）

　　Nous venons de terminer le travail.

　　（我們剛結束工作。）

　　Elle venait d'acheter un magnétoscope.

　　（（過去）她剛購買了一台錄影機。）

3)devoir, pouvoir, vouloir, savoir + infinitif

　　半助動詞 **devoir, pouvoir, vouloir, savoir** 等置於動詞不定式前，

表示不同的語氣。如：

Vous devez vous tromper. （您大概是弄錯了。）

Il peut avoir douze ans. （他可能十二歲。）

Je voudrais bien le savoir. （我很想知道這件事。）

Elle sait danser. （她會跳舞。）

4)être en train de + infinitif

être en train de 後面接原形動詞，用以表明一件正在進行的動作。如：

Il est en train de travailler. (=En ce moment, il travaille.)

（他正在工作。）

Alice était en train de parler avec Paul. (=A ce moment-là, Alice parlait avec Paul.)

（艾麗斯正和保羅談話。）

5)être sur le point de + infinitif

être sur le point de 後面接原形動詞，用以表明一件即將要發生的動作。如：

Paul est sur le point de partir.

（保羅正要外出。）

5.7 動詞的語態（les voix du verbe）：

語態是動詞的動作所採用的形態，它表示主詞在動作上的作用。法語動詞有主動態和被動態。

1)主動態（la voix active）：當主詞作動作時，動詞為主動態。如：

Les touristes visitent la France. （遊客參觀法國。）

Le juge interroge l'accusé. （法官審訊被告。）

2)被動態（la voix passive）：當主詞承受動作時，動詞為被動態。如：

La France est visitée par les touristes. （法國被遊客參觀。）

L'accusé est interrogé par le juge. （被告被法官審訊。）

被動態的構成（la formation de la voix passive）

　　助動詞 être 的各種語式和時態加上及物動詞的過去分詞構成被動態。過去分詞要與主詞的陰陽性和單複數一致。被動態後接施動者補語時一般用介系詞 par 連接；某些表示情感、抽象概念或伴隨狀況等的動詞(accabler, accompagner, aimer, connaître, estimer, haïr, gagner, ignorer, oublier, respecter, suivre...)，用介系詞 de 連接施動者補語，強調動作的後果，表明狀況；若這些動詞表示動作時，仍用 par；有的施動者補語可以不表示出來。如：

　　La décision a été faite en cinq minutes.

　　(這個決定在五分鐘內就作出了。)

　　(a été faite，直陳語氣的複合過去式的被動態。)

　　La voiture sera conduite par Paul.

　　(汽車將由保羅駕駛。)

　　(sera conduite，直陳語氣的簡單未來式的被動態，用 par 引導施動者補語。)

　　Elle fut trompée par sa voisine.

　　(她上了鄰居的當。)

　　(fut trompée，直陳語氣的簡單過去式的被動態，用 par 引導施動者補語。)

　　J'ai peur que nous soyons critiqués par le professeur.

　　(我害怕我們將受到老師的批評。)

　　(soyons critiqués，虛擬語氣的現在式的被動態，用 par 引導施動者補語。)

　　Il est aimé de tous.

　　(他受到大家的喜愛。)

　　(est aimé，直陳語氣的現在式的被動態，用 de 引導施動者補語。)

　　Il fut saisi de peur, d'étonnement.

　　(他害怕了，他大吃一驚。)

　　(此句強調狀況。)

　　但：Il fut saisi par une main ferme.　(他被一隻手緊緊抓住了。)

　　　　(此句強調動作。)

注意：

a.無論在口語中還是在筆語中，多使用主動態。是否使用被動態取決於作者的意圖和上下文的關係。

(a.) 當強調受動者時，會使用被動態。例：

Le médecin a été appelé chez le malade.

（醫生被叫到病人的家中。）

Il est appelé à la réunion.

（他被叫去開會。）

(b.) 當強調動作的結果時，會使用被動態。例：

Ce travail a été fait avec succès.

（這項工作成功地完成了。）

Le record mondial de nage sur le dos est battu.

（仰泳的世界記錄被打破了。）

b.只有直接及物動詞，才能用於被動態（avoir, pouvoir 除外）。例：

Marie aide Jean.　　　　（瑪麗幫助讓。）

→Jean est aidé par Marie. （讓得到瑪麗的幫助。）

c.間接及物動詞不能用於被動態（obéir, pardonner 等除外）。例：

Jean téléphone à Marie.　　（讓給瑪麗打電話。）

Vous serez obéi.　　　　（大家會服從您的。）

d.勿與「être+過去分詞」構成的「複合過去時」形態混淆。例：

Il est passé par Tianjin pour aller à Beijing.

（他途經天津去北京。）

Elle est montée dans le grenier.

（她上了頂樓。）

e.由 de 連接的施動者補語一般是表示「人」的名詞。如果 de 後面的名詞是表示「物」的名詞，一般不是施動者。例：

La neige couvre la colline.　　（白雪覆蓋著山崗。）

La colline est couverte de neige.（山崗上覆蓋著白雪。）

5.8 動詞變位(la conjugaison des verbes)

法語動詞應根據主詞的人稱、數以及語氣和時態進行變化,動詞的詞形變化稱爲動詞變位。

1)人稱和數(la personne et le nombre)

法語動詞有第一、第二、第三人稱,有單數和複數,共有六種形式。

人　稱	單　數	複　數
第一人稱	我 (je) Je chante.	我們 (nous) Nous chantons.
第二人稱	你 (tu) Tu chantes.	你們(您) (vous) Vous chantez.
第三人稱	他、她、它(il, elle) Il (Elle) chante.	他們、她們、它們(ils, elles) Ils (Elles) chantent.

動詞與主詞(le verbe avec le sujet)
主詞(le sujet)

主詞的定義:簡單地說,凡是做動詞所表達的動作的人、動物或事物,我們稱之爲主詞。如:

Le chien aboie.

(狗吠。)

－Qui est-ce qui aboie? －Le chien.

(－誰在叫?－狗。)

(Le chien 作 aboie 的主詞)

主詞通常是名詞、代名詞、子句或原形動詞(un verbe à l'infinitif),也可以是一組的字。如:

Le soleil brille.　　　　　　(陽光照耀。)

(句中,Le soleil 是動詞 brille 的主詞)

Pierre et Paul jouent.　　　(皮耶和保羅在玩。)

Je travaille.　　　　　　　(我在工作。)

(句中,Je 是動詞 travaille 的主詞)

Tout le monde dort.　　　　(大家睡覺。)
Qui dort dîne.　　　　　　(睡覺可忘記飢餓。)
Mentir est honteux.　　　　(說謊是可恥的。)

主詞的省略：

(1)命令式的句子沒有主詞。如：
　　Visitez la Touraine.　　　　(參觀圖雷納。)
　　Lève-toi!　　　　　　　　(起床。)
　　Donnez-moi votre numéro.　(給我您的電話號碼。)

(2)兩個動詞擁有一個相同的主詞，一般要省略一個主詞。如：
　　M. Dubois visite la Touraine et (il) ira plus tard en Bretagne.
　　(杜布瓦先生參觀圖雷納之後，他將去布列塔尼。)
　　Fanny se promène à Paris et (elle) y fait des achats.
　　(法妮在巴黎散步，並在那裡購物。)

動詞與主詞的配合(l'accord du verbe avec son sujet)

　　動詞本身沒有陰、陽性的區別，但必須與主詞的單、複數和人稱相配合。也就是說，假使主詞是單數，動詞也必須是單數形；主詞是複數，動詞也必須是複數形。主詞是第一人稱，動詞也應是第一人稱的動詞；主詞是第二人稱或第三人稱，動詞也必須是第二人稱或第三人稱；又，當動詞有兩個以上的主詞時，動詞必須是複數形。如：
　　Le voyage me plaît.　　　　(這次旅遊使我高興。)
　　Les voyages me plaisent.　　(各種旅遊都使我高興。)
　　Je nage en été.　　　　　　(我夏天游泳。)
　　Nous nageons en été.　　　　(我們夏天游泳。)
　　Le bœuf et le chameau ruminent. (牛和駱駝在反芻。)

　　注意：
　　a.以 on 作主詞時，動詞必須是第三人稱單數形。如：
　　On joue au tennis.　　　　　(我們打網球。)
　　On m'a dit que tout est cher à Tokyo. (有人對我說，東京物價高。)

b.在 il y a... 中，動詞永遠是單數形，但 il y a 後面可接單數或複數名詞。如：

Il y a un nouveau magasin près de chez moi.

(在我家附近有一家新開業的商店。)

Il y a de nouveaux livres.

(有一些新書。)

c.動詞雖有兩個以上單數形的主詞，但那些主詞卻都是同義字時，動詞仍用單數形表示。如：

Sa gentillesse, son hospitalité m'a beaucoup impressionné.

(他的殷勤好客給我留下深刻的印象。)

Son courage, sa bravoure intimidait les plus hardis.

(他的勇敢、無畏使那些膽大妄爲的人惶恐不安。)

d.動詞雖有兩個以上單數形的主詞，但那些主詞呈漸次排列時，動詞用單數形表示。如：

Un seul mot, un soupir, un coup d'œil nous trahit.

(一個字，一聲嘆氣，一個眼神都能表達我們的心聲。)

e.動詞雖有兩個以上單數形或複數形的主詞，但用中性代名詞 tout 概括（總結）了全部的主詞時，動詞用單數形。如：

Le vent, la pluie, le soleil, tout me plaît.

(風、雨、陽光，這一切我都喜歡。)

Le seisme, l'inondation, l'éruption volcanique, tout est arrivé dans ce pays ces dernières années.

(地震、洪水、火山爆發，這一切在近幾年都發生在這個國家裡。)

f.主詞之間以 comme, de même que, ainsi que, aussi bien que 等相連接，動詞用單數形。如：

Le français, ainsi que l'italien, dérive du latin.

(法語如同義大利語一樣，源出於拉丁語。)

Julien, ainsi que son père, travaille dans l'enseignement.

(于連同他父親一樣，從事教學工作。)

※但，假使習慣用語 ainsi que, comme… 等作連接詞 et 用時，動詞必須與兩個主詞配合。如：

Le français ainsi que l'italien dérivent du latin.

(法語和義大利語都源出於拉丁語。)

Mon frère ainsi que moi partirons.

(我兄弟和我將動身。)

g.動詞以帶有補語的集合名詞作主詞時，動詞有時與集合名詞相配合，有時與補語相配合。當集合名詞含有「全部的」之意時，動詞必須與集合名詞配合。如：

Le nombre des malheureux est immense.(不幸的人很多。)

(在此句中，主要是在強調集合名詞 nombre)

La bande de singes s'échappa du zoo.(那群猴子從動物園逃出。)

當集合名詞只是用以表明「部分」的意思，動詞可以與集合名詞或集合名詞的補語配合。如：

Une foule de personnes assistaient au spectacle.

(許多人觀看表演。)

(在本句中，主要是強調 personnes)

Un peu de connaissances suffit (或 suffisent).

(少許的知識即足夠。)

(句中，動詞用單數或複數均可)

h.在表示數量的副詞 beaucoup de, assez de, trop de, peu de 和名詞 la plupart de, une infinité de, une multitude de, un grand nombre de…後面，如果所跟的補語是複數形，則動詞必須用複數形，反之亦然。如：

Peu de personnes se contentent de leur sort.

(很少的人滿意自己的命運。)

Beaucoup de gens applaudissent, beaucoup rient.

(許多人鼓掌，許多人歡笑。)

Beaucoup de neige est tombée.

(下了許多雪。)

La plupart des étudiants viennent du Sud.

(大部分的學生來自南方。)

主詞與主詞之間以連接詞 ni 或 ou 相連接(Sujets joints par les conjonctions ni, ou)

(1)當動詞有兩個以連接詞 ni 或 ou 相連接的第三人稱的主詞時,假使這兩個主詞都能做動詞所表達的動作,則動詞必須是複數形。如:

Ni Pierre, ni Paul ne sont venus.　　(皮耶和保羅都沒有來。)

Pierre ou Paul viendront.　　　　　(皮耶和保爾都會來的。)

(2)當動詞有兩個以連接詞 ni 或 ou 相連接的主詞時,假使動詞所表達的動作或狀態,只能賦予該兩個主詞當中的一個時,動詞必須用單數形。如:

Ni l'une ni l'autre n'est ma mère.

(這一位、那一位都不是我的母親。)

Le soleil ou la lune nous éclaire tour à tour.

(太陽、月亮輪番照亮我們。)

應注意的是,當主詞不是相同的人稱時,動詞必須是複數形。如:

Ni vous ni moi ne parlerons.　　(不是您,也不是我說話。)

Toi ou lui partirez.　　　　　　(你或他將離開。)

簡單地說,是由句子本身的含義,決定動詞必須是單數形或複數形。但當動詞有兩個以上不同人稱的主詞時,動詞必須是優先人稱的複數形動詞。所謂優先人稱,即第一人稱先於第二人稱和第三人稱;而第二人稱先於第三人稱。如:

Toi, Paul et moi partirons demain.　　　(toi + moi → nous)

(句中,動詞 partirons 是第一人稱,因為句子主詞 moi 是第一人稱)

Toi et Paul partirez demain.

(句中,動詞 partirez 是第二人稱,因為句子主詞 Toi 是第二人

稱，另一個主詞 Paul 是第三人稱)

> Lui, toi et moi (nous) sommes heureux.
>
> Toi et lui (vous) êtes heureux.　　　(toi + lui → vous)
>
> Lui et moi (nous) sommes heureux.　　(lui + moi → nous)

動詞與主詞 qui 的配合(l'accord du verbe avec le sujet qui)

以關係代名詞 qui 作主詞時，動詞必須與 qui 的先行詞的單、複數和人稱相配合。如：

> Voilà la dame qui nous enseigne le français.
>
> (這就是教我們法文的那位女士。)
>
> (enseigne 與 qui 的先行詞 dame 配合)
>
> C'est toi qui as raison.
>
> (有理的人是你。)

C'est 與 Ce sont 的用法：

在第一、第二人稱複數形的代名詞前和單數形的數個名詞前，用 c'est，不可用 ce sont。如：

> C'est nous qui parlerons.
>
> (將開口的人是我們。)
>
> C'est vous qui viendrez.
>
> (來的人是您。)
>
> C'est votre paresse et votre étourderie qui vous font punir.
>
> (是你們的怠惰和冒失使你們受罰。)

在第三人稱複數形的名詞或代名詞前，用 ce sont，不可用 c'est。如：

> Ce sont des amis qui arrivent.　　(來的都是朋友。)
>
> Ce sont eux qui ont fait du bruit.　(是他們發出嘈雜聲。)

※當代名詞 ce 用以表明前面已經陳述的一種複數的概念時，用 ce sont。如：

Il y a trois sortes d'angles; ce sont: l'angle aigu, l'angle droit et l'angle obtus.

(有三種角,分別如下:銳角、直角和鈍角。)

5.9 動詞的語氣和時態(les modes et les temps du verbe)

語氣(les modes)

動詞變化的語氣,分為人稱語氣(les modes personnels)和非人稱語氣(les modes impersonnels)兩種。人稱語氣包括:直陳語氣(l'indicatif)、條件語氣(le conditionnel)、命令語氣(l'impératif)、虛擬語氣(le subjonctif);非人稱語氣包括:原形動詞(l'infinitif)、分詞(le participe)。

人稱語氣:

直陳語氣(l'indicatif)的定義:

明確地表明是一種肯定、否定或疑問的真實情況或動作。如:

Nous suivons un cours intéressant. (我們在聽一堂有趣的課。)

Tu n'écoutes pas mes conseils. (你不聽我的勸告。)

As-tu fini ta lecture? (你讀完了嗎?)

Il épousera la fille de son professeur.(他將娶他老師的女兒。)

條件語氣(le conditionnel)的定義:

表示動作或狀況的發生是可能的或必須有先決條件的。如:

J'écrirais, si je savais écrire.

(如果我知道如何寫的話,我就寫了。)

Si tu allais mieux demain, tu sortirais.

(如果明天你覺得舒服多了,你就出門。)

Nous irions nous promener dans le parc dimanche prochain, s'il faisait beau.

(假如下周日天氣好的話,我們就到公園裡散步。)

Si tu avais été gentil avec elle, elle serait venue.

(如果那時你對她好的話,她就來了。)

命令語氣(l'impératif)的定義:

原則上,用以表示一種命令、禁止、建議、請求,只有第二人稱單數及第一人稱和第二人稱的複數才有命令語氣的動詞變化。如:

Rendez-moi mon argent!　　　(還我錢！)
Fermez la porte !　　　　　(把門關上！)
Ayez pitié de nous.　　　　(可憐我們吧！)
Ecris-nous souvent, s'il te plaît!(請你經常給我們寫信！)

※第三人稱的命令式，用虛擬式表示。如：
Qu'il parle.　　　　　　　(讓他說話！)
Qu'ils finissent le nettoyage.　(讓他們做完清掃！)
Qu'elle ne fasse pas de bruit.　(讓她不要出聲！)
Que les employés travaillent vite.(讓職員們快點工作！)

虛擬語氣(le subjonctif)的定義：

表示一種不明確的狀況或動作的語氣，反映說話者對事情的態
度、感情、判斷等。如：
Il faut que vous veniez.
(您必須過來。)
Je souhaite que vous réussissiez.
(我希望您會成功。)
Je désire qu'il soit recruté à l'université.
(我希望他被大學錄取。)
Il a peur que ses amis ne puissent pas le trouver à la gare.
(他害怕他的朋友無法在火車站找到他。)
Nous sommes contents que Pascal ait pu passer son examen.
(我們很高興帕斯卡爾能夠通過考試。)

非人稱語氣：

原形動詞(l'infinitif)的定義：

以源自動詞的名詞(le nom du verbe)形態表達動作，是動詞的名
詞形式，具有動詞和名詞的性質。如：
Vouloir, c'est pouvoir.　　　(有志者，事竟成。)
Je l'entends chanter.　　　　(我聽見他在唱歌。)
Elle aime patiner.　　　　　(她喜歡滑冰。)
Que faire?　　　　　　　　(怎麼辦？)

Je regrette de ne pas pouvoir assister à la conférence.
(我很遺憾不能聽報告會。)

分詞(le participe)的定義：

用以變化複合時態的動詞；是動詞的形容詞形式；具有動詞和形容詞的性質。如：

J'avais vu ce film.
(我看過這部電影。)

le livre lu
(讀過的書)

L'enfant dormant, sa maman était sortie .
(孩子睡著時，他媽媽出門了。)

L'entreprise a besoin d'un interprête parlant à la fois le français et l'anglais.
(這家企業需要一名既講法語也講英語的人。)

時態(les temps)

動詞有三個主要時態：現在(le présent)、過去(le passé)和將來(le future)。

現在：代表動作發生在目前的時刻。如：

Je travaille (en ce moment).	(我在工作。)
Je suis professeur.	(我是老師。)
Elle aime voir le lever du Solei.	(她喜歡看日出。)

過去：代表動作已經發生了。如：

J'ai travaillé ce matin.	(我今天早上工作了。)
J'étais professeur.	(我曾經是老師。)
Napoléon fut Corse.	(拿破崙是科西嘉人。)

將來：代表動作將要發生。如：

Je travaillerai demain.	(我明天工作。)
Je serai professeur.	(我將成為老師。)

Anne dit qu'on projettera un nouveau film au cinéma.

(安娜說電影院將放映一部新片。)

　　在直陳語氣裡，只有一個時態：現在式(Le présent)代表「現在」，但有六個時態：未完成過去式(L'imparfait)、簡單過去式(Le passé simple)、複合過去式(Le passé composé)、先完成過去式(Le plus-que-parfait)、 前過去式 (Le passé antérieur) 和加複合過去式 （Le passé surcomposé）代表「過去」而有兩個時態：簡單未來式 (Le futur simple)和將來完成式 (Le futur antérieur)代表「未來」。

　　此外還有：最近未來式(Le futur proche)、最近過去式 (Le passé récent)、過去最近未來式、(Le futur proche dans le passé)、過去最近過去式 (Le passé récent dans le passé) 等。

5.9.1 直陳語氣時態的用法(l'emploi des temps de l'indicatif)

1. 直陳語氣的現在式(le présent de l'indicatif)的主要用法：

1)用以表示一個在說話那一段時間所發生的動作和存在的狀態。如：

Je prépare le dîner. 　　　　　　　　(我準備晚飯。)

En ce moment, il descend du train. (現在他下火車。)

La cheminée fume. 　　　　　　　　(煙囪冒著煙。)

Il téléphone à sa petite amie. 　　(他在給女朋友打電話。)

L'enfant dort bien. 　　　　　　　　(這個孩子睡得正香。)

2)用以表示一個持續不變的、眾人皆知的或具有科學性的事實。如：

L'homme est mortel. 　　　　　　　　(凡人必死。)

La Terre tourne autour du Soleil. (地球環繞太陽運轉。)

L'eau gèle à zéro degré. 　　　　　(水在零度時結冰。)

La France se situe en Europe occidentale.(法國位於西歐。)

On entreprend le système de monnaie unifiée dans l'Union européenne.

(在歐盟內實行貨幣統一制。)

3)用以表示一個習慣性的或重複的動作。如：

Le dimanche, nous allons au marché.

(每星期天，我們都去市場。)

Je lis chaque soir avant de me coucher.

(我每天晚上睡覺前都閱讀。)

Il se lève à six heures.

(他六點鐘起床。)

Beaucoup de Français font du ski en hiver.

(很多法國人在冬季滑雪。)

Les Dupont passent leurs vacances au bord de la mer chaque année.

(杜邦一家每年到海邊度假。)

4)為了生動地報導、敘述一件過去發生的事。如：

Son voisin trouve son appartement cambriolé.

(他的鄰居發現他的公寓遭小偷了。)

La semaine dernière, elle retourne de vacances.

(她上星期渡假回來。)

Tout était calme; les enfants avaient sommeil. Tout d'un coup, on entend un cri aigu...

(一切都是靜悄悄的；孩子們睏了。突然間，傳來一聲尖叫……)

5)用以表示一個剛發生不久的動作或馬上要發生的動作。如：

J'arrive de Paris.　　　　　　　(我從巴黎來。)

Les cours sont finis.　　　　　　(下課了。)

J'arrive à l'instant chez elle.　　(我馬上就到她家了。)

Je reviens tout de suite.　　　　(我馬上回來。)

Attendez encore un instant, la conférence commence dans cinq minutes.

(再等一會兒，報告會五分鐘後開始。)

6)用以表示一件即將發生，卻沒有發生的動作。如：

Un pas de plus, tu es mort!

(再動一步，你就死定了。)

Avec plus d'effort, il travaille mieux.

(再努力努力，他會幹得更好。)

Un coup de poing, tu tombes.

（給你一拳，你就會倒下。）

7)用在以 si 作假設的條件句中，表示一件未來可能發生的動作。如：

Si vous partez demain, je vous suivrai.

（如果您明天走，我就追隨您。）

Si j'ai du temps, je rendrai visite à mon ancien professeur.

（如果我有時間，我就去拜訪我從前的老師。）

S'il fait beau temps le dimanche, elle ira voir le théâtre.

（如果星期天天氣好，她就去看戲。）

Ça ira beaucoup plus vite, si l'on prend le TGV.

（如果乘高速火車，會快得多。）

Je travaille mieux si tu ne me déranges pas.

（如果你不打擾我，我會幹得更好。）

2. 直陳語氣的簡單過去式(le passé simple de l'indicatif)的主要用法：

　　用以表示一件過去完全結束的事實（與現在毫無關係）。它主要用於書面語中，特別是文學作品。常用於敘述歷史事件、故事等。簡單過去式一般只用第三人稱。

1)表示在過去某一明確的時間完成的動作。如：

Le 14 juillet 1789, le peuple de Paris prit le Bastille.

（1789 年 7 月 14 日，巴黎人民攻佔了巴士底獄。）

Victor HUGO naquit à Besançon en 1802.

（維克多雨果於 1802 年生於貝藏松。）

Ce jour-là, Alice s'en alla sans rien dire.

（那天，艾麗絲沒說什麼就走了。）

L'accident eut lieu à sept heures et demie du matin.

（事故發生在那天早上七點半。）

Elle alla en France en 1987.

（她 1987 年去了法國。）

2)表示在過去一定期限內已完成的動作。如：

Le voyage dura huit jours, c'était très agréable.

(旅遊持續了一周,非常令人愉快。)

Pendant dix ans, elle travailla à la campagne.

(她在鄉下勞動十年。)

Jeanne d'Arc, autrefois, délivra sa patrie.

(從前,貞德救了她的祖國。)

Il dormit toute la nuit.

(他當時睡了一整夜。)

On travailla ensemble pendant quatre ans à l'université.

(我們在大學同窗四年。)

3)敘述一系列過去連續發生的動作。如:

Après la visite, Napoléon eut faim et voulut déjeuner. Accompagné du maréchal Duroc, il entra dans un restaurant et commanda des côtelettes de mouton, une omelette, du vin et du café...

(參觀之後,拿破侖餓了並想吃午飯。在迪羅克元帥的陪同下,他走進一家餐館,然後訂了羊排、炒雞蛋、葡萄酒和咖啡……)

Jacques sortit de la maison à sept heures. Il se dirigea vers la gare, car son oncle devait arriver par le train de huit heures dix. Tout à coup, il glissa et tomba par terre...

(雅克七點出家門,向火車站走去,因爲他的叔叔要坐八點十分的火車到。突然,他滑倒了,跌在地上……)

4)用於成語或格言中,總結真理性的經驗。如:

Jamais mauvais ouvrier ne trouva bon outil.

(劣匠手中無利器。)

Qui ne sut se borner ne sut jamais écrire.

(不惜筆墨者不識文章之導。)

5)描寫狀況一般用未完成過去式。但如果出現新的情況,就可視為動作,用簡單過去式表示。如:

Le ciel était gris, il pleuvait. Le vent se leva, il chassa les nuages et le soleil apparut.

(天陰沉沉的,下著雨。起風了,風驅散了烏雲,太陽出來了。)

Il marchait le long de la rue et n'arrêtait pas d'y penser... Soudain, il sut qu'il s'était trompé.

(他沿著大街走著，不停地在想這件事…… 突然，他發覺自己弄錯了。)

6)未完成過去式表示同時發生的動作或狀況，簡單過去式則表示先後發生的動作。如：

Elle était bien triste quand elle reçut la lettre de son ami.

(她正傷心的時候收到了男朋友的信。)

（收信時已經在傷心）

Elle fut bien triste quand elle reçut la lettre de son ami.

(她收到男朋友的信，感到傷心。)

（男朋友的信使她傷心）

3. 直陳語氣的複合過去式（le passé composé de l'indicatif）的主要用法：

複合過去式表示與現在有聯繫的過去動作，主要用於口語、書信和報刊等中。

1)用以表示一件過去非常短暫（沒有持續進行）或持續一段時間的事實（但與現在多少有點關係）。如：

Hier, je suis sorti à 7 heures.

(我昨天七點出門。)　　　　（沒有持續進行）

Hier, j'ai lu pendant deux heures.

(昨天，我看了二小時的書。)（持續一段時間）

Il a bien dormi.

(他睡得很香。)

Le professeur a raconté ce matin l'histoire de Jeanne d'Arc.

(今早老師講了貞德的故事。)

Il n'y a pas eu beaucoup de pluie cette année.

(今年的雨水不多。)

2)用以表明一個過去重複的或習慣的動作（但知道動作持續的時間）。如：

Pendant deux ans, j'ai regardé la télévision tous les jours.

(有兩年的時間，我每天看電視。)

Pendant les vacances d'hiver, elle a fréquenté plusieurs fois la librairie.

(寒假裡，她去了好幾趟書店。)

Elle a toussé pendant trois hivers et elle a eu le cancer de poumon.

(她咳嗽了三個冬天，後來患了肺癌。)

3)用以敘述一連串的動作。如：

Ce jour-là, il s'est levé à six heures, il a pris son petit déjeuner et il est parti au bureau.

(那天，他六點鐘起床，吃了早飯便去了辦公室。)

Il y a beaucoup de monuments historiques à Paris. On a visité d'abord Nortre-Dame de Paris, et ensuite, on est allé au Montmartre, à midi, on a mangé dans un restaurant là-bas.

(巴黎有許多名勝古跡。我們先參觀了巴黎聖母院，然後，去了蒙馬特高地，中午，我們在那兒的一家飯館吃飯。)

4)用在總結過去經驗的成語和格言中。如：

Jamais mauvais ouvrier n'a trouvé bon outil. (劣匠手中無利器。)

L'oisiveté n'a jamais nourri son homme. (遊手好閒不養人。)

5)用以代替先將來式，表示在簡單將來式或現在式以前已完成的動作。如：

Attends-moi. J'ai bientôt fini(=J'aurai bientôt fini).

(等一等，我馬上就做完了。)

Encore cinq minutes et nous avons terminé(=nous aurons terminé).

(再過五分鐘，我們就結束了。)

※簡單過去式與複合過去式看上去差不多具有相同的意義，但簡單過去式已逐漸不使用於對話，只使用於書寫的法文中。

4. 直陳語氣的未完成過去式(l'imparfait de l'indicatif)的主要用法：

1)用以表示兩個過去同時發生的動作，但其中一個過去發生的動作早已開始（用未完成過去式）。如：

Je lisais quand vous êtes entré.

(您進來的時候，我正在看書。)

Il avait cinq ans quand ses parents sont partis à l'étranger.

(他五歲時，他的父母去了國外。)

Il écoutait RFI (Radio Française Internationale), quand on l'a appelé.

(他正在收聽法國國際電臺時，有人叫他。)

Les élèves faisaient leurs devoirs lorsqu'on a frappé à la porte de la classe.

(學生們在做作業，有人敲教室的門。)

Il chantait quand je l'ai vu.

(當我見到他時，他在唱歌。)

2)用以表示兩個過去未完成的、正在延續進行的動作。如：

Elle tricotait quand je faisais la cuisine.

(我做飯時，她織毛線衣。)

Je lisais quand il regardait la télé.

(他看電視時我讀書。)

Il écrivait une lettre pendant que je préparais mon cours.

(我備課時，他寫信。)

3)用以表示一個過去某一段時間持續的動作（但未指出該動作何時開始、何時結束）。如：

Depuis l'aube, le chasseur parcourait les champs.

(黎明開始，獵人就跑遍田野間。)

Un loup n'avait que les os et la peau.　　　　(La Fontaine)

(狼有的只是骨和皮。)

Son grand-père aimait la pêche à la ligne.

(他的爺爺過去喜歡釣魚。)

Je fréquentais les magasins quand j'étais jeune.

(我年輕時經常逛商店。)

4)用以表示一個過去習慣的或重複的動作（但，無法確定該動作到底持續多久的時間）。如：

Parfois il s'arrêtait, regardait autour de lui, puis repartait.

(他有時停下來，看看周圍，再動身。)

Les premiers canons lançaient des boulets de pierre.

(最初的大炮發射的是石頭砲彈。)

Autrefois, je me promenais le long de la Seine tous les jours.

(以前我每天沿著塞納河散步。)

5)用以描寫故事背景、人物形象、心理狀況、自然環境、氣氛等。如：

Ce jour-là, il faisait beau, le ciel était bleu, le soleil brillait, les oiseaux chantaient.

(那天，天氣很好，天空蔚藍，陽光燦爛，鳥兒在歌唱。)

Cette nuit-là, il faisait très froid, il neigeait encore. Quand il est rentré à la maison, il tremblait de froid.

(那天夜裡，天氣很冷，天仍然下著雪。當他回到家時，他冷得發抖。)

6)在用 si 作假設的條件句中，用未完成過去式表示一種無法確定是否能實現的條件。如：

Si j'étais riche, j'aurais acheté une maison à Nice.

(如果我有錢的話，我會在尼斯買一所房子。)

Si j'étais vous, je ferais autrement.

(如果我是你的話，我就不這樣做。)

Si j'avais du temps, je ferais du sport.

(如果我有時間的話，我就運動。)

7)口語中常使用未完成過去式代替現在式，使語氣婉轉，多用於 avoir, venir, vouloir 等動詞。如：

J'avais encore une question à vous poser.

（我還有一個問題要向您提出。）

Je venais vous voir pour mon passeport.

（我因護照一事來見您。）

Je voulais savoir si vous viendrez dîner avec nous.

（我想知道您是否來和我們共進晚餐。）

5. 直陳語氣的先完成過去式（le plus-que-parfait de l'indicatif）的主要用法：

1)用以表示一個過去的動作發生在另一個也是過去的動作之前，兩個動作之間有一定的時間間隔，先完成過去式可以用在獨立句或主句裡，也可以用在子句裡。如：

J'avais achevé mon repas quand il arriva.

（我早在他到之前吃完飯了。）

François, qui avait travaillé très tard hier, a dormi longtemps ce matin.

（弗朗索瓦昨天工作得很晚，今早睡了很久。）

Il avait fait ses recherches en France avant de retourner dans son pays natal.

（他在回到祖國之前，在法國從事研究工作。）

2)用以表明一個重複的或習慣性的動作。如：

Quand j'avais travaillé, je déjeunais.

（工作後，我才午餐。）

Dès qu'il avait fini son travail, il allait faire du tennis.

（他每次一做完工作，就去打網球。）

Chaque fois qu'il avait nagé le matin, il allait au travail.

（每次早上游過泳之後，他去上班。）

3)用在以 si 引導的條件從句中，表示與事實相反的假設。如：

Si j'avais été plus jeune, j'aurais pu apprendre beaucoup plus.

（假如我比較年輕，我會學習更多。）

Si elle était née dix ans plus tard, elle se serait installée à l'étranger.

（假如她晚十年出生，她就會定居國外。）

S'il avait été chez lui, il vous aurait invité à dîner.
(假如他在家裡，他就會邀請您吃晚飯。)

4)用在以 si 引導的獨立句中，表示遺憾和責備。如：

Si tu m'avais écouté! (你要聽了我的話就好了！)
Si vous aviez pris votre parapluie! (如果您帶上雨傘就好了！)
S'il avait fait beau temps ce jour-là!(如果那天天氣晴朗就好了！)

5)用在與事實相反的假設後面，表示過去可能發生而實際並未發生的事情，代替條件式過去式。如：

Un pas de plus et il était tombé.
(再往前邁一步，他就跌到了。)
Une minute plus tard et il avait manqué le train.
(再晚一分鐘，他就趕不上火車了。)

6)用以表示委婉的語氣，一般只用於動詞 venir。如：

J'étais venu vous déranger pour une minute.
(我來打擾您一分鐘。)
J'étais venu vous voir pour mon visa.
(我來見您是爲了我的簽證。)

6. 直陳語氣的前過去式(le passé antérieur de l'indicatif)的主要用法：

　　用以表示一個過去的動作發生於另一個也是過去的動作之前（在時間上是緊接著發生的兩個動作）。前過去式主要和簡單過去式配合，用在書面語中。

1)常常用在以 quand, lorsque, dès que, après que, aussitôt que, à peine... (que), sitôt que... 等引導的時間狀語從句中，主句動詞一般用簡單過去式。如：

Après qu'il eut bien montré ses dessins, on le complimenta.
(在他展示了他的畫作之後，人們對他讚譽有加。)
Dès qu'on eut frappé à la porte, l'enfant se réveilla.
(一有人敲門，小孩就醒了。)

Dès que l'aviateur eut mis ses moteurs en marche, l'avion bondit et s'éleva.

(在飛行員一打開引擎時，飛機就升高了。)

注意：

a.在時間狀語從句中，也可以用簡單過去式替代前過去式，表示先後發生的動作，而不強調動作的完成概念。如：

Dès qu'ils se retrouvèrent, ils se disputèrent.

(他們一聚在一起，就爭吵。)

Aussitôt qu'elle se réveilla, elle se mit à travailler.

(她一醒來，就開始工作。)

b.有的表示延續性的動詞，如：être, pouvoir 等在這種情況下只能用簡單過去式，如果用前過去式，會被誤解為狀態的結束，與本意相反。如：

Sitôt qu'il fut dans la chambre, Luc raconta ce qu'il s'était passé dans l'école.

(呂克一進了寢室，就講述學校裡發生的事。)

Dès qu'il put bouger, il travailla.

(他一能動，就工作。)

2)用在獨立句中，表示動作的迅速完成，句中一般有 en quelques secondes, aussitôt, bientôt, en un instant, en un clin d'œil, vite...等時間狀語。如：

En un instant, il eut corrigé toutes les fautes dans la dictée.

(轉眼間，他將聽寫中的錯誤全部改掉。)

Elle reçut la lettre de ses parents, elle leur eut vite répondu.

(她收到她父母的信，即刻回覆。)

注意：

在口語中，常用加複合過去式替代前過去式。當加複合過去式用在從句中時，複合過去式用在主句中。如：

Dès qu'ils ont eu fini leur travail, ils ont pris un café.

(他們剛完成工作,就喝咖啡。)

En quelques secondes, il a eu disparu.

(幾秒鐘內,他就不見了。)

7. 直陳語氣的簡單未來式(le futur simple de l'indicatif)的主要用法:

1)用以表示一個未來要發生的動作。如:

Il pleuvra.

(將會下雨。)

Elle viendra nous voir demain.

(她明天將來看我們。)

La semaine prochaine je commencerai la leçon 15.

(下星期我將開始上第十五課。)

Nous irons en France au mois de septembre.

(我們將於九月去法國。)

注意:

在口語中,常用現在式或最近未來式替代簡單未來式。

2)用以表示一種委婉的命令、勸告及建議(一種含有禮貌的命令語氣)。如:

Vous tâcherez d'aller plus vite.

(你們要盡力地快一點。)

Pour aller à Taïpei, vous prendrez l'autobus.

(你們搭公共汽車去臺北吧!)

Vous prendrez le train pour voyager, ce serait moins cher.

(你們乘火車旅遊吧,這樣比較便宜。)

但是,語氣強時,可以表示嚴厲的命令。如:

Tu feras ton devoir et tu viendras me voir tout de suite après.

(你寫作業,然後馬上來見我。)

Tu resteras là et tu ne me dérangeras pas.

(你呆在那兒,別打擾我。)

3)用以表示一種禮貌性的請求。如：
Je me permettrai de vous demander...　(請允許我向您請求……)
Je vous demanderai de...　(我懇求您……)

4)可用在敘述歷史事件、傳記或文學史中，好像從過去的角度展現未來，亦可稱為「歷史未來式」。如：
Or à ce moment, l'anoblissement était une faveur rare et difficile à obtenir(...). Citois, médecin de Richelieu, DEMANDERA longtemps et de façon importune au Cardinal de le faire anoblir et ne l'OBTIENDRA pas.　　　　　(L.BATIFFOL, Richelieu et Corneille, p. 63)
(當時平民被封爲貴族是少見的，而且是很難實現的事，西多阿是裏胥留的醫生，他長期以來一直糾纏著主教大人，要求封他爲貴族，可是始終沒有成功。)

5)用於表達一種約定、承諾。如：
Je promets que l'examen sera assez facile.　(我保證考試很簡單。)
Je ferai le dîner.　(我會做晚餐的。)

6)用以表達預言、預測。如：
Julie, tu te marieras avec un homme riche, et vous aurez 3 enfants.
(茱莉，你將會和一個有錢人結婚，你們會有三個孩子。)
Demain, il fera beau.
(明天天氣會很晴朗。)

8. 直陳語氣的前未來式（le futur antérieur de l'indicatif）的主要用法：
用以表示一件未來要發生的動作，且該動作先發生於另一件以簡單未來式表達的動作之前，或先發生於一明確的時刻之前。前未來式可以用在從句、主句或獨立句中。如：
Le soleil sera couché avant leur retour.
(他們回來之前太陽就會落山了。)
J'aurai terminé mon travail quand vous arriverez.

(您到達時，我會做完事。)

1)前未來式主要用在以 quand, lorsque, dès que, aussitôt que, après que 等引導的狀語從句中，主句用簡單未來式。如：

Il aura fini de labourer son champ quand midi sonnera.

(敲午鐘時，他會耕完他的田地。)

Demain, dès que j'aurai déjeuné, je travaillerai.

(明天我吃完飯就會工作。)

Après que je me serai promené, je rentrerai à la maison.

(我散完步就會回家。)

Aussitôt que je serai arrivé à Paris, je te téléphonerai.

(我一到巴黎，就給你打電話。)

2)也可用以對一件過去的事實提出假設，表示某種可能性。如：

－Alice n'est pas encore arrivée? －Non, elle aura manqué son autobus.

(－艾麗絲還沒到嗎？－還沒有，她可能沒趕上公車。)

－Le professeur n'est pas là? －Non, il l'aura oublié.

(－老師沒來嗎？－沒有，他可能忘記了。)

3)可以用來敘述歷史事件，表示過去某一時間以後將要完成的動作。如：

En 1815 Napoléon fut exilé à Saint-Hélène. Six ans plus tard, il sera mort.

(一八一五年，拿破崙被流放到聖赫勒那島。六年後他去世了。)

　　注：此句中的前未來式也可被改為簡單未來式，但，語氣會減弱。無論用前未來式，還是用簡單未來式表示已經過去的動作，一般僅在段落或文章的最後一句中使用。

En 1918 les deux jeunes se séparèrent. Quarante ans plus tard, ils se seront retrouvés à l'étranger.

(1918 年，這兩位年輕人分手了。四十年後，他們在國外相逢了。)

4)可以表示迅速完成的動作，句中一般有時間狀語。如：

Elle aura bientôt achevé sa tâche.

(她很快就可以完成任務。)

Il aura vite parcouru ce roman.

(他很快就會瀏覽完這本小說。)

最近未來式(le futur proche)的主要用法：

由 aller, être sur le point de...等的直陳語氣現在式(le présent)加上原形動詞表示最近未來式。

1)用以表示即將要發生的動作。如：

Je vais partir dans une minute（或 tout de suite）.

(我一分鐘後出發。(或馬上))

（句中，動詞 vais 作爲原形動詞 partir 的時間半助動詞）

Je vais m'endormir.

(我快睡著了。)

La représentation va commencer.

(演出快開始了。)

2)用以表明一件遙遠的未來確實會發生的動作，如「計劃」：

Dans deux ans, nous allons visiter Paris.

(兩年後我們會參觀巴黎。)

Elle va se marier à l'âge de trente ans.

(她將在三十歲結婚。)

Il va acheter une Citroën dans trois ans.

(他三年後將買一輛雪鐵龍汽車。)

3)動詞片語 être sur le point de 後面接原形動詞，也可作半助動詞用，用以表明一件即將要發生的動作。如：

L'avion est au bout de la piste; il est sur le point de décoller.（= il va décoller.）

(飛機在跑道盡頭，即將起飛。)

Les coureurs sont sur le point de quitter le départ.

(運動員即將離開起跑線。)

Le vase est sur le point de (=près de) tomber.

(花瓶快要掉下來了。)

4)由動詞 devoir 根據主詞作直陳語氣現在式的變化後，後面接一原形動詞，也可表明一件可能將要發生的動作。如：

L'avion doit décoller à 16 heures 30.

(飛機應在十六點三十分起飛。)

Nous devons arriver à Taïpei à 2 heures cet après-midi.

(我們應在今天下午兩點抵達臺北。)

La réunion doit commencer à 10 heures ce matin.

(會議應在今天上午十點開始。)

5)動詞片語 se mettre à 後面接原形動詞，可用以表明一件動作的開始。如：

La pluie se met à tomber.

(開始下雨了。)

L'enfant se met à rire quand il voit sa maman.

(當孩子見到母親時，他笑了起來。)

注意：

動詞 aller 後面也可接原形動詞，作表明行動的動詞（verbe de mouvement）用。如：

Je vais chercher les enfants dont je vous ai parlé hier.

(我去接昨天跟您提起的小孩們。)

Nous allons participer à la réunion.

(我們去參加會議。)

※千萬不要將最近未來式(aller+原形動詞)和表明行動的動詞(aller+原形動詞)弄混。如：

Il est midi, je vais bientôt déjeuner.

(中午十二點了，我馬上去吃飯了。)

Attends-moi! Je vais acheter du pain.

(=Je vais à la boulangerie pour acheter du pain.)

(等等我！我去買些麵包。)

最近過去式(le passé récent)的主要用法：

用以表示一件剛發生過的動作，由助動詞 venir 的直陳語氣現在式變位加上介系詞 de 和原形動詞構成最近過去式，如：

Il vient de partir il y a une minute.

(他剛離開一分鐘。)

Il vient de rentrer.

(=Il est rentré il y a peu de temps.)

(他剛回來。)

Elle vient de corriger les devoirs des élèves.

(她剛批改完學生的作業。)

Nous venons d'apprendre cette nouvelle.

(我們剛得知此消息。)

Vous venez de faire des bêtises.

(你們剛才做了蠢事。)

Il vient de lire le texte à haute voix.

(他剛剛朗讀了課文。)

過去未來式(le futur dans le passé)的用法：

用以表明過去某一時間或某個動作之後將要發生的事情。主要用在受詞從句中，主句中的動詞用過去時態。如：

La direction a décidé que l'examen final aurait lieu le 15 juin.

(領導決定畢業考試將在六月十五日進行。)

Je ne savais pas si la soirée tiendrait huit jours après.

(我當時不知道那場晚會是否一週後舉行。)

Je croyais qu'elle réussirait cette fois.

(我當時以爲她那次會成功的。)

Le professeur nous a dit que le président de l'université viendrait nous voir.

(老師對我們說，校長將會來看我們。)

過去前未來式(le futur antérieur dans le passé)的用法：

用以表明在另一個過去將來的動作之前發生的動作。如：

Il m'a dit qu'il me téléphonerait dès qu'il serait arrivé à Paris.

(他對我說他一到巴黎就給我打電話。)

Il m'a promis qu'il aurait fait publier ce livre avant la fin de l'année 2003.

(他答應我 2003 年底前出版這本書。)

J'espérais qu'elle aurait fini ses études avant les vacances d'été.

(我當時希望她在暑假前完成學業。)

Ses parents lui ont dit qu'il aurait reçu un beau cadeau avant son anniversaire.

(他父母對他說，他將在過生日之前收到一份漂亮的禮物。)

過去最近未來式(le futur proche dans le passé)的用法：

用以表明從過去的角度看是即將要發生的動作，由 aller, être sur le point de 的未完成過去式(l'imparfait)加上原形動詞表示過去最近未來式。如：

J'allais me coucher quand le téléphone sonna.

(我正要睡覺，電話鈴響了。)

Elle m'a dit qu'elle allait s'installer à l'étranger avec son petit ami.

(她告訴我她就要和男朋友到國外定居了。)

Il était sur le point de partir.

(他當時正要出去。)

Il allait dormir quand quelqu'un frappa à la porte.

(他正要睡覺，有人敲門了。)

過去最近過去式(le passé récent dans le passé)的用法：

用以表明從過去的角度看不久前剛發生的動作，由 venir 的直陳語氣未完成過去式(l'imparfait)加上 de 和原形動詞表示。如：

Je venais de terminer mon mémoire quand il arriva.

(我剛寫完論文，他就到了。)

Elle m'a rendu le magazine qu'elle venait de lire.

(她還給了我她剛看完的雜誌。)

Il venait de déjeuner quand je suis rentré.

(我回來時，他剛吃過飯。)

Tu venais d'avoir cinq ans, quand j'ai quitté la France.

(當我離開法國時，你剛五歲。)

加複合時態(les temps surcomposés)

其構成爲：助動詞的複合時態＋過去分詞，主要用在口語中。

加複合過去式(le passé surcomposé)

用在口語中代替前過去式，主要用在 quand, après que, dès que, aussitôt que, à peine... que... 等引出的從句中，主句中用複合過去式。如：

Après que sa mère l'a eu critiqué, il a quitté la maison.

(他的媽媽批評了他之後，他就離開了家。)

Dès que ses parents l'ont eu quitté, il s'est remis au travail.

(他父母一離開他，他便又開始工作起來。)

A peine la représentation a-t-elle eu fini que les spectateurs se sont rués vers la sortie.

(演出一結束，觀衆就向出口湧去。)

Aussitôt que le patron a eu terminé son discours, les employés ont applaudi très fort.

(老闆剛結束他的講話，職員們便熱烈地鼓起掌來。)

加複合先完成過去式(le plus-que-parfait surcomposé)

用以表明在過去發生的動作之前發生的動作，主要強調動作的迅速完成，句中常有時間狀語；也可以表示在以先完成過去式的動作之前完成的動作。如：

Elle avait eu vite fini son repas.

(她很快就吃完了飯。)

Quand j'avais eu fini mon travail, j'avais regardé la télé.

(我做完工作後，看電視。)

J'avais eu rempli une formule devant le douanier et j'avais eu vite quitté l'aéroport.

(我在海關人員面前填了一張表格，然後迅速離開飛機場。)

加複合前未來式(le futur antérieur surcomposé)

用在口語中替代前未來式，或用以表明將來迅速發生、完成的動作。如：

J'aurai eu terminé la vérification quand vous reviendrez de Taïpei.

(您從臺北回來時，我就會校對完。)

(句中，aurai eu terminé 先於 reviendrez。)

Avec tous les efforts, il aura eu vite réussi.

(他做出一切努力，很快就會成功。)

Elle aura eu écrit sa lettre quand tu finiras ta lecture du journal.

(你讀完報紙時，她的信已經寫完了。)

(句中，aura eu écrit 先於 finiras。)

5.9.2 條件語氣的用法（l'emploi du conditionnel）：

條件語氣包括三個時態：一個現在條件式和兩個過去條件式(第一式、第二式)。

1)當條件從句以連接詞 si 和直陳語氣的現在式動詞表示，主句的動詞必須是直陳語氣現在式或簡單未來式（用以表明現在或將來可能實現的事實）。如：

Si tu veux, nous irons à la campagne. (tu voudras sans doute)

(如果你想的話，我們就去鄉下。)(你一定想)

Si je suis riche, j'achèterai une grande maison.

(如果我有錢，我會買一所大房子。)

Si j'ai le temps, je voyagerai.

(如果我有時間，我會去旅行。)

Si elle est libre, elle écoute de la musique.

(她一有空，就聽音樂。)

2)當條件從句以連接詞 si 和未完成過去式動詞表示，主句的動詞必須是現在條件式(用以表明現在或未來無法確定是否能實現的事實)。如：

Si tu voulais, je passerais te voir. (tu ne voudras peut-être pas)

(如果你想，我就過去看你。) (你可能不想)

Si j'avais le temps, je voyagerais. (maintenant)

(如果我現在有時間，我就去旅行了。)

Si je prenais le train de 7 heures, j'arriverais à temps.

(如果我搭上 7 點的火車，我就可以準時到。)

S'il faisait beau, je sortirais me promener.

(如果天氣晴朗，我會出去散步。)

3)當條件從句的動詞以先完成過去式表示，主句的動詞必須是過去條件式(用以表明過去不能實現的事實)。如：

Si tu avais voulu, nous serions allés (或 nous fussions allés) à la campagne.

(如果你當初想去，我們早就去鄉下了。)

Si je l'avais rencontré, je lui aurais dit...(或 je lui eusse dit...).

(如果我之前遇到他的話，我早就告訴他了……。)

Autrefois, si j'avais eu le temps, j'aurais voyagé (但，je n'ai pas eu le temps, je n'ai pas voyagé).

(過去如果我有空的話，我早就去旅行了。)

Si j'avais été plus jeune, je l'aurais fait autrement.

(如果那時我比較年輕的話，我就不那麼做了。)

無條件的條件語氣（le conditionnel sans condition）
1)可用以表示想像的希望、願望和欲望。如：

Je voudrais bien être reçu à l'examen, je continuerais mes études.

(我真希望可以通過考試，我會繼續我的學業。)

Je voudrais être reçu à mon TEF.

(但願我可以通過 TEF。)

(TEF：TEST D'EVALUATION DE FRANÇAIS)

Je ferais un beau voyage.

(但願我的旅行完美。)

2)可用以表示一件不確定的、懷疑的，但很可能發生的事，表示可能性或假設。如：

Il aurait été heurté par une voiture.

(他可能被車撞了。)
Le voleur aurait été vu à la gare.
(小偷有可能在火車站被人看見過。)

Il y aurait une dizaine de blessés dans cet accident.
(此次事故中，大約有十人受傷。)

3)現在條件式可用以表示一個命令、請求或詢問(以一種禮貌的語氣)。如：

Vous devriez m'apporter une grammaire de français.
(您應該幫我帶一本法文文法書。)

Je désirerais vous demander l'heure du départ du train.
(我想問您火車開出的時間。)

J'aimerais que vous m'apportiez quelques cartes postales.
(我很想請您幫我帶幾張名信片。)

Voudriez-vous me dire où se trouve la gare de Lyon, s'il vous plaît.
(您可以告訴我里昂火車站在哪？)

Je voudrais prendre un kilo de pommes.
(我想買一公斤蘋果。)

Pourriez-vous me passer M. Dupont s'il vous plaît!
(請您給我轉杜邦先生。)

4)在疑問句或感嘆句中，表示驚訝、憤慨等。如：

Il volerait les gens! Jamais de la vie!
(他行竊！決不會！)

Quoi! Tu parlerais ainsi?
(怎麼？你這麼説話？)

Moi, j'aurais fait ce genre de travail?
(我能做這樣的工作嗎？)

5)過去條件式可以用來表示願望或惋惜。如：

J'aurais dû m'adresser à mon professeur.
(我本應該請教我的老師。)

Tu aurais pu me le dire.

(你其實可以告訴我的。)

On aurait dû régler le problème d'Irak par la voie politique dans le cadre de l'O.N.U.

(本應該在聯合國框架內通過政治途徑解決伊拉克問題的。)

6)可以用來表示想像，尤其是在小孩做遊戲時。如：

On serait dans la montagne, il y aurait des animaux féroces. Tout un coup, un chasseur apparaîtrait.

(假裝我們在山裡，有一些猛獸，突然，一位獵人出現了。)

Dans ce jeu, tu serais médecin, je deviendrais malade.

(在這個遊戲中，你做醫生，我做病人。)

5.9.3 命令語氣的用法（le mode impératif）

表示命令、禁止、請求、建議、勸告、鼓勵、希望等語氣。命令語氣沒有主詞，只用於第二人稱單數和複數及第一人稱複數。

1)用以表示一種命令、禁止。如：

Travaillez tout de suite.	(馬上做吧。)
Ne fumez pas.	(不要抽煙。)
Ferme la porte.	(關門。)

2)用以表示一種請求、建議和勸告。如：

Passez-moi le journal d'aujourd'hui s'il vous plaît.

(請把今天的報紙遞給我。)

Aimez-vous les uns les autres.

(你們彼此要相親相愛。)

Quittez les bois, vous ferez bien.

(離開森林，您會感到舒服些。)

3)用以表示一種鼓勵和希望。如：

Faites encore des efforts.	(再努力些。)
Portez-vous bien.	(保重身體。)

4)用以表示一種假設，替代以 si, même si 等引導的從句，後面接一個並列句。如：

Soyez gentil avec lui (=Si vous êtes gentil avec lui), il devient gentil.

(對他好一點，他也會和善的。)

Va faire du sport, tu seras robuste.

(去開展體育活動，你的身體就會結實了。)

Critiquez-moi (=Même si vous me critiquez), je ne le ferai pas mieux.

(您就是批評我，我也不會做得更好。)

5)為了表示婉轉的語氣，可以用一些套語。如：

Veuillez me prévenir plus tôt.　　(請早些通知我。)

Ayez la bonté de m'aider.　　　(請您幫助我。)

注意：

a. 第一類動詞在第二人稱單數的現在命令式句子裡，字尾的 s 要去掉，但該動詞若位於 en 或 y 前面，為了諧音，則不可省略 s，且動詞與 en 或 y 之間需加一個連接符號。如：

Tu portes ce sac.

改為命令式為：

Porte ce sac. (拿這袋子。)

但，Donnes-en.　(給一些。)

　　Montes-y.　　(上去。)

例外：

aller 雖非第一類動詞，但其第二人稱單數的現在命令式句子內亦將 s 去掉。如：Va dormir! (去睡覺。)而其後加 en 或 y 時亦不可省掉 s。如：Vas-y! (去那吧。)

b. 對第三人稱進行命令要用虛擬語氣。如：

Qu'il vienne!　　　　　(讓他來吧。)

Qu'elle fasse un résumé. (讓她做個摘要。)

命令式分為現在命令式和過去命令式。
現在命令式(le présent de l'impératif):
　　用以表明一件現在或未來要發生的動作。如：
　　Taisez-vous.　　　　　　　　　　(住口。)
　　Venez travailler le mois prochain.　(下個月來工作吧。)

過去命令式(le passé de l'impératif):
　　用以指明一件未來要完成的動作，但該動作先完成於未來某一時間前或另一未來動作之前。如：
　　Aie fini tes devoirs quand je reviendrai.(我回來前做完你的功課。)
　　Soyez rentrés avant la nuit.　　　　　(晚上前回來。)

5.9.4 虛擬語氣的用法(l'emploi du subjonctif)
　　表示主觀設想的語氣，常常表示願望，並不一定真實存在此事；有時確有此事，而強調說話者的態度、感情、判斷等。虛擬語氣可以用在獨立句或主句中，主要用在從句中。
1)在主句或獨立句裡，虛擬語氣的用法
(1)用以對第三人稱表達一種命令(取代第三人稱的命令語氣)。如：
　　Qu'il se taise!　　　　　　　　　(讓他閉嘴。)
　　Qu'il chante!　　　　　　　　　(叫他唱歌。)
　　Qu'il attende! (=Je veux qu'il attende.)　(讓他等。我要他等著。)
　　Qu'elles se dépêchent!　　　　　(叫她們抓緊時間！)

　　虛擬語氣用於獨立句，該獨立句前，通常擺有 que。

(2)用以表達一種希望、願望和藐視。如：
　　L'ennemi? dit Turenne, qu'il vienne, je l'attends!
　　(敵人？蒂雷納說著，讓他來啊！我等他！)
　　Ce paresseux! Qu'il travaille!
　　(這個懶鬼！叫他工作！)

(3)用以表示一種歡呼和心願(有時沒有 que，主詞與動詞的位置倒裝)。如：

Qu'il rentre sain et sauf!	(但願他平安回來！)
Vive la paix!	(和平萬歲！)
Puissent-ils réussir!	(但願他們成功！)
Qu'elle se porte bien!	(但願她身體健康！)

(4)有時用以表示一種假設,相當於一個以 si 或 même si 引導的從句。如：

Qu'il pleuve, nous ne sortirons pas.
(=S'il pleut, nous ne sortirons pas.)
(如果下雨，我們就不外出了。)
Qu'ils cachent leurs fautes, on les découvrira.
(=Même s'ils cachent leurs fautes, on les découvrira.)
(即使他們隱瞞他們的錯誤，人們也會發現的。)
Qu'il vienne, et nous verrons qui sera le plus fort.
(讓他來，我們即知誰是最強的。)
Qu'il fasse ce qu'il veut, nous travaillons à notre façon.
(他愛做什麼就做什麼吧，我們按我們的方式做。)

(5)用以表示一種憤慨和拒絕。如：

Mon Seigneur, que je fuie! (Racine)	(老天啊！我逃跑！)
Qu'il vole! Pas possible!	(他偷竊！不可能！)
Moi, que je lui demande pardon!	(我啊！我向他道歉！)
Qu'elle trahisse la Patrie! Pas possible!	(她背叛祖國！不可能！)

　　在從句裡，是否使用虛擬語氣取決於主句的動詞，最常用以表達一件不確定的、懷疑的事。如：

Je sais qu'il est venu.　　　　(我知道他已來了。)
(présent+passé composé de l'indicatif，表示一件確定的事，相當於 Il est venu et je le sais.)

Je ne crois pas qu'il soit venu.　　(我不認為他已來了。)
(présent négatif + subjonctif passé，表示一件懷疑的、不確定的事)

J'ai acheté un livre qui me plaît. （我買了一本我喜歡的書。）
（即：Je suis sûr qu'il me plaît.）
Je voudrais un livre qui me plaise. （我想要一本我會喜歡的書。）
（即：J'espère qu'il me plaira, mais je n'en suis pas certain.）

　　第一、第三和第二、第四例句的結構幾乎完全一樣，爲何第一、第三例句的從句的動詞用直陳語氣，而第二、第四例句的從句的動詞用虛擬語氣，這是因爲第一、第三例句所陳述的是一件事實，而第二、第四例句所表達的是一個無法確定是否能實現的事。

2)虛擬語氣用在名詞性從句中：

(1)主句動詞表示意志(la volonté)：願望、愛好、請求、命令、同意、禁止等，從句中要用虛擬語氣。主要動詞有：aimer(喜歡), aimer mieux(寧願), avoir envie(渴望), préférer(寧願), désirer(想望), vouloir(願意), souhaiter(願望), attendre(期望), demander(要求), prier(請求), supplier(懇請), exiger(要求), entendre(要求), commander(命令), ordonner(命令), admettre(允許), agréer(同意), consentir(同意), permettre(允許), défendre(禁止), interdir(禁止), s'opposer(反對), empêcher(阻止), éviter(避免)… 等。如：

Je désire que les vacances soient plus longues.
（我希望假期再長一些。）
Il ne veut pas que ses parents le laissent tout seul.
（他不希望他的父母留下他一人。）
Le directeur demande que la conférence doive commencer à 10 heures.
（主任要求報告會必須在十點鐘開始。）
J'exige que tu sois à l'école à 8 heures.
（我要求你八點到學校。）
Le professeur entend que les devoirs soient remis le lundi.
（老師要求每週一交作業。）
Je voudrais que tu sois honnête.
（我要你誠實。）
Il défend que les enfants aillent là-bas.

(他禁止孩子到那去。)

J'attends que tu aies une nouvelle voiture.

(我等你擁有一部新車。)

注意：

a. espérer(希望)雖然表示願望，但是，其受詞從句必須用直陳語氣。如：

J'espère que vous réaliserez ce que vous m'avez promis.

(我希望您能實現對我的許諾。)

b. 在 empêcher(阻止), éviter(避免), prendre garde(提防，避免做某事)等動詞後面的受詞從句中，在虛擬語氣動詞前要加贅詞 ne。如：

Nous évitons que ces fautes d'orthographe ne se répètent.

(我們避免這些拼寫錯誤重犯。)

J'empêche qu'il ne fasse du bruit.

(我阻止他發出噪音。)

Prenez garde que l'enfant ne tombe.

(小心別讓孩子摔倒。)

但是，如果 prendre garde 後面的從句表明需要注意的事，從句動詞用直陳語氣，不加贅詞 ne。如：

Prends garde que la rue est glissante.　(小心，路滑。)

c. dire(說；命令), écrire(寫；寫信要求), entendre(聽見；想要), prétendre(主張；要)等動詞有兩種不同含義，在表示意志時，受詞從句用虛擬語氣，如：

Je lui écris qu'elle achète une grammaire pour moi.

(我寫信叫她為我買本語法書。)

(achète 是虛擬語氣的現在式變位。)

Je lui écris que j'ai un contrat à signer avec mon patron.

(我寫信告訴他我要和老闆簽一個合同。)

(ai 是直陳語氣的現在式變位。)

(2)主句動詞表示感情(le sentiment)：喜、怒、哀、樂、驚訝、慚愧、遺憾、恐懼等，從句中要用虛擬語氣。主要動詞有：se réjouir(高興)、être content(高興)、être joyeux(快樂)、être satisfait(滿意)、être heureux (高興)、c'est un bonheur(幸運)、admirer(讚賞)、se féliciter(慶幸)、détester(憎惡)、il est fâcheux(令人生氣)、être fâché(生氣)、se fâcher(生氣)、s'indigner(氣憤)、être indigné(氣憤)、s'étonner(驚奇)、être étonné(驚奇)、être surpris(驚奇)、être curieux(奇怪)、être étonnant(令人吃驚)、avoir honte(羞愧)、se plaindre(抱怨)、regretter(遺憾)、se repentir(懊悔)、être désolé(懊惱)、être mécontent(不滿)、être triste(悲傷)、c'est dommage(遺憾)、c'est une honte(恥辱)、c'est honteux(羞愧)、appréhender(害怕)、avoir crainte(害怕)、avoir peur(害怕)、craindre(害怕)、redouter(害怕)、trembler(害怕)…等。如：

Nous sommes contents que notre livre soit publié cette année.

（我們很高興我們的書今年出版。）

Elle est fâchée que son œuvre soit éliminée sans raison.

（她很生氣她的作品被無故淘汰。）

Le doyen est curieux que toutes les salles de classe soient sales.

（系主任感到奇怪所有的教室都很髒。）

C'est bien dommage que l'on fasse de faux amis.

（很遺憾的是交錯了朋友。）

Il est étonnant que ce bébé de six mois commence à parler.

（令人驚訝的是，這六個月的嬰兒開始說話了。）

Je suis étonné qu'elle soit reçue à l'examen.

（我很驚訝她通過考試。）

Je crains qu'il ne soit en retard.

（我怕他遲到。）

J'ai peur que ce roman ne soit pas écrit en bon anglais.

（我怕這小說不是用正確的英文寫的。）

注意：

主句動詞如果表示害怕、恐懼，如：avoir peur, craindre, redouter 等，而且主句和從句都是肯定式，從句中一般用贅詞 ne, ne 為無意義的虛字，從句仍為肯定意義。如：

Nous avons peur que la lettre n'arrive tard. (我們害怕信到得晚。)

Je crains que le temps ne passe trop vite.(我害怕時間過得太快。)

但是：

Craignez-vous qu'il puisse livrer les marchandises à temps?

(您擔心他能按時交貨嗎？)

(3) 主句動詞表示判斷(le jugement)，從句中要用虛擬語氣。主要動詞有：approuver(同意，贊成), désapprouver(不同意), être digne(值得), être indigne(不值得), mériter(值得), valoir(值), trouver bon(認為好), trouver mauvais(認為不好), trouver juste(認為正確), trouver injuste(認為不正確), il faut(應該), il suffit(足夠), il convient(適宜), il importe(需要), il vaut mieux(最好是), il est utile(有用的), il est naturel (自然的), il est juste(正確的), il est injuste(不正確的), il est bien(好), il est bon(好), il est convenable(恰當), il est essentiel(主要的), il est facile(容易的), il est difficile(困難的), il est important(重要的), il est indispensable(不可少的), il est nécessaire(必要的), il est temps(合時的), il est urgent(緊急的)...等。如：

Il faut que tu travailles.

(你必須工作。)

Il importe que la qualité soit bonne.

(重要的是質量好。)

Il vaut mieux que l'on travaille tout seul.

(最好是獨立工作。)

Il est nécessaire que les étudiants écoutent des enregistrements.

(學生聽錄音有必要。)

C'est juste que Paul soit payé plus que les autres, parce qu'il a travaillé deux fois plus.

(保羅的報酬比別人多是理所當然的，因爲他多付出一倍的勞動。)

Il est temps que vous lui disiez la vérité.

(現在到了您向他講出事實真相的時候了。)

(4)主句動詞表示不確定(l'incertitude)：懷疑、否認、不知道、可能性小等，從句中要用虛擬語氣。主要動詞有：contester(否認，懷疑), douter(懷疑), ignorer(不知), nier(否認), il est douteux(可疑的), il est faux(假的), il est rare(少有的), il est possible(可能的), il est impossible(不可能的), il se peut(可能), il ne se peut pas(不可能), il semble(好像)...等。如：

Je doute que tu aies une voiture.

(我懷疑你有車子。)

J'ignore que les invités soient venus.

(我不知道客人已經來了。)

Il est impossible que l'être humain retourne au monde primitif.

(人類回到原始世界是不可能的。)

Il est rare que Cécile chante devant tout le monde.

(塞西爾很少在眾人面前唱歌。)

Je nie que cela soit vrai.

(我否認這是真的。)

Il semble que vous ayez raison.

(似乎您有道理。)

注意：

a. 表示懷疑或否定等的動詞(douter, nier, etc.) 如果用疑問或否定形式，從句中一般要用贅詞 ne。如:

Je ne nie pas que je ne fasse des fautes quelquefois.

(我不否認我有時也出錯。)

Doutez-vous que le dessin ne soit fait par un enfant de trois ans?

(您懷疑這張畫是一個三歲小孩畫的嗎？)

b. il est certain que..., il est sûr que..., il est probable que... 後面，動詞用直陳語氣，不可用虛擬語氣。

c. il semble 表示可能性小，後面從句中一般用虛擬語氣，但在現代法語中，也可用直陳語氣。il me semble 表示說話者比較肯定的看法，後面從句中用直陳語氣。

(5)主句動詞表示陳述和感覺，且為否定句、疑問句或條件句，從句中要用虛擬語氣。主要動詞有：admettre(承認), affirmer(肯定), s'apercevoir(發現), apprendre(得知), assurer(保證), avouer(承認), comprendre(了解), connaître(知道), conclure(斷定), croire(相信), déclarer(宣稱), dire(說), écrire(寫), espérer(希望), être certain(肯定), être persuadé(深信), être sûr(肯定), imaginer(想像), juger(判斷), jurer(肯定), oublier(忘記), penser(想), pressentir(預感), présumer(推測), prétendre(斷定), prévoir(預料), promettre(允諾), reconnaître(承認), remarquer(注意), répondre(回答), savoir(知道), sentir(感覺), supposer(料想), trouver(感到), voir(看見), être clair(明確), il est évident(顯然的), il est probable(可能的), juger(推測、判斷), se douter(料到), se rappeler(想起)…等。如：

Je ne crois pas que ce mémoire soit bon.

(我不認爲這篇論文寫得好。)

Pensez-vous que la rédaction soit facile?

(您以爲編輯工作容易嗎？)

Il n'est pas certain que le voleur soit pris par la police.

(小偷是否被警員抓住還不清楚。)

Je ne crois pas que tu aies de la chance.

(我不相信你有運氣。)

Je ne pense pas qu'elle ait vingt ans.

(我不認爲她二十歲。)

注意:

a. 否定疑問句被視爲肯定句，從句中用直陳語氣。

b. 如果說話者認爲從句中要講的是實際情況，就可以用直陳語氣。

3)虛擬語氣用在形容詞性從句中：

(1)從句表示的是願望和目的，動詞要用虛擬語氣。如：

L'entreprise a besoin d'un interprète qui connaisse à la fois l'anglais et le français.

(這家企業需要一位既懂英語也懂法語的翻譯。)

Je désire emprunter un roman qui soit intéressant et court.

(我想借一本即有趣又短小的小説。)

但是,如果從句表示客觀事實,動詞要用直陳語氣。如:

Voilà le chemin qui peut mener à la gare.

(這就是那條可以通向火車站的路。)

J'ai acheté un livre qui est très intéressant.

(我買了一本很有趣的書。)

(2)如果主句中對關係代名詞的先行詞表示否定和懷疑,從句中要用虛擬語氣。如:

Il n'y a rien qui puisse l'empêcher de voyager dans le monde.

(沒有任何事情能夠阻止他環遊世界。)

Avez-vous des conseils qui soient favorables à la situation?

(您是否可以提出有利於形勢的建議?)

Est-il un homme qui sache tout?

(他是一個無所不知的人嗎?)

注意:

a. 關係從句中如果是否定式,要用 ne 替代 ne pas。如:

Il n'y a rien qui l'empêche de partir.

(沒有任何事情能阻擋他動身。)

Il n'y a rien qui ne l'empêche de partir.

(沒有任何事情不能阻擋他動身。)

b. 如果否定的不是先行詞,關係從句中就不用虛擬語氣。如:

Je n'ai pas lu le roman que vous m'avez prêté.

(否定的是動詞 lire,而不是關係代名詞的先行詞 le roman。)

(我沒有讀您借給我的小說。)

(3)如果先行詞前有最高級形容詞或 le seul, l'unique, le premier, le dernier 等時,用來表示個人的意見或估價,從句中要用虛擬語氣。如:

C'est le meilleur match de football que j'aie vu.

(這是我看到的最精彩的足球比賽。)

C'est la seule pièce de théâtre français qu'elle ait lue.

(這是她讀過的唯一的法國劇本。)

但是，如果是客觀事實，從句中仍然用直陳語氣。如：

C'est le plus grand bateau que j'ai vu.

(這是我見過的最大的船。)

C'est le seul roman français que j'ai lu.

(這是我讀過的唯一一本法國小說。)

(4)先行詞所在的句子中動詞如果用虛擬語氣，後面的關係從句在此情況下也用虛擬語氣。如：

Quelle que soit la bêtise qu'il fasse, elle lui pardonne.

(不管他出什麼洋相，她都原諒他。)

Doutez-vous qu'il n'ait trouvé une méthode qui puisse améliorer ia qualité du travail?

(你們懷疑他會找到一種能改進工作質量的方法嗎？)

4)虛擬語氣用在副詞性從句中：

副詞性從句中是否用虛擬語氣，取決於引導從句的連接詞。在某些連接詞片語後面的動詞必須用虛擬語氣。

(1)在某些表示時間的連接詞片語，如：avant que(在……前), jusqu'à ce que(直到), en attendant que(直到)，後面的動詞必須用虛擬語氣。如：

Reste chez toi jusqu'à ce que nous t'appelions.

(在你家待著直到我們打電話給你。)

Nous serons là en attendant qu'il finisse son travail.

(我們將待在這裡，等他完成工作。)

Dépêche-toi de rentrer avant que la nuit vienne.

(天黑前趕快回家。)

注意：在以 avant que 引導的從句中常用贅詞 ne，在口語中贅詞 ne 可省略。

(2)在某些表示目的的連接詞片語，如：pour que, afin que (爲了), de crainte que, de peur que(只怕), de façon que, de manière que, de sorte que(為的是，以便)，後面的動詞必須用虛擬語氣。如：

Je lui donne un manteau pour qu'il ait chaud.

(我給他一件大衣讓他可以暖和點。)

Le père travaille afin que ses enfants aient du pain.

(那父親工作以便他的孩子們有飯吃。)

Il parle à haute voix de sorte que tout le monde l'entende.

(他高聲講話為的是大家都能聽得見。)

注意：

在以 de peur que, de crainte que 引導的從句中常用贅詞 ne。

(3)在某些表示原因的連接詞片語，如：ce n'est pas que, non que, non pas que(不是因爲), soit que... soit que...(或者因爲……或者因爲……)，後面的動詞必須用虛擬語氣。如：

Elle n'arrive pas, soit qu'elle ait manqué le train, soit qu'elle soit tombée malade.

(她沒來，或許她誤了火車，或許她病倒了。)

Elle paraît contente, non qu'elle ait fini son mémoire, mais parce qu'elle a passé sa soutenance.

(她看上去很高興，並不是因爲她寫完了論文，而是她通過了論文答辯。)

S'il ne travaille pas, ce n'est pas qu'il soit paresseux, c'est qu'il est malade.

(如果他不工作，不是因為他懶惰，而是他病了。)

(4)在某些表示否定的連接詞片語，如：loin que(而不), sans que(而不，無需)，後面的動詞必須用虛擬語氣。如：

Il quitte la chambre sans que nous nous en apercevions.

(他離開寢室，而我們毫無察覺。)

La perte, loin qu'elle soit un regret, est souvent une leçon.

(失敗往往成爲教訓，而不僅是遺憾。)

(5)在某些表示條件的連接詞片語，如：à (la) condition que(在……情況下), supposé que, à supposer que, au cas que, en cas que(假定), pourvu que(只要), à moins que(除非……不然)，後面的動詞必須用虛擬語氣。如：

Je vous y accompagnerai, mais à condition que vous me donniez un coup de main.

(我一定陪同您去那裡，條件是您幫我一下。)

Je t'attends pourvu que tu viennes.

(只要你來，我等你。)

J'assisterai à la réunion à moins que je ne sois retenu.

(除非我記住了，不然我就不會來參加會議。)

注意：
à moins que 後面常加贅詞 ne。

(6)在某些表示讓步的連接詞片語，如：bien que, encore que, quoique(雖然), soit que... soit que, que... ou que, que... ou, (不管……還是), qui que(不論是誰), quoi que(不論什麼), où que(不論哪兒), quel que(不論什麼樣的), quelque+nom+que(不論什麼樣的), quelque(si, pour)+adj. ou. adv.+que(不論多麼)，後面的動詞必須用虛擬語氣。如：

Bien qu'elle ait échoué, elle n'est pas déçue.

(雖然她失敗了，但是她沒有失望。)

Où que la maman aille, l'enfant la suit.

(無論那母親去哪，孩子都跟著她。)

Quelques difficultés que l'on rencontre, on doit avoir le courage de les envisager.

(不論遇到什麼困難，都應該有勇氣去面對。)

5)虛擬語氣的時態：

虛擬語氣有四種時態：現在式、過去式、未完成過去式、過去完成式。後兩種時態只用於書面語。

(1)虛擬語氣現在式和過去式(le présent et le passé du subjonctif)：虛擬語氣現在式表示現在或未來的狀況和動作。虛擬語氣過去式表示現在或未來某一時刻已經完成的動作。如：

Je souhaite que vous soyez en bonne santé.

（我祝願您身體健康。）

J'aimerais bien que mes amis viennent demain.

（我很願意我的朋友明天來。）

Je suis content qu'elle soit venue.

（我很高興她來了。）

Je suis satisfait que le ménage soit fini avant ce soir.

（我很滿意家務活在今晚前完成。）

(2)虛擬語氣未完成過去式和過去完成式 (l'imparfait et le plus-que-parfait du subjonctif)：虛擬語氣未完成過去式表示在過去某一時刻的同時或以後發生的動作和事情。虛擬語氣過去完成式表示在過去某一時刻或過去未來某一時刻已經完成的動作和事情。如：

J'avais peur qu'elle fût en danger.

（我當時很害怕她處於危險之中。）

Il était possible qu'elle arrivât l'année suivante.

（有可能她隔年到。）

J'étais content qu'elle fût arrivée.

（我當時很高興她已經到了。）

Je ne croyais pas que ce travail eût été terminé avant la fin du mois.

（我當時不認爲這項工作在月底前完。）

又，主句的動詞是直陳語氣現在式或未來式，則從句的動詞必須是虛擬語氣現在式或虛擬語氣過去式；主句的動詞是直陳語氣過去式或條件式，則從句的動詞必須是虛擬語氣未完成過去式或虛擬語氣過去完成式。如：

Il faut que j'aie commencé à 8 heures et que je sois revenu à 10 heures.

（我應該在八點就開始，而在十點回來。）

Il a fallu que je travaillasse.

(我應該工作的。)

Il a fallu que je fisse mon devoir.

(我早該做完功課了。)

Il a fallu que j'eusse fini avant le soir même.

(我該在當晚前就做完。)

On voulait que j'eusse commencé hier et que tout fût fini ce soir.

(有人要我昨天就開始，今晚就全做完。)

詳見附圖：

主句的動詞	從句的動詞	
	表明動作在進行或將來要發生	表明動作結束
On veut (直陳語氣現在式)	que je bêche (虛擬語氣現在式)	que j'aie bêché (虛擬語氣過去式)
Il faudra (直陳語氣未來式)	que je bêche (虛擬語氣現在式)	que j'aie bêché (虛擬語氣過去式)
On demandait (直陳語氣未完成過去式)	que je cueillisse (虛擬語氣未完成過去式)	que j'eusse cueilli (虛擬語氣過去完成式)
Maman voudrait (現在條件式)	que j'allasse (虛擬語氣未完成過去式)	que je fusse allé (虛擬語氣過去完成式)

※但是，在一般的會話或寫作裡，要避免使用虛擬語氣的未完成過去式，尤其是第一類動詞，最好用原形動詞替代。如：

Il fallait que j'allasse.

最好改為：Je devais aller. (我應該去。)

Il fallait que tu portasses.

最好改為：Tu devais porter. (你應該拿。)

Il fallait que nous fermassions...

最好改為：Il nous fallait fermer... (我們應該關……)

注意：

虛擬語氣未完成過去式和虛擬語氣過去完成式僅用於講究的書

面語言，尤其是文學作品中(主要是用在第三人稱)。現在傾向於用虛擬語氣現在式替代虛擬語氣未完成過去式，用虛擬語氣過去式替代虛擬語氣過去完成式。如：

Il était étonnant qu'elle vienne.(vienne 替代 vînt)

(令人吃驚的是她來了。)

Nous étions joyeux que les invités soient arrivés.(soient arrivés 替代 fussent arrivés)

(我們很高興客人已經到了。)

虛擬語氣的被動語態：

虛擬語氣的被動語態，由助動詞 être 的虛擬式變位和另一動詞的過去分詞組成。如：

Je souhaite que tu sois interrogé par le professeur.

(我希望那老師詢問你。)

Nous désirions que le concours eût été fini avant le week-end.

(我們希望競賽在週末前結束。)

5.9.5 分詞(le participe)

分詞是一個同時具有動詞和形容詞特性的字，可用來表明動作和修飾名詞或代名詞。分詞的形式有兩種：現在分詞 (le participe présent)和過去分詞(le participe passé)。

過去分詞又分為簡單式過去分詞和複合式過去分詞。複合式過去分詞由助動詞的現在分詞形式加上另一動詞的過去分詞組成。如：

Parlant sans cesse, les étudiants sont punis par le professeur.

(學生們因不停地說話，被老師處罰。)

Ayant oublié sa clef, il ne pouvait rentrer chez lui.

(他因忘了帶鑰匙，而無法回家。)

Ayant travaillé huit heures, je suis fatigué.

(工作了八小時，我累了。)

現在分詞(le participe présent)

現在分詞是將直陳語氣現在式第一人稱複數詞尾的 ons 去掉，加上 ant 構成。如：

parler	→	parlons	→	parlant
manger	→	mangeons	→	mangeant
finis	→	finissons	→	finissant
attendre	→	attendons	→	attendant

例外：

avoir	→	ayant
être	→	étant
savoir	→	sachant

　　現在分詞用以表明和動詞同時發生的動作，這個動作可以發生在現在、過去或未來，取決於動詞的時間；現在分詞以 ant 結尾，無人稱和性、數的變化；反身式動詞的現在分詞保留反身代名詞，且反身代名詞的人稱和單、複數得與有關的名詞或代名詞作變化。如：

　　Je vois un enfant dormant dans le jardin.

　　(我看到一個小孩睡在花園裏。)

　　(=Je vois un enfant qui dort dans le jardin.)

　　(=Je vois un enfant qui est en train de dormir dans le jardin.)

　　S'étant levée de bonne heure, elle fait du sport.

　　(她起得早，去做運動。)

現在分詞的功用：

1)可用動詞的另一種時態代替，且該動詞前面擺有 qui, comme, lorsque, quand… 等。如：

　　On aime les enfants obéissant à leurs parents.

　　(=On aime les enfants qui obéissent à leurs parents.)

　　(相當於形容詞性從句)

　　(我們喜歡順從父母親的小孩。)

　　Je vois des chiens courant dans le jardin.

　　(=Je vois des chiens qui courent dans le jardin.)

　　(相當於形容詞性從句)

　　(我看到一些狗在花園跑。)

L'enfant, ne sachant à qui demander le chemin, attendait ses parents dans la rue.

(=L'enfant, comme il ne savait à qui demander le chemin, attendait ses parents dans la rue.)

(相當於副詞性從句)

(那個小孩由於不知道向誰問路，在大街上等父母。)

Voyant que les élèves étaient silencieux, le professeur commença son cours.

(=Quand il vit que les élèves étaient silencieux, le professeur commença son cours.)

(相當於副詞性從句)

(老師看到學生很安靜，就開始講起課來。)

Le directeur entra dans le bureau, criant à son secrétaire.

(=Le directeur entra dans le bureau, et cria à son secrétaire.)

(相當於並列句)

(經理走進辦公室，向秘書喊了起來。)

Julien se mit à nous raconter son histoire, disant qu'il voulait faire rire.

(=Julien se mit à nous raconter son histoire, et dit qu'il voulait faire rire.)

(相當於並列句)

(于連開始向我們講述他的故事，說他想逗大家笑。)

2)現在分詞可以有自己獨立的主詞。這種結構稱為絕對分詞從句(la proposition participe absolue)，起副詞性從句的作用。如：

Le professeur étant très sévère, les élèves n'osaient bavarder en cours.

(=Comme le professeur était très sévère, les élèves n'osaient bavarder en cours.)

(老師非常嚴厲，學生們在課上不敢聊天。)

La pluie ne cessant pas, on était obligé de rester à la maison.

(=Comme la pluie ne cessait pas, on était obligé de rester à la maison.)

(雨老是下個不停，人們只得待在家裡。)

3)動形容詞 (l'adjectif verbal)

作形容詞用的現在分詞，可與它所修飾的名詞或代名詞作性、數配合，而且可用另一個品質形容詞代替，於是，又被稱為源自動詞的形容詞（l'adjectif verbal）。動形容詞在句中可作定語（或稱作形容語）、屬詞和同位語。如：

On aime les enfants obéissants.

(=On aime les enfants soumis, appliqués.)

(我們喜歡順從的小孩。)

C'est une rue passante.

(這條路行人很多。)

Vos enfants sont charmants.

(你們的孩子很可愛。)

La conférence, bien vivante, intéressait beaucoup les élèves.

(那次講座非常生動，使學生很感興趣。)

注意：

a. 任何一個以 ant 結尾的字，前面可以帶有動詞 être 時，該字是一個源自動詞的形容詞，有陰、陽性和單、複數的變化。如：

Cette personne est obligeante.　　(這人很客氣。)

Ces boutiques sont vivantes.　　(這些店舖買賣興旺。)

b.任何一個以 ant 結尾的字，前面擺有表示強度的副詞，如：très, bien, fort, si, tout 等，是一個源自動詞的形容詞，該字有陰、陽性和單、複數的變化。如：

C'est un travail très fatigant.　　(這是一件很累人的工作。)

Ce sont des films très intéressants. (這些電影很有趣。)

c. 任何一個以 ant 結尾的字，後面接補語時，是一個源自動詞的形容詞，該字有陰、陽性和單、複數的變化。如：

Ces élèves sont bien tremblants de peur.(這些學生嚇得渾身發抖。)

Je suis mourant de soif.　　　　　(我渴得要死。)

d. 任何一個以 ant 結尾的字，後面接直接受詞補語或間接受詞補語時，是分詞，沒有陰、陽性和單、複數的變化。如：

Cette personne, obligeant tous les malheureux, est vraiment charitable.

(這個人樂於幫助不幸者，真是非常好心。)

Ces taupes, nuisant aux prairies, seront détruites.

(這些危害草原的鼹鼠將被毀滅。)

e. 任何一個以 ant 結尾的字，假如後面擺有副詞，是分詞，則該字沒有陰、陽性和單、複數的變化。如：

Ces élèves, travaillant bien, seront récompensés.

(這些勤奮的學生將受到獎勵。)

Cette malade, souffrant beaucoup, ne peut pas bouger.

(這個女病人很痛苦，不能走路。)

f. 任何一個以 ant 結尾的字，前面擺有介系詞 en（也可省略介系詞 en）時，是分詞，沒有陰、陽性和單、複數的變化。如：

C'est en forgeant qu'on devient forgeron. (熟能生巧。)

另，在分詞從句裡，尤其是用以表達原因的現在分詞，擁有自己的主詞，但該主詞和主句的主詞可以是相同一個人，也可以是不同的人。如：

Le garçon étant malade, il ne pourra suivre les cours.

(這男孩生病，所以無法上課。)

(句中，分詞從句的主詞是 Le garçon，主句的主詞是代名詞 il，用以替代 Le garçon，是兩個相同的主詞。)

Le professeur étant malade, le cours est reporté.

(因老師生病，課程延期。)

(句中，分詞從句的主詞是 Le professeur，主句的主詞是 le cours，是兩個不相同的主詞。)

4)少數現在分詞和動形容詞的詞形略有不同。

(1)現在分詞以-ant 結尾，動形容詞以-ent 結尾，如：

動詞		現在分詞	動形容詞
différer	有差別	différant	différent
exceller	出眾	excellant	excellent
négliger	忽視	négligeant	négligent
précéder	在……前	précédant	précédent

(2)現在分詞詞尾的 gu, qu 在動形容詞中變為 g, c，如：

動詞		現在分詞	動形容詞
fatiguer	使疲勞	fatiguant	fatigant
naviguer	航行	naviguant	navigant
provoquer	挑釁	provoquant	provocant
suffoquer	使窒息	suffoquant	suffocant
vaquer	空缺(職位)	vaquant	vacant

(3)詞根變化，如：

動詞		現在分詞	動形容詞
pouvoir	能夠	pouvant	puissant
savoir	知道	sachant	savant
valoir	值	valant	vaillant

動名詞(le gérondif)

現在分詞前面接有介系詞 en 時，又稱為動名詞(le gérondif)，動名詞沒有陰、陽性和單、複數的變化，動名詞只有主動的概念，用以表明一個和主要動詞同時發生的動作。如：

Je chante en travaillant. 　　(我邊工作邊唱歌。)
(=Je chante pendant que je travaille.)
Il court en chantant. 　　(他邊跑邊唱。)
(=Il court, et, en même temps, il chante.)
Elle travaille en mangeant. 　　(她邊工作邊吃。)

應注意的是，動名詞的主詞，必須與主句的主詞同一人。

如：En allant au marché, j'ai rencontré François.
(在去市場的路上，我遇到弗朗索瓦。)

注：ayant, étant 前不能用 en。

動名詞的功用：
　　動名詞可以被看作是動詞的副詞形式。它可以表示動作，有受詞補語或狀況補語；它又能用以修飾句子的主要動詞，起狀況補語作用。
1)用以表明時間。如：
Ne buvez pas en mangeant.
(吃飯時別喝酒。)
Il lisait le journal tout en mangeant.
(他邊吃飯邊看報。)
En traversant la place, Lucie a rencontré Paul.
(露西穿過廣場時，遇到了保羅。)

2)用以表明原因。如：
En vous fatiguant trop, vous compromettez votre santé.
(您因太辛勞，而危害健康。)
En travaillant peu, il a perdu son travail.
(他因工作不努力，丟掉了飯碗。)
En trompant les autres, il s'est trompé.
(他自欺欺人。)

3)用以表明方式和方法。如：
Elle est arrivée en chantonnant.
(她低聲唱著歌地抵達。)
Ils défilèrent dans la rue en chantant.
(他們唱著歌地在街上遊行。)
On n'apprend à nager qu'en nageant.
(只有在游泳中才能學會游泳。)
Il a gagné en trichant.

(他作了弊才贏的。)

4)用以表明條件。如：

En travaillant davantage, vous pourriez terminer votre tâche à temps.

(如果你們更加努力做的話，你們能準時完成任務。)

En prenant cette rue, il va s'égarer.

(他如果走這條街，就會迷路。)

注 ：動名詞前可以擺有副詞 tout，用以強調與主要動詞的同時性；還可以表示讓步。如：

Il raconta son aventure tout en riant.

(他邊笑邊講述他的冒險。) 　　　(強調同時性)

Tout en riant, elle demeurait triste.

(她雖然在笑，可是卻很悲傷。)　(表示讓步)

過去分詞(le participe passé)

過去分詞前擺有助動詞可以構成動詞的複合時態和被動語態；當過去分詞獨立使用時，其用法大致與形容詞相同。如：

Nicole a mis la table puis elle a regardé son émission favorite.

(尼科爾擺好飯桌，然後看她喜歡的節目。)

A cause de l'inflation, les prix des marchandises ont presque tous été multipliés par deux.

(由於通貨膨脹，物價幾乎都上漲了一倍。)

les nations libérées

(解放了的民族)

la ville reconstruite

(重建的城市)

與助動詞一起使用的過去分詞(le participe passé employé avec auxiliaire)

1)過去分詞與助動詞 avoir, être 一起使用，構成動詞的各種複合時態。如：

J'avais préparé mon dossier quand il est arrivé.

(當他到達時，我已經準備好了我的資料。)

Dès qu'il aura reçu mon courrier, il me téléphonera.

(他一收到我的郵件，就給我打電話。)

注：

a. 與助動詞 avoir 一起構成複合時態的過去分詞要與過去分詞前面的直接受詞補語進行性、數配合。如：

Combien de romans français avez-vous lus?

(你們讀過幾本法國小說？)

Les livres que j'ai achetés ce matin sont pour une collègue.

(今天上午我買的書是為一個女同事買的。)

b. 與助動詞 être 一起構成複合時態的過去分詞要與主詞進行性、數配合。如：

Elle est sortie de bonne heure pour voir le lever du soleil.

(她一早就出去看日出。)

Ils sont partis pour la France.

(他們動身去法國了。)

2)與助動詞 être 一起使用構成動詞的被動語態，過去分詞的性、數要與主詞一致。如：

Il a été interrompu plusieurs fois par des auditeurs dans la conférence.

(他在講座中幾次被聽眾打斷。)

On disait que la fille noyée avait été sauvée par un inconnu.

(聽說落水的女孩被一位陌生人救了起來。)

不與助動詞一起使用的過去分詞(le participe passé employé sans auxiliaire)

單獨使用的過去分詞，像形容詞一般，必須與它所修飾的名詞或代名詞在陰、陽性和單、複數上相配合；有時還具有動詞的性質，有狀況補語。如：

Assise à l'ombre, elle lisait.

(她坐在陰影下念書。)

(Assise 是陰性單數,因爲它用以形容陰性單數代名詞 elle)

Je ne reconnais plus cette rue reconstruite.

(這條重修建的大街我已經認不出來了。)

C'est une maison construite dans les années 80.

(這是八十年代建的房子。)

過去分詞在句中所表示的概念取決於動詞的性質:

1)及物動詞的過去分詞多表示被動。如:

Voilà le roman lu par tout le monde.   (這就是大家讀過的小說。)

Cet employé a été licencié par le patron. (這雇員被老闆解雇了。)

2)少數在複合時態中用 être 作助動詞的不及物動詞,其過去分詞可以獨立使用,表明動作發生在動詞前。如:

Monté au sommet de la montagne, il regarda autour et composa un poème.

(他登上山頂,環視四周,作詩一首。)

Retournée du voyage, elle travaille jour et nuit.

(旅遊回來後,她日以繼夜地工作。)

3)反身式動詞的過去分詞表明狀態。如:

Levée tôt le matin, elle fait du sport.

(她起得早,做運動。)

Lavé bien, cet enfant est propre.

(這個小孩洗過後,很乾淨。)

過去分詞獨立使用時,可以作:

1)可作形容語(épithète),如:

la porte bien fermée   (關好的門)

la leçon apprise   (學過的那課)

2)可作屬詞(attribut)。如：

La terre est couverte de neige.　　　(大地被白雪覆蓋著。)

Les fenêtres sont ouvertes.　　　(窗子敞開的。)

3)可作同位語(apposition)。如：

Entrée dans la chambre, elle alluma la lumière.

(她走進臥室，打開燈。)

Le professeur, très occupé, ne se repose pas le week-end.

(這位老師很忙，週末不休息。)

4)可以構成絕對分詞從句。如：

Les dirigeants arrivés, l'assemblée commença.

(領導人一到，大會就開始。)

Minuit sonné, elle est encore plongée au travail.

(子夜鐘聲響過，她還在伏案工作。)

複合式過去分詞(le participe passé composé)

　　複合式過去分詞由助動詞 avoir 或 être 的現在分詞形式加上動詞的過去分詞構成，表明在動詞前已經發生的動作。如：

Ayant dit au revoir à sa famille, il est parti.

(與家人告別後，他出發了。)

Etant arrivée en premier, elle a nettoyé toute seule la classe.

(她第一個到，獨自一人打掃教室。)

S'étant bien reposé, il est en forme.

(休息好後，他精神煥發。)

　　複合式過去分詞可以用在絕對分詞從句中，它有自己的主詞，表明在主要動詞之前的動作。如：

L'heure de travail (étant) arrivée, les ouvriers sont entrés dans l'atelier.

(工作時間到了，工人們走進車間。)

Les devoirs (ayant été) corrigés, le professeur se repose.

(作業批改完，老師就休息了。)

注意：

在以 être 為助動詞的複合式過去分詞中常省略 être，只用過去分詞，而反身式動詞仍保留 être。

5.9.6 原形動詞(l'infinitif du verbe)

原形動詞是源自動詞的名詞形式，是一種沒有陰、陽性和單、複數變化的非人稱語式。它不僅具有動詞的基本特性，還具有名詞的某些特性，在句中可以起名詞的作用。反身式原形動詞的反身代名詞要根據具體情況進行變化。如：

Je veux être là. (我想在那。)

(不可以這種句型表示: Je veux que je…)

As-tu fini de chanter? (你唱完歌了嗎？)

Je veux chanter à mon tour. (我想輪到我唱了。)

Je dis à mon fils de s'habiller vite. (我叫我的兒子快點穿衣服。)

J'aimerais m'installer au bord de la mer.(我喜歡在海邊定居。)

原形動詞的形態(forme)：

原形動詞只有兩種形態：現在式的原形動詞(le présent de l'infinitif)，如：avoir, être, prendre, porter, finir…和過去式的原形動詞 (le passé de l'infinitif)，過去式的原形動詞是由現在式的助動詞 être 或 avoir 和動詞的過去分詞組成：avoir eu, avoir été, être arrivé, être parti…，如：

Je crois entendre quelqu'un. (我想我聽到有人。)

Je crois avoir entendu quelque chose.(我認為我聽到了一些聲音。)

Après avoir déjeuné, je fais la vaisselle. (吃完午飯後，我洗碗。)

原形動詞的兩種形式不能表明動作發生的確切時間，只表明相對於有關動詞的時間概念。原形動詞現在式表明與主要動詞同時發生的動作，而原形動詞過去式表明在主要動詞之前完成的動作。如：

Après avoir fini mon travail, je lis (ai lu, lirai) un roman.

(工作之後，我看小說。)(現在、過去或未來)

Avant de s'installer au Canada, elle travaillait comme ingénieur.

(在加拿大定居之前，她做工程師工作。)

注：在 compter, espérer, souhaiter 等動詞後面，原形動詞常常表明在動詞以後發生的動作。如：

J'espère avoir mon livre le plus tôt possible.
(我希望能儘早拿到我的書。)
Elle compte partir à l'étranger.
(她預計到國外去。)

原形動詞的語態：主動態和被動態。如：

Elle veut tout apprendre. (主動)
(她什麼都想學。)
Elle a commencé à étudier l'anglais à l'âge de neuf ans. (主動)
(她九歲時開始學英文。)
Elle est contente d'être comprise de ses amis. (被動)
(她很高興得到朋友的理解。)
Il a manqué le cours, il a eu peur d'être vu par son professeur.
(他逃課了，他害怕被老師看見。)

原形動詞的否定形式：

與原形動詞有關的否定詞要全部擺在原形動詞的前面。如：
Il promet à sa femme de ne plus fumer.
(他承諾她太太不再抽煙。)
Je lui ai demandé de ne pas manger trop.
(我要求他不要過量飲食。)
Il a l'air de ne rien comprendre.
(他看上去什麼也沒懂。)
Penez garde de ne pas glisser.
(注意別滑倒。)

注意：
如果否定的是複合原形動詞，ne 放在助動詞之前，另一否定副詞放在助動詞之後，或另一否定副詞緊接 ne，而一起放在助動詞之

前。如：

Il a été puni pour n'avoir pas travaillé. (書面語結構，比較講究)
(他因為沒有工作而受到懲罰。)
Il a été puni pour ne pas avoir travaillé. (常見結構)

原形動詞的用法：
1)擺在介系詞 à, de, par, pour, sans...等後面的動詞，一定要用原形動詞。如：

Il vient de partir pour acheter des livres, sans prendre d'argent.
(他剛離開去買書，但沒帶錢。)
L'enfant commence à marcher.
(這小孩開始走路。)

2)擺在一個半助動詞的後面。如：

Je peux jouer et courir.　　(我可以邊玩邊跑。)
Je veux arriver à l'heure.　(我想準時到。)
Je dois partir.　　　　　　(我必須走了。)

原形動詞的功用：原形動詞具有名詞的功用。
1)可作主詞和屬詞。如：

Crier n'est pas chanter.　　(大叫並不是唱歌。)
Souffrir n'est pas jouer.　　(受苦非遊戲。)
Manger est indispensable. (吃飯是必需的。)

注：
當屬詞也是原形動詞時，一般用中性代名詞 ce 重複原形動詞主詞。如：

Vouloir, c'est pouvoir. (有志者事竟成。)
Voir, c'est croire.　　　 (眼見為實。)

2)可作受詞補語。如：

J'aime mieux lire que flâner.　(我較喜歡閱讀，而較不喜歡閒逛。)
Je préfère me promener.　　　(我更喜歡散步。)

Nous commençons à travailler.(我們開始工作。)

Je lui ai demandé de venir me voir. (我要求他來看我。)

3)可作狀況補語。如：

Il est parti sans manger.

(他沒吃飯就走了。)

Il vient me prévenir de la date de son départ pour la France.

(他來通知我他的赴法日期。)

Elle est venue sans tarder.

(她馬上來了。)

4)可作名詞補語或形容詞補語。如：

un verre à boire	(水杯)	(名詞補語)
des cartes à jouer	(紙牌)	(名詞補語)
la chance de réussir	(成功的機會)	(名詞補語)
le désir de travailler	(工作的願望)	(名詞補語)
Je suis ravi de la voir.	(見到她我高興極了。)	(形容詞補語)
Ce travail est facile à faire.	(這工作很容易做。)	(形容詞補語)

5)在某些原形動詞前加一冠詞，原形動詞變成一個真正的名詞。如：

le manger et le boire	(吃喝)
le savoir	(知識)
le dormir	(睡覺)
le coucher	(躺下；落下)
le lever	(起床；升起)

接原形動詞作補語用的動詞：

1)某些動詞，如: **adorer, aimer, compter, croire, désirer, détester, dire, écouter, entendre, espérer, faillir, faire, falloir, laisser, oser, penser, préférer, regarder, savoir, sembler, souhaiter, valoir, voir**...後面可直接接原形動詞，不須加介系詞。如：

Je crois être malade.　　　　(我想我生病了。)

(=Je crois que je suis malade.)

Paul espère réussir.　　　　　(保羅希望自己成功。)

(=Paul espère qu'il réussira.)

　　※動詞 croire, dire, espérer, penser 後面可直接接原形動詞，但是，該兩個動詞的主詞應是同一人；否則，必須改為：

Je crois que tu es malade.

(我想你生病了。)

Le peuple espère que la guerre sera évitée.

(人民希望戰爭將被避免。)

Il dit être parti la veille.

(她說是前一天動身的。)

2) 某些動詞，如：aboutir, aider, s'amuser, s'appliquer, apprendre, s'apprêter, arriver, aspirer, chercher, consister, contribuer, se décider, demander, destiner, se déterminer, encourager, enseigner, exceller, forcer, habituer, s'habituer, hésiter, inviter, manquer, se mettre, obliger, parvenir, penser, persister, pousser, préparer, se préparer, se refuser, se remettre, renoncer, réussir, servir, songer, suffire, tarder, tendre, tenir, travailler, trouver, veiller, commencer(也可接 de), continuer(也可接 de)...後面不可直接接原形動詞，必須先加介系詞 à。如：

Je commence　　　　　　(我開始讀書。)

Je continue　　　　　　　(我繼續讀書。)

Je réussis　　　　　　　　(我讀完了書。)

Je m'amuse　　　　　　　(我以閱讀作消遣。)

Je m'habitue　　→　à lire.　(我習慣於閱讀。)

Je me décide　　　　　　　(我決定讀書。)

Je me prépare　　　　　　　(我準備讀書。)

Je me mets　　　　　　　　(我開始讀書。)

3)某些動詞或片語如：accepter, achever, arrêter, s'arrêter, attendre, avoir besoin, avoir envie, avoir peur, cesser, charger, se charger, choisir, commander, conseiller, se contenter, craindre, décider, défendre, se défendre, se dépêcher, dire, douter, s'efforcer, empêcher, essayer, s'étonner, éviter, faire exprès, feindre, finir, se hâter, imaginer, interdire, mériter, négliger, s'occuper, ordonner, oublier, pardonner, se passer, permettre, se permettre, projeter, promettre, se promettre, proposer, se proposer, recommander, refuser, regretter, remercier, reprocher, se reprocher, rêver, rire, risquer, se soucier, se souvenir, suggérer, supplier, tâcher, tenter…後面，不可直接接原形動詞，必須先加介系詞 de。如：

Je cesse		(我停止讀書。)
Je finis		(我讀完了書。)
J'oublie		(我忘記讀書。)
Je propose		(我建議讀書。)
Je me dépêche		(我抓緊讀書。)
J'accepte	→ de lire.	(我願意讀書。)
J'essaie		(我盡力讀書。)
Je m'arrête		(我停止讀書。)
J'ai besoin		(我需要讀書。)
J'ai envie		(我想讀書。)

　　※另，某些表目的、時間的介系詞，常跟現在式或過去式的原形動詞。

(1)表目的。如：

Il se lève pour parler. 　　　　　(他站起來以便說話。)
Il s'en va pour ne pas parler. 　(他離去為了不發言。)
Pour comprendre, il faut faire un effort. (要了解，必須努力。)

(2)表時間。如：

Il se lève avant de parler. 　　(他起來後才說話。)
Il s'assied après avoir parlé. 　(他說了話後坐下。)

　　※可以說 pour 或 avant de＋原形動詞，但，不可說 je… pour que je…, tu… pour que tu…, il… pour qu'il…，目的是在避免重複同一主

詞。

(3)表否定。如：

Il s'assied sans parler. (或 sans avoir parlé.)

(他一言不發地坐下。)

Elle est fâchée sans montrer la cause.

(她不講原因生起氣來。)

(4)表相對、相反。如：

Il parle au lieu de manger.

(他不吃東西反而說話。)

Au lieu de partir en vacances, il est resté travailler.

(他不去渡假，卻留下來工作。)

感官動詞 écouter, entendre, regarder, sentir, voir 的用法：

Les oiseaux chantent; je les entends.

→　J'entends les oiseaux chanter.

→　J'entends chanter les oiseaux.

→　Je les entends chanter.

　　(我聽到鳥兒們唱歌。)

(句中，原形動詞的主詞是 oiseaux，故主詞 oiseaux 擺在原形動詞的前面或後面均可；但 les 是代名詞，必須擺在感官動詞前面。)

也就是說，原形動詞的主詞如果是個名詞，則該名詞擺在原形動詞的前面或後面均可；但如果原形動詞的主詞是人稱代名詞(如：les, nous…)則該代名詞一定要擺在感官動詞前面。如：

Les bateaux passent; on les voit.

→　On voit les bateaux passer.

→　On voit passer les bateaux.

→　On les voit passer.

　　(人們看到那些船經過。)

又，在肯定的命令句裡，代名詞必須擺在第一個動詞後面，也

就是說，代名詞必須擺在兩個動詞之間。如：

Regardez-les danser. （看他們跳舞。）
Fais-les entrer. （讓他們進入。）
Faites-le entrer. （讓他進入。）
Laisse-moi parler. （讓我說話。）
Laissez-le tomber. （算了。）

但在否定的命令句，則改為：

Ne les regardez pas danser. （別看著他們跳舞。）
Ne les fais pas entrer. （別讓他們進來。）
Ne le faites pas entrer. （別讓他進來。）
Ne me laisse pas parler. （別叫我說話。）
Ne le laissez pas tomber. （別讓他跌倒。）

又，如果代名詞是作原形動詞的補語，則該代名詞必須擺在原形動詞前面。如：

Je veux aller en France. → Je veux y aller. （我想去法國。）
（句中，y 等於 en France，作原形動詞 aller 的地點狀況補語）

使役動詞 faire, laisser 的用法：

faire, laisser 後面可以接原形動詞，表示「使某人做某事」、「讓某人做某事」之意。如：

J'ai fait couper les cheveux.
（我剪頭髮了。）
（此句意為：我讓別人給我剪頭髮了。）
Je raconte cette histoire pour faire rire.
（我講述這個故事是為了逗笑。）
Il fait travailler tout le monde.
（他讓大家工作。）
Elle laisse se reposer les autres.
（她讓其他人休息。）
或：
Elle laisse les autres se reposer.

(她讓其他人休息。)

faire 和 laisser 後面接原形動詞句子時,需要注意原形動詞的主詞和直接受詞的形式和位置。

1)當原形動詞句子中只有名詞做主詞時,faire 句子中的原形動詞的主詞只能置於原形動詞之後;而 laisser 句子中原形動詞的主詞可以置於原形動詞的前面或後面。如:

Il fait venir le médecin. (他叫來醫生。)

Le professeur fait entrer les étudiants. (老師叫學生進來。)

Il laisse Anne chanter. (她讓安娜唱歌。)

(或:Il laisse chanter Anne.) (她讓安娜唱歌。)

又,

Je fais entrer les chiens. (我使狗進去。)

(改為否定是:Je ne fais pas entrer les chiens.)

Je les fais entrer.

(改為否定是:Je ne les fais pas entrer.)

但,

Il faut faire travailler Patrick. (必須讓派特裏克工作。)

(Patrick 就只能擺在原形動詞後面。)

2)原形動詞句子中既有主詞也有直接受詞時,faire 句子中原形動詞的主詞必須用介系詞 à 或 par 引出;而 laisser 句子中原形動詞的主詞可以用介系詞 à 或 par 引出,也可以不用。如:

Je fais réparer mon vélo par Paul. (我讓保羅修理我的自行車。)

Je lui fais réparer mon vélo. (我讓他修理我的自行車。)

(此句中,原形動詞的主詞是代名詞,要改為間接受詞人稱代名詞。)

Le professeur laisse Fanny lire le texte.

(老師叫法妮讀課文。)

或:Le professeur laisse lire le texte par Fanny.

(老師叫法妮讀課文。)

3)非重讀人稱代名詞的位置：

a.當原形動詞句子中只有一個代名詞時(主詞或受詞)，要用直接受詞
人稱代名詞代替。如：

> Fais venir le médecin.
>
> (叫醫生來。)
>
> Fais-le venir.
>
> (叫他來。)
>
> Cette vielle maison, on l' a laissé démolir.
>
> (這座舊房子，有人讓拆毀它。)
>
> (此句中，l'是 démolir 的直接受詞，要放在 a laissé 前。)

b.當原形動詞句子中有兩個代名詞(主詞和受詞)時，例：

> Je fais chanter la Marseillaise à Julien.　(我讓于連唱馬賽曲。)
>
> Je la lui fais chanter.　　　　　　　　(我讓他唱馬賽曲。)
>
> (在 faire 句子中，原形動詞的主詞和受詞都可以用人稱代名詞代

替，置於 faire 前。)

> Je la lui laisse chanter.　　　　　　　(我讓他唱馬賽曲。)
>
> Je le laisse la chanter.　　　　　　　(我讓他唱馬賽曲。)
>
> (在 laisser 句子中，原形動詞的主詞和受詞都可以用人稱代名詞

代替，或都置於 laisser 前，或分別置於 laisser 和原形動詞前。)

4)反身人稱代名詞的位置：

a.原形動詞如果是反身動詞，原形動詞的主詞用直接受詞人稱代名
詞代替。如：

> Je le fais (se) reposer.　　　(我讓他休息。)
>
> (faire 後面可以省去反身代名詞)
>
> Je le laisse se reposer.　　　(我讓他休息。)
>
> (laisser 後面也可以省去反身代名詞，但是比較少見。)

b.在 se faire + inf. (使自己被……), se laisser + inf. (讓自己被……)後
面，原形動詞的主詞常用 par 或 de 引出：如：

> Le voleur s'est fait arrêter par la police.

(小偷被警察逮捕。)

Elle s'est fait photographier par son petit ami.

(她叫她的男朋友替她拍照。)

Il se fait respecter de ses élèves.

(他受到學生的尊敬。)

5)faire, laisser 在複合時態中用於過去分詞時，如：

J'ai fait descendre les enfants.   (我讓孩子們下樓。)

Je les ai fait descendre.   (我讓他們下樓。)

(在 faire 句中，過去分詞 fait 沒有變化。)

Je les ai laissé(s) descendre.   (我讓他們下樓。)

(在 laisser 句中，過去分詞 laissé(s)可以變化，也可以不變化。)

laisser faire 與 faire faire 有何區別

簡單概括地說 laisser faire 是讓某人繼續做他正在做(或想做)的事，而 faire faire 的含義是通過一定努力，設法使某人做某事。例：

Faites-moi entrer!   (讓我進來。)   (設法讓我進來。)

Laissez-moi passer!   (讓我過去。)   (別擋著我。)

Faites-le parler!   (讓他説話！)   (想辦法讓他開口説話！)

Laissez-le parler!   (讓他説！)   (讓他接著說下去。)

L'enfant a fait tomber des pommes en secouant les branches.

(孩子搖動樹枝使蘋果落下來。)

M.Hamel voulait nous donner tout son savoir, nous le faire entrer dans la tête d'un seul coup.   (A.Daudet)

(阿梅爾先生想要把自己的知識一下子灌進我們的腦袋裡去。)

Jeannot, Paul, Michel Auclair, sont venus me voir. On les a laissé entrer.   (J.Cocteau)

(他們來看我，在進來時沒有受到阻攔。)

Bien faire et laisser dire.

(諺語：盡力而爲，不畏人言。)

EXERCICES

I. Choisissez la forme verbale correcte:

    1.Mes parents......(avons/ ai/ ont) un beau jardin.

    2.Fanny......(avait/ a/ a eu) 20 ans cette année.

    3.J'......(as/ ont/ ai) beaucoup de travail.

    4.Il......(a/ as/ ont) mal au cœur.

    5.Tout......(est/ êtes/ sont) beau au printemps.

    6.Vous......(sommes/ êtes/ sont) en bonne santé?

    7.Tu......(étais/ était/ étiez) capable de faire cela?

    8.Nous......(sont/ sommes/ êtes) enchantés de vous connaître.

    9.Laurent......(fait/ est/ a) avocat.

    10.Paul et Pierre......(ont/ font/ ont fait)leurs études à Paris il y a deux ans.

    11.Elles......(font/ ont/ sont) de l'anglais.

    12.Tout le monde......(sont/ est/ ont) là.

II.Complétez les phrases suivantes avec les verbes "avoir, être et faire" au présent de l'indicatif:

    1.Vous......la monnaie de cinq francs?

    2.Elles......de la chance.

    3.Je......vraiment désolé.

    4.Les amis......tristes de partir.

    5.J'......du mal à comprendre.

    6.Vous......en vacances?

    7.Tu......l'air fatigué.

    8.Nous......les places 18 et 19.

    9.Toute personne......droit à l'éducation.

    10.Tu ne......pas de bruit, le bébé dort.

    11.Je peux......mon pull, s'il vous plaît.

    12.Une minute s'il vous plaît, la vendeuse......un paquet cadeau.

III.Mettez les infinitifs suivants entre parenthèses au passé composé ou à l'imparfait:

1.J'......(suivre) des cours de dessin en 1998.

2.Il......(rencontrer) Yvonne, sa future femme, il y a trois ans.

3.Ses amis lui......(téléphoner) hier.

4.Enfin, nous......(prendre) une bière ensemble pour nous reposer.

5.A ce moment-là, il......(ne pas falloir) quatre heures pour faire Paris-Marseille.

6.Paris......(représenter) un centre artistique et littéraire.

7.On......(mettre) un pull parce qu'on......(avoir) froid.

8.Ils......(déménager) parce qu'ils......(attendre) un enfant.

9.Nathalie......(changer) d'emploi car elle...... (s'entendre) très mal avec son patron.

10.Il......(pleuvoir) depuis une semaine et brusquement le soleil ...... (revenir)!

11.Nous...... (vouloir) prendre le train et finalement, c'est en avion que nous...... (voyager).

12.Comme je ne......(se sentir) pas bien, je...... (rentrer) chez moi.

IV.Conjuguez les verbes infinitifs suivants entre parenthèses au passé composé, au plus-que-parfait et à l'imparfait. Faites attention à l'accord du participe passé:

1.Il pensait aux soirées qu'il ...... (passer) à Montpellier.

2.Ses collègues ont apprécié l'article qu'il ...... (écrire) l'an dernier.

3.Nous ...... (téléphoner) à la police parce que nous avions entendu des cris.

4.Hier quand ils ...... (arriver) dans le couloir, ils ...... (entendre) de la musique.

5.Ce matin, quand le professeur...... (entrer), les étudiants ...... (faire) leurs devoirs.

6.Il ...... (quitter) New York parce qu'il ...... (obtenir) un transfert.

7.Je ......(ne pas trouver) le livre que je ......(chercher).

8.Tu ...... (avoir) un abonnement sur les lignes d'Air France ; tu ...

(bénéficier) de vols gratuits.

9.Nous ......(monter) les escaliers quatre à quatre car nous ...... (être) en retard.

10.La bibliographie que je ...... (perdre) ...... (être) très importante pour moi.

V. Mettez les verbes entre parenthèses au passé simple ou au passé antérieur:

1.Après s'être fait cette question, il ...... (s'arrêter) ; il ...... (avoir) comme un moment d'hésitation et de tremblement.　　(V. Hugo)

2.M. Dupont ...... (sortir) de la maison. Il ...... (se diriger) vers le bureau pour prendre son collègue par le train de sept heures qui y ...... (arriver).

3.A peine le travail ......(se terminer) que je ...... (se mettre) à lire.

4.Aussitôt qu'on ...... (sonner)，les étudiants ...... (se précipiter) dans la cour.

5.En dix minutes, il......(recopier) le texte et ...... (partir).

6.La Révolution française ...... (commencer) en 1789.

VI.Complétez les phrases suivantes en mettant les verbes entre parenthèses au futur simple ou au futur antérieur:

1.Quand vous ...... (planter) ces fleurs, vous les ...... (arroser) tous les jours.

2.Dès que tu ...... (lire) ce roman, tu me le ...... (rendre).

3.Lorsqu'il ...... (finir) ses études en France, il ...... (retourner) dans son pays natal.

4.Je ...... (partir) vous rejoindre dès que vous me ...... (téléphoner).

5.Si tu réussis à ton examen, je te ...... (acheter) une jolie robe.

6.La météo annonce qu'il ...... (pleuvoir) demain.

VII. Selon le sens, mettez les infinitifs entre parenthèses soit au présent du conditionnel, soit au passé du conditionnel:

1.Si vous m'invitiez, je ...... (venir).

2.Si le corbeau n'avait pas été si naïf et si vaniteux, il ...... (ne pas être) trompé par le renard.

3.S'il avait neigé hier, les enfants ...... (pouvoir) faire maintenant un bonhomme.

4.Elle ...... (vouloir) faire le tour du monde à la voile.

5.Avec de l'argent, nous ...... (pouvoir) vivre sans travailler.

6.Si vous aviez plus de patience, vous ...... (avoir) l'occasion d'admirer les œuvres de Cézanne.

7 Sans enfant, ils ...... (être) plus libres.

8 Si j'étais une célébrité, je ...... (aimer) être une actrice.

VIII. Soulignez les verbes au conditionnel:

1.Je (lisais, lirai, lirais) tous les romans de Balzac si j'en avais le temps.

2.On (allait, irait, ira) volontiers dans l'espace si c'était possible.

3.Tu (envoyais, enverrais, enverras) une carte postale, ce serait bien.

4.Etant plus jeunes, nous (aurions, avions, aurons) la vie entière devant nous.

5.Il (pourrait, pourra, pouvait) venir avec nous?

6.Vous (faisiez, ferez, feriez) ce voyage en train?

7.Elle (courait, courrait, courra) sans ce mal au pied.

8.D'après eux, ils (savaient, sauraient, sauront) répondre à toutes vos questions.

IX.Complétez les phrases suivantes par le futur ou le conditionnel:

1.Nous ...... (aller) la visiter samedi prochain.

2.J'ai téléphoné aux propriétaires, ils...... (déménager) en mai prochain, c'est sûr.

3.A les entendre, il n'y ...... (avoir) pas de travaux à faire.

4.C'est certain, mes parents nous ...... (prêter) la somme d'argent qui nous manque.

5.Si le jardin est assez grand, nous ...... (aimer) installer une piscine.

6.Il ...... (falloir) demander l'aide à ton ami.

7.Mais nous ...... (voir) tout ça samedi.

8.Nous ...... (décider) alors ce que nous ...... (faire).

X.Mettez les verbes entre parenthèses au mode et au temps convenables,
Faites attention à l'emploi du subjonctif:

1.Mais elle, qu'est-ce qu'elle ...... (faire)? Qu'elle ...... (venir).

2.Nous sommes désolés que vous ...... (se déranger) hier pour nous
rendre visite.

3.L'amitié veut que nous ...... (venir) en aide à nos amis.

4.Il faut que je ...... (partir) pour Paris demain.

5.Qu'il ...... (pleuvoir) ou non, il n'y a rien qui ...... (pouvoir) nous
empêcher d'avancer.

6.Quoi qu'il ...... (se produire), rien ne ...... (changer) notre plan.

7.Ecrivez-lui toujours jusqu'à ce qu'il vous ...... (répondre).

8.Je ferai de mon mieux pour vous satisfaire pourvu que votre
demande ...... (être) raisonnable.

9.Il est si myope (近視) qu'il ne me ...... (reconnaître) pas.

10.C'est le meilleur des films qu'il ...... (n'avoir jamais vu).

11.J'ai peur qu'il ...... (être) trop tard.

12.Quels que ...... (être) les problèmes, il les résoudra.

13.Où que tu ...... (aller), je te suivrai.

14.Il viendra, à moins qu'il le ...... (oublier).

15.Je crois qu'ils nous ...... (soutenir).

16.Je ne crois pas qu'il me ...... (défendre).

17.Il me semble que vous ...... (avoir) raison.

18.Il semble que vous ...... (avoir) tort.

19.Tu estimes qu'elle ...... (être) la meilleure.

20.Nous espérons que vous ...... (dîner) chez nous.

21.Elle est ravie que vous ...... (accepter) son invitation.

22.Ils sont convaincus que cet homme ...... (dire) la vérité.

XI. Mettez les verbes entre parenthèses au mode et au temps convenables :

Esope et le voyageur

Esope, le célèbre fabuliste grec, (être) _____très pauvre et (devoir)_____aller très souvent d'une ville à l'autre. Un jour, il (rencontrer)_____en chemin un voyageur qui (s'arrêter)_____et lui (demander)_____ : "Pouvez-vous me dire à quelle heure je (arriver)_____au village qui est sur cette colline là-bas?--Vous le (savoir)_____en (arriver) _____, (répondre) _____ Esope. --Je le (savoir)_____bien, (dire)_____le voyageur; mais ce que je (désirer)_____savoir, c'est combien de temps je (mettre) _____ pour y arriver. " Esope (répéter)_____la même réponse. Le voyageur (continuer)_____son chemin en (se dire)_____ : "Cet homme (devoir)_____être un ignorant et il ne me (dire)_____pas ce que je (avoir)_____besoin de savoir. "

Quelques minutes après, il (entendre) _____ qu'on le (appeler) _____ et, (tourner) _____la tête, il (voir)_____Esope qui le (suivre)_____. "Que voulez-vous? lui demanda-t-il. --Dans une heure et demie vous (arriver)_____au village, (répondre) _____ Esope. --Et pourquoi vous ne me le (dire)_____ pas lorsque je vous le (demander)_____? --Je (avoir)_____ besoin de savoir d'abord comment vous (marcher)_____. "

第六章
副　詞（L'adverbe）

　　副詞是沒有陰、陽性和單、複數變化的，用以修飾動詞、形容詞、另一個副詞或整個句子。如：

Les heures passent rapidement. 　　(時光飛逝。)
(句中，副詞 rapidement 修飾動詞 passent)
L'écureuil est un animal très vif. 　　(松鼠是一種很活躍的動物。)
(句中，副詞 très 修飾形容詞 vif)
Les bons meurent trop tôt. 　　(好人早逝。)
(句中，副詞 trop 修飾副詞 tôt)

6.1 副詞的形式(les formes des adverbes)
1)簡單形式，如：

alors	(那時)	après	(以後)
avant	(以前)	fort	(很)
ici	(這裏)	là	(那裏)
plus	(更多)	moins	(更少)

2)複合形式，如：

bientôt(bien+tôt) 　　(不久)
ensuite(en+suite) 　　(然後)
enfin(en+fin) 　　(最後)
longtemps(long+temps) 　　(長久地)

副詞片語(locutions adverbiales)
　　一組扮演副詞角色的字，稱之為副詞片語。如：

tout de suite	(馬上)	sans doute	(毫無疑問地)
tout à fait	(完全地)	au contraire	(相反地)

à gauche	(在左邊)	à la hâte	(匆忙地)
à peu près	(差不多)	à présent	(現在)
au-dessous	(在下面)	petit à petit	(逐漸)
au fur et à mesure	(陸續)	mot à mot	(逐字地)

6.2 副詞的構成(la formation de certains adverbes)

1) 一般說來，在陰性形容詞後加-ment 即成副詞。如：

doux	→	douce	→	doucement	(輕輕地)
fou	→	folle	→	follement	(瘋狂地)
frais	→	fraîche	→	fraîchement	(涼快地)
mou	→	molle	→	mollement	(懶洋洋地)
naturel	→	naturelle	→	naturellement	(自然地)
vif	→	vive	→	vivement	(迅速地)

2) 在以 e 或 é, i, u 結尾的陽性形容詞後面加-ment 即成副詞。如：

facile	→	facilement	(簡單地)
faible	→	faiblement	(無力地)
juste	→	justement	(公平地)
rapide	→	rapidement	(快速地)
aisé	→	aisément	(自在地)
obstiné	→	obstinément	(頑固地)
poli	→	poliment	(有禮地)
hardi	→	hardiment	(大膽地)
vrai	→	vraiment	(真實地)
absolu	→	absolument	(絕對地)
résolu	→	résolument	(果斷地)

注意：

a. 有些以-u 結尾的形容詞加-ment 時，-u 變為-û，有長音符"^"。
如：

assidu	→	assidûment	(勤奮地、刻苦地)
cru	→	crûment	(生硬地)
goulu	→	goulûment	(貪吃地)

b. 有些以母音字母結尾的陽性形容詞加-ment 時，有變化。如：

gai	→	gaîment (或 gaiement)	(愉悅地)
traître	→	traîtreusement	(背信棄義地、陰險地)
impuni	→	impunément	(不受處罰地)

c. 有些以-e 結尾的形容詞在加-ment 構成副詞時，需將-e 改為-é。有些以子音字母結尾的形容詞變成陰性後，也需將詞尾-e 改為-é。如：

immense	→	immensément	(無限地)
énorme	→	énormément	(巨大地、非常地)
conforme	→	conformément	(合適地)
commode	→	commodément	(方便地)
intense	→	intensément	(激烈地、緊張地)
confus	→	confuse →	confusément	(含糊不清地)
exprès	→	expresse →	expressément	(明確地)
précis	→	précise →	précisément	(明確地、確切地)
profond	→	profonde→	profondément	(深深地)

3)以 ant 或 ent 結尾的形容詞，改為副詞時，將結尾的 ant 或 ent 改為以 amment 或 emment 結尾。注意：emment 的發音和 amment 相同。如：

abondant	→	abondamment	(大量地)
courant	→	couramment	(流利地)
puissant	→	puissamment	(強有力地、有效地)
savant	→	savamment	(學識淵博地)
suffisant	→	suffisamment	(足夠地)
vaillant	→	vaillamment	(勇敢地、英勇地)
différent	→	différemment	(不同地)
fréquent	→	fréquemment	(常常地)
patient	→	patiemment	(耐心地)
prudent	→	prudemment	(小心地)
violent	→	violemment	(猛烈地、激烈地)

但有例外：

| lent | → | lentement | (緩慢地) |
| présent | → | présentement | (目前) |

其他例外：

| gentil | → | gentille | → | gentiment (和藹地、親切地) |

4)少數副詞由名詞加-ment 構成。如：

| bête | (畜牲) | → | bêtement | (愚蠢地) |
| diable | (魔鬼) | → | diablement | (見鬼) |

5)有些形容詞不能加-ment 構成副詞。如：content(高興的), charmant (可愛的), concis(簡明的), mobile(活動的)等，以及表示顏色的形容詞和源自動詞的形容詞等。

6)某些品質形容詞，有時可作副詞用，在此情況下，則沒有陰、陽性和單、複數的變化。如：bas(低低地), bon(好), cher(昂貴地), clair(清楚地), court(短短地), droit(筆直), faux(錯誤地), haut(高高地), net(清楚地)... 等。如：

parler bas	(小聲說話)	voler bas	(飛得低)
sentir bon	(聞起來很香)	coûter cher	(很貴)
valoir cher	(值錢)	vendre cher	(賣得貴)
voir clair	(清楚地看)	marcher droit	(挺直地走)
chanter faux	(變調地唱著)	chanter fort	(大聲地唱)
crier fort	(大叫)	parler franc	(坦白地說)
manger froid	(吃冷的)	lancer haut	(丟得遠)
viser juste	(瞄得準)		

例：

Ces fleurs sentent bon.　　(這些花很香。)

(句中，形容詞 bon 作副詞用，修飾動詞 sentent)

Cette étoffe coûte cher.　　(這布料很貴。)

(句中，形容詞 cher 作副詞用，修飾動詞 coûte)

6.3 副詞的分類及用法

根據意義的不同,副詞主要分為:

1)地點副詞(l'adverbe de lieu)

主要有:**ailleurs, alentour, autour, ici, là, dedans, dehors, derrière, devant, loin, dessus, dessous, là-bas, partout, où, à droite, à gauche, quelque part, ça et là, au-dessus, au-dessous...**等。如:

Le chien couche dehors.　　　　(狗睡在戶外。)

Il est allé ailleurs.　　　　　　(他去了別的地方。)

Il a cherché ses livres partout.　(他到處找他的書。)

Il n'est pas là.　　　　　　　(他不在。)

C'est loin d'ici.　　　　　　　(離這裡很遠。)

2)時間副詞(l'adverbe de temps)

主要有:**alors, aujourd'hui, demain, hier, avant-hier, après-demain, avant, après, ensuite, depuis, désormais, toujours, longtemps, aussitôt, bientôt, soudain, parfois, quelquefois, tantôt, jamais, maintenant, désormais, encore, déjà, enfin, quand, souvent, fréquemment, de nouveau, tard, tôt, auparavant, autrefois, jadis, tout à l'heure, tout de suite...**等。如:

Viendrez-vous demain?

(您明天來嗎?)

Elle est arrivée plus tôt.

(她較早到達。)

Hier, je suis arrivé à dix heures.

(我昨天十點到。)

Je faisais souvent de la natation quand j'étais à Paris.

(在巴黎時,我經常游泳。)

Pendant les vacances, je me lève tard.

(假期中,我起得晚。)

注意:

tantôt 常重複使用。如:

Il est tantôt (quelquefois) en province, tantôt (quelquefois) à Paris.

(他有時在外省，有時在巴黎。)

3)數量副詞(l'adverbe de quantité)

主要有：**assez, autant, bien, trop, beaucoup, peu, un peu, pas mal, à peine, à demi, à moitié, plus, moins, davantage, combien, tant, tellement...等。如：**

Il a trop mangé.　　　　　　　(他吃太多了。)
Je travaille davantage.　　　　　(我更加努力工作。)
J'ai moins de livres que lui.　　(我沒有他書多。)
Il lit beaucoup.　　　　　　　(他讀很多書。)
Il a beaucoup lu.　　　　　　　(他讀了很多書。)

(副詞的位置大都放在助動詞和過去分詞之間。故不可用 Il a lu beaucoup.)

另，

Il y a autant de voitures à Taïpei qu'à Taïchung.
(臺北的車子和台中一樣多。)
Il n'y a pas autant de voitures à Taïpei qu'à Taïnan.
(臺北和台南的車子數量不一樣多。)
Il n'y a pas tant de voitures à Taïpei qu'à Taïnan.
(臺北和台南的車子數量不一樣多。)

注意：

a. 在比較級的否定句中，常用 tant 代替 autant。

b. 許多數量副詞後可以接介系詞 de 和名詞，該名詞前一般不需要冠詞。但是，bien de 後面必須先加定冠詞後再加名詞；如果 bien de 後面先接 autre 再接名詞時，該名詞前不用加定冠詞。如：

Il a beaucoup de chance.
(他非常幸運。)
Il connaît peu de gens ici.
(他在這裏認識很少人。)
Bien des étudiants de français ont envie d'aller en France.
(許多學法語的大學生想去法國。)

J'ai fait bien des voyages.

(我旅行了很多次。)

J'ai bien d'autres livres à lire.

(我有許多其他的書要讀。)

4)程度副詞(l'adverbe d'intensité)

主要有：**assez, bien, très, peu, un peu, quelque, presque, tout, totalement, fort, si, aussi, combien, comme, tellement, tout à fait, trop, excessivement, admirablement...**等。如：

Parlez fort s'il vous plaît!

(請大聲講話！)

Nous comprenons tout à fait ce que le patron a dit.

(我們完全理解老闆講的話。)

Il est très aimable.

(他非常和藹可親。)

5)方式副詞(l'adverbe de manière)

主要有：**bien, mal, mieux, vite, fort, debout, ensemble, heureusement, longuement, doucement, silencieusement, lentement, juste, faux, clair, net, comment, à la hâte, sagement, par hasard, sans arrêt, confortablement...**等。如：

Il parle vite.　　　　　　　(他說話快。)

Il me dérange sans arrêt.　　(他不停地煩我。)

Elle chante juste.　　　　　(她唱得準確。)

Il était confortablement installé dans un fauteuil et lisait le journal.

(他舒舒服服地坐在扶手椅上，看著報紙。)

注意：

表明方式的副詞一般都擺在動詞後面。如：

Il travaille lentement.　　　(他做事很慢。)

Il a travaillé lentement.

Il travaille bien.　　　　　(他做得很好。)

然而，副詞 bien 和 mal 通常直接擺在原形動詞前，或擺在複合

時態的過去分詞前。如：

Nous devons bien travailler.	（我們必須好好地工作。）
Il n'a pas bien travaillé.	（他沒有好好地做。）
Il a mal dormi.	（他睡得不好。）
J'ai bien compris.	（我完全了解。）

6)疑問副詞(l'adverbe d'interrogation)

　　主要有 où? comment? pourquoi? quand? combien?...分別表明地方、方式、原因、時間、數量等。如：

a. 問地方：

Où allez-vous?	（您去哪兒？）
D'où venez-vous?	（您從哪兒來？）

b. 問方式：

Comment partirez-vous?	（您如何離開？）
Comment travaillez-vous en groupe?	（你們是如何分組工作的？）

c. 問原因：

Pourquoi partirez-vous?

（您為何走？）

Pourquoi beaucoup de jeunes préfèrent-ils s'installer à l'étranger?

（為什麼很多年輕人更加喜歡定居國外？）

d. 問時間：

Quand partirez-vous?

（您何時出發？）

Quand prenez-vous les vacances chaque année?

（你們每年什麼時間度假？）

e. 問數量：

Combien de villes avez-vous visitées?

（您參觀了多少城市了？）

Combien de pays y a-t-il dans cette carte ?

（在這張圖上有多少國家？）

f. 問期限：

Pendant combien de temps serez-vous absent?

（您會缺席多久？）

Pendant combien d'années avez-vous habité là ?

(你在那住了多少年了？)

7)判斷副詞(l'adverbe de jugement)

表明肯定的有：**oui, certes, si, certainement, vraiment, bien sûr, en effet, assurément, évidemment, parfaitement...**等。如：

Avez-vous compris ? —Oui, j'ai compris.(或只回答 Oui 也可以)

(您懂了嗎？—我懂了。)

Etes-vous ingénieur? —Oui, je le suis.

(您是工程師嗎？—是的，我是。)

Tu ne comprends pas? —Si.

(你不明白嗎？—我明白。)

注意：

oui 是用來對肯定疑問句作肯定答覆時用。當問句是否定式時，si 可用來代替 oui，作肯定的回答。如：

Personne n'est venu? —Si, André.

(沒有人來嗎？—有。安德列來了。)

Vous n'avez pas compris! —Si. (或回答 Mais si 也可以)

(您還不懂嗎？—懂了。)

表明否定的副詞和副詞片語有：**non, non plus, pas du tout, nullement, ne...pas, ne...point, ne...plus, ne...jamais...**等。如：

Est-ce que tu vas à la soirée avec nous? —Non, je n'ai pas le temps.

(你和我們一起去參加晚會嗎？—不，我沒有時間。)

Je n'ai jamais été aux Etats-Unis.

(我從未去過美國。)

8)感歎副詞(l'adverbe d'exclamation)

主要有：**combien, comme, que...**等。如：

Qu'il fait chaud cet été!

(今年夏天天氣多熱啊！)

Comme il est agréable de voyager à Guilin!

(在桂林遊覽多美啊！)

Combien mon pays natal a changé!

(我的家鄉變化多麼大啊！)

9)懷疑副詞(l'adverbe de doute)

主要有：**apparemment, peut-être, probablement, sans doute, vraisemblablement...**等。這類副詞語氣緩和。如：

Il viendra peut-être.　　　(他可能會來。)

Sans doute viendra-t-il.　　(他可能會來。)

Apparemment, il ressemble à un Japonais.

(從外表上看，他像一個日本人。)

注意：

peut-être, sans doute 可以擺放在動詞之前，但是，主詞和動詞要顛倒位置。

6.4 幾個常用副詞及副詞片語的用法(emplois de quelques adverbes et locutions adverbiales)：

1)副詞 non 的主要用法：

(1)對問題作否定的回答，可以代替一個句子。如：

　　—Etes-vous fatigué？—Non.

　　(—您累嗎？—不累。)

　　—François est-il à l'école?　—Non, il est chez lui.

　　(—弗朗索瓦在學校嗎？—不在，他在他家。)

　　—Avez-vous soif?　—Mais non.

　　(—您渴嗎？—不渴。)

　　(mais 用以加強語氣。)

　　—Est-elle malade?　—Je crois que non.

　　(—她病了嗎？—我想沒有病吧。)

(2)加強否定式語氣。如：

　　Je ne prendrai pas l'avion, non.　　(不，我不乘飛機。)

Je n'y vais pas, non. （不，我不去那兒。）

(3)表明兩個成分對立。如：

Lui est parti, moi, non.

(他走了，我可不走。)

Elle a accepté ce travail pour ses amis, non pour les autres.

(她為了朋友接受了這項工作，而並不是為其他人。)

另 non, pas, non pas 常與 et 或 mais 連用，表明一種相反的含義。如：

C'était Fanny et non Marie qui a joué de la guitare.

(是法妮彈吉他，而不是瑪麗。)

Je parle le français et pas l'anglais.

(我說法文，不說英文。)

La bière se boit glacée mais non chaude.

(啤酒要喝冰的，而非熱的。)

(4)對過去分詞、形容詞或名詞進行否定。如：

un travail non achevé	(一項未完成的工作)
un facteur non négligeable	(一個不可忽視的因素)
non-violence	(非暴力)
non-résistance	(不抵抗)

(5)在片語 non sans, non seulement... mais... 中。如：

Il fait ce travail non sans peine.

(他做此項工作不無困難。)

Nous devons faire non seulement des cours mais aussi des recherches.

(我們不僅要教課還要做科研。)

(6) non plus 的用法，如：

Elle ne connaît pas l'adresse de Paul, moi non plus.

(她不知道保羅的地址，我也不知道。)

(≠Elle connaît l'adresse de Paul, moi aussi.)

Tu n'attends pas? Moi, non plus.

(你不等了？我也不等了。)

2)副詞 ne 的主要用法：

(1)ne 要與另一否定詞連用構成：ne... pas, ne... point, ne... plus, ne... jamais, ne... guère, ne... aucun, ne... nul, ne... personne, ne... rien...等，否定副詞 ne，一定擺在簡單時態的動詞或複合時態的助動詞前面；而作加強語氣用的 pas(或 plus, point, jamais, rien...)則擺在動詞或助動詞後面。如：

Je ne fume pas.	(我不抽煙。)
Ne fume pas!	(別抽煙！)
Je ne joue plus aux billes.	(我不再打撞球了。)
Il ne peut plus.	(他沒法子了。)
Tu ne réussiras jamais.	(你決不會成功的。)
Je n'ai pas pu aller vous voir.	(我無法過去看您。)
Ils ne vont guère vite.	(他們一點也不快。)

注意：

a. 如果否定的是一原形動詞，則否定副詞片語一併擺在該原形動詞前。如：

Il est ennuyeux de ne pas comprendre.

(他因無法了解而感到煩惱。)

Je lui ai recommandé de ne pas fumer.

(我建議他別抽煙。)

b. 在一般的口語用法，因 ne 不是讀重音，故可省略。如：

C'est pas vrai.	(不是真的！)
Je sais pas.	(我不知道。)
Je crois pas.	(我不相信。)

(2) ne 與 ni 或 ni... ni 連用，如：

Son mari ne boit ni ne fume.

(她的丈夫既不喝酒也不抽煙。)

Il ne connaît ni Paris ni Marseille.

(他既不了解巴黎也不了解馬賽。)

(3)在對動詞 cesser, oser, pouvoir 等進行否定時，可省略 pas。如：

Il ne cesse de bavarder.　　　　　(他不停地聊天。)

Je n'ose déranger les autres.　　(我不敢打擾別人。)

Elle était tellement émue qu'elle ne pouvait dire un mot.

(她激動地說不出話來。)

(4)副詞片語 ne... que 作「seulement」解，que 要擺放在被限定的詞前。如：

Il ne boit que de l'eau.　　　　　　(他只喝水。)

Il ne parle qu'à moi.　　　　　　　(他只和我說話。)

(=Il parle à moi seulement.)

Je ne vais courir que 400 mètres.　(我只要跑 400 公尺。)

Je ne vais que courir.　　　　　　(我只去跑步。)

Elle ne vient qu'en semaine.　　　(她僅平時來。)

Il ne travaille que pour le plaisir.　(他僅為興趣而工作。)

Cette année, je ne voyagerai que dans le Nord.

(今年，我將只在北方旅遊。)

3)副詞 même 的用法：

même，作副詞用，是沒有單、複數變化的，作「de plus, aussi, encore, y compris」解。

(1)用以修飾動詞、形容詞或副詞。如：

Les hommes les plus braves même craignent la mort.

(最勇敢的人也會怕死。)

Les derniers peuvent même entrer.

(排最後的人也可以進入。)

C'est ici même que l'événement s'est déroulé.

(這一事件就是在這裡發生的。)

(2)擺在兩個以上的名詞後面。如：

Les vieillards, les femmes, les enfants même périrent.

（老者、女人、包括小孩均喪生。）

Les vieux, les faibles, les malades, les handicapés même doivent être bien soignés.

（老弱病殘均應受到照顧。）

(3)擺在單個的名詞後面，以表示一種假設或想像，省略其他數個名詞。如：

Ses ennemis même l'estiment.

（包括他的敵人們也尊敬他。）

也就是說：Ses amis, ses camarades, ses ennemis même l'estiment.
（他的朋友們、同志們，包括敵人們均尊敬他。）

4)副詞 quelque 的用法：

(1)用以修飾形容詞、分詞或另一個副詞時，引導讓步從句，動詞用虛擬式，作「si」解，是沒有單、複數變化的。如：

Quelque habiles que vous soyez, quelque adroitement que vous vous y preniez, vous ne réussirez pas.

（儘管您是如何能幹，如何靈巧，您仍無法成功。）

Quelque difficiles que soient les problèmes, on les résout avec lui.

（儘管問題很難，我們都可以和他共同解決。）

(2)擺在數字形容詞前，作「environ」解，是沒有單、複數變化的。如：

Cet homme a quelque cinquante ans.　　（這男人約 50 歲左右。）

Ils étaient quelque deux cents hommes.　（他們大約 200 人。）

5)副詞 tout 的用法：

tout 作副詞用，有時候有性、數變化。

(1)用以修飾陽性形容詞、分詞、動名詞或另一個副詞，作「entièrement, tout à fait」解，是沒有陰、陽性和單、複數變化的。如：

Il travaille tout lentement.　　　(他做事很慢。)

Il lit tout en marchant.　　　　(他邊走邊讀書。)

(=en même temps qu'il marche)

Ils sont tout heureux.　　　　(他們非常幸福。)

Les lecteurs sont tout satisfaits. (讀者非常滿意。)

(2)在以母音或啞音 h 開始的陰性形容詞前不變。如：

Ces jeunes filles sont tout étonnées. (那些年輕的姑娘非常驚奇。)

Elle est tout heureuse.　　　　　(她非常幸福。)

(3)若擺在以子音或噓音 h 為開頭的陰性形容詞前，是有陰、陽性和單、複數變化的。如：

Cette personne est toute surprise, toute honteuse.

(這人又驚訝，又羞愧。)

Voilà une robe toute neuve.　　　(這是件全新的洋裝。)

Ma fille va à l'école toute seule.　(我女兒自己去上學。)

Elle est toute bonne.　　　　　(她人很好。)

Elles sont toutes belles.　　　　(她們全都很美。)

une toute jeune fille　　　　　(一個很年輕的姑娘)

des chaussettes toutes neuves　　(全新的短襪)

Elles sont toutes contentes.　　　(她們很高興。)

La petite est toute honteuse.　　(那個小女孩十分羞愧。)

注意：

tout，後面跟有形容詞 autre，再直接擺在名詞前，是有陰、陽性和單、複數變化的。即：tout，作形容詞用，修飾 autre 後面的名詞。如：

Demandez-moi toute autre chose.

(問我除此以外的其他事。)

(=toute chose autre que celle que vous me demandez)

　　但，若不能像上述的例子，將 tout 與 autre 分開，且 tout 前面帶有 un 或 une 時，是沒有陰、陽性和單、複數變化的。即：tout，作

副詞用，修飾 autre。如：

Je lui fais une tout autre proposition.　　（我給他另一個建議。）

（因為不可以說：une toute proposition autre…）

C'est une tout autre chose.　　　　　　（這是另一件事。）

（也就是說：une chose tout à fait autre）

(4)tout 也可用在副詞片語裡，如：

tout de suite	（馬上）	tout à l'heure	（待會）
tout à fait	（完全地）	tout d'un coup	（突然）
tout au plus	（至多）	tout à coup	（忽然）
tout d'abord	（首先）		

6)副詞 si 的用法：

(1)作「tellement」、「aussi」解時。如：

Vous courez si vite.

（您跑得這麼快。）

Je ne pensais pas qu'ils étaient si nombreux.

（我沒想到他們人這麼多。）

(2)也可用於否定句或疑問句中的同等比較級。如：

Je ne suis pas si grand que Paul.

(=Je ne suis pas aussi grand que Paul.)

（我不如保羅高。）

Ce n'est pas si facile.

（這並不容易。）

Il n'est pas si riche que vous.

（他不如您富有。）

Il n'est pas si intelligent qu'il le paraît.

（他顯得聰明，實際上並不那麼聰明。）

Avez-vous jamais rien vu de si beau?

（你們從未見過如此漂亮的嗎？）

(3)作「這樣即……以至於……」解，通常後面加 que。如：

Il est si occupé qu'il ne rentre jamais chez lui.

(他這樣忙以致於從來不回家。)

Il marchait si vite qu'il était difficile de le suivre.

(他走得這麼快以致於很難跟上他。)

(4)si + adj. ou adv. + que + subj. 作「quelque... que」解。如：

Si petit qu'il soit, il peut réciter beaucoup de poèmes.

(儘管他很小，他能背誦很多詩。)

Si mal qu'il ait agi, il faut lui pardonner.

(儘管他做得不好，還應原諒他。)

6.5 副詞的比較級和最高級(le comparatif et le superlatif des adverbes)

副詞有：比較級和最高級。

1)副詞的比較級的構成：

在副詞前加上 plus, aussi, moins 來表示較高、同等和較低的程度。用連接詞 que 引導比較的第二成分，即補語。補語可以是名詞、代名詞或其他詞類。如：

Il parle le français plus vite que moi.

(他說法語比我快。)

Nous nous levons moins tôt le dimanche qu'en semaine.

(我們星期日比平時起得晚。)

Paul court aussi vite que Pierre.

(保羅和皮埃爾跑步一樣快。)

Il parle plus vivement que la dernière fois.

(他的講話比上次更加生動。)

注意：

如果比較的意義很明確，比較的第二成分不一定表達出來。如：

Il marche vite, mais son frère marche encore plus vite.

(他走路快，他的兄弟走路還快。)

2)副詞的最高級的構成：

　　表示最高的程度時，在副詞前加上 le plus；表示最低的程度時，在副詞前加上 le moins。如：

　　C'est lui qui travaille le plus vite de toute la classe.

　　(全班數他做得最快。)

　　Elle parle le moins vite de toutes les étudiantes.

　　(在所有的女生中，她講話最慢。)

3)少數副詞的比較級和最高級的形式是特殊的。

原　　級		bien	beaucoup	peu
比較級	較　高	mieux	plus	moins
	同　等	aussi bien	autant	aussi peu
	較　低	moins bien		
最高級		le mieux	le plus	le moins

例：

　　Elle va mieux qu'hier.

　　(她的身體比昨天好些了。)

　　Qui étudie le mieux de toute la classe?

　　(全班誰學得最好？)

　　Elle dépense peu, mais son mari dépense encore moins.

　　(她花銷少，而她的丈夫花銷更少。)

　　Dans cette dictée, Paul a fait peu de fautes, mais Pierre en a fait encore moins. Qui a fait le moins de fautes?

　　(在這次聽寫中，保羅出錯很少，而皮埃爾出得錯更少。誰出得錯最少呢？)

　　Pierre travaille beaucoup, il travaille autant que moi; mais Robert travaille plus, c'est lui qui travaille le plus de toute l'équipe.

　　(皮埃爾工作很努力，他和我同樣努力；而羅伯特更加努力，全組數他最努力。)

注意：

a. 在副詞最高級後可以加形容詞 possible(可能的) 起強調作用。

如：

Elle travaille toujours le plus possible et le mieux possible.

(她總是做得最多最好。)

J'ai bien voulu finir le travail de rédaction le plus tôt possible.

(我非常想及早完成這項編輯工作。)

b. de plus en plus (越來越……，表示較高程度)

de moins en moins (越來越……，表示較低程度)

如：

Cet enfant marche de plus en plus vite. (這個小孩走路越來越快。)

Il parle de moins en moins.　　　　　(他講話越來越少。)

c. beaucoup 和 peu 後面都可以接介系詞 de 加上名詞，它們的比較級和最高級也可以接介系詞 de 加上名詞。如：

J'ai beaucoup de livres, elle a plus de livres que moi.

(我有很多書，她的書比我的書還多。)

Dans cette classe, tout le monde a fait beaucoup de progrès, c'est Jean qui a fait le plus de progrès.

(在這個班裡，大家都取得了很大的進步，是讓取得的進步最大。)

d. 副詞 mal 還有另一種比較級和最高級形式，即：pis, le pis。但並不常用，僅用在少數片語中。如：.

La situation est devenue de mal en pis.

(形勢變得越來越糟。)

Ce type est paresseux, et qui pis est, très bête.

(這傢伙很懶，更嚴重的是，還很笨。)

EXERCICES

I. Donnez les adverbes en -ment correspondant aux adjectifs ci-dessous:

intelligent, excellent, éloquent, ardent, prudent, brillant, patient, apparent, net, brusque, long, exact, entier, courageux, rapide, immense, énorme, joli, absolu, gentil, vif, bref, récent, réel

II. Complétez les phrases par un adverbe construit à partir des adjectifs suivants:

simple, lent, propre, franc, complet, doux, tranquille, correct, méchant

1. Tu parles trop fort et les enfants dorment; parle plus......
2. Ne bouge pas tout le temps! Regarde...... la télévision.
3. Maman, marche plus......, je ne peux pas te suivre.
4. Parle-moi; ......, tu peux me faire confiance.
5. Ces gens vivent...... , ils n'ont pas beaucoup d'argent.
6. Réfléchissez pour répondre......
7. J'ai peur de ce chien, il me regarde......
8. Le professeur nous demande de finir......les devoirs.

III. Remplacez les points par: plus, moins, aussi, autant, tant, si, non plus:

1. Pourquoi est-ce que vous courez voir ce film, c'est...... beau que ça!
2. J'aimerais acheter une chemise......belle mais......chère.
3. Le cinéma ne m'intéresse pas......que la télévision.
4. Elle n'ira pas au cinéma ce soir et moi......
5. Je préfère le rouge et ma soeur......
6. Tout le monde la regarde, c'est normal, elle est......belle.
7. Vous aimez beaucoup cette peinture?
    —Pas......que ça, ce n'est pas extraordinaire.
8. Ne travaillez pas......, vous allez vous fatiguer.

9. Sophie travaille……que son frère, pourtant elle réussit moins bien.
10. Ce manteau paraît……joli que tout le monde veut le prendre.

IV. Placez correctement les adverbes dans les phrases suivantes:
1. Annie n'est pas rentrée à la maison.(tard)
2. On s'entend bien.(relativement)
3. Nous nous voyons en semaine.(rarement)
4. Ils ont réfléchi toute la semaine à votre proposition.(bien)
5. Elle a parlé avec sa mère.(longuement)
6. Il est très rapide(déjà); il a tout fini.
7. On a pensé à toi pendant ce voyage.(souvent)
8. C'est facile pour aller à Versailles.(assez)

第七章
介系詞(La préposition)

　　介系詞是一個沒有陰、陽性和單、複數變化的字，用以連接兩個有相互關係的字或詞組，並表明他們之間的關係。如：

Je vais à Paris.

(我去巴黎。)

(句中，介系詞 à 用以連接地方狀況補語 Paris 和動詞 vais)

Paris est riche en beaux monuments.

(巴黎富有漂亮的紀念性建築。)

(句中，介系詞 en 用以連接補語 beaux monuments 和形容詞 riche)

7.1 介系詞的詞形

　　介系詞有簡單詞形和複合詞形。

1)簡單詞形：簡單詞形就是單獨的一個字。如：**à, après, avant, avec, chez, contre, dans, depuis, de, dès, derrière, devant, en, entre, envers, hormis, hors, malgré, outre, par, parmi, pour, sans, selon, sous, sur, vers, voici, voilà...**等。

2)複合詞形：複合詞形是由兩個或兩個以上的字構成的詞組，稱為介系詞片語(locution prépositive)。如：**à travers, au travers de, d'après, auprès de, grâce à, à cause de, à force de, près de, à côté de, afin de, de façon à, au lieu de, quant à, au début de, jusqu'à, loin de, le long de, en face de, de peur de...**等。

由現在分詞變來的介系詞，如：durant, pendant, suivant, moyennant, concernant, touchant...等。

由過去分詞變來的介系詞，如：attendu, excepté, passé, supposé, vu...等。

由形容詞變來的介系詞，如：plein, proche, sauf...等。

由副詞變來的介系詞，如：dessous, par-dessus, aussitôt, sitôt...等。

7.2 介系詞的用法：

從句法的角度說，介系詞是引導補語的。它可以引導：名詞補語、代名詞補語、形容詞補語、副詞補語、受詞補語、施動者補語、狀況補語等。用以表示地點、時間、原因、來源、目的、方式方法、位置、次序、伴隨、依據、隸屬、材料、對立、方向、排除、品格、性質、特徵、條件、結果、工具、類別等。

1)名詞補語，如：

 une bouteille de vin   (一瓶葡萄酒)
 le livre de Pascal   (帕斯卡爾的書)

2)代名詞補語，如：

 Je connais quelques uns d'entre vous. (我認識你們中的某些人。)
 Aucun de ses amis n'a été invité. (他的朋友一個也未被邀請。)

3)形容詞補語，如：

 Elle est contente de son travail. (她對她的工作滿意。)
 Il est fidèle à sa femme. (他忠於妻子。)

4)副詞補語，如：

 Conformément au plan prévu, nous partirons lundi prochain.
 (按照預定計劃，我們下週一出發。)

5)受詞補語，如：

 L'enfant apprend à nager. (那個小孩學習遊泳。)
 Cette maison appartient à Paul. (這所房子屬於保羅的。)

6)施動者補語，如：

 Pierre avait été puni par sa mère et il pleurait.
 (皮埃爾受到她母親的懲罰，然後哭了起來。)
 Il est respecté de tous.
 (他受到大家的尊敬。)

7)狀況補語，如：

Il vient de Paris par le train.	(他從巴黎乘火車來。)
Elle préfère habiter en France.	(她更喜歡住在法國。)
Les cours commencent à huit heures.	(八點開始上課。)

8)屬詞，如：

Cette table est en bois.	(這張桌子是木製的。)
Elle me prend pour amie.	(她把我當成朋友。)

7.3 介系詞的重複與省略：

1)介系詞 à, de, en 通常在每個介系詞補語前，都要重複。如：

J'écris souvent à mes parents et à mes amis.
(我經常給我的父母和朋友寫信。)
Il va voyager en Italie et en Espagne.
(他去義大利和西班牙旅遊。)

注：
　　如果介系詞補語所指的是同一個人、事物或意義相近時，介系詞 à, de, en 就不需重複了。如：
J'ai confiance en mes collègues et amis.
(我信任我的同事兼朋友。)

2)除 à, de, en 之外的介系詞，如果有兩個或兩個以上介系詞補語，介系詞一般不需重複。如：

Il est parti avec son fils et sa fille.
(他和他的兒女走了。)

注：
如果表示強調，可以重複介系詞。如：
Elle est gentille avec ses professeurs et avec ses camarades.
(她對老師和同學都很好。)

3)有時兩個介系詞共有一個補語，這兩個介系詞以 **et** 或 **ou** 等連接起來，並放在他們共同的補語之前。如：

pour ou contre une proposition	(贊成或反對一個提案)
avant et après les cours	(上課前後)
devant et derrière la maison	(屋前屋後)

但是，如果兩個介系詞的補語相同，而介系詞的結構和用法不同，則必須重複介系詞補語。如：

不能說：dans et autour du jardin

應該說：dans le jardin et autour du jardin

(在院子裡以及在院子周圍。)

7.4 幾個主要介系詞的用法：
1)介系詞 à 的用法
→ 引進受詞補語

(1)可接作受詞用的原形動詞。如：

Je commence à pêcher.	(我開始釣魚。)
Il continue à travailler comme avocat.	(他繼續做律師工作。)
On lui donne à manger.	(有人給他吃的。)
Il n'y a pas à craindre.	(沒什麼可怕的。)

(2)可接作間接受詞用的名詞。如：

Je parle à un pêcheur.	(我和一個漁民説話。)
Tu nuis à ton voisin.	(你傷害你的鄰居。)
Il pense à sa petite amie.	(他想念女朋友。)
Elle n'a jamais manqué à sa parole.	(她從不食言。)

→ 引進狀況補語

(3)可接用以指時間的狀況補語。如：

Je me lève à cinq heures.	(我五點起床。)
Elle travaille du matin au soir.	(她從早到晚的工作。)
Ce monument a été construit au 18e siècle.	

(這座紀念性建築物建於 18 世紀。)

(4)可接用以指地方的狀況補語。如：

J'irai à Bordeaux, au Japon, aux Philippines.

(我將去波爾多、日本和菲律賓。)

Il travaille à la poste.

(他在郵局工作。)

※一般在城市名詞前，不加冠詞，但有例外，如：

au Caire(在開羅), à la Haye(在海牙)

(5)可接用以指方向的狀況補語。如：

Je ne veux pas aller à l'hôtel.　(我不願意到旅館去。)

Il s'est rendu à Nice.　　　　　(他去了尼斯。)

(6)可接用以指方式的狀況補語。如：

Il dit cela à voix basse.

(他低聲說這件事。)

Elle travaillait à la façon d'une machine.

(她像一部機器那樣工作著。)

s'asseoir à la japonaise

(日本式的坐姿)

filer à l'anglaise

(悄悄溜走)

(7)可接用以指方法的狀況補語。如：

venir à pied, à cheval, à bicyclette　(步行、騎馬、騎自行車來)

J'ai écrit mes devoirs au crayon.　　(我用鉛筆寫作業。)

Il y va à vélo.　　　　　　　　　　(他騎自行車去那兒。)

(8)可接用以指價格的狀況補語。如：

Le riz se vend à bon marché.

(大米價錢很便宜。)

Ces pommes se vendent à 1,2 euro le kilo.

(這些蘋果售價 1.2 歐元 1 公斤。)

(9)可接用以指距離的狀況補語。如：

La gare est à 100 mètres d'ici.

(火車站離這兒 100 米。)

Il y a un cinéma à 50 mètres de notre maison.

(距我們家五十米遠處有一家電影院。)

→ 引進名詞補語

(10)用以指用途。如：

une tasse à café　　　(一個咖啡杯)

une boîte aux lettres　(一個信箱)

un champ à blé　　　(一塊麥田)

(11)用以指品質、口味。如：

des pierres aux teintes　　(一些彩色石頭)

du café au lait　　　　　(牛奶咖啡)

une glace à la vanille　　(香草味冰淇淋)

(12)用以指特點、特徵。如：

un homme aux lunettes　　　　　(一個戴眼鏡的人)

la fille aux cheveux blancs　　　(白髮女)

un vieillard à la barbe　　　　　(長鬍鬚老人)

un vieillard aux cheveux grisonnants　(頭髮花白的老人)

(13)用以指方式、方法。如：

un voyage à pied　　　(徒步旅行)

la pêche à la ligne　　(釣魚)

un jardin à la française (法國式花園)

(14)用以指地點。如：

Les vacances à Paris nous ont impressionnés.

(在巴黎的假期給我們留下了深刻的印象。)

Son voyage à Taïpei a été annulé.
(他的台北之行被取消了。)

(15)用以指所屬。如：

Voilà un magazine français à nous.
(這份法國期刊是我們的。)
C'est un ami à moi.
(這是我的一個朋友。)
C'est mon livre à moi.
(這是我的書。)
C'est sa maison à lui.
(這是他的房子。)

注：
在通俗語中，用以加強限定意義，加強所有格形容詞。

(16)用以指價格。如：

Voilà une veste à 35 euros.
(這有一件價值 35 歐元的上衣。)
C'est une voiture à 1000 euros.
(這是一輛售價 1000 歐元的汽車。)

一 引進形容詞的補語

如：un chant agréable à entendre
(悅耳的歌曲)
Il est fidèle à son patron.
(他忠於老闆。)
Ce livre est facile à lire.
(這本書很容易讀。)
La bande dessinée est facile à comprendre.
(這連環畫容易讀懂。)
Ce travail est difficile à faire.
(這項工作難做。)

※某些形容詞，如：facile, utile, nécessaire, possible, agréable, amusant, important, intéressant, simple, pratique...等，後面常接介系詞 à 或 de；但，如果用在以非人稱代名詞 il 作主詞的句子裡，只能跟介系詞 de。如：

> Il est agréable d'habiter en France.　　(在法國居住是愜意的。)
> Il est nécessaire d'assister à la réunion.　(有必要列席會議。)

→　引進屬詞

如：Il est à Taïpei depuis 15 jours.
(他在台北有半個月了。)
Cet ordinateur est à moi.
(這台電腦是我的。)

→　在動詞 être, rester 等後面引進原形動詞，表明「正在」、「必須，應該」、「有待於」。

如：Je suis ici à l'attendre.
(我正在這兒等他。)
Il est toujours à se plaindre.
(他老是抱怨。)
Ce mémoire est à refaire.
(這篇論文必須重寫。)
Ce problème est à régler.
(這個問題有待解決。)
Notre prononciation reste à améliorer.
(我們的發音有待改進。)

→　引進副詞補語

如：Les événements s'étaient réalisés conformément à ses prévisions.
(事情完全像他所預料的那樣發生了。)
Les salaires n'ont pas augmenté proportionnellement à la hausse des prix.
(工資沒有按比例隨物價的上漲而增加。)

2)介系詞 de 的用法：

　→　引進受詞補語

(1)可接作受詞用的原形動詞。如：

Je cesse de pêcher.

(我不釣魚了。)

Il a accepté de venir.

(他同意過來。)

Permettez-moi de vous présenter Monsieur Dupont.

(請允許我向你介紹杜邦先生。)

(2)可接作間接受詞用的名詞。如：

Je joue de la guitare.　　　(我彈吉他。)

Je me sers d'un bâton.　　　(我使用一枝手杖。)

Elle change souvent d'avis.　　(她常改變主意。)

　→　引進狀況補語

(3)可接用以指時間的狀況補語。如：

Je pêche de 6 heures à 8 heures.(我從 6 點到 8 點間釣魚。)

Il reste là du matin au soir.　　(他從早到晚待在那。)

(4)可接用以指地方的狀況補語。如：

Je viens de Bordeaux.　　　(我來自波爾多。)

Nous partirons de Paris.　　(我們將從巴黎出發。)

Il est venu de France.　　　(他從法國來。)

　注：

　a. de... à... 從……到……(指時間和空間)。如：

Il change d'idée du jour au lendemain.

(他朝夕之間改變主張。)

Je le cherchais d'une classe à l'autre.

(我從一間教室到另一間教室找他。)

　b. de... en... ①由……向……(表示連續或遞進)。如：

　　aller de boutique en boutique　　(從一家商店走到另一家商店)

　　aller de victoire en voctoire　　(從勝利走向勝利)

　　　　　　②(時間上的)間隔。如：

de temps en temps　　　　　(不時地)

de loin en loin　　　　　　(相隔很久，相隔遙遠)

　　　　　　③(週期性)間隔。如：

compter de cinq en cinq

(五個五個地數)

prendre du sirop de quatre heures en quatre heures

(每隔四小時服一次糖漿)

　　　　　　④(指方向、範圍)自……至……，從……到……。如：

　　de haut en bas　　　　　　(自上到下，從高到低)

　　de bout en bout　　　　　　(從這一端到那一端)

(5)可接用以指原因的狀況補語。如：

　　pleurer de colère　　　　　(氣得落淚)

　　trembler de peur　　　　　(嚇得發抖)

　　mourir de soif　　　　　　(渴得要死)

(6)可接用以指方式的狀況補語。如：

　　Il dit cela d'une voix calme.　　(他冷靜地說這事。)

　　試著比較：Il dit cela à voix basse. (他用輕聲說這事。)

　　Elle parle d'une voix aimable.　(她以和藹的語氣說著。)

　　Il m'a fait signe de la tête.　　(他向我點頭示意。)

(7)可接用以指方法的狀況補語。如：

montrer du doigt　　　　　(輕視)

Tout le monde le montre du doigt. (每個人都輕視他。)

(8)可接施動者補語。如：

　　Il est aimé de tous.　　　　(他受到大家的愛戴。)

　　Elle est appréciée de ses élèves.　(她受到學生的好評。)

(9)可接用以指來源的狀況補語。如：

Quelle leçon tirez-vous de cet accident?

(您從這次事故中吸取什麼教訓呢？)

Il est issu d'une famille ouvrière.

(他出生在一個工人家庭。)

(10)可接用以指狀況的狀況補語。如：

Il dort d'un sommeil de plomb. (他睡得死沉沉的。)

Il mange d'un air tranquille.　(他神情安詳地吃飯。)

(11)可接用以指差異的狀況補語。如：

Il mesure plus grand que moi de 10cm.

(他比我高出 10 公分。)

Ma montre retarde de 5 minutes.

(我的錶慢了 5 分鐘。)

On a avancé de quelques jours le travail.

(提前幾天開工。)

注：

de 在表示差異時，可以和 avancer, augmenter, dépasser, diminuer, grandir, rajeunir, reculer, retarder, vieillir, s'en falloir 等動詞一同使用。如：

Il la dépasse d'une tête.

(他比她高出一個頭。)

On lui donne vingt ans, on le rajeunit de 10 ans.

(人家說他 20 歲，使他年輕了 10 歲。)

Il avait peur et recula de 5 mètres.

(他害怕了，往後退了 5 米。)

Il s'en faut de beaucoup.

(差得很遠。)

→　引進名詞的補語

(12)用以指明擁有權。如：

l'auto de mon père　　　　　　　　　　(我父親的車)

La maison de Jean est pleine de visiteurs.(讓家擠滿了客人。)

(13)用以指材料。如：

une robe de laine　　　　　　(一件羊毛製的洋裝)

une veste de cuir　　　　　　(一件皮外衣)

un lit de bois　　　　　　　(一張木床)

(14)用以指品質、性質。如：

C'est un garçon de haute taille. (這是個高個兒的小夥子。)

un homme de courage　　　　(一個勇敢的人)

(15)用以指目的、用途。如：

Je vais lire des journaux dans la salle de lecture.

(我到閱覽室去讀報。)

C'est une grande salle de spectacle.

(這是一個演出大廳。)

C'est un fusil de chasse.

(這是一把獵槍。)

(16)用以指內容。如：

une tasse de thé　　　　　　(一杯茶)

un verre de bière　　　　　　(一杯啤酒)

un paquet de cigarettes　　　(一盒香煙)

un cours de français　　　　(一堂法語課)

注：

de 用在書名或文章標題之前，可作「sur」解，意為「關於，論
及」。如：

De l'esprit des lois　　　　(＜論法的精神＞)

De la propriété　　　　　　(＜論產權＞)

→ 引進名詞的同位語

如：Nous sommes au mois de mars.(現在是四月份。)
　　la ville de Paris　　　　　　(巴黎市)

→ 引進形容詞的補語

如：un homme content de son sort　　(一位安於命運的人)
　　un verre plein de vin　　　　　　(一隻裝滿酒的杯子)

→ 引進主詞的屬詞

如：Ce roman est de Hugo.　　　(這本小説是雨果寫的。)
　　Il est de la classe A.　　　　(他是 A 班的學生。)

→ 引進不定代名詞的形容詞

如：Y a-t-il quelque chose de nouveau dans le journal?
　　(報上有什麼新鮮內容嗎？)
　　Il n'y a personne de blessé.
　　(沒有人受傷。)

→ 引進實質主詞

如：Il est agréable de vivre au bord de la mer.
　　(在海邊住令人愉快。)
　　Il est interdit de cracher par terre.
　　(禁止隨地吐痰。)

　　另，de 在絕對否定句中代替不定冠詞和部分冠詞。如：
　　Elle a un roman français.　　　　(她有一本法國小説。)
　　Elle n'a pas de roman français.　　(她沒有法國小説。)
　　Il a vu des films.　　　　　　　　(他看了幾部電影。)
　　Il n'a pas vu de films.　　　　　　(他沒看電影。)
　　Je mange de la viande.　　　　　　(我吃肉。)
　　Je ne mange pas de viande.　　　　(我不吃肉。)

　　又，名詞前面有一個形容詞時，de 可以代替形容詞前的部分冠

詞或不定冠詞。如：

> On a construit de grandes usines dans cette région.
> (句中，de 代替 des)
> (在這個地區建了一些大工廠。)
> Toute la journée, je fis d'excellent travail.
> (句中，「de'」代替 un)
> (整整一天，我都工作得很出色。)

3)介系詞 dans 的用法：常引導狀況補語。

(1)用以指地方。如：

> dormir dans un lit　　　　　　　　(睡在床上)
> dans la salle à manger　　　　　　(在飯廳裏)
> On peut voir des films dans l'avion.　(在飛機內，可以看電影。)
> Il habite dans la belle ville de Toulouse.(他住在漂亮的圖盧茲市。)
> Allons dans notre maison de Taïpei.　(到我們在臺北的家去吧。)

(2)用以指時間，如：

> a.表示未來一段時間之後。
> Il arrivera dans trois jours.　　　　(他三天後到。)
> Revenez dans cinq heures.　　　　(您五個小時以後再來吧。)

> b.表示在某個時期（時間）之內。
> dans sa jeunesse
> (在他的青年時期)
> C'était dans les derniers jours de février, il faisait encore très froid.
> (那時是二月份最末幾天，天氣還十分寒冷。)

(3)用以指方向。如：

> On a entendu des pas précipités dans l'escalier.
> (我們聽到樓梯那邊有腳步聲。)
> Il est plongé dans ses recherches.
> (他專心於研究工作。)

(4)用以指工具、材料。如：

Ils se lavent dans une cuvette.　　　(他們用臉盆洗澡。)

Il boit du thé dans une tasse.　　　(他用杯子喝茶。)

(5)用以指目的。如：

Il travaille beaucoup dans l'intérêt de son pays.

(他為國家的利益而努力工作。)

Elle apprend le français dans l'intention d'aller en France.

(她學法語是為了去法國。)

(6)用以指年齡。如：

Il est entré dans sa cinquantième année.

(他五十歲了。)

注：dans les 後面接帶有數字形容詞的複數名詞，表示近似數。
如：

Elle a dans les quinze ans.

(她大約十五歲了。)

Cette maison coûte dans les deux cent mille euros.

(這所房子價值大約 20 萬歐元。)

4)介系詞 en 的用法：通常，後面接沒有冠詞的名詞。

(1)用以指地方。如：

Je vais en France.　　　(我去法國。)

(句中，France 為陰性國家名詞)

Je vais en Uruguay.　　　(我去烏拉圭。)

(句中，Uruguay 陽性國家名詞，但是以母音為開頭的字母)

être en Asie　　　(在亞洲)　　　(洲名)

en Provence　　　(在普羅旺斯)　　　(地區)

En automne, mon frère sera en France.(秋天我的兄弟將在法國。)

mettre du vin en bouteilles (把葡萄酒倒進瓶子裡)

Le bateau est en mer.　　　(船在海上。)

Il habite en ville.　　　(他住在城市。)

注意：

用 en 引出的地名有以下主要情況：

a.洲名，如：en Europe, en Afrique

b.陰性國名，如：en Chine, en Suisse

c.以母音開始的陽性國名，如：en Iran, en Irak, en Afghanistan

d.某些較大的陰性島嶼，如：en Sardaigne (在撒丁島), en Islande (在冰島), en Corse (在科西嘉島)

e.法國的舊省名，如：en Bretagne (在不列塔尼), en Limousin (在利穆贊)

(2)用以指時間。如：

Il viendra en trois heures.	(他三小時之內到。)
J'ai fait le voyage en trois jours.	(我旅行了三天。)
(=J'ai mis trois jours pour faire le voyage.)	
Il viendra en été. (en hiver, en automne.)	
(他將於夏天來。)(冬天、秋天)	
(但，au printemps 例外)	
En dix minutes, il a fait sa lettre.	(他十分鐘內寫完信。)
Nous sommes en 2003.	(今年是 2003 年。)
Noël est en décembre.	(聖誕節在十二月。)
En semaine, il est très occupé.	(在每週的工作日裡，他很忙。)

(3)用以指材料，擺在動詞 être 或名詞後面。如：

La clef est en fer.	(鑰匙是鐵的。)
Cette table est en bois.	(這張桌子是木頭的。)
Cette chemise est en coton.	(這件襯衫是純棉的。)
un sac en plastique	(一個塑膠袋)

(4)用以指方式、方法。如：

voyager en voiture, en avion	(坐汽車、乘飛機旅行)
dire en anglais, en français	(用英語、法語說)
venir en bateau, en chemin de fer	(乘船、乘火車來)

(5)用以指狀況。如：

Mes parents demeurent en bonne santé.

(我的父母親身體仍很健康。)

La ville est en fête.

(城市裡一派節日景象。)

(6)用以指穿戴。如：

Il marchait dans la rue, en habit noir et en gants jaunes.

(他在街上走著，穿的是黑外衣，戴的是黃手套。)

Il est toujours en noir.　　　　(他老穿黑色系服裝。)

Elle est belle en rouge.　　　　(她穿紅色的衣服漂亮。)

(7)用以指顏色。如：

Il a rapporté de belles photos en couleurs de ses vacances.

(他帶回許多在假期裡拍的漂亮彩色照片。)

C'est un film en noir et blanc.

(這是一部黑白影片。)

(8)用以指「在……方面」，如：

Cette région est riche en blé.　　(這個地區盛產小麥。)

Il est très fort en espagnol.　　(他的西班牙文很好。)

(9) en 加現在分詞組成動名詞。如：

Il répond en souriant.　　　　(他微笑著回答。)

Il vient en courant.　　　　　(他跑著來。)

5)介系詞 avec 的用法：
→ 引進狀況補語

(1)表示伴隨。如：

Elle se promène souvent avec ses enfants.

(她經常和她的孩子一起散步。)

Thomas est parti voyager avec sa femme.

(托馬和他妻子旅行去了。)

(2)表示方式。如：

J'ai accepté avec plaisir son conseil.(我愉快地接受了他的建議。)

Il faut agir avec prudence.　　　　(應該謹慎從事。)

(3)表示方法。如：

Avec son flambeau, il alluma une lampe de mineur.

(他用火把點亮了礦燈。)

Il a allumé le couloir avec sa lampe de poche.

(他用手電照亮樓道。)

(4)表示工具。如：

Il aime écrire avec un crayon.

(他喜歡用鉛筆寫字。)

Il est obligé d'ouvrir la porte avec un passe-partout.

(他不得不用萬能鑰匙開門。)

Il a coupé le pain avec un couteau.

(他用刀子切開那麵包。)

(5)表示同時。如：

Je me lève avec le jour.

(我天一亮就起床。)

Avec le progrès de la science, les êtres humains vaincront le cancer.

(隨著科學的發展，人類必將戰勝癌症。)

(6)表示一致。如：

Je suis d'accord avec vous.　　　　(我同意您的看法。)

Il tombe d'accord avec son professeur.　(他同意他老師的看法。)

(7)表示特點、特徵。如：

On riait de le voir avec sa grimace comique.

(看見他那滑稽的鬼臉，人家就笑了。)

un vieil homme avec des cheveux blancs
(一位白髮老人)

(8)表示材料。如：

La fillette fait une poupée avec des morceaux de tissus.
(這個女孩子用布片做洋娃娃。)
Les enfants font un bonhomme avec de la neige.
(孩子們用白雪做了一個人。)

(9)表示條件。如：

Avec la grosse moto tu doubleras les voitures.
(你騎上那輛大摩托車，就可以超過汽車了。)
Avec beaucoup d'efforts, on pourra réussir.
(如果非常努力的話，會成功的。)

(10)表示原因。如：

Tout est changé avec la réforme économique.
(由於經濟改革，一切都在變化。)
Avec l'aide de son professeur, il a fait beaucoup de progrès dans ses études.
(在老師的幫助下，他在學習上取得了很大進步。)

→ 引進名詞補語

如：Je voudrais louer une chambre avec vue sur la mer.
(我想租一間能看到海的房間。)

→ 引進形容詞補語

如：Elle est gentille avec moi.
(她對我很好。)
Il est aimable avec tout le monde.
(他對大家都很和氣。)

6)介系詞 par 的用法：
→ 引進狀況補語

(1)表示地點(經過、穿過)。如：

Si vous passez par Paris, venez me voir.

(如果您經過巴黎，請來看我。)

Il est sorti par le jardin.

(他從花園出去了。)

(2)表示時間（常指天氣）。如：

Il se promène au bord de la mer par une belle matinée d'été.

(在一個美好的夏日上午，他在海邊散步。)

Il sort par tous les temps.

(他不管什麼天氣都出門。)

(3)表示工具、方法。如：

On a appris cette nouvelle par la télévision.

(人們通過電視得知這個消息。)

Je l'ai informé de cela par téléphone.

(我用電話通知他此事的。)

(4)引進施動者補語。如：

La rue est mouillée par la pluie.　　(街道被雨淋濕。)

Ce repas a été préparé par sa mère.　　(這頓飯是他母親做的。)

(5)表示原因。如：

Cet enfant est venu par curiosité.　(這個孩子由於好奇而來。)

Il a gagné le gros lot par bonheur.　(他幸運地中了大彩。)

(6)表示方式。如：

Ils font des dialogues en français par groupes.

(他們分組用法語作對話。)

Il faut régler le problème par la voie diplomatique.

(應該通過外交途徑解決這個問題。)

(7)表示分配：「每」。如：

Le médecin lui a conseillé de prendre des médicaments trois fois par jour.

(醫生建議他每天吃三次藥。)

On a une conférence deux fois par mois.

(每月有兩次講座。)

→ 引進名詞補語

如：un voyage par mer　　　(海上旅行)

　　une attaque par surprise　(突襲)

7)介系詞 pour 的用法：
→ 引進狀況補語

(1)表示地點(目的地)。如：

Je vais partir pour Nice.

(我將動身去尼斯。)

Les voyageurs pour Grenoble passeront par Lyon.

(去格勒諾布爾的旅客將經過里昂。)

Il a pris le bateau pour Marseille.

(他乘了去馬賽的船。)

(2)表示時間。如：

Pour cette fois, le professeur l'a pardonné.

(這回老師原諒了他。)

Je suis là pour quelques jours.

(我在這兒只有幾天時間。)

Le mariage de Fanny est fixé pour le huit juin.

(法妮的婚期定於六月八日。)

J'ai un rendez-vous pour dimanche soir.

(我星期日晚上有一個約會。)

(3)表示目的。如:

Il dit ça pour faire rire. (他說這事是為逗人笑的。)

Vous ne devriez pas parler pour lui. (您不該為他說話。)

(4)表示交換。如:

Il a acheté ce dictionnaire pour 30 euros.

(他用三十歐元買了這本辭典。)

Il a vendu sa voiture pour 500 euros.

(他以 500 歐元的價格出售他的汽車。)

J'ai acheté ce roman pour une bouchée de pain.

(我花了一點點錢就買了這本小說。)

(5)表示原因。如:

Il a été critiqué pour son étourderie.

(他由於輕率而受到批評。)

Le magasin est fermé pour réparation.

(這家商店因修理暫停營業。)

(6)表示對象。如:

Pour moi, ce film est très intéressant.

(對於我來說,這個電影很有趣。)

Ce magasin vend des habits pour enfants.

(這家商店賣兒童服裝。)

Voilà une lettre pour vous.

(這有你的一封信。)

(7)表示動作的延續。如:

Il se lève à cinq heures pour prendre le premier train.

(他五點起床,去乘第一趟火車。)

Il se lève pour ouvrir la porte.

(他起身開門。)

(8)表示結果。如：

　Cet appartement est assez large pour une famille de trois personnes.

　(這套住房對於三口人之家來說是夠寬敞的。)

　Cette fille est trop petite pour aller à l'école toute seule.

　(這個女孩太小了，不能獨自去上學。)

→ 引進屬詞

(9)表示「作為，當作」。如：

　J'ai un avocat pour voisin. (作受詞的屬詞)

　(一位律師作我的鄰居。)

　On le prend souvent pour son frère. (作受詞的屬詞)

　(別人往往把他當成他的兄弟。)

　Il passe pour médecin. (作主詞的屬詞)

　(他被當成醫生。)

(10)être pour 表示「擁護，支持」、「喜愛，偏好」。如：

　Je suis pour vous.

　(我同意你們說的。)

　Les étudiants sont pour une formation stricte.

　(學生贊成一種嚴格的訓練。)

　Nous sommes pour cette peinture.

　(我們喜歡這幅畫。)

　Elle est pour les chaussures de cette mode.

　(她喜歡這種款式的鞋子。)

→ 引進名詞補語

如：un train pour Lille　　　　　(開往里爾的火車)

　　un billet pour demain　　　　(明天的票)

　　le travail pour la classe B　　(給 B 班的工作)

→ 表示百分比

如：Vingt pour cent　　　　(百分之二十)

　　cent pour cent　　　　　(百分之百)

8)介系詞片語 au travers 和 à travers 的用法：

au travers 後面必須跟介系詞 de，而 à travers 後面則不必加介系詞。如：

Au travers de cette comparaison, l'idée apparaît mieux.
(通過這個比較，概念更清楚了。)

Passer au travers de l'ennemi.
(從敵人中間穿過。)

Au travers de la brume, on aperçoit l'église.
(透過薄霧，可以瞥見教堂。)

Au travers de tout ce qu'il raconte, on voit bien qu'il n'est pas coupable.
(通過他所講述的一切，完全看得出他沒有錯誤。)

Je passe à travers champs.
(我走過田野。)

Voir à travers les carreaux de la fenêtre.
(隔著玻璃窗看見。)

Je vois le soleil à travers les nuages.
(我透過雲層看到陽光。)

Il voyage à travers le monde.
(他周遊世界。)

注：au travers de 與 à travers 意義基本相同，常常混用。但嚴格地講，au travers de 可以表示穿過障礙物或有阻力的東西，而 à travers 則沒有這層意思。

9)介系詞片語 près de 和形容詞 prêt à 的用法：

près de 作「sur le point de, à proximité de, presque, environ」解。如：

L'été est près de venir.	(夏天就要到了。)
J'habite tout près d'ici.	(我住在離這很近的地方。)
Il est près de midi.	(快中午了。)
Les étudiants sont près de trois cents.	(大學生約有三百人。)

prêt à 作「disposé à, résigné à」解。如：

Je suis prêt à tout. （我做好了一切準備。）

（句中，prêt 是形容詞；à 是介系詞。）

Nous sommes prêts à vous aider. （我們隨時可以幫助您。）

10)介系詞 voici 和 voilà 的用法：

和指示代名詞一樣，voici 用以表明「即將提及的」或「離自己較近的」人或事物；voilà 用以表明「剛提及的」或「離自己較遠的」人或事物，但，在口語習慣上，voilà 比 voici 應用更廣泛，常用來代替 voici。voici, voilà 後面可以接名詞、代名詞、介系詞、子句等，其受詞補語可以置其前面。有時在口語中單獨使用。如：

Voici ce qu'il faut faire: travailler d'abord, jouer après.

（應該做的是先學習後玩。）

Voici mon ami.

（這是我的朋友。）

Le voici qui arrive.

（他來了。）

Voici venir un jeune homme.

（這兒來了一位年輕人。）

Voici ma maison et voilà le jardin d'enfants.

（這是我的家，那是幼稚園。）

Voilà l'homme que vous demandez.

（那是您要找的人。）

Voilà pour vous.

（這是給您的。）

Voilà notre ami qui vient.

（這是我們的朋友，他來了。）

—Ayez la bonté de m'apporter ce livre.

—Voilà, monsieur.

（—請您費心把那本書帶給我。）

（—給您，先生。）

EXERCICES

I. Complétez par à, en, dans, sur, chez, par, de, au, aux:

1. Il habite ...... Paris ou ...... banlieue?

2. Elle voyage ...... province ou ...... l'étranger?

3. Vous préférez habiter ...... la mer ...... la montagne ou bien ...... la campagne?

4. Tu passes tes vacances ...... la Côte d'azur ou ...... les Pyrénées?

5. Je passe toujours ...... Lyon quand je reviens ...... Marseille.

6. Vous étudiez l'anglais ...... Etats-Unis? — Non, je suis étudiant ...... Angleterre.

7. Tes parents partent ...... Canada? — Non, ils préfèrent rester ...... Pays-Bas.

8. Ta famille a une entreprise ...... Cambodge. — Non, c'est une société ...... Philippines.

9. L'année a quatre saisons ...... Chine comme ...... France.

10.Il se promène ...... le quartier Saint-Germain.

11 ...... nous, ... hiver, il fait très froid.

12.Cette pharmacie est ouverte 24 h ...... 24. C'est bien pratique pour les gens ...... ce quartier.

II. Choisissez la bonne préposition:

1.Le train ...... (sur / pour / en) Dijon part à 10 h 30.

2.Le dimanche, il n'y a presque personne ...... (sur / dans / en) la rue.

3.La poste, c'est la première rue ...... (à / après / par) gauche.

4.Je passe ...... (dans / sous / par) les quais de Seine.

5.Ma chambre donne ...... (sur / après / de) la rue.

6.Vous voyez le cinéma? Tournez ...... (après / à / pour) le magasin.

7.Tu peux mettre les cahiers ...... (en / dans / sur) la table.

8.Tu peux me raccompagner ...... (chez / avec / à) moi?

9.Est-ce que je peux partir ...... (après / avant / à) la fin du cours.

10.Le technicien va passer ...... (à / dans / sur) la journée.

11.Elle part …… (en / dans / pour) un mois en Australie.

12.Ma mère travaille …… (dans / à / pour) mi-temps.

III.Mettez la préposition convenable:

1. L'enfant saute …… joie en recevant le cadeau.

2. Bernard a été puni …… avoir désobéi.

3. Les enfants partent …… vacances …… autocar.

4. Marie porte un magnifique collier …… or.

5. La télévision ne fonctionne pas …… une panne de courant.

6 ……. moi ou …… moi, ma fille travaille bien.

7…….. ses devoirs, il a toujours mal …… la tête.

8……. ma grande surprise, il est retourné …… lui.

9.Elle sera de retour …… quinze jours.

10. Il est malheureux que l'on sorte …… un jour de grand vent.

11. Il faut résoudre ce problème …… le cadre de l'O.N.U.

12. Il a une grande amitié …… vous.

VI. Remplacez les blancs par une préposition convenable :

1. Il n'y avait personne au rendez-vous.

—Evidemment, tu t'es trompé_____ jour.

2.Il est venu fournir_____la police la preuve de l'innocence de son fils.

3.Lui? Malhonnête? Je ne l'aurais jamais cru! Vraiment on ne sait plus_____qui se fier.

4.Mes parents me destinaient_____être médecin; mais je préférais les mathématiques.

5.Au début, il a eu du mal_____s'adapter_____conditions de travail, maintenant ça va mieux.

6.Elle continuait à parler_____feignant_____ ne pas me voir.

7.Vite! On est en retard! —Mais j'ai faim! —Tant pis, tu te passeras _____ manger.

8.Quels sont les motifs qui l'ont poussé_____crime?

9._____l'issue_____son entretien_____ les ministres, le président de la république fera une déclaration_____la presse.

10. Aline manque_____patience_____ses enfants, elle s'énerve trop vite.

11.Tu n'as vraiment pas_____te plaindre_____la vie, tu as tout _____ être heureuse.

12.Craignant_____faire perdre la face_____ses parents fortunés, M. Ba Jin restait plutôt dans l'hôtel que_____aller demander une aide _____son oncle.

13.Les satellites artificielles sont indispensables_____développement scientifique et_____ progrès_____ l'humanité.

第八章
連接詞(La conjonction)

連接詞是一個沒有陰、陽性和單、複數變化的字,用以連接兩個字、兩組的字或兩個句子。如:

Le printemps et l'automne sont agréables.

(春秋季節宜人。)

(句中,並列連接詞 et 用以連接名詞 printemps 和名詞 automne)

On ne croit plus un enfant quand il a menti.

(當孩子說謊了,人們就不再相信他了。)

(句中,從屬連接詞 quand 連接從句 il a menti 和主句 on ne croit plus un enfant)

Venez samedi ou dimanche.

((您)星期六或星期日來吧。)

連接詞分:並列連接詞(la conjonction de coordination)和從屬連接詞(la conjonction de subordination)。

8.1 並列連接詞(la conjonction de coordination)

並列連接詞用以連接具有同樣功用的字、一組的字或句子。

1)主要的並列連接詞有:

(1)表關聯:aussi, comme, ensuite, et, ni (ni... ni), puis, ainsi que, aussi bien que, de même que... 等。如:

Je visite Paris et Rome.

(我參觀巴黎和羅馬。)

Je ne visite pas Paris, ni Rome.

(我既不參觀巴黎也不參觀羅馬。)

Il ne veut ni pain ni vin, mais un fruit et un peu d'eau.

(他既不要麵包也不要酒,而要一個水果和一點兒水。)

(2)表原因：car, en effet...等。如：

Ferme la porte, car il y a trop de bruit dehors.

（請關上門，因為外面噪音太大。）

Rentrez vite, car il va pleuvoir.

（因為要下雨了，你們快回來吧。）

(3) 表後果：ainsi, alors, aussi, donc, enfin, c'est pourquoi, en conséquence, par conséquent...等。如：

Il était tard; aussi rentrèrent-ils.

（天晚了，他們也回來了。）

Il a mal agi, par conséquent il sera puni.

（他做得不好，因此將受到懲罰。）

(4)表對立：cependant, et, mais, néanmoins, pourtant, seulement, sinon, toutefois, au contraire, d'ailleurs, du moins, du reste, par contre...等 如：

Dépêche-toi, sinon tu vas être en retard.

（你快點，不然的話你就要遲到了。）

Pierre est intelligent, mais un peu paresseux.

（皮耶聰明，但有點懶惰。）

(5)表交替：ou, ou bien, soit... soit..., tantôt... tantôt..., non seulement... mais..., tant... que...等。如：

Je visiterai soit Paris, soit Rome.

（我要麼參觀巴黎，要麼參觀羅馬。）

Je visiterai Paris ou Rome.

（我參觀巴黎或羅馬。）

Le temps est changeant au début de l'automne; tantôt il fait froid, tantôt il fait chaud.

（初秋的天氣變化多端；忽冷，忽熱。）

(6)表解釋：à savoir, c'est-à-dire, soit, ainsi...等。如：

Nous apprenons une nouvelle leçon, c'est-à-dire, la leçon deux.

(我們學習一新課，即第二課。)
Il a gagné une grosse somme, soit un million d'euros.
(他贏了一筆鉅款，即 100 萬歐元。)

(7)表比較：comme, comme si, que (après un comparatif), aussi bien que,
de même que, tel que...等。如：

　　Il fait plus chaud à Marseille qu'à Paris en été.
　　(夏天，馬賽比巴黎熱。)
　　Il salue tous les invités comme s'il les connaissait tous.
　　(他向每位客人打招呼，就好像他誰都認識。)

(8)表過渡、轉折：or。並列連接詞 or 表示過渡、轉折或對上半句話
加以限制或修正。如：

　　Or, il arriva ce que précisément il redoutait.
　　(然而，他擔心的事還是發生了。)
　　La météo annonçait la pluie; or il fait beau.
　　(氣象預告有雨，然而天氣卻晴朗。)

2)並列連接詞的用法：

(1)用以連接兩個主詞。如：

　　Pierre et Paul sont allés à l'école.
　　(皮耶和保羅去上學了。)
　　Le lilas et le muguet fleurissent en même temps.
　　(丁香和鈴蘭同時開花。)

(2)用以連接兩個屬詞。如：

　　La rose est belle et parfumée.　　(玫瑰花美麗又芳香。)
　　Il n'est ni beau ni intelligent.　　(他既不帥也不聰明。)

(3)用以連接兩個受詞補語。如：

　　Achète des livres ou des cahiers.　　(買書或本子吧。)
　　Cueille des roses ou des dahlias.　　(採摘玫瑰花或大麗花。)

(4)用以連接兩個句子。如：

Admire mes roses, mais n'y touche pas, si tu vas au jardin.

(如果你去花園，觀賞我的玫瑰花，但不要觸摸它。)

(5)用以連接兩個從句。如：

Il ne veut pas que l'on cueille ses roses, ni que l'on coupe ses glaïeuls.

(他不要人家採他的玫瑰，也不要人家採他的菖蘭花。)

3)幾個主要的並列連接詞的用法：
(1)並列連接詞 et 的用法：

a. 表示相加，有「和，及，與」之意。如：

La France et l'Allemagne sont des pays voisins.

(法國和德國是鄰國。)

(句中，La France et l'Allemagne 是兩個單數名詞做主詞，由並列連接詞 et 連接，動詞要用複數形。)

Je parle le français et l'anglais.

(我講法文和英文。)

C'est un ami fidèle et loyal.

(這是一位既忠誠又正直的朋友。)

Il ne peut et ne doit pas agir ainsi.

(他不能也不應該這樣做。)

Il faut répondre brièvement et vivement.

(應該給予簡要快速的回答。)

C'est une grammaire pragmatique et qui vous plaira certainement.

(這是一本實用文法書，它一定會使您喜歡。)

b. 表示轉折、對立，有「但是，可是，然而」之意。如：

Tu viens d'arriver et tu veux déjà repartir?

(你剛到就又要走了？)

Je cherche partout Madame Dubois et ne la trouve pas.

(我到處找杜布瓦女士，可是沒有找到。)

注：

在表示對立時，一般情況是，肯定部分在前，否定部分在後；如果否定部分在前，肯定部分在後，用並列連接詞 mais。如：

Je ne prends pas le rouge mais le bleu.

（我不要那件紅色的，而是要那件藍色的。）

Il ne mange pas de viande mais du poisson.

（他不吃肉，而是吃魚。）

c. 表示結果，有「因而，所以」之意。如：

Nous avons beaucoup travaillé, et nous voulions prendre des vacances.

（我們做了很多工作，所以我們想休假了。）

Vous avez tort et vous le regretterez.

（你們錯了，因而你們會後悔的。）

Il travaille jour et nuit, et il est très fatigué.

（他日以繼夜的工作，他非常疲勞。）

d. 用在複合數詞中，如：

vingt et un	（二十一）	trente et un	（三十一）
quarante et un	（四十一）	cinquante et un	（五十一）
soixante et un	（六十一）	soixante et onze	（七十一）

une heure et demie　　　　　　（一個半小時，一點半）

A trois heures et quart, nous partirons. （三點一刻時，我們動身。）

Il est midi et demi.　　　　　　（現在是中午十二點半。）

Il est minuit et demi.　　　　　（現在是夜間十二點半。）

e. 表示疑問和感嘆，如：

Et alors?

（於是怎麼樣？）

－Comment allez-vous?

－Très bien, merci, et vous?

（一您好嗎？－很好，謝謝，那麼您呢？）

Et tu crois que je suis perdu!

（怎麼，難道你以為我失敗了麼！）

Et pourquoi pas?

(那麼為什麼不呢？)

Et moi, vous ne me demandez pas mon avis?

(我呢，您不問問我的意見了？)

f. 用在句首，表示強調，如：

Et voilà, nous sommes arrivés.　　　（喏，我們到了。）

Et voilà ton parapluie.　　　（喏，這是你的雨傘。）

Et tous de rire.　　　（於是大家笑了起來。）

g. 用在列舉中，表示強調，如：

Et le riche et le pauvre, et le fort et le faible.

(那麼富人和窮人，那麼強者和弱者。)

h. 在每一個詞或句前重複 et，表示強調，如：

Tu peux venir et le matin et l'après-midi et même le soir.

(你可以上午、下午甚至晚上來。)

Ce magasin s'ouvre et les weekends et les jours fériés.

(這家商店周末和節日都營業。)

(2)並列連接詞 mais 的用法：

a. 表示對立，有「可是，但是，然而」之意。如：

Je peux t'attendre, mais pas longtemps.

(我可以等你，但時間不長。)

Il est intelligent, certes, mais très paresseux.

(他的確聰明，但是很懶惰。)

Il travaille avec ardeur, mais il manque de méthode.

(他工作非常努力，就是缺乏方法。)

b. 表示轉折，有「而是，倒是」之意。如：

Ce n'est pas ton ami, mais le mien.

(這不是你的朋友，而是我的朋友。)

Ce n'est pas ma faute, mais la sienne.

(這不是我的錯，而是他的錯。)

c. 起承上啟下的作用，用於句首，如：

Mais revenons à nos moutons.　　　（我們言歸正傳吧。）

Mais venez chez moi.　　　（還是到我家來吧。）

d. 表示限制、補充、說明，如：

Elle est riche mais avare.

(她富有，且吝嗇。)

Elles acceptent, mais sans enthousiasme.

(她們接受了，但是勉強的。)

－Il n'y a pas d'eau?

－Si. Mais elle est trop chaude.

(－沒有水嗎？－有。可是水太熱了。)

Il a été puni mais il l'avait mérité.

(他受到懲罰，且這是他應該得到的。)

e. 表示驚訝、懷疑，用在某些驚嘆句或疑問句中，如：

Mais qu'y a-t-il?　　　　　　(怎麼了？)

Mais qu'est-ce que tu dis?　　(那麼你說什麼？)

Mais qu'est-ce qui s'est passé? (那麼發生什麼事了？)

Eh mais!　　　　　　　　　(啊呀！)(表示驚訝)

f. 用在 non (ne pas) seulement..., mais (mais encore, mais aussi, mais même, mais en outre)...中，意為：不僅……，而且……。如：

Non seulement je le crois, mais j'en suis certain.

(對此事我不僅相信，而且確信無疑。)

L'homme n'est pas seulement une créature qui agit mais pense.

(人不僅是能行動、而且是能思維的有生命之物。)

(3)並列連接詞 ou 的用法：

a. 表示更替，如：

Il viendra samedi ou dimanche.

(他週六或週日來。)

C'est Anne ou Fanny qui s'est trompée.

(不是安娜就是法妮弄錯了。)

b. 表示近似，如：

Nous avons des classes de vingt-deux ou vingt-quatre étudiants.

(我們有 22 人或 24 人的班。)

Il y a des groupes de six ou huit personnes.

(有六人或八人的小組。)

c. 表示選擇，有時用 ou bien 加強語氣，意為「或，或者」，如：

oui ou non (是還是不是)

Ou bien vous partez, ou bien vous restez, mais prenez une décision.

(你們或走或留，要做個決定啊。)

d. Ou...ou...意為「不是……就是……，或者……或者……」，如：

Il faut ou entrer ou sortir. (不進去就得出去。)

Ce sera ou lui ou elle. (不是他就是她。)

e. 用在命令句後面引出後果從句，表示「否則，要不然」之意，如：

Dépêche-toi, ou tu seras en retard.

(快點，否則你要遲到了。)

Reposez-vous, ou vous serez très fatigués.

(休息吧，要不然你們會很疲勞的。)

8.2 從屬連接詞(la conjonction de subordination)

從屬連接詞用以連接從句與主句，可以引出名詞性從句和副詞性從句。名詞性從句一般由 que 引導。如：

Je crois que tu as raison.

(我認為你是對的。)

On trouve que le français est très difficile.

(人們認為法語很難。)

L'important, c'est que tous les participants ont de la patience.

(重要的是每位參加者都要有耐心。)

Quand on parle du loup, on en voit la queue.

(當說到狼時，就見其尾巴；一說曹操，曹操就到。)

Si une porte t'est fermée, une autre s'ouvrira.

(一個地方不歡迎你，另一個地方會歡迎你。)

1)主要的從屬連接詞有：

(1)表時間：quand, comme, lorsque, alors que, dès que, depuis que, pendant que, tandis que, avant que, après que, aussitôt que, une fois que, jusqu'à ce que...等。如：

Tu rentreras quand tu auras fini ton voyage.

(你旅行結束後就回來。)

(句中，從句為 quand tu auras fini ton voyage)

Dès que vous serez arrivés à New York, téléphonez-moi.

(你們一到紐約，就給我打電話。)

(2)表原因：parce que, comme, puisque, soit que... soit que, attendu que, vu que, étant donné que...等。如：

Puisque vous en êtes au courant, je n'ai pas besoin de le redire.

(既然你們知道此事，我就沒有必要再說了。)

J'ai acheté beaucoup de romans français parce que j'aime la littérature française.

(我買了許多法國小說，因為我喜歡法國文學。)

(3)表目的：afin que, pour que, de sorte que, de manière que, de façon que + subj....等。如：

Parle plus fort pour que tout le monde t'entende.

(你大點聲音講話，為了讓大家都聽見。)

Elle a écrit ces mots au tableau afin que tout le monde soit clair.

(她把這些字寫在黑板上是為了讓大家都清楚。)

(4)表後果：si bien que, de sorte que + ind., au point que, de façon que + ind., de manière que + ind., si... que, tellement... que...等。如：

Il n'a pas beaucoup travaillé, si bien que sa candidature n'a pas été reçue.

(他的工作還不夠努力，因而他未被錄取。)

Il a tellement mangé qu'il s'est rendu malade.

(他吃得那麼多，以致於生了病。)

(5)表條件：si, à moins que, à condition que, pourvu que, au cas où, au cas que...等。如：

Vous viendrez si vous pouvez.

(可以的話您就來吧！)

Au cas où vous auriez besoin de moi, appelez-moi.

（如果您需要我做什麼，給我打電話吧。）

(6)表讓步：bien que, quoique, encore que, si... que, même si, quel que...等。如：

Bien qu'elle soit occupée, elle est prête à aider les autres.

（儘管她很忙，她還是有求必應。）

Si triste qu'il soit, il n'a pas cessé son travail.

（不管他有多傷心，他沒有停止工作。）

(7)表比較：ainsi que, autant que, comme, comme si, de même que, moins que, plus que...等。如：

Il court tellement vite comme s'il avait 20 ans.

（他跑得那麼快就像他才 20 歲似的。）

Tout s'est passé ainsi que je l'avais prévu.

（事情的經過如同我所預料的完全一樣。）

注意：

位於從屬連接詞 afin que, pour que, de peur que, jusqu'à ce que, avant que, en attendant que...後面的動詞，必須用虛擬語氣表示。

但，avant qu'il ne soit 等於 avant qu'il soit; de peur qu'il ne soit 等於 de peur qu'il soit，如：

Faites des efforts afin que tout passe bien.

（爲了使一切順利，（你們）努力吧！）

2)幾個常用從屬連接詞的用法

(1)parce que 的用法：

parce que 寫成兩個字時，作「attendu que, par la raison que, étant donné que, puisque」解。如：

Il est tombé, parce que le chemin est glissant.

（他摔倒了，因爲路滑。）

Elle est fatiguée, parce qu'elle a trop travaillé.

（她累了，因為她過勞。）

寫成三個字 par ce que 時，作「par la chose que, d'après ce que」解。如：

Par ce que vous dites, je vois que vous avez tort.

(通過你說的，我知道你錯了。)

Par ce qu'il m'a dit, j'ai deviné ce qu'il allait faire.

(通過他對我說的話，我猜出他要做的事。)

(2)quoique 的用法：

quoique 寫成一個字時，作「bien que」解，後面常接虛擬語氣動詞。如：

On ne croit plus un menteur, quoiqu'il dise la vérité.

(儘管騙子說的是真理，人們也不再相信他。)

Quoiqu'il arrive la pneumonie atypique, on travaille encore.

(儘管發生了非典型肺炎，人們仍然上班。)

寫成兩個字，作「quelque chose que 或 quelle que soit la chose que」解。如：

On ne croit plus un menteur, quoi qu'il dise.

(無論騙子說什麼，人們都不再相信他。)

Quoi que je fasse, je suis perdu.

(無論我做什麼，我都感到不知所措。)

(3)quand 的用法：

作連接詞用時，作「lorsque, au moment où, chaque fois que」解。如：

Je sortirai quand il arrivera.

(他回來時我將出去。)

Je n'aime pas quand tu te mets en colère.

(我不喜歡你生氣時。)

Quand il criait, nous avions peur.

(每當他叫喊時，我們就感到害怕。)

(4)si 的用法：

　　a. 表條件、情況……，如：

Venez si vous pouvez. （如果你們能來就來吧。）

Si tu viens, nous venons aussi. （如果你來，我們也來。）

　　b. 表希望、懊悔……，如：

Si j'avais su! （我如果早知道就好了。）

Si on allait au cinéma? （我們去看電影如何？）

　　c. si 後加一間接問句，如：

Il ne m'a pas dit s'il viendrait vous voir.

（他沒告訴我是否會來看您。）

Je ne sais pas s'il l'accepte.

（我不知道他是否接受它。）

　　d. si 接一合邏輯的聯繫，如：

C'est ta faute si on a perdu.

（如果我們走丟了，都是你的錯。）

(5)que 的用法：

　　a. 引出受詞從句、屬詞從句等，如：

Je crois que tu as raison.

（我想你是對的。）（受詞從句）

Je crains qu'il ne vienne pas par ce temps pluvieux.

（這種多雨天氣，我怕他不會來了。）（受詞從句）

L'important, c'est que tout le monde doit rester sérieux dans le travail.

（重要的是，大家應在工作中保持嚴肅。）（屬詞從句）

Que ce médicament est efficace est connu de tout le monde.

（這種藥很有效是眾所周知的。）（主詞從句）

De ces faits on a tiré la conclusion que ce jeune est innocent.

（從這些事實中得出結論，這位年輕人是無辜的。）（同位語從句）

Nous sommes certains que la victoire sera à nous.

（我們確信勝利是屬於我們的。）（形容詞補語從句）

　　b. 引出狀況補語從句，如：

Vous me reprochez de venir à pied, c'est que je n'ai pas de voiture.

(你怪我不該徒步來，這是因爲我沒有車呀！)(原因狀況補語從句)

Ouvrez votre livre à la page 9 que vous lisiez le texte.

(打開你們的書第九頁，讀課文。)(目的狀況補語從句)

Il a agi de telle façon que tout le monde est satisfait.

(他做得使大家都滿意。)(後果狀況補語從句)

Qu'il vente, qu'il pleuve, il partira.

(不管颱風下雨，他都出發。)(讓步狀況補語從句)

Cette ville est plus prospère qu'elle ne l'était auparavant.

(這座城市比以往更加繁榮了。)(比較狀況補語從句)

A peine Luc eut-il terminé son travail qu'il partit pour l'Italie.

(呂克一完成他的工作，就去了意大利。)(時間狀況補語從句)

c. 連接詞或連接詞片語 quand, lorsque, puisque, si, comme, parce que, dès que, pour que, bien que, sans que,...等如果重復出現，引導並列的狀況補語從句時，可以用 que 代替後面重復出現的連接詞或連接詞片語。如：

Comme il n'a pas bien écouté l'explication du professeur et que (= comme) le problème est difficile, il n'a pas pu trouver la solution.

(由於他沒有好好聽老師的講解，再加上問題較難，所以他沒有能夠找到解決問題的辦法。)

S'il fait beau et que (=si) tu aies le temps, tu pourras te promener à la Grande Muraille.

(如果天氣好，你又有時間，你可以去長城散步。)

注意：

當 que 代替 si 時，que 所引導的從句中的動詞要用虛擬語氣。

d. 引出獨立句，表示祝願、願望、命令等，動詞用虛擬語氣，如：

Qu'il se rétablisse vite!　　(但願他早日恢復健康！)

Qu'elle parle plus fort!　　(讓她大聲講話！)

EXERCICES

I. Mettez la conjonction convenable:

1. Ce garçon n'est …… grand …… petit.

2. J'aime la musique, la peinture …… la littérature.

3. Nous cherchons partout Anne, …… nous ne la trouvons pas.

4. C'est Marie …… Catherine qui a dit cela.

5. …… lui …… moi nous n'avons réussi.

6. Riche …… il est, il pourra vous aider.

7. Les animaux …… le chien, le chat vivent facilement avec les hommes.

8. Jacques n'est pas venu …… tout le monde ait insisté pour qu'il vienne.

9. …… on dise, il fait ce qu'il veut.

10. Je vois, …… vous me dites, que je me suis trompé, je comprends, …… vous me le dites, que j'étais mal informé.

11. …… Pierre a réussi son examen, il se croit tout permis.

12. Si l'on en juge …… vous dites, le succès est certain.

13. Il dit …… il ne viendra pas ce soir.

14. Il nous quitte ….. il se fâche.

15. …….. il sera arrivé au Japon, il m'appellera.

第九章
感嘆詞(L'interjection)

感嘆詞是一個沒有陰、陽性和單、複數變化的字,用以表明讚美、歡樂、痛苦、驚訝、憤怒等感情。感嘆詞在句中沒有語法作用,它是獨立於句子之外的字,它只是從語氣上與句子相連。感嘆詞後面一般跟有感嘆號。

主要的感嘆詞有:Ah!(啊!) Aie!(唉呦!) Clac!(喀嚓!) Gare!(小心!) Hein!(嗯!) O!(啊!) Bah!(唔!) Clic!(喀嗒!) Ha!(哈!) Ho!(唔!) Oh!(哦!) Bravo!(好啊!) Crac!(劈啪!) Hé!(嗨!) Holà!(喂!) Ouf!(喔唷!) Chut!(噓!) Eh!(喂!) Hélas!(唉!) Hop!(嗨!) Parbleu!(還用說!) Paf!(啪!) Pif!(劈!) Pouah!(呸!) Pst!(輕噓叫人) Merde !(他媽的!) Zut !(呸!見鬼!) …

常用的感嘆詞片語有 :Mon Dieu!(我的天啊!) Voyez-vous!(你瞧!) Dis donc!(喂!) Dieu me pardonne!(上帝原諒我!) Oh là là!(天呀!媽呀!) Eh bien!(怎麼!好吧!) Tant mieux!(好極了!) Pas possible!(不可能!) Tant pis!(活該!)…如:

Aie! Tu me fais mal!

(唉呦!你弄得我真疼呀!)

Ah! Que cela est épouvantable!

(啊!這真可怕呀!)

Eh bien! Vous ne protestez pas?

(怎麼!你們不提出抗議?)

Ha! Vous voilà! Ha! Ha! Vous êtes arrivé!

(啊!您來了!啊!您到了啊!)

Oh! Que c'est beau!

(哦!真美啊!)

Eh! Qui aurait cru cela?

(嗨!誰會相信啊!)

EXERCICES

I. Quel sentiment l'interjection exprime-t-elle dans les phrases suivantes?

1.Oh là là! J'ai tout oublié.

2.Ça y est, tu es reçu? Bravo!

3.Oh! Encore vous? Qu'est-ce que vous voulez que je fasse?

4.Mon Dieu! Je n'ai plus d'argent sur moi.

5.Hein? Qu'est-ce que tu dis, je n'entends rien!

6.C'est un type sympa. Chic alors!

7.Enfin! Tout se passe bien.

8.Bon! Laissez tomber.

9.Il est malade? Pas possible!

10.Merde! C'est un vilain.

第一章練習答案

I.

1.propre / commun   2.concret / abstrait   3.collectif / individuel

4.simple / composé   5.comptable / non comptable

6.male / femelle   7.féminin / masculin   8.mâle / femelle

9.abstrait / concret   10.femelle / mâle

II.

1.un   2.une   3.une   4.un   5.une   6.un   7.un   8.une

9.un   10.une   11.un   12.une   13.un   14.une   15.une   16.un

III.

1.une vendeuse   2.une caissière   3.une cliente

4.une cousine   5.une marchande   6.une femme professeur

7.une étrangère   8.une Américaine   9.une patronne

10.une folle   11.une laitière   12.une malchanceuse

13.une voisine   14.une actrice   15.spectatrice

16.une institutrice   17.une serveuse   18.une travailleuse

19.une ouvrière   20.une nouvelle   21.une pêcheuse

22.une chasseuse   23.une lectrice   24.une pharmacienne

25.une bergère   26.une Chinoise   27.une Parisienne

28.une boulangère   29.une Congolaise   30.une Suisse

IV.

1.des canaux   2.des chevaux   3.des jeux

4.des feux   5.des fils   6.des nez

7.des phénix   8.des principaux   9.des journaliers

10.des Occidentaux   11.des épingles   12.des hôpitaux

13.des cheveux   14.des neveux   15.des match(e)s

16.des bals   17.des sandwich(e)s   18.des journaux

19.des tableaux   20.des choux   21.les yeux

22.des bureaux   23.des chapeaux   24.des travaux(des travails)

25.des œufs   26.des beaux-frères   27.des grands-pères

28.des wagons-lits   29.des salles à manger   30.des salles de séjour
31.des cartes postales 32.Messieurs   33.Mesdames
34.Mesdemoiselles   35.des demi-douzaines   36.des haut-parleurs
37.des va-et-vient   38.des demi-heures   39.des cure-dents
40.des bonshommes   41.des hors-d'œuvre   42.des après-midi
43.des pique-niques   44.des aller-retour   45.des timbres-poste
46.des week-ends   47.des libres-services
48.des femmes médecins 49.des porte-plume   50.des porte-avions

V.

1.un Français, une Française   2.un Anglais, une Anglaise
3.un Belge, une Belge   4.un Suisse, une Suisse
5.un Italien, une Italienne   6.un Espagnol, une Espagnole
7.un Allemand, une Allemande 8.un Chinois, une Chinoise

VI.

1.au Japon   2.en Suisse   3.aux Etats-unis
4.en Afghanistan   5.au Mexique   6.en Pologne
7.en Italie   8.en Irlande   9.au Maroc
10.au Brésil   11.en France   12.en Iran
13.en Turquie   14.en Grèce   15.en Argentine
16.en Egypte   17.en Syrie   18.en Autriche
19.en Allemagne   20.en Corée   21.en Norvège
22.en Belgique   23.en Algérie   24. en Bolivie
25.en Normandie   26.en Bretagne   27.en Picardie
28.en Limousin

VII.

a.Brésil   b.Pérou   c.Iran   d.Chili   e.Portugal
f.Japon   g.Equateur   h.Danemark

VIII.

1.avant-hier n.m.   2.fer à repasser n.m.   3.sous-estimer v.t.

4.brosse à dents n.f.   5.monsieur   6.après-guerre n.m.
7.nouveau-né n.m.   8.bâteau à voile n.m.   9.pomme de terre n.f.
10.non-violence n.f.   11.chapeau melon n.m. 12.chemin de fer n.m.
13.mademoiselle n.f.   14.gris perle n.m.   15.homme d'affaires n.m.
16.savoir-faire n.m.

IX.
1.une douzaine d'œufs   2.une dizaine de camarades de classe
3.une vingtaine de questions   4.une trentaine de films
5.une quarantaine de livres   6.une cinquantaine d'années
7.une soixantaine de collègues   8.une centaine de jours
9.un millier de nuits   10.des milliers de personnes
11.plus d'une centaine de milliers d'ouvriers
12.deux millions d'habitants

第二章練習答案

I.
1.des   2.une   3.un   4.la   5.les (des)   6.la   7.des, les
8.un / le, des, des / les, le, les, les   9.un, une, la / une / de
[?] 第一句用定冠詞，表示迪克先生只有一個女兒。第二句用不定冠詞，表示迪克先生不只有一個女兒，而這是他的女兒中的一個。

II.
1.表示我要買的就是在我面前的那輛摩托車。
2.表示我要買摩托車，但買什麼樣的，買哪一輛還不清楚。
3.談話雙方心中都明白指的是哪部電影。
4.一種泛指的建議，看任何電影都行。
5.一個特指的套間，說話雙方明白是指哪個套間。
6.他們將去參觀一個套間，至於什麼樣的套間，則不清楚。
7.你要買這台音響嗎？（指在眼前的那一台）
8.你要買一台音響嗎？（泛指任何一台音響）
9.他剛從教室出來。（就是他經常上課的那間教室）
10.他剛從一間教室出來。（指隨便一間教室）

III.
1.le   2.La, la   3.la   4.la   5.la

　　本題中冠詞後的名詞均爲表示唯一事物的，或在某範圍內是唯一的，所以都用。

IV.
A. la, les, une, un, les, le, la, l', un, le

　　本題中一部分用了不定冠詞，是由於第一次提到，或是名詞帶有修飾成分。其他情況用定冠詞，表示確指、唯一的意義。

B.1.un   2.un   3.un   4.un   5.une(la)
　 6.des   7.des   8.les(des)   9.une   10.des
　 11.les   12.un(le)   13.des(les)   14.les   15.la
　 16.les(des)17.un(le)   18.un(le)   19.les(des)
　 20.les(des)

　　在表示人的身體部分的名詞前面使用冠詞有以下情況：
　　1)當形容詞在名詞前時，只能用不定冠詞；
　　當形容詞在名詞後時，既可以用定冠詞，又可以用不定冠詞。
　　2)當形容詞表示一種永久性的品質時，既可以用定冠詞，又可以用不定冠詞；
　　當形容詞表示一種偶然性的品質時，只能用定冠詞。
　　3)當形容詞表示一種客觀的品質時，既可以用定冠詞，又可以用不定冠詞；
　　當形容詞表示一種主觀的評價時，只能用不定冠詞。

V.
1.des   2.de l', des   3.du, du   4.du   5.d', du, des, du
6.aux   7.Au   8.à la, aux, à l', de la   9.au, du 10.de la

VI.
1)A. des   B. des   C. de l'   D. de la   E. des
2)A. de la   B. aux   C. à l'

VII.

1. des / de la / du / de la / des / du, du, de la
2. a.我上午有事（工作）。
    b.他難以適應這個國家的生活，因此他想離開。
    c.誰有火？我想抽煙。
    d.他是搭順道車去附近那座城市嗎？
    e.這件事太複雜了。
    f.喂，我等你的解釋！
    g.老師開始演奏吉他。
    h.我會點兒音樂。
    i.觀眾在聽音樂。
    j.你把這東西放那兒去……，謝謝……我工作需要安靜。

VIII.

　　在這三段對話中，頭兩段均用了部分冠詞，表示不可數、部分的意義；在第三段，則用了數詞，表示可數、確切的意義。

IX.

1. de la / du, de la, du, du, des / des
2. une, les / son (le), du, du, au, du, du, de la, un (du), aux / des, des, le / les
[?]此處，介系詞 de 和 à 後邊省略冠詞表示用途，前後兩個名詞近似於一個複合名詞。

X.

1.de, du 明天要來一位新局長。
　　　　局長十分鐘前出去了。
2.de, du 他獵犬般的嗅覺令人讚賞。
　　　　獵犬的嗅覺是極靈敏的。
3.de, du 我的一條自行車帶爆了。
　　　　自行車帶充氣太足了！會爆的！

XI.

A.1.un paquet de bonbons
une bouteille de champagne
un bocal de confiture
une tasse de café
un panier(une corbeille) de fruits
une paire de gants

2.un filet d'oranges
un plat de soupe
un bol de soupe
un bol de chocolat
une plaquette(une tablette) de chocolat
une boîte de raviolis

3.une boîte de bijoux
un pot de lait
un morceau de pain
un seau d'eau

B.1.un, de   2.un, de   3.un, de   4.Un, de
5.d'   6.d'   7.de

XII.

de 和 à 後的名詞無冠詞，一般有下列一些情況：説明前一名詞的品質、內容、職能、用途、工具、材料、價值、目的等，或者起形容詞作用。在 A 組中，第 1、2、10、14 句中的《 de+名詞 》和第 26 句中的 d'amour 均起形容詞作用。

第三章練習答案

I.

1)paresseuse	2)vieil, vieux	3)grande
4)contentes	5)gentille, bel	6)heureuse
7)mêmes	8)petites	9)temporaires
10)vertes	11)belles	
12)vieille, sourde, pauvre	13)grandes, toute	14)anciens, nouvel

| 15)grise | 16)aigres-douces | 17)bleu-vert |
| 18)gris clair | 19)sourds-muets | 20)satisfaits |

II.

1)Quel	2)Quel	3)Quelle	4)quel	5)Quel
6)Quelle	7)Quels	8)quel	9)Quelle	10)Quelle
11)Quel	12)Quelle	13)Quelle	14)Quelle	15)Quel
16)Quelle	17)Quelle	18)Quelle	19)Quel	20)quelle
21)quelle	22)Quelle	23)Quelles		

III.

1)cet 2)ces 3)cette 4)ces 5)ce 6)ces

IV.

| 1)cette | 2)cette | 3)Cette | 4)Cette |
| 5)Cette, cet | 6)Cet, cette | 7)ce | 8)cet |

V.

1)Ce sont leurs voitures. 2)C'est sa jupe.
3)C'est leur école. 4)C'est votre maison.
5)C'est ton ami. 6)Ce sont mes stylos.
7)Ce sont leurs fleurs. 8)C'est sa cassette.
9)Ce sont nos professeurs. 10)Ce sont vos tickets.

VI.

1)mes 2)ses 3)son 4)ses 5)leurs 6)ses

VII.

1)Certaines gens vous en voudront.
2)Je ne veux pas que quelque importun vienne me déranger.
3)Aucune difficulté ne peut le faire reculer.
4)Il n'a aucun ami.
5)Aucune nouvelle ne nous est arrivée.

6)Combien de fois l'avez-vous vu? — Aucune fois.

7)C'est un homme nul.

8)Envoyez-moi des serveuses quelconques!

9)Lisez un passage quelconque de Balzac!

10)Certains (Quelques) rapports seront lus au Congrès.

11)Cette affaire est d'une certaine importance.

12)Chaque pays, chaque coutume.

13)Nous avons à notre université plusieurs départements.

14)Quelques raisons qu'il puisse nous donner, il ne peut pas nous convaincre.

15)Les étudiants viennent de différentes (diverses) régions.

16)Il faut chercher un autre moyen pour résoudre ce problème.

17)Il n'y a pas chez nous de telles coutumes.

18)Dans cette exposition, on peut trouver les produits alimentaires de toutes sortes.

19)Une telle parole est impardonnable (inexcusable).

20)De telles inondations sont rarement vues.

21)Aucune décision n'a été prise.

22)Il a bien passé son examen sans aucun effort.

23)Je ne prendrai que du poisson, je ne veux rien d'autre.

24)Chaque fois qu'elle arrive, elle nous apporte quelques cadeaux.

25)Il a neigé toute la nuit, la terre est toute blanche.

第四章練習答案

I.

1. 1)te la   2)vous la   3)te le   4)me la   5)me l'
   6)l'en   7)m'en   8)nous l'   9)les y   10)vous les
   11)vous le 12)t'en

2. 1)la lui   2)la lui   3)le lui   4)la lui   5)la leur
   6)le leur   7)lui en   8)les leur

3. 1)vous en 2)vous en   3)vous en   4)m'en   5)leur en
   6)leur en   7)lui en   8)leur en   9)leur en   10)vous en

4. 1)-les-moi 2)-la -leur   3)-la-moi   4)-les-moi   5)-les-leur

6)la lui　　7)les leur　　8)-les-nous　9)les lui　　10)-la-leur
11)m'en　　12)-les-y　　13)m'en　　14)-lui-en

II.
1)les vôtres　2)le nôtre　　3)la tienne　　4)du sien
5)la mienne, la sienne　6)le mien　　7)le sien
8)la vôtre　　9)la mienne　10)le tien　　11)aux nôtres
12)le leur

III.
1)celui　　2)celle　　3)celles　　4)ceux
5)celle　　6)celles-là　7)celui　　8)ceux
9)ceux　　10)celle

IV.
1)qui　　　2)qui(或在口語中 lequel)　　3)dont
4)d'où　　5)que　　6)où　　7)auquel(或 à qui)
8)dont　　9)lesquels　10)duquel　11)qui
12)que　　13)où　　14)lequel　15)dont
16)que　　17)à laquelle 18)lequel　19)lesquels
20)duquel(或 de qui)　　21)qui(或在口語中 laquelle)
22)que　　23)auxquels 24)laquelle

V.
1) a(1)　　b(3)　　c(1)　　d(2)　　e(3)　　f(1)
2) a(1)　　b(3)
3) a(2)　　b(1)
4) a(2)　　b(2)

VI.
1)tous　　2)Tout　　3)tout　　4)Tous　　5)Tout
6)Tout　　7)toutes　8)tous　　9)toutes　10)tous
11)tout　　12)Tout　　13)tout　　14)Tous　　15)tous

VII.

1)qui   2)qui   3)quoi   4)ce que   5)qui

6)ce qui   7)Laquelle   8)qui   9)quoi   10)laquelle

VIII.

1)qui   2)qui   3)qui   4)où   5)lesquelles

6)qui   7)qui   8)qui   9)dont   10)dont

11)dont   12)dont   13)dont   14)dont   15)où

16)que   17)quoi   18)que   19)lequel   20)laquelle

IX.

1)On, personne

2)les uns, les autres, les uns, les autres,
  Certains, certains (Les uns, les autres)

3)Quelqu'un   4)Aucun   5)personne   6)personne, personne

7)l'une, l'autre   8)rien   9)Chacun, tous   10)chacun

11)tous   12)tout   13)Tous   14)Tout

第五章練習答案

I.

1.ont   2.a   3.ai   4.a   5.est

6.êtes   7.étais   8.sommes   9.est   10.ont fait

11.font   12.est

II.

1.avez   2.ont   3.suis   4.sont   5.ai

6.êtes   7.as   8.avons   9.a   10.fais

11.avoir   12.fait

III.

1.ai suivi   2.a rencontré   3.ont téléphoné   4.avons pris

5.ne fallait pas   6.représentait   7.a mis, avait

8.ont déménagé, attendaient

9.a changé, s'entendait

10.pleuvait, est revenu

11.voulions, avons voyagé

12.me sentais, suis rentré

IV.

1.avait passées

2.avait écrit

3.avons téléphoné

4.sont arrivés, ont entendu

5.est entré, faisaient

6.a quitté, avait obtenu

7.n'ai pas trouvé, cherchais

8.avais, as bénéficié

9.avons monté, étions

10.j'ai perdue, était

V.

1.s'arrêta, eut

2.sortit, se dirigea, fut arrivé

3.se fut terminé, me mis

4.eut sonné, se précipitèrent

5.recopia, partit

6.commença

VI.

1.aurez planté, arroserez   2.auras lu, rendras   3.aura fini, retournera

4.partirai, m'aurez téléphoné   5.t'achèterai   6.pleuvra

VII.

1.viendrais   2.n'aurait pas été 3.auraient pu   4.voudrait

5.pourrions   6.auriez   7.seraient   8.j'aimerais

VIII.

1.lirais   2.irait   3.enverrais   4.aurions

5.pourrait   6.feriez   7.courrait   8.sauraient

IX.

1.irons   2.déménageront 3.aurait   4.prêteront

5.aimerions 6.faudrait   7.verrons   8.déciderons, ferons

X.

1.fait, vienne   2.vous soyez dérangé   3.venions   4.parte

5.pleuve, puisse   6.se produise, changera   7.réponde   8.soit

9.reconnaît   10.n'aie jamais vu   11.ne soit   12.soient

13.ailles   14.ne l'ait oublié   15.soutient   16.défende

17.avez   18.ayez   19.est   20.dînez

21.acceptiez   22.dit

XI.

était, devait, rencontra, s'arrêta, demanda, j'arriverai, saurez, arrivant, répondit, sais, dit, désire, mettrai, répéta, continua, se disant, doit, m'a pas dit, ai

entendit, l'appelait, tournant, vit, suivait, arriverez, répondit, l'avez pas dit, l'ai demandé, J'avais, marcheriez

第六章練習答案

I.

intelligemment / excellemment / éloquemment /
ardemment / prudemment / brillamment/
patiemment / apparemment / nettement /
brusquement / longuement / exactement /
entièrement / courageusement / rapidement /
immensement / énormément / joliment /
absolument / gentiment / vivement / brèvement /
récemment / réellement

II.

1.doucement   2.tranquillement   3.lentement

4.franchement   5.simplement   6.correctement

7.méchamment   8.complètement

III.

1.aussi   2.plus, moins   3.autant   4.non plus   5.aussi

6.si   7.tant   8.tant   9.autant   10.si

IV.
1.Annie n'est pas rentrée tard…
2.On s'entend relativement…
3.Nous nous voyons rarement…
4.Ils ont bien réfléchi…
5.Elle a longuement parlé… / parle longuement
6.Il est déjà très…
7.On a souvent pensé…
8.C'est assez facile…

第七章練習答案

I.
1.à, en   2.en, à   3.à, à, à   4.sur, dans   5.par, de
6.aux, en   7.au, aux   8.au, aux   9.en, en   10.dans
11.Chez, en   12.sur, de

II.
1.pour   2.dans   3.à   4.par   5.sur   6.après   7.sur
8.chez   9.à / après / avant   10.dans   11.pour   12.à

III.
1.de   2.pour   3.en, en   4.en   5.avec
6.Avec, sans   7.Avec, à   8.A, chez   9.dans   10.par
11.dans   12.pour

IV.
1. de   2. à   3. à   4. à   5. à, aux   6. en, de
7. de   8. au   9. A, de, avec, à   10. de, avec   11. à, de, pour
12. de, à, d', à   13. au, au, de

第八章練習答案

1.ni, ni   2.et   3.mais   4.ou   5.Ni, ni
6.comme   7.comme   8.quoique   9.Quoiqu'
10.par ce que, parce que   11.Parce que 12.par ce que 13.qu'
14.car   15.Dès qu'

Bibliographie

1. LA NOUVELLE GRAMMAIRE DU FRANCAIS
    JEAN DUBOIS   RENE LAGANE
    LIBRAIRIE LAROUSSE   1973
2. GRAMMAIRE PRATIQUE DU FRANCAIS D'AUJOURD'HUI
    G. MAUGER
    HACHETTE   1970
3. LE BON USAGE
    MAURICE GREVISSE
    DUCULOT   1980
4. GRAMMAIRE DU FRANCAIS
    HACHETTE   1991
5. DICTIONNAIRE ENCYCLOPEDIQUE
    HACHETTE   2000
6. DICTIONNAIRE FRANCAIS-CHINOIS
    法漢詞典   上海譯文出版社   1988
7.《詳析實用法文文法》，劉儀芬，台灣，漢威出版社
8.《法語語音》，劉儀芬，台灣，漢威出版社
9. LAROUSSE DICTIONNAIRE DE .LA LANGUE FRANÇAISE
    AVEC EXPLICATIONS BILINGUES
    拉魯斯法漢雙解詞典
    外語教學與研究出版社

志一出版社 永和市成功路 2 段 56 號 2 樓之 2

電 話：22195704　29282059　　傳 真：86601360　22197026

E-mail：jyhi.books@msa.hinet.net　網 址：http://www.jyhi.com.tw/

A)1.法文叢書

書名	作者	價格	ISBN
1.中・法句型比較研究	胡品清　監修	400 元	957-9040-08-7
2.最新實用法語口語手冊 (上)	程超凡　編著	320 元	957-9040-34-6
3.最新實用法語口語手冊 (下)	程超凡　編著	300 元	957-9040-35-4
4.法文文法講義	宋亞克　編著	550 元	957-9040-19-2
5.Une boîte à musique et 2 autres pièces de théâtre	楊淑娟　著	160 元	957-9040-11-7
6.中法互譯範本及解析	胡品清　著	300 元	957-9040-45-1
7.法文結構分析 (榮獲 75 年教學資料獎一等獎)	逢塵瑩　著	350 元	957-9505-62-4
8.法文結構分析練習題	逢塵瑩　著	250 元	957-9505-74-8
10.中國當代寓言選		250 元	957-9040-13-3
11.中國學生易犯的法文錯誤分析	徐真華　著	320 元	957-9040-57-5
12.小小說選 (法漢對照，共三十篇)	王 蒙等人　合著	300 元	957-9040-44-3
13.詳析實用法文文法	劉儀芬　著	600 元	
14.最新法文文法——介系詞	周國強　著	190 元	957-9040-33-8
15.法語生詞快速識字法	周國強　著	190 元	957-9040-28-1
16.文學論文初步	胡品清　著	250 元	957-9040-31-1
17.法文書寫雙語範本及解析	胡品清　著	250 元	957-9040-48-6
18.法文文法作文 (Chemins d'écriture)	孟尼亞　著	400 元	957-9040-55-9
19.法文動詞的句型與結構	劉儀芬　楊淑娟 黃馨逸　侯義如著	400 元	957-9040-54-0
20.法語語音(書+兩片 CD)	劉儀芬　著	400 元	986-7766-35-0
22.生活法語入門.	胡品清 楊淑娟著	300 元	957-9040-58-3
23.法國人常用的社交用語	裘榮慶　著	200 元	957-9040-61-3
24.法語學習 (第一輯)	胡品清　著	280 元	957-9040-56-7
25.法語學習 (第二輯)	郭明進　主編	400 元	957-9040-60-5
26.法語學習 (第三輯)	郭明進　主編	320 元	957-9040-68-0
27.教你開口說法文	李樹芬 張俊英著	200 元	957-9040-59-1
28.法文常用片語及習慣語	胡品清　著	400 元	957-9040-62-1
29.生活法語入門 (書+卡帶)	胡品清 楊淑娟著	480 元	
30.且用法語交談	孟尼亞 楊淑娟著	400 元	957-9040-63-X
31.且用法語交談 (書+兩片 CD)	孟尼亞 楊淑娟著	750 元	
32.漢法成語詞典	孫 謙　著	700 元	957-9040-64-8
33.新法文文法	王鳳棟　著	300 元	957-9040-66-4
34.法語語音	曹德明　編	100 元	957-9040-77-X
35.法語語音 (書+CD)	曹德明　編	250 元	957-9040-72-9

36.法語動詞變位手冊 (精選 500 個常用動詞)	李樹芬　著	400 元	957-9040-70-2
39.法文秘笈	胡品清 楊淑娟著	300 元	957-9040-73-7
40.法文秘笈 (書+CD)	胡品清 楊淑娟著	420 元	957-9040-74-5
41.這句話，法文怎麼說，中文怎麼說	胡品清　著	300 元	986-7766-04-0
42.出國旅遊法語會話	唐志強 張潔敏著	199 元	957-9040-80-X
43.法漢諺語詞典	裘榮慶　著	250 元	957-9040-81-8
44.法文基礎會話句型	胡品清　著	250 元	957-9040-84-2
45.法文冠詞的用法	郭玉梅　著	200 元	957-9040-83-4
46.法文形容詞的句型與結構	宋亞克 劉秉政 白麗虹 唐家龍著	300 元	957-9040-82-6
47.法語語音	白麗虹　著	100 元	957-9040-86-9
48.法語語音 (書+三片 CD)	白麗虹　著	400 元	957-9040-87-7
49.這句話，中文怎麼說，法文怎麼說 (第二輯)	卜惠香　著	300 元	957-9040-85-0
50.出國旅遊法語會話 (書+三片 CD)	唐志強 張潔敏著	599 元	957-9040-99-0
51.法漢分類辭典	曹德明 陳偉 李青青 李瑾慧編	300 元	986-7766-34-2
57.唸劇本學法語	楊淑娟　著	180 元	957-9040-94-X
58.一句話，法文怎麼說，怎麼寫	胡品清　著	250 元	957-9040-95-8
59.巴黎人生 (La vie parisienne)	武忠森 江宜靜譯	250 元	957-9040-97-4
60.C'est la vie française	江淑珍　著	220 元	957-9040-96-6
62.愛情法文會話	Olivier CAEN 邱琳雅 著	300 元	986-7766-00-8
64.教你開口說法文 (書+兩片 CD)	李樹芬 張俊英著	420 元	957-9040-98-2
65.愛情法文會話 (書+三片 CD)	Olivier CAEN 邱琳雅 著	600 元	986-7766-01-6
66.你臨時需要的一句話——學校不教的法文	胡品清　著	250 元	986-7766-08-3
67.法語動詞變化表	李樹芬　著	200 元	986-7766-09-1
70.基本法語發音 (書+兩片 CD)	楊淑娟　著	380 元	986-7766-13-X
71.四用法文	胡品清　著	300 元	986-7766-17-2
73.實用法文文法(詳附練習題與解答)	白麗虹 裘榮慶編著	380 元	978-986-7766-38-0
75.法文商貿信函撰寫入門	裘榮慶 呂穎 張輝編著	350 元	986-7766-21-0
77.實用公關法語 (書+兩片 CD)	黃建華 余秀梅編著	500 元	986-7766-25-3
78.商貿電話法文會話 (書+兩片 CD)	裘榮慶 曲陳編著	500 元	986-7766-23-7
79.法漢慣用語辭典	胡品清　著	380 元	986-7766-28-8
82.最新基礎法文文法(附練習題與解答)	王鳳棟 著 程鳳屏 增訂	300 元	986-7766-30-X
83.漢法翻譯・寫作・會話辭典	胡品清 法文主撰 郭明進 中文策劃	500 元	986-7766-33-4
84.法語語音與聽力 (書+*MP3*)	倪瑞英　編著	420 元	986-7766-37-7
86.舉一反三，法文情境對話(書+CD)	胡品清 楊淑娟	250 元	978-986-7766-40-3
87.最新漢法綜合辭典	胡品清　Monique Li	650 元	978-986-7766-39-7
A)2.德文叢書			
9.德語成對詞	蕭金龍　著	350 元	957-9040-15-X

37.德語會話	李蘭琴 著	280 元	957-9040-71-0
38.德語會話 (書+兩片 CD)	李蘭琴 著	490 元	957-9040-75-3
52.最新德文文法(附練習題與解答)(修訂版)	趙薇薇 著	420 元	986-7766-26-1
53.德語語音	宋 潔 著	120 元	957-9040-90-7
54.德語語音 (書+兩片 CD)	宋 潔 著	350 元	957-9040-91-5
55.德語語音練習手冊 (書+CD)	蕭金龍 包向飛著	250 元	986-7766-36-9
61.德文文法快易通	蕭金龍 著	420 元	986-7766-03-2
63.德語常用動詞搭配 1000 例	孫愛玲 韓芳 著	360 元	986-7766-02-4
68.實用德語會話	宋 潔 著	250 元	986-7766-06-7
69.實用德語會話 (書+兩片 CD)	宋 潔 著	450 元	986-7766-07-5
76.這句話,中文怎麼說,德文怎麼說	董 岩 著	320 元	986-7766-18-0
80.德漢諺語詞典	常和芳 編著	250 元	986-7766-29-6

A)3.西班牙文叢書

72.西班牙文基礎會話 (書+CD)	魏晉慧 張振山著	250 元	986-7766-16-4
74.西班牙語基礎發音教材(書+CD)	陳英蘭 編著	280 元	986-7766-20-2
85.這句話,中文怎麼說,西班牙文怎麼說	么俊明 著	320 元	978-986-7766-41-0

A)5.俄文叢書

81.漢俄辭典	傅文寶 等合著	1500 元	986-7766-27-x

A)6.辭典系列

32.法漢成語辭典	孫 謙 著	700 元	957-9040-64-8
43.法漢諺語辭典	裘榮慶 著	250 元	957-9040-81-8
51.法漢分類辭典	曹德明 陳偉 李青青 李瑾慧 編	300 元	986-7766-34-2
79.法漢慣用語辭典	胡品清 著	380 元	986-7766-28-8
80.德漢諺語辭典	常和芳 編著	250 元	986-7766-29-6
81.漢俄辭典	傅文寶 等合著	1500 元	986-7766-27-X
83.漢法翻譯・寫作・會話辭典	胡品清 法文主撰 郭明進 中文策劃	500 元	986-7766-33-4
87.最新漢法綜合辭典	胡品清 Monique Li	650 元	978-986-7766-39-7

A)7.經銷系列

1.漢法綜合辭典	利氏學社	760 元	

B 歐洲問題系列

1.德國政府與政治《分裂與統一》	許 仟 著	400 元	957-9040-41-9
2.歐洲聯盟與現代國際法 (榮獲首屆社科三等獎)	曾令良 著	480 元 平 580 元 精	957-9040-10-9

3.德國的分裂與統一	吳滄海 著	500 元	957-9040-22-2
4.德國選舉制度與政黨政治	郭秋慶 著	420 元	957-9040-26-5
5.法國總統的權力	張台麟 著	380 元	957-9040-17-6
6.中東的戰爭與和平	吳釗燮 著	350 元	957-9040-36-2
8.歐洲各國政府 (上冊)	許 仟 著	450 元	957-9040-39-7
9.歐洲各國政府 (下冊)	許 仟 著	420 元	957-9040-40-0
C 國際法學叢書			
1.國際組織法	梁 西 著	480 元	957-9040-25-7
D 世界文學史綱叢書			
1.德國文學史 (上冊)	余匡復 著	450 元	957-9040-27-3
2.德國文學史 (下冊)	余匡復 著	500 元	957-9040-29-X
3.戰後瑞士德語文學史	余匡復 著	300 元	957-9040-21-4
4.法國小說史 (上冊)	蕭厚德 著	400 元	957-9040-42-7
5.法國文學簡史	鄭克魯 著	250 元	957-9040-20-6
6.法國小說史 (下冊) (榮獲優秀學術著作獎)	蕭厚德 著	450 元	957-9040-32-X
7.當代德國文學史	余匡復 著	500 元	957-9040-47-8
9.法國文學面面觀	逢塵瑩 著	280 元	957-9040-37-0
E 建築系列叢書			
1.希臘建築藝術	謝偉勳 著	220 元	957-9040-03-6
2.羅馬建築藝術	謝偉勳 著	420 元	957-9040-05-2
F 世界文化歷史叢書			
2.二十世紀德國史 (榮獲首屆社科三等獎)	吳友法 著	700 元	957-9040-18-4
G 古典文學叢書			
1.呻吟語	呂坤 著	380 元	957-9040-07-9
2.中國戲曲文化概論 (榮獲首屆社科三等獎)	鄭傳寅 著	550 元	957-9040-12-5
3.中國古代詞史	李正輝 等著	450 元	957-9040-23-0
4.中國筆記小說史(榮獲1991-1995圖書類一等獎)	陳文新 著	550 元	957-9040-16-8
5.竹林七賢	李富軒 著	400 元	957-9040-30-3
6.湯顯祖與明清傳奇研究	王永健 著	450 元	957-9040-24-9
8.中國通俗小說概論 (榮獲首屆社科三等獎)	劉炳澤 著	450 元	957-9040-43-5
9.中國古代寓言史	李富軒 著	420 元	957-9040-49-4
10.《勸忍百箴》——中國的「忍」哲學	周百義 譯評	400 元	957-9040-76-1
H 哲學叢書			
1.德國古典哲學邏輯進程	楊祖陶 著	380 元	957-9040-46-X

實用法文文法

作　者：白麗虹　裘容慶
導　讀：楊慧娟
經　銷：漢威出版社
發行人：郭明進
社　址：永和市成功路 2 段 56 號 2 樓之 2
電　話：(02) 29282059　(02) 22195704
傳　真：(02) 86601360　(02) 22197026
劃　撥：07452793　漢威出版社
印　刷：百麗印刷廠
定　價：380 元
修訂一版 1 刷：中華民國 96 年 3 月
行政院新聞局局版台業字第 2651 號
E-mail：jyhi.books@msa.hinet.net
網 址：http://www.jyhi.com.tw/

門市部：(台北)：皇家、三民、誠品、聯經、驚聲書城、page one、
輔大出版部、政大書城、師大書苑、東吳書城、FNAC、建宏……
(新竹)：水木、誠品、墊腳石……　(台中)：誠品、FNAC、諾貝
爾……　(台南)：誠品、FNAC……(高雄)：誠品、青年、鳳山大
書城、五南……